KB097038

밤의
소리를
듣다

밤의 夜の 소리를 声を 듣다 聴く

우사미 마코토 장편소설

이연승 옮김

블루홀6

차례

밤의 소리를 듣다

7

일러두기

본문의 각주는 전부 독자의 이해를 돕기 위한 옮긴이 주입니다.

1

은빛의 가는 실 같은 비가 내리고 있다.

편의점에서 산 비닐우산 위를 무수한 물방울이 미끄러져 떨어진다. 모퉁이를 돌자 신사의 기둥문이 보인다.

나는 멈춰 서서 그 기둥문을 바라봤다.

다카쿠라 신사는 16년 전과 조금도 달라지지 않았다. 기둥문 안쪽에 있는 신전은 울창한 나무에 둘러싸여 잘 보이지 않는다. 비가 내리는 오늘은 더 어두침침하다.

기둥문 너머로는 집들이 빼곡히 늘어서 있다. 도로가 완만하게 꺾이는 탓에 주택가 끝까지는 보이지 않는다. 신사 앞에 우두커니 서 있는 나를 하교하는 초등학생들이 앞질러 갔다. 줄지어 가는 노란 우산 다섯 개를 끝까지 지켜보고 다시 발걸음을 뗐다.

길을 따라가다 보면 얼마 후 삼거리가 나온다. 이 앞 도로에서 길이 둘로 나뉜다고 해야 할까. 갈림길에는 돌로 만든 석조 등이 있다. 머리 부분이 지나치게 커서 불균형한 석조등이다.

그 광경은 눈을 감고 있어도 자연스레 떠오른다. 오른쪽으로 들어가는 길은 조금 경사져 있다. 거기까지 가면 아마 보일 것이다. 예전에 내 집처럼 드나들던 건물이. 아니, 이미 철거됐을까. 당시도 이미 낡은 건물이었다. 공터로 변해 주차장이라도 들어섰을까. 아니면 새집이 지어졌을까.

나는 철거 쪽에 한 표를 던졌다.

석조등이 보인다. 역시 머리만 크지만 절묘한 균형을 유지하고 있다. 그 옆을 종종걸음으로 지나쳐 갔다. 이 석조등이 언제 무너질지 몰라 겁먹었던 시절의 습관을 몸이 기억하고 있다. 오른쪽 길로 들어가 완만한 경사로 끝을 올려다봤다.

있다.

나는 천천히 그 건물로 다가갔다. 언덕길의 막다른 곳. 잿빛 창고다. 철문이 굳게 닫힌 걸 보니 누군가가 쓰는 것 같지는 않다. 전에도 황량한 느낌이 들었지만 이제는 어엿한 폐건물이다. 시멘트로 된 벽은 더럽고 일부가 벗겨졌다. 슬레이트 지붕은 끝부분이 깨져 들쭉날쭉하고 처마 밑 작은 창문은 칙칙하게 변색돼 있다.

전에는 저 높은 곳에 있는 창문이 채광창이었다.

나는 처마 밑에 들어가 우산을 접었다. 입구 문을 당겨 보지만 당연히 꿈쩍하지 않는다. 문 위는 아무것도 없이 휑하다. 그곳에 달려 있던 간판은 이미 내려진 지 오래다.

'달나라'

흰 바탕에 주황색 글씨가 적힌 세련된 간판이었다. 반짝이는 네온 장식도 달려 있었다. 재활용품 가게에는 도무지 어울리지 않고 그걸 떠나 이름부터 이상했다. 창고처럼 보이는 이 건물이 쇼와 시절*에는 제법 북적이던 댄스 홀이었다고 한다. 댄스 홀이 폐업한 뒤에는 어떤 원예업자가 사들여 창고로 썼고 그 후 한동안 비어 있던 건물을 빌려 재활용품점이 영업을 시작했다.

건물을 매입할 때 떼는 게 귀찮았는지 원래 있던 간판을 활용해 가게 이름을 '달나라'로 지었다고 들었다. 재활용품점 이름이 '달나라'라니. 너무 대충대충이라고 할까, 거창하다고 할까, 아니면 장사 수완이 없다고 할까.

뭐 그 가게에는 어울렸을지도. 나는 그렇게 속으로 혼잣말을 중얼거렸다.

무거운 문 옆 기둥으로 다가갔다. 오랜 세월 비바람을 맞아 깎여 나간 나무 표면을 손바닥으로 쓸다가 손가락에 작은 구멍이 닿았다. 대못을 박은 흔적이다.

---

* 1926년부터 1989년까지의 일본 연호.

그렇다. 이곳에는 나무판이 박혀 있었다. 검은 먹물의 투박한 글씨가 적힌 나무판이.

'무엇이든 팝니다. 삽니다. 각종 고민 상담 및 의뢰 환영'

이곳 점주인 그 괴팍한 노파가 쓴 비뚤비뚤한 글자는 지금도 생생히 기억한다.

이 가게는 재활용품을 취급할 뿐만 아니라 심부름센터도 겸하고 있었다. 사람들이 가져오는 물건을 싼값에 매입해 어수선하게 선반에 늘어놓고 팔았다. 물건을 구경하는 손님들은 대부분 살 생각도 없이 가격만 물어보고 갔다. 도무지 해결할 방법이 없어 보이는 의뢰를 덥석덥석 받기도 했는데 그래 봐야 손에 들어오는 돈은 뻔했다. 어떻게 가게가 굴러 갔는지 지금도 신기할 따름이다.

교통편이 좋지 않아 도쿄의 베드타운도 못 되는 사이타마현 남서부. 오쿠무사시라 불리는 이 산자락 마을의 하루노부시에 있어서 그나마 근근이 먹고 살 수 있었을지 모른다. 그래서 건물도 지금 이렇게 기적처럼 남아 있는 것이다.

처마 밑을 돌아 창고 옆을 봤다. 전에는 주차장이었던 곳에 지금은 내 키보다 큰 잡초가 자라 있다. 이곳에는 수시로 시동이 꺼지는 낡은 미니밴이 세워져 있었는데 시동이 꺼질 때마다 노파는 짜증을 부리곤 했다. 차를 향해 험한 욕설을 내뱉고 심지어 수리를 맡긴 자동차 정비소 주인에게까지 으르렁거렸다.

또 이 공터에는 요사쿠의 집도 있었다. 하지만 요사쿠는 자신의 집인 개집에서는 잠자지 않고 늘 창고 안에서 잤다. 골든 레트리버 피가 섞인 믹스견이라 자리를 꽤나 차지했다. 노파는 종종 요사쿠에게 발이 걸려 넘어질 뻔했고 그때마다 역시 욕을 했다.

나는 다시 비닐우산을 쓰고 창고를 떠났다.

차라리 헐렸으면 오히려 후련하지 않았을까. 그랬다면 10대 시절 끝자락의 짧은 시간을 보낸 이곳을 다시 찾겠다는 엉뚱한 생각에 사로잡힌 나 자신을 비웃었을 것이다. 싸구려 감상에 빠진 나를 우스갯거리로 만들 수 있었을 것이다.

내가 이곳에서 보낸 시간은 기껏해야 1년 남짓이었으니까.

가는 비가 그치지 않는다. 비는 우산을 때리고 구부정하게 걷는 내 운동화를 적신다. 나는 언덕길을 내려갔다. 석조등 불빛이 비 때문에 뿌옇게 보였다.

―류타!

그때 누군가가 내 이름을 부른 것 같았다. 아니, 누구 목소리인지는 알고 있다. 나는 천천히 고개를 돌렸다. 언덕 위 창고 문이 열려 있다. 육중한 철문에 몸을 기댄 채 다이고가 한 손을 들고 있고 그 발밑에는 요사쿠가 누워 있다.

딸꾹질을 하는 듯한 미니밴의 시동 소리도 들렸다. 시선을 옆 공터로 옮겨 보지만 무성한 잡초만 보일 뿐이다. 그대로 다

시 한번 창고를 봤다. 문은 닫힌 채 차가운 빗줄기만 쏟아지고
있다.

'달나라'가 찰나에만 보여 준 환상. 그래도 나는 희미하게 미
소 지었다.

그 여자는 느닷없이 손목을 그었다.

뿜어져 나온 피가 순백의 새하얀 원피스에 커다란 꽃을 피웠다.

공원 맞은편 벤치에 앉아 있던 여자는 서자마자 커터칼로 자
신의 왼쪽 손목을 베었다. 너무나 태연하고 서슴없는 동작에 나
는 어안이 벙벙했다. 무릎에 올려놓은 문고본 책이 다리 옆에
툭 떨어졌다.

그녀는 고개를 들어 나를 봤다. 젊고 아름다운 여자였다. 피
가 줄줄 흐르는 왼쪽 손목을 들자 붉은 핏줄기가 가는 팔을 타
고 가 팔꿈치에서 땅에 떨어졌다. 그녀는 그 자세 그대로 나를
향해 다가왔고 나는 나도 모르게 벤치에서 일어섰다. 땅에 떨어
진 문고본에도 피가 뚝뚝 떨어졌다.

내 시선은 그녀의 얼굴에 못 박혀 있었다. 그녀는 미소 짓고
있었다. 행복이 넘치는 미소였다. 나는 홀린 듯 그 자리에 꼼짝
않고 서 있었다.

그녀는 오른손을 뻗어 피에 젖은 커터칼을 내게 내밀었다.
나는 생각할 겨를도 없이 그것을 받아 들었다.

아이를 데리고 나온 여자가 우리 둘을 보고 비명을 질렀다. 품에 안긴 아이가 자지러지게 울음을 터뜨려도 여자의 얼굴에서 눈을 뗄 수 없다. 핏기를 잃은 여자의 얼굴은 황홀할 정도로 아름다웠다. 죽음의 세계에 한 발짝 나아가려는 여자의 얼굴은.

땡땡땡땡.

그때 내 머릿속에서 차단기 경보음이 울렸다. 나를 죽음으로 유인하는 환청이다.

나도 여자를 향해 미소 지었다. 누군가 다가와 내 손에서 난폭하게 커터칼을 빼앗았다. 그래도 내 눈길은 여자에게서 떠나지 않았다.

지금으로부터 17년 전, 내가 열아홉 살 때 일이다.

그 사건을 계기로 내 인생은 백팔십도 달라졌다.

목격자의 신고를 받아 구급차와 경찰차가 도착했다. 여자가 들것에 실려 갔고 나는 경찰에게 떠밀려 경찰차에 올라탔다. 경찰서에 도착해 목격자로 참고인 조사를 받을 거라 예상했지만 취조실에 끌려가 험악한 형사와 마주하고서야 크나큰 착각임을 깨달았다.

"아는 여자인가?"

"아뇨."

"그럼 왜 그 여자를 노렸지?"

무슨 말인지 이해되지 않았다.

"커터칼은 어디서 구했나?"

그 질문을 받고 비로소 내가 여자를 공격했다고 형사가 오해하고 있다는 걸 깨달았다.

"그 여자는 스스로 손목을 그었어요."

그렇게 해명하며 나는 내 오른쪽 손바닥을 내려다봤다. 손바닥에 마른 피가 묻어 있다. 냉정하게 생각하니 이해가 됐다. 그때 아이를 안고 우리 옆을 지나간 여자는 내가 여자와 마주 보고 있는 모습만 봤다. 그때 여자는 이미 손목을 그었고, 나는 흉기를 손에 쥐고 서 있었다.

손목을 그은 여자를 직접 찾아가 사실을 확인해 달라고 했다. 형사는 여자가 현재 병원 응급실에서 치료 중이라고 했다. 그제야 나는 형사를 찬찬히 관찰했다. 나카야라고 이름을 밝힌 형사는 거만한 태도에 내 변명 따위는 귀에도 들어오지 않는 듯했다.

'만약 그 여자가 정말 나한테 공격당했다고 하면 난 결백을 증명할 수 없겠구나' 하고 마치 남의 일처럼 떠올렸다. 앞으로 어떻게 조사를 진행할지 벼르는 형사를 앞에 두고 나는 몽상에 잠겼다.

자기 손목을 그은 그 여자는 자살을 기도했을 것이다. 틀림없다. 그런데 왜 미소 지었을까. 그녀의 표정은 안도하는 것처럼 보이기도, 평안해 보이기도 했다. 그렇게 죽음을 향해 가는 사람이 있다니. 죽음을 간절히 원했을까. 그녀에게 죽음은 구원이었을까. 왜 내게 흉기를 건넸을까. 날 끌고 가려 한 걸까. 그녀가 도달하고자 한 그 죽음의 세계로.

살인 미수 혐의를 받는데도 별다른 동요 없이 허공만 보고 있는 나를 나카야가 빤히 쳐다봤다. 키가 작고 인상이 험악한 50대 형사다. 이런 속된 남자가 이해할 리 없다. 내가 세상 모든 것에 절망하고, 살아 있는 나 자신을 힘겨워하고 있다는 것을.

그렇게 생각하니 그 여자가 이미 나라는 사람을 알고 일부러 내 앞에서 자살을 시도한 것 같은 느낌이 들었다. 혹시 커터칼을 건네며 "이젠 네 차례야"라고 속삭이지 않았을까.

"아아……."

무심코 신음하는 나를 나카야는 섬뜩한 것처럼 바라봤다.

그때 나카야의 등 뒤에 있는 문이 열리고 다른 형사가 들어왔다. 그가 허리를 숙여 나카야에게 귓속말하자 나카야는 그야말로 아쉬운 듯 한숨을 내쉬었다.

"치료가 얼추 끝났다는군."

"얼마나 다친 건가요?"

나카야가 눈을 가늘게 떴다. 여전히 나를 의심하는 듯하다.

"생명에 지장은 없다고 해."

그렇다면 그녀는 실패한 셈이다. 죽고 싶어도 죽지 못했다.

"스스로 손목을 그었다고 했다더군."

"네. 맞습니다."

나카야는 콧숨을 내쉬었다. 꼭 다 잡은 사냥감을 놓친 굶주린 동물 같은 분위기다.

그렇다고 바로 풀려나지는 못했다. 경찰은 무엇이든 서면으로 남겨 둬야 하는 조직인 듯했다. 뒤늦게 들어온 젊은 형사가 방 모퉁이에 있는 작은 책상 앞에 앉아 키보드를 두드리기 시작했다. 나는 나카야에게 이름과 주소, 나이를 말했다. 내 나이가 열아홉 살이라는 것을 듣고 나카야는 "학생인가?"라고 물었다. 내가 고개를 저으니 다음으로 "그럼 직업이?"라고 질문을 바꿨다.

"그게……."

대답을 망설였다.

"무직입니다."

나카야는 수상쩍은 얼굴로 나를 봤다.

이런 상황에 직면하게 될 줄은 몰랐다. 경찰서에서 신원을 밝히고 무직이라 대답하게 될 줄이야. 그러나 거짓말이 아니었다. 나는 사회에서 한 발짝 비켜난 채 떠돌고 있었다. 학교에 가지도 않고 일도 하지 않았다.

"왜 그 공원에 있었지?"

그렇게 물어도 "그냥 어쩌다가……"라고 대답할 수밖에 없었다. 별생각 없이 공원에 앉아 있던 내 앞에서 생전 처음 보는 여자가 자살을 기도했다. 그런 우연이 생길 수 있는가. 이 녀석은 역시 어떤 의도를 품고 그곳에 있었던 게 아닐까. 형사의 습관대로 그렇게 의심할 나카야의 머릿속이 눈에 훤히 보이는 듯했다.

나는 그것과는 또 다른 생각을 하고 있었다. 벤치에 앉아 책을 읽는 내 앞에서 여자가 손목을 그은 건, 나와 그녀의 마음이 잠시나마 교감했기 때문 아닐까.

다시 한번 그녀를 절실히 만나고 싶었다.

이외에 다른 사건이 없어 한가한지 조서를 작성하는 데 생각보다 시간이 들었다. 일단 혐의는 벗은 것 같아 도중에 손을 씻으러 일어섰다. 미성년자라 그런지 형사가 부모 이름을 물었는데 그때는 노골적으로 불쾌감을 드러냈다. 이런 일에 부모님까지 끌어들이게 되는 건 뜻밖이었다.

"이제는 됐잖아요. 전 그저 거기 앉아 있었을 뿐이라니까요."

그렇게 말하고 엉거주춤 일어섰을 때 다시 문이 열렸다. 제복 경찰 뒤에 웬 중년 남자가 서 있었다.

"병원으로 이송된 여자의 관계자라고 합니다. 이분께 사과드리러……."

경찰의 말이 끝나기도 전에 남자가 조사실로 들어왔다.

"폐를 끼쳐 죄송합니다."

그는 나를 향해 깊숙이 고개를 숙였다. 숱이 별로 없는 정수리 한가운데가 보였다. 나카야도 당황하며 입을 다물었다.

"병원에 가니 경찰이 상해 혐의로 경찰서에 데려갔다고 해서……."

그가 또다시 고개를 숙였다. 아무래도 여자의 아버지나 친척쯤으로 보였다.

"괜찮습니다. 혐의는 벗은 것 같으니까요."

나는 나카야를 향한 비아냥도 담아 대답했다.

"조금 놀라기는 했는데 정말 괜찮아요."

"그런가요. 놀라셨군요. 사실 그 학생은……."

"학생?"

그렇게 되물은 사람은 나카야였다. 중년 남자는 그녀가 자신이 맡은 반 학생이라 설명했다. 그렇다면 이 사람은 담임교사일까. 이제는 내게서 멀어져 버린 학교라는 곳을 문득 떠올렸다.

"어느 학교입니까?"

"현립 하루노부 고등학교 야간부 과정입니다."

"왜 하필 그런 데서 손목을 그었답니까? 사람들 놀라게."

나카야가 언짢은 것처럼 말하자 중년 남자는 또다시 "죄송합니다" 하고 고개를 숙였다. 그리고 재킷 안주머니에서 명함을 꺼내 나카야와 나에게 내밀었다. 명함에는 학교 이름과 '아사미 슈지로'라는 이름이 인쇄돼 있었다. 고등학교 야간부 2학년 과정의 주임인 듯했다. 내가 명함을 웃옷 주머니에 넣는데 주머니에 넣어 둔 문고본 책이 바닥에 떨어졌다. 펼쳐진 책장에 핏방울이 커다랗게 묻은 것이 그 여자의 원피스에 피었던 새빨 간 꽃 같은 핏자국과 겹쳐 보였다.

아사미 선생은 그걸 보더니 "앗!" 하고 소리쳤다.

"죄송합니다. 제가 변상할 테니."

선생이 다시 안쪽 주머니에 손을 넣어 지갑을 꺼내려고 해서 나는 그를 말렸다.

"아뇨, 괜찮습니다. 어차피 헌책이라서요. 그보다 그분은 상 태가 좀 어떤가요?"

아사미 선생은 약간 슬픈 표정으로 말했다.

"상처 치료는 끝났습니다. 정맥을 베는 바람에 출혈량이 상 당했다고 하지만 지금은 안정된 상태입니다. 일주일 정도 더 입 원해야 한다고 했습니다."

"그런가요. 다행이네요."

말없이 우리 대화를 듣고 있던 나카야에게 양해를 구하고 나 는 아사미 선생과 함께 조사실을 나갔다. 경찰서 현관 로비를 가로지르는 동안에도 그는 거듭 내게 사과했다. 아무리 학교 담 임교사라지만 원래 이렇게까지 하는 걸까. 나는 잘 판단이 서지 않았다.

"괜찮습니다. 신경 쓰지 마세요."

내가 몇 번째일지 모를 정도로 반복하자 선생은 건장한 몸을 움츠렸다.

"사실 그 아이가 조금 불안정해서……."

그는 문득 그런 말을 입에 담았다. 교사로서 그 이상 사적인 정보를 누설할 수는 없을 것이다. 그녀의 이름이나 그녀가 짊어진 배경 같은. 나도 더 깊이 파고들지 않았다. 아사미 선생은 현관 앞에서 또다시 내게 고개를 꾸벅 숙이고 떠났다.

하지만, 나는 알고 있었다. 그녀의 이름은 가시마 유리코. 조금 전 조사실을 나설 때 젊은 형사가 입력 중인 컴퓨터 화면을 훔쳐보며 알게 됐다.

경찰서 현관 앞 계단을 내려가면서 나는 가시마 유리코의 이름을 마음속으로 여러 번 되읊었다.

처음으로 만난 나와 같은 부류 사람의 이름을.

나는 중학교 2학년 때부터 학교에 가지 않았다. 고등학교에도 진학하지 않았다. 세상 사람들은 나 같은 사람을 '은둔형 외톨이'라 불렀다. 당연한 일이지만 나의 선택에 가족들은 놀라고 당황했다. 내 할아버지는 전직 중학교 수학 교사로 퇴임 후 마당에 작은 조립식 가건물을 지어 학원을 운영했다. 아버지는 지역 기업에 다니는 평범한 회사원이지만 취미로 지역사를 공부해 향토 사학자로 그럭저럭 이름을 알렸다. 한마디로 지적 욕구가 강한 가족이었다.

그러니 외아들인 내가 학교에서 낙오했다는 사실을 도저히 받아들이지 못했다. 학교에 가도록 강요하는 가족과 갈등이 생겼고 감정적으로도 뒤엉켰다. 어머니는 내가 여덟 살 때 자궁암으로 세상을 떴다.

할아버지와 아버지 둘 다 엄청난 독서가여서 집 안은 책으로 가득 차 있었다. 심지어 책 때문에 서재로 쓰는 방의 바닥이 꺼진 적이 있을 정도다. 서재에 틀어박혀 온종일 독서에 골몰하는 게 나의 은둔형 외톨이 생활이었다. 그곳에서 날 꺼내려는 아버지와 완강히 거부하는 나는 끝내 관계가 단절됐다. 몇 년간 그누구와도 말을 섞지 않았다. 할아버지, 할머니는 포기하지 않으신 것 같았지만 손자인 내게 실망한 것만은 분명했다.

나는 머리가 좋았다. IQ는 138이다. 그러나 그런 사실이 오히려 남들과 어울리는 데 방해가 되었다. 초등학생 때부터 수업 시간에 교사의 실수를 종종 지적하곤 했다. 교과서는 한 번만 읽어도 머리에 다 들어왔고 그걸 떠나 전부 내가 아는 내용만 실려 있었다. 일본 학교에서는 대체로 학생들에게 획일성을 강요했고 정해진 틀에서 벗어나는 사람을 꺼렸다. 나는 또래 아이들보다 빠르고, 깊고, 넓게 배우고 싶었지만 그런 환경의 학교는 없었다. 교사에게 날카로운 질문을 던지거나 가끔 이상한 생각을 입에 담는 나를 반 아이들은 점차 멀리하기 시작했다.

나의 독창성과 호기심, 통찰력, 뛰어난 기억력, 남다른 집중력을 칭찬해 주는 사람은 없었다. 그런 모습을 학교에서 과시하는 게 좋지 않다는 걸 학습한 나는 내 능력을 감추는 데 급급했다. 그러면 자연스럽게 수업에도 흥미가 떨어지기 마련이다. 주입식 교육에서는 아무런 의미를 찾지 못했고 수업에 집중하지 못하니 기분은 점점 밑바닥으로 가라앉았다. 이런 환경에서 월등히 뛰어난 사람이 오히려 이상해 보인다는 것을 알게 된 이후부터는 일부러 좋지 않은 성적을 받았다.

그럼에도 내 독특한 언행은 사라지지 않았다. 돌연 교실을 나가거나, 이따금 마주치는 흥미로운 과제에는 이상하리만큼 열정을 불태웠다. 수업 단원이 바뀌어도 전에 한번 마음에 든 주제에 계속 집착하는 나를 보며 교사들도 애를 먹었을 것이다.

아버지는 선생님과 면담할 때 나에 대해 "스스로 주위에 거리를 둔다", "관심 대상이 계속 바뀌다가 불현듯 한 가지에 집착한다", "이야기가 비약해 스스로도 수습하지 못한다", "사회성과 협조성이 부족하다" 같은 말을 들었다고 한다. 내 앞에서 그런 이야기를 숨기지 않고 전한 아버지는 내가 특별히 뛰어나다면 그런 건 문제 되지 않을 거라 은연중에 말하고 싶었을 것이다. 그러나 그러한 기대는 완전히 어긋났고, 아버지는 내가 그런 나 자신을 주체하지 못하고 괴로워한다는 것을 깨닫지 못했다.

나는 학교에 들어가기 전부터 할아버지에게 수학의 기초를 배웠다. 할아버지는 지식을 주는 대로 흡수하는 손자를 자랑스러워했다. 실제로도 나는 이과 계열 과목을 잘했고 무엇보다 좋아했다. 명확한 답이 가져다주는 안도감 같은 것을 즐겼다. 나는 모호한 것을 싫어했고 서툴렀다. 애정이나 배려, 자애 같은 감정을 믿지 못했다. 그러니 최대한 떨어져 있고 싶었다. 그런 내 심리를 할아버지 또한 이해하지 못했다.

나는 초등학생 때 이미 수학적 귀납법이나 미분 방정식, 집합 등을 이해했다. 그 무렵 할아버지의 권유로 읽던 책은 '갈루아의 이론'에 관한 책이었다. 그러나 그런 지식을 학교에서 자랑하지는 않았다.

나는 나라는 개인을 이해해 주지 못하는 가족들에게도 학교에도 실망하고 있었다.

이해는커녕 학교에서는 내가 과잉 행동 장애나 자폐 스펙트럼일 수 있으니 전문의의 진단을 받아 보라 했다. 아버지는 단호히 거부했고 할머니는 화를 내면서도 걱정했다. 누구 앞에서도 마음을 열지 않는 나에게 정말 그런 정신적 문제가 있는 것은 아닐지 우려하는 듯했다.

나 자신도 몹시 낙담했다. 이 세상에 내가 살아갈 틈 따위는 없다고 생각했다. 물론 이미 오래전부터 알던 것이었다. 중학교에 올라가도 주변 환경은 변하지 않았다.

그래서 나는 어떻게 했을까.

3층 교실 창문에서 뛰어내렸다. 창틀을 박차고 밖으로 몸을 던졌다. 다행히 바로 아래 콘크리트 바닥에는 떨어지지 않고 눈주목나무 위에 떨어졌다. 오른손 손목과 갈비뼈가 한 대 부러졌다.

내 기이한 행동이 극에 달한 느낌이었다. 내가 등교를 거부하기로 마음먹었을 때 학교는 분명 안심했을 것이다. 방과 서재에만 틀어박힌 아들과의 공방에 지쳐 아버지는 결국 두 손을 들었다. 할아버지와 할머니는 집에 있는 나를 신줏단지 모시듯 조심스럽게 대했다. 할머니는 그날의 일이 사고였다고 완강히 주장했다. 아버지와 할아버지는 사춘기 소년의 반항 정도로 생각했을지 모른다.

고등학교에 올라가지 않겠다고 선언했을 때 또 한바탕 소동이 벌어졌지만 나는 내 의견을 관철했다. 고등학교를 졸업할 나이에 가까워지자 할아버지와 아버지는 입시를 치러 대학에 가라고 강요했다. 그때의 나라면 수능 같은 건 식은 죽 먹기였을 것이다. 그러나 그런 사회의 규범에 편승하는 것이 무슨 의미인지 나는 알지 못했다.

어쨌든 그런 이유로 나는 열아홉 살이 되어도 무직이었고 고독했다.

나는 내가 좋아하는 서재에 온종일 틀어박혀 살았다. 그곳에서 밤새 책을 읽었다. 서재는 나에게 낙원이었다. 가와바타 야스나리와 다자이 오사무 같은 문호의 소설, 애거서 크리스티나

밤의 소리를

엘러리 퀸의 미스터리, 수학, 물리학, 천문학과 고고학 전문서, 미술 도감과 생물 도감을 읽었다. 할아버지가 수집한 세계 풍경 화보집을 보는 것도 좋아했다.

부모님이 사 준 컴퓨터는 중학생 때부터 이미 달인이었다. 학교에도 PC가 도입돼 반 아이들이 수업에서 컴퓨터 기초를 배울 무렵 나는 프로그래밍을 공부했다. 원하는 책은 인터넷으로 주문했다.

사회와의 접점은 끊겼다. 같은 반이었던 예전 친구들은 단 한 명도 나를 찾아오지 않았다. 매일매일 세상의 뉴스를 접하기는 했다. 일본의 정치와 경제 구조를 머릿속에 넣었고 국제 사회의 흐름에도 민감했다. 이따금 집 밖으로 산책을 나갔다. 공원에서 멍하니 있거나 책을 읽었다. 그러나 그뿐이었고 나의 세계는 여전히 작고 협소했다.

밖에는 나를 받아들이지 못하는 살기 힘든 사회가 펼쳐져 있었다. 경제적으로는 풍족했고 이런 나를 받아 주는 가족도 있었다. 특히 할머니는 말없이 나를 돌봐 줬다. 그러나 '사회성과 협조성이 부족하다'라고 나를 평가한 예전 담임의 판단은 옳았다.

2

사흘 후 병원에 입원 중인 가시마 유리코를 찾아갔다.

그날 응급 병원을 인터넷에서 검색해 찾았다. 시내에서는 중
간 규모 정도 되는 병원이었다. 내친김에 하루노부 고등학교의
야간 과정에 관한 정보도 찾았다. 내가 사는 사이타마현 하루노
부시에 있는 현립 하루노부 고등학교는 통칭 '하루고'라 불리
며 전일제와 야간부 과정으로 나뉘어 있다고 했다. 가시마 유리
코는 왜 학교에 다니는 걸까. 손목을 긋는 자기 파괴적인 행위
를 저지른 그녀가 규율을 중시하는 학교라는 곳에 다닌다는 사
실 자체가 신기했다.

병원 안내 데스크에 이름을 말하고 병문안을 왔다고 했다.
은둔형 외톨이인 내게는 상당한 용기가 필요한 행동이었다. 머
리를 써서 문안객으로 보이도록 작은 꽃다발도 준비했다. 데스
크 여직원과 마주하고 있는 것만으로도 식은땀이 났다.

자살을 시도한 여자라 면회가 제한될 줄 알았는데 뜻밖에도 직원은 순순히 병실 호수를 알려 주었다.

유리코는 병원 최고층 특별실에 입원해 있다고 했다. 엘리베이터를 타고 올라가 긴 복도를 걸었다. 소독약 냄새와 옆을 오가는 흰 가운을 입은 사람들을 보며 어머니가 자궁암으로 입원해 있던 병원을 떠올렸다. 죽음에 다가가는 어머니를 옆에서 지켜보는 것은 고통이었다. 여덟 살이던 내게 그 누구도 자세한 병세를 설명해 주지 않았다. 할머니는 끝까지 "엄마는 곧 집에 올 거야. 네 곁에 돌아올 거야"라는 말만 했다.

그러나 나는 어머니가 죽는다는 것을 누구보다 잘 알고 있었다. 그뿐만 아니라 어머니가 죽음을 기꺼이 받아들이리라는 것까지. 그때부터 죽음은 이미 나에게 친숙했다.

문을 두드리자 "네" 하는 차분한 여자 목소리가 들렸다.

넓고 밝은 방이었다. 바로 앞에 마주 보는 형태로 소파가 놓였고 작은 부엌도 딸려 있다. 소파 건너편 침대에 가시마 유리코가 있었다. 유리코는 헤드 부분이 들려진 전동 침대에 몸을 기댄 채 창문을 보고 있었다. 누가 들어오든 관심 없다는 식이었다.

잠시 후 유리코가 천천히 나를 향해 고개를 돌렸다. 사흘 전 만난 남자임을 알아보는 것 같지는 않았다. 그저 평온한 얼굴로 자신에게 다가오는 낯선 남자를 바라보고 있었다.

이 사람한테는 무서울 게 없구나. 나는 그렇게 생각했다. 강인함과 공허함이 뒤섞인 듯한 묘한 분위기의 여자를 나도 똑바로 쳐다보며 다가갔다. 침대 옆에 가도 뭐라고 말을 걸어야 좋을지 몰라 일단 말없이 작은 꽃다발을 내밀었다.

"어머."

유리코는 기쁜 것처럼 꽃다발을 받았다. 경계심이라고는 느껴지지 않았다. 스프레이 장미와 마거릿 장미에 코를 묻고 냄새를 맡는다. 그녀의 왼쪽 손목에 감긴 하얀 붕대를 나는 물끄러미 내려다봤다. 화장기 없는 창백한 얼굴 주변에서 밤색 곱슬머리가 흔들렸다.

"왜……"

입을 열자 쉰 목소리가 나왔다.

"왜 손목을 그었죠?"

유리코는 여전히 코를 꽃다발 속에 묻고 별로 놀란 것 같지도 않았다.

"내 앞에서."

마침내 그 말을 입에 담았을 때 그제야 유리코는 고개를 들었다.

"아아, 그때……."

힘없이 미소 짓는다. 나는 '손목을 그을 때도 꽃다발을 받을 때도 똑같이 웃는구나' 하고 생각했다.

"왜 손목을 긋고 저한테 보여 준 거예요?"

"그건……."

유리코는 작은 꽃다발을 빙글빙글 돌렸다.

"당신이 아주 부러워하는 표정을 짓고 있었으니까요."

순간 현기증이 느껴졌다. 앞으로 기울어질 뻔한 자세를 간신히 바로잡는다.

"그게 무슨 뜻이죠?"

내 목소리가 왠지 아득하게 들렸다.

"글쎄요."

유리코는 문득 열의를 잃은 것처럼 쌀쌀맞게 대답했다.

"손목을 그은 건 이번이 처음이 아니에요. 전 전문 리스트 커터랍니다."

꼭 별일도 아니라는 듯이 말한다.

"한번 긋고 싶어지면 억제가 안 되죠. 하지만 처음이었어요. 그렇게 애타게 절 지켜보는 사람을 만난 건."

나는 눈을 질끈 감았다.

땡땡땡땡.

차단기 경보음이 멀어지기만을 기다린다.

"좀 앉으세요."

유리코가 창가 옆에 있는 철제 의자를 가리키더니 다시 차분하게 말을 이었다.

"당신, 죽음을 바라지 않나요?"

의자에 앉아서 다행이었다. 아니면 정말 휘청거리다가 바닥에 주저앉았을지 모른다. 나를 똑바로 쳐다보는 그녀의 시선이 두려웠다. 그렇게 유리코는 잠시 말없이 나를 봤다.

"그런데 추천해 드리지는 못하겠어요. 당신처럼 죽음을 어려워하는 분께는."

"나에 대해 뭘 알아?"

그것만은 확실히 되받아쳤다. 그러나 실제로는 겁에 질려 있었다. 유리코가 내 마음속 깊숙한 곳까지 꿰뚫어 보는 듯했다.

소독약 냄새가 역겨웠다. 어머니에게 붙어 있던 냄새다. 어머니가 나라는 무거운 짐에서 벗어났던 기억. 유리코는 문득 표정을 풀었다.

"모르죠. 그냥 느낄 뿐."

우리는 같은 부류다. 살기 힘든 이 세상에서 숨 쉬는 것조차 버거운 사람들이다. 구원은 어디 있을까. 유리코도 아마 해답을 찾고 있다. 그것을 찾지 못해 애태우다가 결국 자해에 치닫는 것이다.

"아사미 선생님이 당신에게 사과하러 갔죠?"

유리코가 화제를 바꿨다. 그녀의 구원받지 못한 영혼에 사로잡힌 나도 순간 현실로 되돌아왔다. 정작 사과해야 할 사람은 자신이면서 꼭 남의 일처럼 말한다. 그러더니 그녀는 가볍게 웃음을 터뜨렸다.

"아사미 선생님은 항상 그래요. 학교 안에서 가르치시는 데 그치지 않죠. 언제나 학생들을 위해 뛰어다니세요."

그야말로 즐거운 듯이 말한다. 나는 끊임없이 변화하는 유리코의 감정을 따라잡지 못했다.

―사실 그 아이가 조금 불안정해서…….

아사미 선생의 말이 머릿속에 되살아났다. 아무리 학교 담임이라고 해도 이렇게까지 하는지 의문스러워한 것도. 그 말을 하자 그녀는 또다시 명랑하게 웃음을 터뜨렸다.

"저뿐만이 아니에요. 하루 고등학교 야간부 과정에는 문제아가 아주 많거든요. 선생님은 학생들이 우선 학교에 오도록 애쓰고 계세요. 늦은 밤 거리를 배회하는 아이를 붙잡고, 범죄에 가담한 아이를 유치장에서 면회하고, 집 안에 틀어박힌 아이를 만나러 집까지 찾아가죠. 몇 번이고, 몇 번이고 끈질기게."

가슴이 저릿했다. 내가 아는 교사 중에 그런 사람은 없었다.

"아사미 선생님의 별명은 '불'이에요. 얼굴이 불도그를 닮아서는 아니고 불도저처럼 학생들을 끌어모아 학교에 데려오기 때문에 붙은 별명이죠."

유리코는 아사미 선생에 대해 말하는 동안에는 쾌활했다.

"왜 야간 학교 같은 곳에 다니지?"

반복적으로 손목을 긋는 사람이 밤에 수업하는 학교에 다닌다는 게 신기했다.

"그곳이 날 받아 주는 곳이니까요. 그 학교만이 유일하게."

무슨 뜻인지 알 수 없었다. 알 수 없으니 관심이 생겼다. 느닷 없이 내 삶에 뛰어든 가시마 유리코와 아사미 선생. 그들이 교 류하는 야간부 고등학교라는 곳.

그 만남이 없었다면 나는 '달나라'를 영영 몰랐을 것이고, 그 후 내 인생을 바꾼 시게마쓰 다이고를 만나지도 못했다.

가시마 유리코는 스물네 살이었다. 아버지가 하루노부시에 서 치과를 운영하는 유복한 집안 딸이었다. 자살을 기도해 병원 특별실에 들어가도 채워지지 않는 무언가를 떠안은 채 유리코 는 또다시 손목을 그었다.

유리코가 퇴원한 뒤에도 우리는 만났다.

나는 어쩔 수 없이 그녀에게 끌렸다. 여자로서도 매력적인 사람이지만 연애 감정 같은 것과는 별개였다. 나는 사람을 사랑 하지 못했고, 그런 감정을 가지는 건 자신을 망치는 일이라고 어릴 때부터 배웠다. 애매모호하고 믿을 수 없는 것에는 최대한 다가가지 않으려 했다. 그러니 가족이라는 존재가 버거웠다. 피 가 섞였다는 이유만으로 무조건 나를 특별한 존재로 여기고 사 랑하려는 가족. 심지어 몇 년간 말을 섞지도 않은 아버지조차 나를 걱정하고 내 문제로 힘들어했다.

그 모든 것이 내게는 부담이었다.

유리코는 나와 비슷한 것을 가지고 있는 것 같았다. 그 누구도 발을 들일 수 없는 영역을 단단히 소유한 여자. 냉철하지만 무르고, 막무가내지만 부서지기 쉬운 사람.

만나면 만날수록 우리는 닮았다고 느꼈다. 유리코가 날 어떻게 생각하는지는 알 수 없었다. 그녀도 나를 이 세상에서 처음 만난 비슷한 부류라고 생각할지가 궁금하지만 그렇게 속 깊은 대화는 나누지 않았다. 그녀는 자기 자신을 결코 드러내지 않았다. 다만 만나러 오는 나를 거부하지는 않았다. 그녀가 나를 진정으로 받아들이고 있는지 모르는 채로 나는 유리코를 계속 만났다.

우리는 하루노부시를 흐르는 도단강 제방이나 교외 쇼핑몰, 시립 도서관 등지에서 만났다. 별로 대화를 나누지 않아 사이가 돈독해질 일은 없었다. 다만 우리는 쌍둥이 길고양이처럼 서로의 곁에 붙어 있었다. 유리코라는 이 연상의 여자는 몇 번을 만나도 종잡을 수 없는 사람이었다. 형태를 잡으려 하면 아메바처럼 스르르 무너져내려 훌쩍 도망치는 생물 같았다.

그녀의 손목을 감고 있던 붕대는 며칠 지나지 않아 사라졌다. 겉으로 드러난 손목에는 무수한 베인 상처가 있었다. 입원실에서 자신은 전문 리스트 커터라던 유리코의 말이 사실이었다.

전보다 자주 집 밖으로 나가게 된 나를 가족들은 어떻게 받아들여야 좋을지 몰라 당황하는 듯했다.

내가 불러 집 밖에 나온 유리코는 나와 함께 잠시 시간을 보내고 해 질 녘이 되면 이렇게 말했다.

"이제 학교 갈 시간이야."

사실 유리코를 만나는 목적 중 하나에 하루 고등학교가 있었다. 이렇게 자기파괴적인 여자가 다니는 야간 학교란 어떤 곳일까. 손목을 긋는 한편으로 책상 앞에 앉아 있는 유리코의 모습이 상상되지 않았다. 그렇게 말하면 그녀는 웃으며 "안 가면 불도 저가 날 데리러 올 테니까"라고 했다. 정말로 재미있다는 듯이.

나는 유리코가 나와 마찬가지로 사회에 등 돌리고 있기를 바랐다. 철없는 동생처럼 그런 생각을 하면서도 유리코가 다닌다는 야간 학교에 관심이 갔다.

유리코는 정작 자신에 대해 말하지 않으면서 하루 고등학교 이야기는 자주 화제에 올렸다. 그래서 학교에 다니지도 않는 나도 야간 고등학교라는 곳의 현황을 알 수 있었다.

야간 고등학교는 과거에 그랬듯이 낮에 일하고 밤에 공부하는 학생들이 다니는 곳이 아니었다. 그곳은 책이나 인터넷에서는 알 수 없는, 현대 사회의 어둠이 응축된 사회의 밑바닥이었다. 비행 청소년, 집단 따돌림 피해자, 학대 아동, 리스트 커터, 일본어가 모국어가 아닌 외국에서 온 학생 등 사회의 온갖 아웃사이더들이 모이는 장소였다.

그래도 유리코는 그곳을 '유일하게 나를 받아 주는 곳'이라
했다.

내가 하루 고등학교 야간부 과정에 입학하기로 마음먹은 것
은 유리코 옆에 있고 싶었기 때문이다. 그녀를 더 많이 알고 싶
었다. 정체불명의 여자가 갑자기 내 앞에서 자살을 시도하는 모
습을 보며 운명적인 무언가를 느꼈다.

야간 학교에 가겠다는 말을 꺼냈을 때(아버지와는 3년 반 만에
제대로 된 대화를 나눴다) 가족들은 크게 놀라며 반대했다.

"야간 학교?"

아버지는 노골적으로 멸시했다.

"그런 곳에 갈 필요가 있나?"

"거기는 뭔가를 배우는 곳이 아니란다. 특히 너처럼 똑똑한
아이는."

전직 교사인 할아버지는 고등학교 야간부 과정이 어떤지 누
구보다 잘 아니 더 강하게 반대했다.

"공부가 하고 싶으면 입시를 봐서 대학에 가거라. 그게 너한
테 맞아. 열아홉이나 돼서 야간 고등학교라니, 시간 낭비야."

아버지는 불쾌감을 숨기지 않았다.

"그런 건 저도 알아요."

나는 발끈해 대답했다.

"딱히 공부가 하고 싶은 건 아니에요."

"그럼 뭐지?"

오랜만에 입을 열자마자 엉뚱한 이야기를 꺼내는 아들에게 아버지는 화가 난 것 같았다.

"좋아하는 사람이 그곳에 다니고 있어요."

그런 말을 꺼낸 나 자신이 제일 놀랐다. 아버지와 할아버지, 할머니도 입을 떡 벌렸다. 잠시 후 할머니가 가장 먼저 입을 열었다.

"우리 류타에게 좋아하는 아이가 생겼다고? 그건 좋은 일이구나. 가렴. 학교에 가서 그 아이랑 친하게 지내고 친구도 많이 만드는 거야."

집 안에서 내 문제를 가장 잘 아는 사람은 아마 할머니였다.

고등학교를 졸업할 나이가 돼서야 나는 고등학교 입학시험을 보게 됐다.

하루노부 고등학교 야간부 과정은 2011년 3월부로 사라졌다. 행정부는 야간 학교 통폐합을 밀어붙였다. 학교 자체는 존재하지만 이제 밤에 교실 불이 켜지지는 않는다. 그곳에서의 경험은 내 기억 속 깊숙한 곳에서 꺼내 보는 수밖에 없다.

아버지와 할아버지의 반대에 대한 반발심까지 더해져 나는 내 의지를 관철했다. 끝까지 난색을 보인 아버지와의 관계는 그날 이후 더 삐걱거렸다. 결국 하루 고등학교에는 1년밖에 다니지 않았지만, 그 1년은 내 생애 가장 농밀한 시간이었다. 그곳을 다니며 나는 하고 싶은 일을 찾았고 현재의 직업을 갖기에 이르렀다.

어쨌든 그 이듬해 봄 나는 하루 고등학교 야간부 과정의 입학 시험을 통과했다. 열아홉 살 신입생이 탄생한 것이다.

그 사실을 유리코에게 알렸다. 가족에게 좋아하는 사람이 생겼다고 한 사실은 물론 숨겼다. 그녀에게 연애 감정을 품었던 건 아니지만 유리코는 나에게 그보다 더 커다란 존재였다. 나 자신을 비춰 보는 거울이었다. 한순간의 엇갈림으로 헤어질 수 없었다.

유리코는 정작 "그렇구나" 하고 싱겁게 반응했다.

유리코는 그해 스물네 살로 하루 고등학교 야간부 과정 3학년 학생이었다. 나는 1학년. 기이하게도 담임교사는 둘 다 아사미 선생이었다.

하루 고등학교 야간부 과정에서는 반 앞에 담임교사의 이름을 붙여서 불렀고, 따라서 우리 반은 '아사미 클래스'였다. 아사미 선생은 하루 고등학교에서 6년이나 근무한 베테랑이었다. 그는 시험을 치르러 온 나를 보며 기뻐했다.

내 눈앞에서 유리코가 자살을 기도해 아사미 선생과 알게 됐다. 만약 그 일이 없었다면 나는 하루 고등학교에 가지 않았겠지만 그런 말을 하는 건 꺼려졌다. 아사미 선생도 "왜 이 학교에 오기로 마음먹었니?"라고 굳이 묻지 않았다. 그런 질문은 난센스였다.

하루 고등학교 야간부 과정 학생들은 하나같이 다양한 개성을 뽐냈다. 일단 야간부 과정에는 교복이 따로 없다. 대부분 어린 학생이 많지만 30대 주부도 있고 자영업을 하는 40대 남자도 있었다. 10대 학생 중에는 건설 현장 작업복을 입고 매일 언짢은 얼굴로 턱을 괴고 있는 남학생이 있는가 하면, 화려하게 치장한 술집 종업원 같은 여학생도 있었다. 특히 이 술집 종업원 같은 요시타케라는 여학생은 유흥가에서 자주 아사미 선생에게 붙잡혀 학교에 끌려왔다. 아사미 선생은 낙오하려는 학생들을 불도저처럼 끌어모아 수업에 출석시켰다.

야간부는 4년제 과정으로 2년까지 휴학이 허용되고 2년 이상 학교를 쉬면 퇴학 처리된다. 학교에 다니기 시작하며 새로이 알게 된 것들이 많았는데, 그중 특이한 것이 바로 급식이 나온다는 점이었다. 낮에 일하는 학생들 때문일 거라 생각했지만 반드시 그렇지만은 않았다. 야간 과정에 다니는 학생 중에는 저소득층 아이가 많았는데 그들은 집에서 제대로 된 식생활을 한다고 보기 어려웠다. 그들에게는 학교에서 한 끼나마 균형 잡힌 식사를 하는 게 중요한 것이다. 이런 것들은 집 안에만 틀어박혀 있으면 결코 알 수 없는 지식이었다.

1교시와 2교시 사이의 20분이 급식 시간이었다.

밤의 소리를

그 시간에 식당에 가지 않고 학교 건물 밖으로 나가는 학생도 있었다. 학교 뒤에 가서 담배를 피우는 듯했다. 교칙 상 교내 흡연이 금지돼 있고 그런 학생 중에는 미성년자도 있다고 하지만, 교사들은 엄격하게 단속하지 않았다. 당시는 흡연에 대한 사회 인식이 지금보다 관대했고 무엇보다 엄격히 단속해서 정학 처분이라도 받으면 아예 학교를 그만두는 학생이 많았기 때문이다.

그 급식 시간이 나에게는 문제였다. 나는 오랫동안 가족들과 함께 밥을 먹지 않았다. 늘 나를 위해 차려 준 밥을 내 방에 가져가 먹었고, 그러니 누군가와 함께 뭔가를 먹는 상황 자체가 고통스러웠다.

점심시간에 아사미 반 여학생들은 주부인 히가키 씨를 중심으로 같은 테이블을 둘러싸고 앉아 수다를 떨었고 남학생들은 몇몇 그룹으로 나뉘어 식사를 했다. 나는 그중 어느 그룹에도 속하지 못한 채 혼자 말없이 밥을 먹었다. 그러니 밥맛이 좋았을 리 없다.

같은 반 남학생 중에는 매일 쓸데없이 기운이 넘치고 시끄러운 아이가 있었다. 그 아이의 이름은 시게마쓰 다이고, 나이는 열일곱 살이라고 했다.

"어이, 쓰쓰미 류타. 그런 데서 혼자 먹지 말고 이리 와서 같이 먹자."

그렇게 말을 걸어 왔을 때 나는 데면데면하게 반응했다. 당시는 내가 다른 사람과 함께 식사를 즐기지 못한다는 것을 깨닫고 스스로 충격을 받던 참이었다. 이렇게 경박한 아이 앞에서 그런 나를 설명할 엄두가 나지 않았다.

4월이 채 중순도 되지 않았을 무렵부터 나는 안이하게 학교에 들어온 것을 후회하기 시작했다. 할머니는 내가 야간 고등학교에 가는 것이 '사회에 첫발을 내딛는 재활 훈련'으로 적합하다고 봤기에 찬성했다고 했다. 그런 의미에서 나는 실패구나 생각했다. 나는 아사미 반에 녹아들지 못했고, 오히려 집에 틀어박혀 있을 때보다 더 고독했다.

다이고가 너무 끈질기게 달라붙는 탓에 미처 거절하지 못하고 결국 그들과 같은 테이블 가장자리에 앉아 말없이 밥을 먹었다. 다이고의 목소리는 워낙 우렁차 가만히 있어도 귀에 들어왔다. 그는 주로 옆에 앉은 오쓰키라는 남학생과 수다를 떨었다. 오쓰키는 머리를 박박 민 것으로 모자라 귀와 코에 금속 피어싱을 했고 근육질 몸에 인상도 험악해 밖에서 만나면 틀림없이 피하고 싶은 타입의 남자였다. 나이는 20대 중반쯤으로 보였는데 다이고는 그런 사람을 상대로 겁먹지도 않고 신나게 말을 걸었다.

"넌 왜 야간 학교에 왔어?"

오쓰키는 그 이유를 '속해 있던 그룹이 해산되는 바람에 할 일이 없어져서'라고 했다. 그가 속해 있던 그룹이 어떤 그룹일지 대략 짐작이 됐다. 적어도 독서나 뜨개질 동호회일 리는 없었다.

"다이고, 넌?"

놀랍게도 오쓰키는 상냥하고 조곤조곤하게 물었다.

"넌 왜 야간 학교에 온 거야?"

다이고는 기쁜 듯 웃으며 대답했다.

"나? 난 1년 일하면서 돈을 좀 모았거든. 고등학교를 졸업하고 싶어서."

그야말로 모범적인 대답이었다. 이후에도 다이고와 오쓰키는 계속 수다를 떨었다. 두 사람의 대화를 통해 오쓰키가 속해 있던 그룹이 어느 지하 아이돌 가수를 자원봉사로 경호하던 집단이라는 것을 알게 됐다. 팬클럽에서 파생된 집단으로 질 나쁜 남자 팬들이나 아마추어 카메라맨, 스토커 등에서 보호한다고 했다. 세상에는 이렇게 남들은 생각지도 못할 임무를 맡은 사람들도 있다. 지하 아이돌 가수의 이름은 '후다라쿠 미카'라 했고 나는 난생처음 듣는 이름이었다. **지하**이니 어쩔 수 없을 것이다.

'후다라쿠'란 보타락*을 뜻하는 걸까. 아니면 신앙 같은 것과 관련 있는 걸까 속으로 추측했지만 그런 이야기를 물론 입

---

*   補陀落, 관세음보살이 산다고 알려진 산으로 일본어로 '후다라쿠'라 읽는다.

밖에 꺼낼 수는 없었다. 남들은 알지 못하는 지식을 입에 담으면 사람들이 이상하게 볼까 봐 위축됐다. 이곳에서도 그런 전철을 밟고 싶지 않았다.

'후다라쿠 미카'는 어느 날 느닷없이 은퇴를 선언하고 지하를 떠나 버렸다. 그래서 오쓰키는 마음을 새로이 다지고 전에 중퇴했던 고등학교에 다시 다니기로 결심했다고 했다.

"한때는 정말 빈 껍데기처럼 살았어. 도무지 어떡해야 좋을지 몰랐거든. 그 아이를 지키겠다는 삶의 목적이 사라져 버렸으니까. 그러기 위해 헬스장에 다니며 몸도 키웠는데."

오쓰키는 힘없이 말했다. 사람은 역시 겉모습으로 판단하면 안 된다는 걸 새삼 느꼈다.

"결과적으로 그런 건장한 몸을 가지게 됐으니 좋은 거 아니야? 딱히 손해 볼 건 없잖아."

다이고는 다소 핀트가 어긋난 위로를 했다. 그리고 일찍이도 오쓰키를 '쓰키'라는 별명으로 불렀다. 오쓰키는 자기보다 어린 다이고가 그렇게 허물없이 굴어도 별반 싫어하는 내색을 하지 않았다.

그러나 나는 다이고처럼 얄팍하고 가벼운 데다 시끄럽기까지 한 사람에게는 적응할 수 없었다. 아무 고민도 없이 살아가는 듯한 그와는 결코 속을 터놓는 관계가 될 수 없을 거라 생각했다.

다이고는 자신에게는 가족이 없고 재활용품 가게에서 숙식하며 아르바이트한다는 이야기를 오쓰키에게 했다. 그렇다면 중학교 졸업 후 1년간 일해서 고등학교 학비를 모아 하루 고등학교에 들어온 걸까.

"이야, 너 대단하네."

오쓰키가 순수하게 감탄했다.

가족이 없다니. 무슨 사정일까. 가족이 있음에도 그들과 연결되는 방법을 몰랐던 나도 그때만큼은 다이고라는 아이에게 관심이 생겼다. 그러나 그날 이후 다이고는 일절 자기 이야기를 하지 않았고, 나도 얼마 안 돼 그런 것은 잊어 버렸다.

학교 식당에서는 유리코의 모습도 보였다. 우리는 학교 안에서는 대화를 주고받지 않았다. 그녀는 늘 이치노세라는 같은 반 남학생과 함께 있었고 그는 농구부 주장이라 했다. 유리코는 차를 타고 학교에 다녔는데 집에 갈 때도 조수석에는 항상 이치노세가 타 있었다. 나는 두 사람의 관계를 묻지 않았고 유리코도 별다른 설명은 없었다. 휴일에 유리코를 부르면 나와 함께해 주는 것만으로 충분했다.

4월 말 황금연휴가 시작되어 나는 안도했다. 해가 지면 학교에 가는 일상에 여전히 익숙해지지 않았다. 나는 유리코와 나란히 서서 걸었다. 땀이 날 정도의 날씨였지만 유리코는 긴소매 옷을 입고 있었다. 손목 상처를 감추기 위해.

겹겹이 쌓인 오래된 베인 상처.

우리는 선로 옆 길을 나란히 걸었다. 전철이 몇 대나 우리 옆을 지나쳐 갔다. 차가운 선로가 바로 옆에 있고 전철이 오는 소리가 들리면 나는 그 앞에 뛰어드는 것을 상상했다. 유리코의 손을 잡아끌고 둘이 함께. 육중한 바퀴가 우리의 몸을 짓누르고 갈가리 찢어발기는 광경을. 그럼 우리 두 사람은 무(無)로 돌아가는 것이다. 우리가 원하던 대로.

그때 불현듯 유리코가 내 손바닥에 자기 손을 밀어 넣고 죽 잡아당기는 바람에 나도 모르는 사이 선로 쪽에 쏠려 있던 내 몸이 인도로 돌아왔다. 화들짝 놀라 옆을 걷는 연상의 여자의 얼굴을 돌아봤지만 유리코는 시치미를 떼며 앞만 보고 걸었다. 그러나 손은 놓지 않았다. 손목에 무수한 흉터가 있는 유리코의 왼손이 내 오른손을 꼭 잡고 있었다.

그렇게 유리코로 인해 나는 죽음이 아닌 삶 쪽으로 소환됐다. 정작 본인도 죽음을 향해 여러 번 다가간 주제에 그녀는 민감하게 내 마음을 읽고 위험한 충동을 부드럽게 잠재워 주었다.

설마 날 두고 혼자서만 떠날 생각일까.

사실 전에도 비슷한 감정을 느낀 적이 있었다. 또 같은 일이 반복되는 걸까. 그것만은 사절이었고 간신히 찾은 나와 같은 부류의 사람을 잃고 싶지 않았지만, 또 그런 내 마음을 구구절절 설명하기는 꺼려졌다. 옆에서 말없이 걷는 유리코의 손은 따스했다. 확실하게 살아 있는 사람의 체온이 전해졌다.

"오, 쓰쓰미 류타."

그때 뒤에서 목소리가 들렸다. 굳이 돌아보지 않아도 누군지 알 수 있었다.

다이고가 자전거를 타고 다가와 우리 옆에 멈춰 섰다.

"이런 데서 뭐 해?"

그렇게 물으며 손을 맞잡고 있는 우리를 봤다.

"오, 둘이 사귀는 거야? 3학년인 가시마 유리코 씨 맞지? 이야, 너 보기보다 능력 있네. 학교에서 미모로 유명한 분을."

나는 슬며시 유리코의 손을 놓았다. 다이고는 유리코 앞에서 같은 반 친구라고 자신을 소개했다. 다이고와 친구를 맺은 기억은 없지만 굳이 아니라고 하기도 귀찮아 잠자코 있었다. 속으로 얼른 사라져 주기를 바랐다. 가까이 오는 사람을 절대 거절하지 않는 유리코는 어느새 다이고와 대화를 나누기 시작했다.

"넌 여기서 뭐 하니?"

유리코가 다이고에게 물었다.

"아, 난 지금 아르바이트 중. 배달 마치고 가는 길이야. 연휴에도 가게는 열거든. 손님은 거의 안 오지만."

다이고는 자전거에서 내려 발걸음을 뗀 우리와 보조를 맞춰 함께 걸었다.

"그렇구나. 어떤 가겐데?"

유리코는 천진난만하게 잇달아 질문을 던졌다.

"재활용품점. 가게 이름은 '달나라'야. 웃기지?"

주절주절 수다를 늘어놓는 다이고를 보고 있기가 짜증스러웠다. 유리코가 이따금 웃음을 터뜨리자 신이 난 다이고는 '달나라' 이름의 유래까지 알려 줬다.

"엉망진창이지? 게다가 가게 주인 할머니도 정상이 아니야. 물건을 사고팔 때 무슨 도깨비 같다니까. 살 때는 인정사정없이 값을 후려치고 팔 때는 팍팍 올려서 받고. 손님을 손님으로 보지도 않는 것 같아. 거기에 성격은 또 얼마나 고집스러운지 원. 말하고 보니 정말 장점이라곤 하나도 없네."

"그럼 왜 그런 데서 일해?"

"숙식이 공짜라. 구경할래? 요 바로 옆에 있어."

놀랍게도 유리코는 나에게 '달나라'에 들렀다 가자고 했다.

3

우리는 다카쿠라 신사 앞 석조등이 있는 곳에서 방향을 꺾어 완만한 언덕을 올랐다.

조심스럽게 들여다본 '달나라' 내부는 어두웠다. 천장 형광 등의 절반이 꺼져 있다. 다이고가 뒤에서 "사장님이 엄청난 구 두쇠거든. 전기 요금도 아까워해"라고 설명했다.

가게 주인이라는 70대의 노구치 다카에는 콘크리트 패널에 둘러싸인 안쪽 방에 있었다. 보아하니 그곳이 사무실인 듯했다. 사무실에서 나온 다이고가 유리코를 데려가 다카에에게 소개 했다. 유리코가 "조금 전 다이고와 저기서 만나서요"라고 사정 을 설명했지만 다카에는 노안경을 살짝 내린 채 눈을 치뜨며 대 답 없이 우리를 보기만 했다.

"그럼 배달 마쳤으니 잠깐 쉴게요."

다이고는 싹싹하게 웃으며 우리의 등을 밀었다. 창고 벽 옆에 2층으로 올라가는 철제 계단이 있었다. 계단으로 향하는 우리의 뒷모습을 보며 다카에는 "20분만이다!"라고 소리쳤다.

"저것 봐. 지독한 할매지? 저렇게 성격이 고약해서야. 심지어 손님들한테도 저래. 신경 쓰지 마."

다이고의 방은 다락방이라 부르기도 어려운, 거의 창고 윗부분에 딸린 공간이었다.

"댄스 홀이었을 때는 여기서 홀을 내려다보며 조명과 음향을 제어했다고 해."

창고가 내려다보이는 창문과 별개로 바깥을 향해 길쭉한 유리창이 나 있었다. 3.5평 정도 되는 살풍경한 공간 맨바닥에 매트리스를 깔아 놓고 침대로 쓰는 듯했다. 작은 냉장고와 선반. 선반에는 옷들이 난잡하게 쑤셔 넣어져 있다. 한쪽 구석에 있는 흠집투성이 나무 책상과 의자는 거의 골동품이었고 책상 위에 교과서가 보였다. TV는 없고 낡은 라디오만 한 대. 가재도구라고는 그뿐이었다.

"전부 가게에서 팔던 물건들이야."

다이고는 처음 사들인 가격에 물건을 넘겨받았다고 했다. 겨울에는 전기 히터, 여름에는 선풍기를 사용하지만 지금은 창고에 있다.

"댄스 홀 제어실이라 그나마 콘센트가 있어서 다행이지."

유리코는 신기한 것처럼 연신 주위를 두리번거렸다.

다이고가 "앉아" 하고 하나밖에 없는 의자를 유리코에게 양보했다.

"뭐라도 마실래?"

냉장고를 열려는 다이고를 나는 멈춰 세웠다.

"괜찮아."

"응."

다이고는 순순히 고개를 끄덕이고 매트리스에 털썩 앉았다. 나에게도 옆에 앉으라고 손짓했지만 나는 그대로 서 있는 게 편했다.

노구치 다카에는 예전에 와라비시에서도 재활용품 가게를 했다고 한다. 그래도 명색의 유한 회사라 앞에서는 사장님이라 부른다고 다이고는 설명했다. 처음 가게를 연 사람은 다카에의 남편인데 그가 몇 년 전 세상을 뜨고 이곳으로 가게를 옮겼다고 했다.

유리코는 입구에 걸린 간판 속 문구의 의미도 물었다. '무엇이든 팝니다. 삽니다'까지는 이해해도 그 뒤에 붙은 '각종 고민 상담 및 의뢰 환영'이 무슨 뜻인지 모르는 듯했다.

"여기서 심부름센터 일도 하거든."

"심부름센터?"

"한마디로 시키는 건 뭐든 맡아서 하는 거야. 남들이 해 줬으면 하는 일을 대신해 줘."

"예를 들면?"

다이고는 웃음을 킥킥 터뜨렸다.

"사실 우리는 일손이 딸려서 거창한 건 못해. 주로 하는 일은 집 정리나 정원 손질, 등하굣길 아이 바래다주기 정도랄까. 그중 제일 편한 건 노인네들 말 상대인데."

다이고는 그 밖의 특이한 의뢰로 집 앞마당에 뱀이 나타났으니 쫓아 달라는 의뢰, 한밤중에 이상한 소리가 들리니 퇴마사를 소개해 달라는 의뢰, 잃어버린 물건이나 사라진 반려동물을 찾아 달라는 의뢰 등을 꼽았다.

"그런 걸 다 해결해 준 거야?"

유리코가 흥미진진한 듯 묻자 다이고는 고개를 흔들었다.

"당연히 다 해결은 못 하지. 그래 봐야 우리는 아마추어니까."

"그럴 때는 어떡해?"

"뭐 경비나 소요 시간에 따른 요금은 받지 않을까 싶어. 어쨌든 우리 사장은 한번 들어온 의뢰는 절대 거절 안 해. 뭐든 다 맡는 바람에 나만 힘들다니까."

다카에는 일단 일을 받을 만큼 받아서 거의 다이고에게 맡긴다고 했다. 다양한 의뢰에 일일이 대응할 수 있는 다이고의 융통성에 나는 속으로 혀를 내둘렀다. 그 뒤 유리코는 다이고에게 이곳에서 숙식으로 일하는 이유를 물었고, 다이고는 부모님이 돌아가신 후 도야마에 있는 이모 집에서 살다가 그곳에서 의무

교육까지 마치고 독립했다고 간단히 설명했다.

겉보기에는 한없이 가볍고 속 편해 보이지만 그는 이미 열일곱 나이에 자기 힘으로 돈을 벌며 생계를 꾸리고 있었다. 물론 삶의 질이 좋다고 하기는 어렵지만 부모님의 비호 아래에 사는 나로서는 상상 못 할 일이었다. 그날 이후 다이고를 바라보는 내 시선이 조금 바뀌었다.

우리는 다시 계단을 내려가 창고를 구경했다.

널찍한 창고에 설치된 투박한 철제 선반 위에 이런저런 잡동사니들이 빽빽이 차 있었다. 절대 아무도 사지 않을 물건부터 조금 탐 나는 물건까지 그야말로 별의별 게 다 있다. 깔끔하게 진열된 새 물건이 즐비한 가게밖에 모르던 나는 홀린 것처럼 창고 안을 둘러봤다.

유리코도 재미있어하며 선반과 선반 사이를 돌아다녔다.

낡은 변기와 욕조, 한눈에 봐도 고장 났음을 알 수 있는 전자제품, 아동용 장난감, 유모차, 농기구, 액자에 든 유화, 영어 회화 교재. 헌 옷은 주름투성이에다 노끈으로 묶은 과월호 잡지들이 바닥에 그대로 널려 있다. 주둥이가 깨진 호리병과 찢어지고 얼룩진 족자, 손대면 부서질 것 같은 대나무 바구니 같은 건 아무리 좋게 봐 줘도 쓰레기로만 보였다.

각종 식기와 냄비 솥, 유통기한이 지난 통조림, 파스타 면도 있었다.

창고 입구 근처 바닥에는 대걸레의 걸레 부분 같은 게 떨어져 있었는데 그게 갑자기 벌떡 일어나는 바람에 하마터면 나는 비명을 지를 뻔했다. 걸레가 아닌 털이 긴 갈색 대형견이었다. 계속 잠들어 있느라 꿈쩍도 하지 않아서 살아 있는 생물일 줄은 꿈에도 몰랐다.

다이고는 선반 너머에서 키득키득 웃음을 터뜨렸다.

"걔는 요사쿠야. 나이가 많아 잘 안 움직여."

"설마 얘도 파는 건 아니지?"

그렇게 묻자 다이고는 더 박장대소하다가 먼지를 들이마시고 캑캑거렸다.

"아니야. 집에서 못 키우게 된 주인의 부탁을 받아서 들인 거야. 얘만큼 나이 많은 어떤 할아버지한테."

그러더니 다이고는 갑자기 목소리를 낮추고 "아무래도 사장이 그 할배 약점을 쥐고 돈을 엄청 뜯어낸 것 같던데"라고 덧붙였다.

"아무튼 온종일 잠만 자서 경비견도 못 돼."

유리코는 요사쿠에게 다가가 빤히 얼굴을 들여다봤다.

"귀여워."

유리코 옆에 나도 무릎을 꿇고 앉았다. 다이고가 골든레트리버 피가 섞인 잡종이라고 콜록거리며 설명했다. 요사쿠는 순해 보이는 처진 눈으로 물끄러미 우리를 봤다. 처음 보는 사람을 경계하는 기색이 없고 쓰다듬어도 얌전히 있다. 그러다 내 손에 차가운 콧잔등을 들이밀고 "킁" 하고 짖었다.

살아생전 어머니는 어린 나에게 그림책을 많이 읽어 주었다. 그중 강아지가 나오는 내용의 그림책이 생각났다. 눈밭에 혼자 남겨진 아이를 대형견이 자기 체온으로 따뜻하게 해서 목숨을 구해 주는 이야기였던 것 같다. 요사쿠는 그 그림책에 나오는 개와 외형이 비슷했다. 문득 그림책을 읽어 주는 어머니의 목소리가 귓가에 되살아났다. 오랫동안 잊고 있었던 터라 신기했다. 그때 내 옆에 있던 어머니의 체온까지 떠올랐다.

"요사쿠."

유리코의 목소리를 듣고 요사쿠는 고개를 들어 싱긋 웃었다. 웃는 것처럼 보였다.

우리가 다시 창고에 들어가 있을 때 누군가가 가게 문을 지나 안에 들어왔다. 손님일 줄 알았는데 다이고가 그쪽을 힐끗하자마자 얼굴을 찌푸리는 게 보였다. 사무실에서 나온 다카에도 노골적으로 언짢은 표정을 지었다. 내가 있는 곳에서는 얼굴이 잘 안 보이고 짧고 굵은 목에 건장해 보이는 남자의 체형만 보였다. 남자는 어깨를 으쓱거리며 성큼성큼 창고 안쪽으로 들어왔다. 그가 형광등 아래까지 오고서야 비로소 얼굴이 선명히 보였는데 날카로운 눈빛의 얼굴이 낯익었다. 남자도 못마땅한 것처럼 입가를 일그러뜨리고 있었다.

"누구?"

오래된 마트료시카 인형을 손에 든 유리코가 다이고에게 물었다.

"하루노부니시 경찰서 형사."

그건 나도 알고 있었다. 유리코가 손목을 그었을 때 끌려간 경찰서에서 조사했던 형사다. 나카야라는 이름도 생각났지만 기억하고 싶지 않은 이름과 얼굴이었다. 이런 곳에서 다시 만나게 될 줄은 상상도 못 했다. 그것도 하필 유리코와 함께 있을 때.

나카야는 바닥에 누워 있는 요사쿠를 넘어 다카에에게 다가 갔다.

"뭐야? 나한테 뭐 볼일이라도 있나?"

"쌀쌀맞으시긴. 그냥 순찰 중입니다."

험악한 형사 앞에서도 기죽지 않고 다카에는 고개를 빳빳이 들며 말했다.

"흥."

다카에가 코웃음을 쳤다.

"이래 봬도 바쁜 몸이라 갑자기 말도 없이 들이닥치면 민폐라고."

"바쁘시다고요?"

나카야도 만만하지는 않았다.

"이렇게 망하기 일보 직전인 가게에서 무슨 할 일이 있다고 바쁘다는 겁니까.”

“오지랖부리기는. 댁처럼 인상 더러운 형사가 자꾸 들락거
리니 손님이 도망가잖아.”

“경찰 활동에는 협력하는 게 선량한 시민의 의무입니다.”

“아쉽지만 난 선량한 시민이 아니라.”

유리코가 조용히 쿡쿡거렸다. 나카야는 선반을 빙 돌아 우리
쪽으로 오더니 날카롭게 우리를 째려봤다.

“넌······.”

내 얼굴을 보고 나카야가 눈을 크게 떴다. 반년이나 지났는
데 얼굴을 기억하다니 의외였다. 역시 형사라 다른 걸까. 나는
자연스럽게 유리코 앞으로 갔고, 다행히 그는 유리코의 얼굴을
기억하지 못하는 듯했다. 그날 처음 만난 여자가 눈앞에서 자살
을 시도했다는 내 말에 형사가 또 의혹이라도 품으면 귀찮아지
겠지만, 그날 이후 일을 나카야에게 설명하려면 시간이 오래 걸
릴 것 같았다.

“이런 데서 뭐 하는 거지?”

나카야가 나를 보며 물었다.

“아, 같은 반 친구예요. 저기서 잠깐 만났는데 구경시켜 주려
고 데려왔어요.”

다이고가 옆에서 끼어들어 말했다.

“뭐? 그럼 너도 야간 고등학교 학생인가?”

나카야는 '달나라'와 이곳에서 일하는 다이고에 대해 잘 아는 듯했다. 순찰을 구실로 이런 동네 구멍가게 같은 곳에 형사가 드나든다는 사실이 왠지 이상했다.

"올 4월에 입학했습니다."

나도 다카에처럼 무뚝뚝하게 대답했다. 나카야는 창고를 조금 더 둘러보더니 "그럼 오늘은 이만" 하고 나갔다.

"이상한 사람이네."

나카야를 모르는 유리코가 또다시 풋 웃고 말했다. 나는 유리코와 함께 '달나라'를 나왔다.

"다음에 또 와."

등 뒤에서 다이고가 외쳤지만 앞으로 두 번 다시 올 일은 없을 거라 생각했다. 그때만 해도 그런 곳에 그토록 오래 틀어박히게 될 줄은 몰랐다.

그날 나는 집에 돌아가자마자 서재로 향했다.

낮은 책장에 그림책이 빼곡히 꽂힌 곳이 있었다. 어머니는 어린 내게 그림책을 잔뜩 사서 읽어 줬다. 어둑어둑한 서재 바닥에 앉아 나는 죽은 어머니가 남긴 그림책의 책등을 지그시 바라봤다.

5월 말에 접어들 무렵에는 학교 수업에 어느 정도 익숙해졌다. 나는 자전거를 타고 성실히 학교에 출석했다. 나에게는 집

밖에 나가는 행위 자체가 중요했다.

예상대로 수업은 너무 쉬웠다. 그러나 수업을 따라가지 못하는 학생이 많았고 교사들도 그런 학생이 모두 이해할 때까지 꼼꼼히 가르치느라 좀처럼 진도를 빼지 못했지만 신기하게도 따분하지는 않았다. 아사미 선생을 비롯한 야간부 과정 교사들의 수업을 듣고 있으면 '가르친다'라는 것이 무엇인지 몸소 체감할 수 있었다.

하루 고등학교에는 가정에서 방치당했거나 학대 당한 것은 물론이고 심지어 교육 기관에서 방치됐던 아이도 많았다. 경도의 지적 장애가 있는 아이, 등교를 거부한 아이, 부모의 이혼과 잦은 전학 때문에 학습 의욕을 잃은 아이도 있었다.

일본의 교육 제도는 이런 학생을 전부 책임져 주지 않는다. 그러다 보면 다른 학생의 학습에 지장을 줄 수 있고 학부모들의 항의도 들어온다. 전에는 나도 그런 학교에 다녔다.

그러나 하루 고등학교 학생 중에는 구구단을 잘 못 외우거나 간단한 한자도 쓰지 못하는 학생이 수두룩했다. 시간이 좀 더 지나 교무실에 놀러 가게 됐을 때 아사미 선생은 일본의 학습 지도 요강상 고교 과정에서는 이차방정식 등이 포함된 수학 II 까지 가르치는 게 의무라고 알려 주었다. 그러나 야간부 과정에서 거기까지 배우는 건 하늘의 별 따기라고 했다.

내가 다른 학생들과 비교할 수 없을 만큼 똑똑한 아이라는 건 아사미 선생도 알고 있었다. 할아버지나 인터넷을 통해 대학 강의를 들으며 나는 '데카르트 부호 법칙'이나 '페르마의 마지막 정리', '소모스 수열' 등을 재미있게 익혔다.

"이곳에는 초중등 때 배워야 하는 것을 못 배운 학생들이 많단다. 언뜻 쉬워 보이는 내용도 겹겹이 쌓이면 혼자서는 소화하기 어렵게 되지. 야간 학교는 그런 학생들이 공부할 수 있도록 옆에서 돕는 곳이야."

일반 교육 과정에서는 낙오됐을지 몰라도 다시 시험을 치르고 학교에 온 만큼 진지하게 마음먹은 학생이 대부분이다. 이 안에는 진정한 형태의 '가르침'과 '배움'이 있었다.

"그런데 진짜 목적은 공부가 아닐 수 있어."

아사미 선생이 설명을 이어 갔다.

"지금까지 몰랐던 걸 알게 되는 건 무척 대단한 일이란다. 자신감을 되찾고 삶을 마주할 무기를 얻게 되지."

그러더니 그는 나를 똑바로 보며 말했다.

"류타, 너도 마찬가지야."

집 안에 틀어박혀 인터넷에서 지식을 얻으며 '알았다'라고 생각한 건 내 크나큰 착각이었다. 그때 나는 인생의 입구에 맨몸으로 선 보병이었다.

"어차피 계산은 계산기가 다 해 주잖아."

구구단을 잘 외우지 못하는 다이고는 그렇게 큰소리를 쳤다.

"맞지?"

"그래. 그렇긴 해."

나는 마지못해 대답했다.

유리코와 함께 '달나라'를 찾은 후부터 다이고는 같은 반인 나를 완전히 친구라고 생각하는 듯했다. 나는 항상 들떠 있는 다이고의 페이스를 따라잡지 못해 되도록 떨어져 있고 싶었지만 그는 교실 안에서 끈질기게 내게 말을 걸었다.

"적어도 돈 계산만큼은 자신 있어. 거스름돈을 잘못 계산해서 더 주거나 하면 사장님이 난리가 나니까."

그 말에는 반응하지 않았다. 내가 은근히 벽을 치고 있다는 것이 다이고에게는 조금도 전해지지 않는 듯했다. 다이고는 어느덧 오쓰키를 '쓰키'라 부르는 것처럼 나를 성이 아닌 '류타'라고 허물없이 부르기 시작했다. 그것도 마음에 들지 않았다.

또 그때 나에게는 더 신경 쓰이는 것이 있어서 다이고에게 맞춰 줄 수 없었다.

유리코가 우울해 보였다. 핸드폰으로 통화할 때 전화를 빨리 끊고 싶어 했고 휴일에 불러도 잘 나오지 않았다. 결석도 늘었다. 어차피 학교에서 나는 유리코와 말을 섞지 않았지만.

유리코가 혹여 손목을 또 긋지는 않을까 노심초사했다. 이번에야말로 유리코는 자신이 바라는 걸 손에 넣을 수 있다. 그러나 유리코가 죽는 것보다 나는 세상에 또다시 홀로 남겨지는 상황이 두려웠다.

어느덧 나는 살아 있는 상태에서 19번째 생일을 맞이했고 나이를 먹었다.

낮 시간을 주체할 수 없어 무작정 자전거를 타고 달렸다.

페달을 밟는 내 몸이 바람을 둘로 갈랐다. 그런 단순한 감각을 즐기려 했지만 생각만큼 잘되지 않았다. 자전거를 타고 다니는 순수한 어린 시절을 나는 헛되이 보내고 말았다. 여기저기서 자전거를 멈추고 경치를 구경했다. 시내를 종단하는 도단강 물을 질리지도 않게 바라봤다. 철교를 달리는 전철, 연기를 내뿜는 공장 굴뚝, 색색으로 칠해진 상점가 길, 처마 밑 제비집.

바람 속에는 여러 가지 기운이 섞여 있었다. 소리와 냄새, 습기와 연기. 하루노부시는 산과 인접해 있다. 야트막한 산이지만 축축한 숲이 내뿜는 맑은 공기가 마을까지 와 닿았다.

"류타. 너 유리코 소식 들었어?"

수업을 마치고 자전거 보관소로 향하는 길에 다이고가 내게 말을 걸었다.

"소식이라니?"

무심코 묻고 말았다. 다이고 입에서 유리코 이야기를 듣게 될 줄은 몰랐다. 멈춰 선 나를 향해 다이고가 다시 말했다.

"유리코네 숙부님이 자살했대."

예상치 못한 말에 나도 모르게 "정말?" 하고 되물었다.

"응. 이치노세한테 들었어."

다이고는 이치노세가 유리코에 대해 속속들이 알고 있다고 했다. 나는 그 점도 영 마음에 들지 않았다. 연휴 기간에 나와 유리코가 손을 잡고 걷는 모습을 목격한 다이고가 일부러 내 신경을 긁으려고 하는 말이라 생각했다.

그러나 그 이상으로 나는 유리코에게 무슨 일이 생겼는지 궁금했다.

그전까지 오쓰키와 다이고의 대화를 통해 3학년인 이치노세가 운동 신경이 좋은 다이고를 만날 때마다 농구부 입단을 제안한다는 건 알고 있었다. 수다쟁이인 다이고는 오쓰키 앞에서 이치노세에 대해 종종 떠들었는데, 그는 현재 스물일곱 살로 한때 도쿄 외곽에 있는 폭력 조직 사무소에서 일하던 위험인물이었다고 한다. 조직에서 나와 고향인 하루노부시에 돌아온 뒤에는 제대로 된 일자리를 구하고 야간 학교에도 다니기 시작한 특이한 경력의 소유자였다. 그런 뒷이야기를 가볍게 떠벌리고 다니는 다이고에게 또 화가 났다.

유리코는 왜 하필 그런 사람과 친하게 지낼까.

"아무튼 그래서 유리코가 정신적으로 많이 힘든가 봐. 이치노세도 걱정하고 있어."

친척이 스스로 목숨을 끊은 상황은 분명 충격적일 것이다.

특히 유리코처럼 평소에도 죽음을 바라는 사람에게는 더욱 타격이 크다. 그 심정은 나도 잘 이해됐다. 피가 섞인 사람이 죽음을 택하고 말았다는 상실감, 허무, 상심, 자책. 세상에 남겨진 나에게는 아무 가치가 없다는 생각이 들어도 그렇다고 딱히 이런 생각을 극복할 방법이 있는 것도 아니다. 죽어 버린 사람은 평안 속에 있지만 산 사람은 앞으로도 고뇌하고 번민하며 살아야한다.

어두운 자전거 보관소 안에서 유리코에게 전화를 걸었다.

—응. 혹시 다이고한테 들었니?

유리코는 별로 감정이 담기지 않은 목소리로 물었다.

"짜증 나는 녀석이야. 아무래도 그런 이야기를 하면서 내 반응을 살피는 것 같아."

그러자 수화기 너머에서 유리코가 풋 하고 웃었다.

—너도 걱정하는 거야? 내가 또 손목을 그을까 봐?

순간 말문이 막혔다.

—부모님은 많이 걱정하고 계셔. 숙부님 일 때문에 내가 또 쓸데없는 짓을 할까 봐.

"괜찮아?"

그러자 유리코는 나직이 웃었다.

—나와는 상관없는 일이야. 숙부님에게는 숙부님의 문제가 있었으니까.

어떤 문제인지 자세히 설명하지 않았지만 유리코는 며칠 전 숙부가 자기 집 3층 베란다에서 스스로 몸을 던졌다고 했다.

—근데 말이지. 류타.

"응?"

—그런 일은 원래 연달아 일어나는 걸까? 그러니까, 나랑은 상관없다고 생각해도 저쪽 세계에서 날 부를 수도 있잖아.

핸드폰을 쥔 손이 땀에 젖어 불쾌하게 미끈거렸다. 유리코는 왜 이런 말을 하는 걸까. 그녀가 '왠지 너라면 알 것 같아' 하고 귓가에서 속삭이는 느낌이 들었다.

유리코의 원피스에 피었던 새빨간 꽃. 나에게 건넨 피 묻은 커터칼. 여러 가닥의 오래된 베인 상처. 선로. 차단기 경보음. 나를 유혹하는 수많은 죽음의 기운.

나는 눈을 질끈 감고 그 영상들이 멀어지기를 기다렸다.

—마트료시카.

"응?"

—마트료시카 인형을 사다 줬으면 해. '달나라'에서.

유리코는 그 말을 끝으로 전화를 끊었다.

4

우리 집에서 '달나라'까지는 자전거로 40분 정도 걸렸다.

"오, 류타."

다이고가 내 얼굴을 보고 기쁜 듯이 씩 웃었다. 다카에가 시켰는지 휘파람을 불며 선반에 있는 상품들을 열심히 정리하고 있다. 나는 그 모습을 잠시 지켜봤다.

역시 조금 특이한 아이다. 전에 같은 반 친구가 더 괜찮은 아르바이트 자리를 소개해 줬는데도 거절하고 노구치 다카에의 험담을 하며 오늘도 '달나라'에서 일하고 있다. 숙식 제공이라 주거비가 들지 않는 건 매력적이지만 다이고처럼 수다스럽고 기운 넘치는 소년이 일하기에는 어울리지 않는 곳 같았다.

얼마 전 유리코가 본 마트료시카 인형을 사고 싶다고 하자 다이고는 즉시 찾아 주었다. 선반에 대충 쑤셔 넣은 것처럼 보여도 머릿속으로 어디에 뭐가 있는지 전부 파악하는 듯했다.

마트료시카 인형은 지저분하고 가격도 저렴했다.

"좋아하는 사람한테 선물하기는 좀 그렇지 않나?"

다이고는 돈을 받으며 내게 물었다.

이걸 사러 온 건 순전히 유리코의 충동 때문이다. 그건 나도 알고 있었다. 유리코에게는 갖고 싶은 물건 따위 없을 테지만 그녀의 기분에 맞춰 주고 싶었다. 오직 나라는 같은 부류의 사람만이 할 수 있는 일이라고 멋대로 믿었다.

그러나 그런 유리코의 충동이 어느 날 뜻밖의 접점을 만들고 말았다.

6월 초 어느 날, 가게를 찾은 손님은 지금껏 여러 번 '달나라'에 물건을 팔러 온 적이 있는 사람이라고 했다. 스포츠머리를 한 중년 남자인데 작업복에는 '다쓰노 목공소'라는 이름표가 붙어 있었다. 다이고도 그의 얼굴을 보자마자 "다쓰노 씨"라고 불렀다.

"오늘은 뭘 팔러 왔어요?"

"집에 있는 물건을 조금. 그냥 푼돈이나 벌려고."

다쓰노 씨는 힘없이 웃으며 말했다. 다이고가 갑자기 생각난 것처럼 고등학교 같은 반 친구라며 그에게 나를 소개했다.

우리의 목소리를 듣고 안쪽 사무실에서 다카에가 나왔다. '달나라' 사장을 향해 다쓰노 씨는 싹싹하게 웃어 보였다. 이래서는 누가 손님인지 구분하기 어렵다.

나는 그 자리에 서서 재활용품 가게에서 물건이 사고 팔리는 과정을 지켜봤다. 손님이 돌아가고 다이고와 좀 더 이야기를 나누고 싶었다. 유리코 숙부의 자살 사건에 대해 혹시 더 아는 게 있는지 궁금했다.

다쓰노 씨는 입구 근처 테이블에 가져온 물건들을 내려놓았다. 테이블 역시 가게에서 파는 물건인지 가격표가 붙어 있다. 의자가 빠진 부엌 식탁 테이블로 테이블 밑에서는 요사쿠가 혀를 날름거리며 우유를 마시고 있었다.

다카에는 부루퉁한 얼굴로 다쓰노 씨가 꺼내는 물건들을 주시했다. 수정 구슬이 박힌 인공 대리석 장식물, 여우 털 목도리, 낡은 손목시계, 나무 상자에 담긴 찻잔, 작은 불상. 다이고는 그것들을 힐끗하고 고개를 절레절레 흔들었다. 누가 봐도 대단한 물건은 아니란 것을 알 수 있었다.

그래도 다카에는 물건을 하나하나 꼼꼼히 확인했다.

"이거, 집에서 몰래 가져온 건 아니겠지?"

꼭 손님이 아닌 식구라도 대하듯 퉁명스러운 말투다. 다이고가 나에게 귓속말을 했다. 다쓰노 씨는 전에 아버지 몰래 돈 되는 물건을 팔아치우는 바람에 단단히 혼이 났다. 지금도 독립하지 않고 부모님이 운영하는 목공소에서 일하는 딱한 사람이라 했다. 사정을 알고 나니 눈썹이 처진 그의 얼굴이 한층 더 궁상맞아 보였다.

"아니에요. 아버지께 다 말씀드리고 가져온 거예요."

다카에는 말없이 다시 물건을 확인하기 시작했다. 다카에의 팔꿈치에 닿아 여우 털 목도리가 바닥에 떨어지자 요사쿠가 기겁하며 펄쩍 뛰었다. 그러더니 도자기 우산꽂이 뒤로 도망가서 목도리를 향해 컹컹 짖었다.

다카에가 계산기를 툭툭 두드렸다. 계산기 액정에 표시된 액수를 보고 다쓰노 씨의 얼굴이 흙빛이 됐다.

"아니, 이건 좀……. 조금만 더 쳐 주시면 안 돼요? 특히 이건."

다쓰노 씨가 작은 불상을 집어 들었다.

"금박을 씌웠다고 들었는데."

"헛소리."

다카에는 쌀쌀맞게 내뱉었다. 그리고 뾰족한 드라이버로 불상을 쿡쿡 찌르자 다쓰노 씨가 "으윽" 하고 신음했다.

"그냥 금색 아크릴 물감을 칠한 거구먼."

다카에는 그럭저럭 불상의 형태를 갖춘 조각상에 가차 없이 흠집을 내면서도 안색 하나 바뀌지 않았다. 그야말로 인색한 재활용품 가게 사장이었다.

"어차피 어디서 주워 왔겠지."

"아니에요. 받은 건데……."

다쓰노 씨는 불상을 준 사람이 금박을 씌운 훌륭한 불상이라며 선물로 줬다고 했다.

"사기당했군."

다카에가 매몰차게 말했다.

"어떻게 좀 안 될까요?"

다쓰노 씨는 포기하지 않았다.

"올해는 부업도 망쳐서요."

"어디서 수상한 용돈벌이라도 하나?"

"아, 아뇨."

다쓰노 씨는 황급히 고개를 흔들었다.

"제가 아니라 엄연한 다쓰노 목공소의 부업이에요."

다쓰노 씨는 장황하게 설명을 시작했다. 다쓰노 목공소 뒤에 있는 넓은 구릉지에 수풀이 펼쳐져 있는데 상수리나무가 많아서 장수풍뎅이가 산다. 그 장수풍뎅이들이 다쓰노 목공소에 있는 톱밥 창고에 날아와 그 안에 알을 낳는다고 했다. 시간이 흐르면 톱밥에서 알이 부화하고 애벌레가 어느 정도 자라면 다쓰노 씨가 직접 꺼내 사육용 상자에 옮긴다. 그러면 거기서 애벌레는 번데기가 되고 탈피를 거쳐 성충이 된다.

그렇게 자란 장수풍뎅이들은 비싼 값에 팔린다. 다쓰노 씨는 수고가 거의 들지 않는 괜찮은 부업이라 했다.

"장수풍뎅이들이 알아서 계속 불어나니 수입이 제법 짭짤했어요. 아버지께서도 인정하셨죠. 그런데 올해 느닷없이 애벌레가 모조리 죽어 버려서……."

늘 하던 대로 애벌레들을 톱밥에서 꺼내려 하니 전부 죽어 있었다고 했다. 여느 때 같으면 포동포동하게 살이 찐 둥근 애벌레들이 굴러 나오는데, 톱밥 속에는 죽어서 검게 쪼그라든 사체만 파묻혀 있었다.

"흐음. 왜지?"

다이고가 옆에서 끼어들었지만 정작 다카에는 다쓰노 씨의 이야기에 귀도 기울이지 않았다. 자신이 제시한 금액을 재빨리 다쓰노 씨의 손에 쥐여 주고는 매입한 물건을 선반에 늘어놓기 시작했다. 다카에가 다쓰노 씨에게 건넨 액수는 정말 안쓰러울 정도의 푼돈이었다.

"매년 별문제 없이 자라던 장수풍뎅이 애벌레들이 전멸하다니, 이상하잖아요."

"그렇지?"

다쓰노 씨는 대화할 상대를 다이고로 바꾼 듯했다.

"내년에도 이런 식이면 타격이 커."

"부업에 그토록 매달리는 걸 보니 목공소 앞날도 뻔하군."

뒤에서 다카에가 빈정거렸다.

"뭔가 환경이 달라지기라도 한 걸까요?"

"이유를 알면 우리도 대처할 텐데 말이야."

"숲 쪽에서 무슨 일이 생긴 거 아니에요?"

다쓰노 씨는 "별일은 없었던 것 같은데" 하고 팔짱을 꼈다. 나는 쓸데없는 이야기에 관심을 보이는 다이고를 보며 초조해 졌다.

"혹시 장수풍뎅이를 좋아해?"

다쓰노 씨가 묻자 다이고는 힘차게 고개를 끄덕였다.

"사실 전 어릴 때부터 별명이 곤충 박사였어요. 곤충이란 곤충은 전부······."

다이고는 말하다 말고 문득 입을 다물었다. 다쓰노 씨가 잠시 기다려도 뒷말은 이어지지 않았다.

"아무튼 다음에 우리 목공소에 한번 놀러 올래?"

다쓰노 씨는 마음을 가다듬은 것처럼 물었다.

"네. 좋아요."

"혹시 원인을 알아내기라도 하면 아버지가 기뻐하실 거야. 사례금을 줄 수도 있어."

"어이, 지금 우리 가게에 일을 의뢰하는 건가?"

다카에가 대번에 돌아보며 물었다.

"뭐 그렇다고 할 수도 있는데······."

다쓰노 씨는 기세에 눌려 대답했다.

"사실 저희 목공소 직원들이 자꾸 이상한 소리를 하며 우겨 대서요. 아버지가 조금 화가 나셨어요."

"이상한 소리? 장수풍뎅이 애벌레들이 죽은 이유 말인가요?"

"응. 지난달에 우리 직원 중 한 명이 톱밥을 버리러 가다 몸을 살짝 휘청해서 톱밥에 손을 집어넣었대. 그런데 그때 톱밥 안이 엄청 차가웠다는 거야. 아마 그래서 애벌레들이 죽었을 거라고……."

"네? 왜 차가웠을까요? 지난달에는 날씨도 매일 좋았는데."

다이고가 고개를 갸웃거렸다. 그걸 떠나 톱밥에는 원래 보온성이 있다. 그러니 장수풍뎅이 애벌레도 그 안에서 한겨울을 보낼 수 있는 것이다. 5월에 톱밥 속이 차가웠다는 건 확실히 이상했다.

"그 직원은 톱밥 속이 차가웠던 게 혹시 저주 때문 아니냐고 했어."

"네에?"

다이고가 깜짝 놀라 입을 벌리는 걸 보고 다쓰노 씨는 웃음을 터뜨렸다.

"말도 안 되지. 아무튼 그 직원은 아버지에게 불려 가 단단히 혼났어. 하필 이런 시기에 재수 없는 소리 하지 말라면서."

"이런 시기요?"

"얼마 전 우리 목공소 옆에 있는 3층 집 베란다에서 사람이 뛰어내려 자살했거든. 가시마라는 이름의 50대 남자인데."

순간 다이고가 내 쪽을 힐끗 봤다.

가시마라는 성을 쓰는 사람이 그리 많지는 않을 것이다. 설마 자살했다는 그 남자가 유리코의 숙부일까. 나는 침을 꿀꺽 삼켰다.

"직원이 톱밥에 손을 넣었던 날이 그 사람이 투신자살한 바로 다음 날 아침이었어. 그래서……."

다쓰노 씨는 우리의 당혹감을 눈치채지 못한 듯했다.

"허튼소리 작작 해."

다행히 다카에가 옆에서 다쓰노 씨의 이야기를 일축했다.

"지금 당장 보러 갈래? 태워 줄게."

다카에는 다녀오라는 것처럼 다이고에게 턱짓했다. 다이고는 선반 정리에서 해방되어 기쁜지 씩 웃었다.

"아, 그럼 애랑 같이 갈게요. 류타는 머리가 좋거든요."

다이고가 나를 가리키며 말했다. 순간 망설여졌지만 나는 조금 전에 산 마트료시카 인형을 배낭에 넣었다.

다이고도 다쓰노 목공소에 가는 건 이번이 처음이라고 했다.

다쓰노 씨가 설명한 것처럼 목공소 뒤편에는 완만한 구릉지가 펼쳐져 있었다. 그 아래에 찰싹 달라붙은 것처럼 톱밥 창고가 있고 벽돌로 둘러싸인 일각에 갈색 톱밥이 산더미처럼 쌓여 있다. 네 모퉁이에 각목을 세우고 간이 지붕을 얹은 것이었다.

"이런 환경이라면 장수풍뎅이들이 신이 나서 날아오겠어

요.”

다이고가 눈빛을 반짝였다.

목공소 안을 보니 다섯 명 남짓 되는 직원이 일하고 있었다. 고개를 들어 우리를 본 사람이 다쓰노 씨의 아버지이자 목공소 사장일 것이다. 다쓰노 씨를 꼭 빼닮은 그는 우리를 잠깐 힐끗하기만 하고 곧 다시 작업에 복귀했다.

“참. 내가 집 안 물건을 팔았다는 건 아버지한테 비밀이야.”

“알아요.”

다이고는 소복이 쌓인 톱밥에 손을 찔러 넣었다.

“딱히 차가운지는 모르겠는데.”

그는 두 손으로 톱밥을 휘저으며 말했다.

“지금은 아무것도 없어. 애벌레 사체는 전부 치웠고. 그때도 확인했는데 이 안에 뭔가가 섞여 있었던 적도 없어.”

“그렇군요. 오히려 따뜻해요. 이 안.”

다이고가 눈짓을 보내서 나도 조심스레 톱밥에 손을 넣어 봤다. 포근하고 따뜻했다.

“저기.”

다쓰노 씨가 목공소 옆 부지를 가리켰다.

목공소에서 조금 떨어진 곳에 3층 집이 보였다. 콘크리트를 때려 부은 듯한 투박한 건물이라 언뜻 보면 주택인지 회사 건물인지 구분되지 않는다. 구릉지 기슭에 다른 건물은 없고 주택가에서도 벗어나 있다. 다쓰노 씨의 본가도 다른 곳에 있다고 했다. 종종 목재를 자르는 전기톱 소리가 요란하게 울려서 만약 가까운 곳에 주택가가 있다면 민원이 들어올 것이 분명했다.

"저기가 바로 가시마 씨 집이야."

다쓰노 씨가 설명하기로 저곳도 전에는 1층을 공장으로 썼다고 했다. 파트타임 여직원을 몇 명 고용해 식품 가공업을 했다. 그때 공장주가 2층을 주거지로 썼지만 15년 전쯤 공장이 망하자 2층 부분만 주거지로 임대했다. 방이 여러 개 있어서 회사 기숙사 등으로 쓰이다가 낡은 건물을 통째로 싼 값에 사들인 사람이 바로 가시마 씨라고 했다.

"혼자 살았어. 특별히 우리랑 교류도 없었고."

"그분이 스스로 목숨을 끊은 건가요?"

"응. 베란다 아래 콘크리트에 머리부터 떨어져서……."

"윽."

다이고는 얼굴을 찌푸렸다.

나는 문득 학교 건물 3층에서 뛰어내렸을 때를 떠올렸다. 투신 직전 창문 아래를 봤을 때 그곳에도 콘크리트만 펼쳐져 있었지만, 이렇다 할 감상은 없었다. 죽음을 또렷하게 의식한 것도 아니다. 그저 '무(無)'. 허무가 나를 지배하고 있었다.

"늦은 밤이었어. 밤이 되면 목공소에 아무도 없으니 다음 날 아침에야 우리도 소식을 접했지."

다쓰노 씨가 설명을 이어 갔다.

"다행이기는 해. 만약 그날 가시마 씨 집에 묵은 손님이 없었다면 아침에 출근한 우리 직원이 최초 발견자가 됐을 테니."

"손님요?"

"그래. 그 사람이 가시마 씨가 투신한 소리를 듣고 구급차를 불렀다고 해."

"왜 하필 손님이 집에 온 날 밤에 뛰어내렸을까요?"

"그러게. 귀신이 곡할 노릇이지. 아무튼 그래서 우리 목공소에도 경찰이 찾아왔는데 그날 밤에는 아무도 없었으니 모른다고 했어."

간단한 수사를 거쳐 그 일은 자살로 매듭지어졌다고 한다.

"그날 아침이야. 우리 목공소 직원이 톱밥에 손을 집어넣었던 게. 그건 곧 그날 아침에 애벌레들이 죽어 있었다는 뜻이지. 바로 인근에서 사람이 자살한 날에."

"그래서 저주로 죽었다는 건가요? 장수풍뎅이 애벌레들이? 걔네한테 무슨 잘못이 있다고."

곤충 박사는 분개했다.

만약 올여름 다시 장수풍뎅이가 알을 낳으러 온다고 해도 또 같은 일이 일어나면 소용없다. 기온이 오르는 5월에 왜 톱밥 속 온도가 떨어져 있었을까. 그것도 무럭무럭 자라는 애벌레들을 전멸시킬 만큼.

결국 원인을 밝히지 못한 채 우리는 다쓰노 목공소를 뒤로했다. 다쓰노 씨가 갈 때도 바래다주겠다고 했지만 다이고가 구릉지를 지나 걸어가겠다고 해서 나도 따를 수밖에 없었다.

유리코에게 마트료시카 인형을 주면서 숙부에 대해 물어 볼까. 아니면 이대로 그냥 모른 척하는 게 나을까. 나는 고민하며 구릉지에 발을 들였다.

다쓰노 목공소와 이어진 구릉지는 내 예상보다 훨씬 크고 넓었다. 다이고는 길을 잘 아는 듯했지만 그전까지 집 안에 틀어박혀 살던 나는 내가 지금 발 딛고 선 땅에 대해서도 거의 아는 게 없었다.

"이쪽."

다이고는 망설임 없이 방향을 가리켰다. 다쓰노 목공소에서 구릉지로 진입하는 좁은 길은 잡초가 무성했다. 우리는 구릉지로 들어가 머리 위를 덮은 나뭇가지들의 초록 덮개 아래를 걸었다. 그 전날 비가 많이 내려 숲속은 눅눅했다. 바람이 불자 나뭇가지가 차르르 흔들리고 굵은 물방울이 떨어졌다. 나는 "앗, 차가워!" 하고 고개를 움츠렸다.

여러모로 신선한 경험이었고, 마지못해 따라온 주제에 나도 어느새 산책을 즐기고 있었다.

"장수풍뎅이가 모여 사는 산답게 역시 상수리나무가 많네."

다이고는 울퉁불퉁하고 두꺼운 나무껍질을 쓰다듬으며 말

했다.

"이런 곳에 수액이 고여서 장수풍뎅이나 사슴벌레가 모이는 거야."

줄기에 자연스럽게 만들어진 구멍을 들여다보며 다이고는 "아직 이르기는 해" 하고 중얼거렸다.

"이건 느릅나무. 이 나무도 좋아해서 모여들어."

느릅나무는 잎이 벚나무와 비슷했다.

"아, 이거, 이거."

다이고가 가볍게 뛰어서 가는 나뭇가지를 붙잡았다. 내 쪽으로 내민 나뭇잎 끝부분이 원통형으로 말려 있다.

"이건 밤바구미의 요람이야."

"요람?"

밤바구미 모충이 알을 낳기 전 이렇게 나뭇잎 끝부분을 둥글게 만다고 다이고는 설명했다. 태어난 애벌레는 이 잎을 먹고 자란다고 했다.

다이고는 정말 곤충 박사인 듯했다. 그 뒤로도 장수잠자리와 청띠신선나비를 발견하고는 신이 나서 목청을 높였다. 청띠신선나비도 수액을 먹으러 온다고 했다. 이렇게 도심지와 가까운 산도 자연은 풍요로웠다.

나는 서재에서 도감 종류를 꽤 훑어봤기 때문에 동식물의 이름을 나름 잘 안다고 생각했다. 그러나 사진과 그림으로 보는 것과 실제 보는 건 하늘과 땅 차이였다. 도감에서는 촉감이나 냄새, 미묘한 색조, 성장 상태 등을 알 수 없다. 그래도 나는 열심히 기억과 대조하며 걸었다.

내 안에 시들어 있던 오감이 다시 급속도로 고개를 드는 느낌이었다. 장마철 비에 젖은 숲에서 나는 점점 어린아이로 돌아갔다. 옆에서 시끄럽게 떠드는 다이고도 더 이상 거슬리지 않았다. 숨을 헐떡이고 그를 뒤따라가며 기이한 감각을 맛봤다.

졸참나무 아래에 누군가 서 있었다. 어깨에 뭔지 모를 기자재를 걸치고 하늘을 올려다보고 있다. 다가가니 오른손에 집음 마이크를 들고 귀에는 헤드폰을 낀 것이 보였다. 새소리를 녹음 중인 것이다. 혹시 잡음이라도 섞이면 안 되니 우리는 거리를 두고 서 있었다. 잠시 후 남자가 집음 마이크를 내리고 녹음기 스위치를 누르고 우리를 돌아보며 미소 지었다.

"미안하다. 나 때문에 기다렸구나."

60대로 보이는 남자는 헤드폰을 벗어서 목에 걸쳤다.

"어떤 새소리가 들리나요?"

나는 무심코 그렇게 묻고 스스로도 놀랐다. 몸이 비쩍 마른 아저씨는 흔쾌히 대답해 주었다.

"지금은 주로 곤줄박이와 딱따구리, 박새. 황금새랑 검은지빠귀 소리도 들리지."

"와. 이걸로 새가 지저귀는 소리를 녹음하는 거예요?"

다이고는 녹음기 쪽에 관심을 보였다.

"그렇지. 이 스테레오 마이크는 감도가 아주 높단다."

아저씨는 기자재에 손을 얹고 조금 자랑하듯 말했다.

"아저씨는 새소리를 다 구분하세요?"

다이고가 마치 친구와 수다 떠는 것처럼 거침없이 물어도 남자는 개의치 않았다.

"산새들 울음소리는 대부분 구분하지. 하지만 새소리를 종류별로 수집하는 건 아니야. 뭐랄까. 굳이 말하자면 숲의 기운을 녹음한다고 할까."

우리는 얼굴을 마주 봤다. 아저씨는 자신의 취미 이야기를 더 들려주고 싶은 것처럼 좁은 길 한가운데에 서서 계속 말을 이었다.

"많은 산새들의 소리를 가리지 않고 한꺼번에 녹음하는 거다. 녹음이 잘 되면 집에서 그 소리를 듣지. 눈을 감고 들으면 정말 숲속에 있는 기분을 맛볼 수 있어."

"흐음."

다이고는 급속도로 흥미를 잃는 반면 아저씨의 목소리는 점차 열기를 띠었다. 그는 이 숲에서 종종 새소리를 녹음하는데 요즘 같은 계절에는 해 질 무렵부터 밤까지 들리는 소리도 아주 절묘하다고 했다. 맑고 우렁차게 노래하는 검은지빠귀의 지저귐이 사라지면 조용하게 재잘거리는 붉은배지빠귀의 울음소리가 한바탕 들린다. 그리고 멧도요의 낮게 중얼거리는 듯한 소리.

다이고가 가볍게 헛기침을 했다.

"그런데 뭐니 뭐니 해도 압권은 바로 쏙독새란다. 한밤의 어둠 속에서 '쏙독독독' 하고 쉴 새 없이 우는 소리가 정말 대단해."

그는 그 소리를 녹음하기 위해 밤에도 자주 숲을 찾는다고 했다.

"궁금하면 들려주마. 수집한 게 아주 많아."

아저씨는 하루노부 시내에 있는 '고니시 전기'라는 가게 이름을 말했다. 지금은 아들에게 가업을 물려주고 이런 취미 생활에 빠져 있는 듯했다.

"아, 전파사 아저씨구나. 그러니 이렇게 좋은 녹음기를 갖고 계셨던 거네요."

다이고는 그제야 납득한 것처럼 밝게 말했다. 곤충 박사는 아무래도 새에는 관심이 없는 듯했다. 아저씨는 그제야 우리에게 길을 비켜 주었다.

질퍽거리는 계곡 주변을 걷자 진흙이 묻어 운동화가 금세 무거워졌다. 어디선가 청개구리 울음소리가 들렸다. 나뭇잎을 헤치며 개구리를 찾고 있을 때 내 얼굴 바로 옆에 말벌 한 마리가 날아갔다.

"앗! 류타, 너 큰일 날 뻔했어!"

나는 이 다이고라는 소년에게도 문득 흥미가 생겼다.

다이고에게 곤충 박사라는 별명을 붙여 준 사람은 세상을 뜬 다이고의 부모님일까. 평소에는 그렇게 수다쟁이면서 다이고는 왜 그런 이야기를 하지 않는 걸까. 곤충과 얽힌 일은 떠올리고 싶지 않은 걸까. 나는 처음으로 그런 의문을 떠올렸다.

다쓰노 목공소 옆 집에서 투신했다는 가시마 씨는 유리코의 숙부가 맞았다.

마트료시카 인형을 건네기 위해 나는 맥도널드에서 유리코를 만났다.

유리코가 특별히 달라지지는 않은 것 같아 속으로 가슴을 쓸어내렸다. 하얀 손으로 마트료시카 인형을 분리해 테이블에 늘어놓는 모습이 마치 정리되지 않은 자신의 자아를 하나씩 꺼내는 것 같다. 색 바랜 슬픈 얼굴의 마트료시카 인형 다섯 개가 테이블에 나란히 놓였다. 유리코는 그중 제일 작은 인형의 이마를 손끝으로 쿡 찔렀다.

"숙부님은 특이한 분이었어."

유리코는 나른하게 입을 열었다.

"우리 가족과 별로 교류도 없었고."

그래도 혼자 살던 숙부의 유산은 유리코의 아버지가 상속받게 된다고 했다.

"유산이라고 해 봐야 그 낡은 집 하나야. 숙부님이 뛰어내린."

나는 내가 왜 그녀의 숙부 사건에 관심을 보이게 됐는지 설명했다. 그러나 인근 목공소 톱밥 창고에서 일어난 장수풍뎅이 애벌레 죽음과의 연관성은 제대로 설명할 수 없었다. 아름답게 휘어진 유리코의 눈썹이 안쪽으로 살짝 모였다.

"숙부님은 왜 하필 손님이 와 계신 날 밤에 그런 선택을 하셨을까?"

나는 조심스레 물었다. 남들 눈에는 아무 관련도 없는 장수풍뎅이 애벌레의 죽음을 구실로 유리코의 사적인 부분을 파고드는 사람처럼 비칠 것이다.

"그 사람이 왔으니 뛰어내린 거야."

유리코는 유독 또박또박하게 단언했다.

"그 사람?"

나는 되물었다.

"응. 그날 밤 집에 묵으러 온 손님은 숙부님 전 부인의 오빠였어."

"전 부인의 오빠?"

유리코는 우아하게 빨대를 물고 아이스커피를 마셨다.

"그 장수풍뎅이 애벌레 문제에 대해서는 나도 잘 모르겠지만, 아무튼 숙부님은 그날 분명 죽음을 택할 만한 이유가 있었어. 자살이 맞아. 확실해."

사뭇 단정적인 견해였다. 사실 그때 나는 유리코 숙부의 자살에는 별 관심이 없었다. 그저 이렇게라도 유리코와 대화를 나누고 싶었다. 그녀와 연결되고 싶었다. 죽음이라는 매개를 통해서라도.

"있지."

유리코의 설명에 따르면 가시마 씨는 6년쯤 전에 이혼했다. 가시마 씨가 이런저런 사업에 손을 벌리다가 모조리 실패한 게 원인이었다. 아내는 결혼하고 20년간 아이를 가지고 싶어 했지만, 남편은 부모가 되는 데 관심을 보이지 않았다. 어느 날 갑자기 해외로 이민을 가자거나, 시골에 가서 농사를 짓자고 하는가 하면 오래된 민가를 리모델링해 전통 여관을 만들자는 둥 엉뚱한 생각을 자주 했다.

그렇게 충동적으로 일을 벌이는 가시마 씨의 부탁으로 유리코의 아버지도 몇 번인가 사업 자금을 보탰다. 그러나 끈기라고는 없는 동생에게 정나미가 떨어져 조금씩 사이가 소원해졌다. 유리코는 그런 집안 사정의 내막을 숨김없이 담담히 털어놓았다. 숙부의 죽음에 아무 감회가 없다는 증거일까. 적어도 숙부의 자살 때문에 '저쪽 세계'에 갈 마음은 없는 듯했다.

나는 안도했다.

시간이 흘러도 가시마 씨의 이기적인 면모는 달라지지 않았다. 마음이 약해서 남편이 하자는 대로 다 하는 동생을 보다 못한 오빠가 결국 중간에 끼어들어 두 사람을 갈라놓았다. 그러나이혼 뒤에 가시마 씨의 아내는 우울증이 심해졌다. 계획성 없는남편에게 휘둘리면서도 그에게 의존하는 경향이 있었을 거라고 유리코는 분석했다. 심지가 단단하지 못한 숙모에게는 어쩌면 숙부 같은 남자가 필요했을지 모른다고도 했다. 유리코의 철두철미한 분석에 나는 완전히 압도됐다. 이미 알고 있었지만 유리코가 나보다 훨씬 성숙한 사람처럼 보였다.

그런 숙부 부부를 유리코의 가족은 방관했다. 이혼 후에도전남편과 연락하는 여동생에게 화를 내며 개입한 사람은 그녀의 오빠였다. 가시마 씨와 오빠 사이에 껴서 어쩔 줄 몰라 하던그녀는 정신과에 오래 다녀도 우울증이 나아지지 않았다. 그러던 어느 날 병원에서 처방받은 수면제를 다량 복용하고 세상을떠났다.

"그런 전 부인의 오빠가 그날 집에 묵으러 왔다고? 좀 이상한 것 같은데."

"숙모가 죽고 나서야 화해했나 봐. 숙부님은 큰 충격을 받아반성하는 것 같았고, 오빠도 중간에 끼어들어 두 사람을 갈라놓은 게 결국 여동생을 죽음으로 몰았다고 생각했다고 해. 두 사람은 만날 때마다 서로 위로를 주고받았어. 나중에 들은 이야기지만."

유리코가 내 질문에 대답했다.

"숙부님도 정신적으로 약해져 있었어."

아내가 죽고 혼자 살던 집까지 화재로 전소하자 사람이 완전히 달라졌다고 했다.

"화재? 그래서 그 이상한 건물을 매입해 옮겨 온 거야?"

"응. 전에 살던 집이 옆집에서 난 불이 옮겨붙는 바람에 타버렸거든. 그러니 그렇게 외진 곳에 있는 집을 고른 게 아닐까 싶어."

하필 잠들어 있을 때 불이 나는 바람에 가시마 씨는 연기를 들이마시고 하마터면 목숨을 잃을 뻔했다. 그 사건이 트라우마가 되어 불과 연기를 극도로 무서워하게 됐다. 건강하고 쾌활하던 예전 모습은 자취를 감추고 걸핏하면 겁을 내며 두려움에 떠는 사람이 됐다. 그런 가시마 씨를 걱정해 집을 찾은 사람은 친형이 아닌 죽은 아내의 오빠였다.

"그래서, 넌 숙부님이 왜 자살했다고 생각하는 거야?"

그제야 그 질문을 입에 담았다. 한 모금 마신 콜라는 김이 빠져 맹물 같았다.

"전 부인의 오빠는 사쿠마 씨라는 분인데, 그분이 그랬어. 그날 밤 매제의 상태가 유독 안 좋아 보였다고. 술을 마시고 '혼자 있으니 외롭다', '아내는 왜 내 곁을 떠났을까' 같은 말을 중얼거리며 눈물을 글썽였대. 그런데 하필 사쿠마 씨도 취해 있던 터라 무심코 '자업자득이다' 같은 말을 해 버렸다는 거야."

"그래서 그 일 때문에?"

"화재로 집을 이사한 뒤부터는 이미 온전한 정신 상태가 아니었으니까. 평소 잘 마시지도 않는 술까지 마시자 홧김에 충동적으로 뛰어내린 게 아닐까?"

"흐음."

"숙부님이 이송된 병원에서 사쿠마 씨는 병원에 뛰어온 우리 아빠를 보며 울면서 사죄했대. 아빠도 비난하는 식의 말은 한마디도 안 했고."

"그럼 자살이 확실하네."

나는 유리코의 의견에 동조했다.

"아내를 뒤따라간 걸 수도. 이러니저러니 해도 결국 부부 사이 일은 모르는 거니까."

검고 긴 머리카락을 가볍게 쓸어 올리는 유리코의 몸짓이 유독 어른스럽게 보였다.

"난 이만 가 볼게."

유리코는 스카프를 다시 두르고 숄더백을 집어 들었다. 우리는 함께 맥도널드를 나갔다.

유리코는 반짝거리는 휠이 달린 흰색 캠리를 타고 훌쩍 떠나 버렸다. 오늘도 학교 수업에 출석할 마음은 없는 듯했다.

나는 자전거를 타고 학교에 갔다. 수업이 끝나자 내가 오늘 유리코를 만난 것을 아는 다이고가 다가왔다. 나는 유리코에게 들은 이야기를 다이고에게도 전했다.

"그렇구나."

다이고는 과장된 몸짓으로 생각에 잠겼다. 가시마 씨의 자살과 장수풍뎅이 애벌레의 몰살을 무리하게 연결하려는 듯 보이지만 묘안은 떠오르지 않는 듯했다. 우리는 또다시 나란히 자전거 보관소로 향했다.

헤어질 때 다이고는 "안녕, 류타" 하고 손을 들고 떠났다.

—안녕, 류타.

그 시절 매일같이 들은 진부한 인사말이었다.

그러나 그 말은 나중에 우리를 영원히 갈라놓았다.

5

유리코는 다시 학교에 나오기 시작했다. 하루 고등학교는 유리코를 삶의 영역으로 이끄는 곳이라는 걸 왠지 모르게 알 수 있었다. 집에 갈 때는 꼭 이치노세를 조수석에 태워 가는 걸 보면 두 사람이 사귀는 사이인 건 확실한 듯했다. 유리코에게는 나보다 이치노세가 더 버팀목이 되는 것이 분명했고 이치노세라면 그녀를 죽음의 유혹에서도 멀어지게 할 것 같았다.

그렇게 생각하게 된 나도 전과는 달라져서 이따금 '달나라'에 얼굴을 내밀었다.

늘 쾌활하고 시끄러우며 능글능글 웃는 다이고가 버겁다고 느꼈지만 지금은 어째서인지 그의 존재가 도움이 됐다. 나 역시 죽음으로부터 나를 분리해 줄 사람이 필요했고 '달나라' 주인인 노구치 다카에와 다이고는 그런 역할에 최적이었다. 다카에는 손님을 손님처럼 대하지 않고 틈만 나면 막말을 내뱉고 물건

값을 후려쳤다. 다이고는 그런 욕심쟁이 사장을 곁눈질하며 뒤에서 몰래 험담했다. 그 두 사람은 그전까지 내 인생에서는 찾아볼 수 없는 부류의 인물들이었다.

모든 게 새로운 경험이었다. 학교에 가서 좋아하는 아이랑 친하게 지내며 친구도 많이 만들라고 한 할머니는 내 변화를 누구보다 반겼다. 아버지와는 여전히 집 안에서 부딪힐 때가 있지만 전보다 힘들지 않았다. 그 무렵부터 나는 내 세계를 외부에 구축하기 시작했다. 그 세계는 하루 고등학교와 '달나라'에 연결돼 있었다.

그 양쪽 모두에 있는 사람이 바로 시게마쓰 다이고였다. 다이고와 함께하는 시간이 늘며 절묘한 화술로 남의 마음에 스르르 파고드는 다이고에게 본받을 점이 많다고 순순히 인정하게 됐다. 아사미 선생은 학급 운영에 있어 밝고 리더십 있는 다이고에게 의지했고, '달나라'도 다이고가 없으면 다카에 혼자 꾸려 갈 수 없었을 것이다.

다이고는 세상 물정에 밝고 생활력도 뛰어났다. 일찍이 부모님을 여의고 고생했겠지만 그런 면을 느낄 수 없었다. 그전까지 멀리한 것과 달리 나는 날이 갈수록 다이고의 페이스에 휘말리는 자신이 유쾌하고 즐거워졌다.

'달나라'에는 가끔 나카야가 불쑥불쑥 찾아왔다. 별 볼일도 없는데 가게에 와서는 쓸데없는 잡담을 늘어놓다가 다카에에게 핀잔을 들었다.

예년에 비해 짧은 장마가 끝나고 매미가 울기 시작했다. 이 제 곧 장수풍뎅이가 성충이 되어 숲속에서 활동을 시작할 시기 지만 다쓰노 목공소의 톱밥 창고에서는 한 마리도 자라나지 않 았다. 그전까지 장수풍뎅이 애벌레 따위에 관심도 없었지만 관 심 없는 것들에 조금씩 집착하는 나 자신이 흐뭇했다. 반바지를 입은 초등학생이라도 된 듯 나는 잃어버린 어린 시절을 다시 살 고 있었다.

자연계에서 매년 반복되는 현상이 갑자기 변화한 데는 어떠 한 이유가 있을 것이다. 수학의 정리처럼 뭔가가 더해졌거나 빠 졌거나 둘 중 하나다. 그러나 다이고는 이미 그 일에 완전히 흥 미를 잃은 듯했다. 심부름센터 일로 다카에에게 혹사당하느라 다쓰노 목공소 뒷산에 다시 가 보자는 내 제안도 받아들이지 않 았다.

"그 일은 너한테 맡길게. 하청의 하청이라고 할까."

다이고는 "물론 아무리 열심히 일해도 우리 구두쇠 사장은 너한테 1엔도 안 줄 테지만" 하고 덧붙였다. 그날은 다카에와 함께 쓰레기 산이 된 집을 정리하러 가야 한다며 유독 피곤해 보였다.

"숲에 매미가 엄청 많더라"라고 은근슬쩍 떠봐도 다이고는 "매미는 싫어해"라고 하며 도무지 관심을 보이지 않았다.

결국 어쩔 수 없이 혼자 움직이기로 했다.

우선 숲속을 살펴보고 싶었다. 어쩌면 장수풍뎅이의 개체 수 자체가 줄었을 수도 있다. 어딘가 이변이 있는지 눈을 크게 뜨고 둘러봤지만 집 안에만 틀어박혀 있던 내가 숲에 생긴 이변 같은 걸 알아차릴 리 없었다.

짙은 녹음으로 가득한 숲에 들어선 지 얼마 안 돼 땀이 식었다. 밖에는 땡볕이 내리쬐지만 숲 안에서는 습기마저 느껴졌다. 숲에는 직사광선이나 사나운 비바람도 없었다. 숲을 에워싼 나무줄기와 머리 위를 덮은 가지들이 상냥하게 빛을 가려 주고 있다. 푸른 덮개 밑에는 작은 동물과 새, 곤충, 미생물들이 살아가는 평화로운 세계가 펼쳐져 있었다.

귀에 닿는 매미 소리도 왠지 거슬리지 않았다. 길을 벗어나 상수리나무 아래에 다가가 봤지만 장수풍뎅이나 사슴벌레가 안이하게 내 앞에 모습을 드러낼 리 없었다. 나는 발밑에 쌓인 부엽토의 푹신푹신한 감촉을 즐겼다.

예전에 읽었던 지구 물리학 책이 떠올랐다. 지구 전체 물의 97퍼센트는 바다에 있다. 얼음 상태가 2퍼센트, 지하수가 0.7퍼센트, 그리고 0.001퍼센트가 수증기 상태로 대기 중에 섞여 있다. 그 수증기가 비나 눈이 되어 땅에 내린다. 빗물은 강에 흘러들어 마침내 바다에 도달하지만 지표를 흐르는 것은 아니다. 비는 숲을 거쳐 강이 된다. 비가 내리지 않을 때도 숲은 계속 비를 저장한다. 숲이 자연의 댐이라 불리는 이유이다.

나는 그런 것들을 학습했다. 내게 부족한 것, 그것은 바로 몸소 배운 지식, 즉 감각이었다. 자연의 뛰어난 순환 기능은 내게 경외감을 줬고 나는 점점 겸손해졌다. 어렸을 때 교실에서 아는 체하던 나 자신이 부끄러웠다.

그날도 숲속에서는 고니시 전기 아저씨가 서서 새소리를 열심히 녹음하고 있었다.

"매미 소리가 시끄러워서 녹음에 방해되지 않나요?"

녹음 작업이 얼추 일단락됐을 때 말을 걸어 봤다. 고니시 씨는 고개를 돌려 "여어, 너구나" 하고 미소 지었다. 지난번에는 소개를 하지 않아서 나는 이름을 알려 줬다.

"매미 소리도 소중한 여름 숲의 소리란다."

고니시 씨는 그렇게 말했다. 새소리만 고집해서 녹음하는 게 아닌 듯했다. 전에도 그는 숲의 기운을 담는다고 말한 바 있다.

"집에 편집 기자재도 있거든. 정말 필요 없는 소리가 들어간 부분은 편집하지."

"아아, 그렇군요."

고니시 씨는 긴꼬리딱새의 "쓰키히호시호이호이" 하는 울음소리를 녹음하고 있을 때 느닷없이 "까아악!" 하고 시끄럽게 우는 까마귀 때문에 고생한 에피소드를 재미있게 들려줬다.

"하지만 그 역시 자연의 소리라 생각하면 참을 수 있지. 가끔 사람 목소리가 섞일 때는 집에서 듣다가 우울해져."

나는 그의 이야기에 장단을 맞추며 웃었다. 속으로 '좋아, 훌륭해' 하고 스스로를 칭찬했다. 나도 이제 알게 된 지 얼마 안된 사람과 이렇게 대화를 나눌 수 있다. 다이고 없이도.

고니시 씨는 지난달 어렵사리 쏙독새 울음소리를 녹음한 이야기도 들려줬다.

"생각했던 것보다 일이 잘 풀렸지. 어둠 속에서 조용히 기다리며 그 심오한 울음소리를 녹음하는 데 성공했어. 그것도 꽤 오랫동안. 그런데 어디선가 갑자기 누군가 고함치는 소리가 들리더구나. 순식간에 몸에 힘이 쭉 빠졌지."

그는 "여기는 산골짜기가 아니고 구릉지에는 민가와 도로도 붙어 있으니 어쩔 수 없겠지" 하고 덧붙였다. 나는 고니시 씨에게 감사 인사를 하고 슬슬 움직여 보기로 했다. 고니시 씨도 벗고 있던 헤드폰을 다시 꼈다.

새로운 새소리를 찾아 발걸음을 떼며 고니시 씨가 말했다.

"혹시 이 일대에서 화재 같은 게 일어나지는 않았니?"

"네?"

"집에 가서 소리를 재생하니 고함 소리가 이렇게 들리더라고. '불이야!'라고."

나는 그런 일은 없었던 것 같다고 했고, 고니시 씨는 고개를 끄덕였다.

"그렇지? 나도 신경 쓰여서 뉴스를 확인했는데 불이 났다는 기사 같은 건 없더구나."

고니시 씨는 "아마 질 나쁜 장난 같은 거겠지" 하고 미소 짓더니 "그럼 난 이만" 하고 손에 든 마이크를 살짝 올리고 숲속 오솔길을 걸어갔다.

나도 등을 돌리고 발걸음을 뗐다.

화재?

속으로 고니시 씨의 말을 반추하고 있을 때 뭔가가 머릿속을 휙 스쳤다. 그것의 정체를 떠올리며 나는 다쓰노 목공소를 향해 걸었다.

잠시 후 경사면 아래쪽에 있는 톱밥 창고와 그 너머의 빈집이 눈에 들어왔다. 가시마 씨가 투신자살을 했다는 3층 집이다. 이후 나는 등 뒤의 숲을 다시 돌아보고 서서 가만히 기억을 더듬었다.

장수풍뎅이의 개체 수가 줄었을 가능성은 작다. 다쓰노 씨는 장수풍뎅이 애벌레가 예년처럼 톱밥 속에서 부화해 자라고 있었다고 했다. 그러나 번데기가 되기 전에 꺼내려 하니 모두 죽어 있었다. 아마 가시마 씨가 자살한 다음 날 아침 톱밥 속 온도가 내려간 일과 관련 있을 것이다.

장수풍뎅이 애벌레는 저주 같은 것 때문에 죽은 게 아니다. 그 애벌레들은 살해됐다.

그리고 아마 가시마 씨도.

"아니 땐 굴뚝에서도 연기는 나."

"뭐?"

내 말을 듣고 다이고가 되물었다.

"아니, 아무것도 아니야."

"네가 하는 말을 전부 진지하게 받아들이면 머리에 쇼트가 생길 것 같아."

다이고가 길가에 있는 키 큰 잡초를 뚝 부러뜨려서 붕붕 휘두르자 잎사귀가 뜯겨 날아갔다. 우리는 고니시 전기를 찾아가는 중이었다.

'달나라'가 문을 닫는 일요일. 다카에는 어디론가 외출했다. 다이고에게 묻자 "벌초 갔을걸" 하고 대수롭지 않게 말했다.

"벌초는 아마 노인네들의 외출 목적 베스트 10위 안에 들 거야."

고니시 전기에 전화를 걸어 고니시 씨와 통화했다. 쏙독새 울음소리를 녹음한 날이 언제였는지 묻자 예상대로 가시마 씨가 스스로 목숨을 끊은 그날 밤이었다. 쏙독새 소리에 섞여 있다는 고함소리를 듣고 싶다는 내 말에 그는 흔쾌히 승낙했다. 편집으로 지우지 않아서 다행이었다.

고니시 전기는 하루노부시 중심부에 있었다. 역 앞 상점가에서 길 하나를 들어가니 바로 보였다. 가게와 주거지 입구가 연결돼 있는 듯했고 가게를 지키고 있던 고니시 씨 아들 내외가 우리를 2층으로 안내해 주었다. 고니시 씨 부부가 2층에 살고 아들 부부는 근처에 있는 집에서 출퇴근한다고 했다.

폭이 좁고 가파른 계단을 올랐다. 주거지는 의외로 널찍했다. 가게 뒤에 신사가 있고 지역 수호신을 모신다는 숲이 창문으로 보였다. 신사는 다카쿠라 신사보다 더 커 보였다.

고니시 씨의 작업실은 숲과 맞닿아 있어 개방감이 느껴졌다. 녹음 재생 기자재와 편집기기, 스피커, PC 등이 즐비해 있고 바닥에는 이런저런 코드들이 종횡무진했다. 우리는 코드에 발이 걸리지 않게 조심조심 걸어가 고니시 씨가 가져온 철제 의자 두 개에 나눠서 앉았다.

"이 집에서 가장 쾌적한 방을 내가 점령하고 있어서 아내는 불만이 많아."

예전에 응접실로 쓰던 곳을 개조했다고 했다. 그의 아내는 오늘 플라멩코 교실에 갔고 대신 며느리가 차가운 캔 커피를 가져다주었다.

"그날 밤 소리를 왜 들으려는 거니? 그것도 새도 아닌 사람 소리를."

고니시 씨는 그렇게 물으면서도 기쁜 듯 서둘러 컴퓨터 앞에 앉았다. 며칠 전 통화한 후 그 목소리가 녹음된 부분을 컴퓨터에 옮겨 잡음을 제거하고 깨끗한 음성으로 재가공했다고 했다.

"유심히 들어 보니 무척 다급한 목소리더구나. '불이야! 얼른 도망쳐!'라는 말을 여러 번 반복했어."

고니시 씨는 진지한 목소리로 "아무튼 가공했으니 잘 들릴 거야"라고 했다.

"자, 그럼 튼다."

고니시 씨가 컴퓨터에 저장된 음성을 들려주었다. "쏙독독독" 하는 쏙독새 울음소리가 귀에 꽂힌다. 도감에서 본 쏙독새의 모습이 떠올랐다. 수수한 외형의 암갈색 새로 나무 위나 낙엽에 있을 때 보호색 때문에 잘 보이지 않는다. 초여름에 동남아시아에서 건너오는 야행성 새. 연속되는 특이한 울음소리 때문에 '큐리키자미' 또는 '나마스타타키'라고도 불린다.

문득 '쏙독새는 실로 못생긴 새입니다'라는 문장으로 시작하는 미야자와 겐지의 소설 『쏙독새의 별』이 떠올랐다. 그 책을 읽어 주던 어머니의 목소리도.

"여기야."

고니시 씨의 목소리를 듣고 현실로 되돌아왔다.

—불이야!

남자 목소리가 쏙독새의 울음소리를 뒤덮었다. 그 뒤로 몇 번인가 더 "불이야!"와 "도망쳐!"가 이어진다.

—불이야! 아빠, 얼른 나와!

—빨리! 이제는 시간이 없어!

목소리는 거기서 끝났다. 그와 동시에 쏙독새 울음소리도 자취를 감췄다. 섬뜩한 고함에 놀라 쏙독새도 입을 다물었을까. 귀를 압박하는 침묵만 이어졌다.

고니시 씨는 볼륨을 높여 몇 차례 더 음성을 들려줬다.

"뭔가 이렇게 들으니 오싹한데?"

당시에는 고니시 씨도 고함 소리를 잘 못 들었다고 했다. 나는 다이고와 마주 봤다.

"무슨 일이 있었던 걸까. 특히 '아빠'라는 말이 신경 쓰이는데."

다이고는 "뭔가 곤란한 일이 생긴 가족이 근처에 있었나 보네" 하고 걱정하듯 말하고 생각에 잠겼다.

고니시 씨는 그날 밤 구릉지 기슭에 있는 집에서 투신자살 사건이 일어난 것을 모른다. 뉴스를 뒤져 보니 다음 날 신문에 기사가 조그맣게 실렸다. 고니시 씨는 화재 소식만 찾아봤을 테니 눈에 들어오지 않았을 것이다.

그 뒤로 고니시 씨는 지금까지 수집한 새소리 컬렉션에서 자신이 좋아하는 소리를 몇 개 더 들려주었다. 씩씩한 뻐꾸기 소리와 정말 '쓰키히호시호이호이'라 들리는 긴꼬리딱새 소리, 그리고 왠지 서글픈 느낌의 부엉이 울음소리까지.

그 무렵 고니시 씨의 아내가 돌아와 우리도 슬슬 자리에서 일어섰다.

"어떻게 생각해?"

"어떻게 생각하긴. 네 머릿속에는 이미 답이 있지 않아? 그걸 들려줘."

돌아가는 길에 다이고에게 묻자 그는 또다시 길가에 있는 잡초를 꺾어 휘두르며 말했다.

사실 그날 오전에 나는 유리코에게 부탁해 가시마 씨가 살던 집을 보고 싶다고 했다.

"이런 집에서 뭐가 궁금하니?"

유리코는 의아해하면서도 순순히 집 문을 열어 주었다.

내부는 정리되지 않아 아직 가재도구들이 그대로 있었다.

2층에는 부엌과 욕실, 화장실 등 물을 쓰는 곳과 거실이 있고 3층에 있는 방 네 곳이 평소 생활공간이었던 듯했다. 가시마 씨가 침실로 쓰던 방에는 철제 싱글 침대가 있다. 침구와 옷이 흐트러진 채 방치돼 있는 모습을 보며 나는 창문 쪽으로 다가갔다. 빛바랜 커튼이 내려가 있었고 커튼을 걷으니 가시마 씨가 몸을 던진 베란다가 보였다. 실제 베란다에 나가 아래를 보니 높이가 상당했다. 예전에 1층이 공장이었다고 하니 일반 주택보다 천장고가 높을 것이다.

단단해 보이는 콘크리트를 바라보고 있자 유리코가 "저쪽으로 떨어졌어"라고 알려 주었다. 넓게 퍼진 핏자국을 유리코의 부모님이 힘들게 지웠다고도 했다. 다이고가 또다시 "우엑" 하고 호들갑을 부렸다. 나는 베란다 난간에 기대어 아래를 보는 유리코의 옆얼굴을 훔쳐봤다. 왠지 위태로운 느낌이 들었다. 숙부가 죽은 현장을 바라보는 아름다운 조카. 그녀는 지금 무슨 생각을 할까.

티셔츠 소매를 내려 두 손을 감싸서 난간에는 직접 닿지 않는다. 마치 난간을 만지면 죽음에 이른 숙부의 영혼과 교감하게 될지 모른다고 걱정하는 사람처럼.

"가자."

다이고도 뭔가 낌새를 챘는지 유리코에게 방으로 들어가자고 했고, 유리코는 순순히 나이 어린 소년에게 이끌려 베란다를 나갔다. 가시마 씨의 방문에는 간단한 빗장 자물쇠가 달려 안에서 잠글 수 있었다. 문은 튼튼해 보여서 한번 자물쇠를 채우면 밖에서는 절대 들어올 수 없을 것 같았다.

"3층은 숙부님이 이 집을 사기 전부터 기숙사로 쓰였으니까. 모든 방에 자물쇠가 있대."

유리코가 자물쇠를 만지작거리는 내 뒤에서 설명했다.

"숙부님은 경계심이 강해 잠잘 때 꼭 문을 잠갔다고 해."

"돌아가신 그날도?"

유리코는 고개를 끄덕였다.

"자살로 결론 난 가장 큰 이유도 바로 그거야."

경찰의 판단은 옳을 것이다. 가시마 씨는 누군가에게 밀려 떨어지지 않았다. 베란다에서 스스로 몸을 던졌다.

나는 복도로 나가 밖에서 문을 확인하고 바닥에 넙죽 엎드려 문 아랫부분도 봤다. 견고한 문이지만 문 밑에는 3센티미터쯤 되는 틈이 있다. 다이고와 유리코가 가만히 서서 나를 지켜봤다.

복도를 사이에 두고 맞은편 방에 사쿠마 씨가 묵었다고 했다. 유리코는 그 방도 보여 줬는데 바닥에 매트리스 한 장만 깔린 간소한 방이었다. 사쿠마 씨의 짐 같은 건 이미 치워지고 없었다.

"이 방에서 자다가 정말 사람이 뛰어내리는 소리가 들렸을까? 옆방이면 몰라도."

내 질문에 유리코는 고개를 살짝 갸웃거리기만 했다.

"그래서? 네 생각은?"

다이고는 길가의 잡초를 툭툭 뽑아 멀리 던지기를 반복했다. 차들이 간선도로를 오가고 중천에 떠오른 해가 햇볕을 쨍쨍 내리쬐고 있다. 우리는 결국 도로변에 있는 패밀리 레스토랑으로 피신했다. 낮 3시 반의 레스토랑은 한산했다. 나는 다이고에게 크림소다를 사 주었다.

유리코에게 가시마 씨의 이름을 전해 들었다. 그의 이름은 '도이치로'. 사쿠마 씨는 평소 가시마 씨를 부를 때 '도 씨'라 불렀다 했다.

　다시 말해 고니시 씨의 녹음 속에 섞여 있던 '아빠'는 '아버지'가 아닌 '도 씨'*를 부르는 소리였던 것이다. 다이고는 숟가락으로 아이스크림을 조금씩 떠먹으며 날 힐끔거렸고 나는 내가 떠올린 추리를 다이고에게 들려줬다.

　지난달 사쿠마 씨는 가시마 씨의 집에 하룻밤 묵으러 갔다. 그리고 그때 이미 가시마 씨를 죽일 계획이 완성돼 있었다. 동기는 아마 여동생의 복수. 사쿠마 씨는 여동생을 죽음으로 몰고 간 예전 매제를 용서할 수 없었다. 증오는 오랫동안 그의 가슴에 응어리져 있었고 끝내 살의로 발전했다. 사쿠마 씨는 가시마 씨에게 접근해 기회만 엿보고 있었다.

　장장 5년에 걸친 장대한 계획이었다. 그는 살인이 되지 않을 가장 좋은 방법을 모색했을 것이다. 그동안 가시마 씨는 화재 피해를 입어 불을 극도로 무서워하게 됐다. 그리고 사쿠마 씨는 바로 그 점을 이용했다. 가시마 씨가 주변에 민가가 없는 한적한 곳으로 이사한 것도 그에게는 행운이었다. 경계심 강한 가시마 씨가 방문을 꼭 잠근 채 잠든다는 것도 사쿠마 씨는 알고 있었고, 그전에도 이미 여러 번 예전 매제의 집을 찾은 탓에 집 구

＊　　일본어로 아버지(父さん)와 도 씨(とうさん)는 발음이 같다.

조를 숙지하고 있었다. 집 옆에 밤이 되면 건물이 비는 목공소가 있고 그 옆에는 톱밥 창고가 있다는 것까지.

두 사람은 그날 저녁을 함께 먹으며 술잔을 기울였고 사쿠마 씨는 술이 약한 예전 매제를 취하게 했다. 그리고 그를 침실로 옮긴 후부터 행동을 개시했다. 가시마 씨가 곤히 잠들 타이밍을 가늠해 그의 방문 앞에 섰다. 손에 든 것은 양동이와 대량의 드라이아이스. 양동이에 물을 채우고 그 안에 드라이아이스를 집어넣자 이내 수증기가 솟구쳤다. 언뜻 보면 연기처럼 보이는, 물과 얼음의 결정체다. 사쿠마 씨는 양동이를 바닥에 갖다 대고 가시마 씨 방 안에 수증기를 집어넣었다. 수증기가 더 빨리 들어갈 수 있게 부채질 같은 걸 했을 수도 있다. 거기까지 실행한 후 사쿠마 씨는 서둘러 1층에 내려가 밖으로 나갔다. 그리고 3층 베란다를 향해 외쳤다.

"불이야!"

"불이야! **도 씨**. 얼른 나와!"

그 목소리를 듣고 가시마 씨가 기겁해서 베란다에 나왔다. 사쿠마 씨는 그런 그를 보며 소리쳤다.

"빨리! 이제는 시간이 없어!"

뛰어내리라는 듯이 몸짓으로 재촉까지 했다. 패닉에 빠진 가시마 씨는 정상적인 판단을 할 수 없었고, 결국 신뢰하던 형님의 지시에 따라 베란다에서 뛰어내렸다. 그렇게 사쿠마 씨의 복

수는 완성됐다.

완벽한 살인 계획이다. 그날 밤 가까운 산속에서 고니시 씨가 쏙독새의 울음소리를 녹음하지만 않았다면.

"드라이아이스?"

다이고가 빨대를 입에 문 채 이해가 안 된다는 듯이 목소리를 높였다.

"불이 난 것처럼 보일 만큼 많은 드라이아이스를 그 집에 가져갔다는 거야?"

"가시마 씨 집에 바로 가져간 건 아니야."

"그렇겠지. 그랬다면 누가 봐도 수상했을 테니까."

사쿠마 씨는 그럼 그 드라이아이스를 어떻게 조달했을까. 가시마 씨 집에 들어가기 전 어딘가에 숨겼을 것이다. 바로 목공소 톱밥 창고의 톱밥 속 같은 곳에. 그는 차가운 드라이아이스를 보관하기에 가장 좋은 장소를 미리 찾아 놓았다. 목공소 직원들이 퇴근한 뒤라면 들킬 염려도 없다.

가시마 씨의 죽음을 확인한 후 사쿠마 씨는 양동이와 드라이아이스를 처분했다. 양동이는 1층 예전 식품 가공 공장에 있던 것이다. 그리고 남은 드라이아이스는 다시 톱밥에 돌려놓았을 수 있다. 아무도 버려진 톱밥 속을 확인할 리 없을 테니. 마지막으로 현장에 남은 증거 같은 게 없는지 확인한 후 119에 신고해 구급차를 불렀다. 놀라서 어쩔 줄 모르는 집 안 손님인 척 연기하면서.

그러나 그는 알지 못했다. 당시 톱밥 속에는 장수풍뎅이 애벌레들이 있었다는 것을. 애벌레들은 결국 드라이아이스의 냉기 때문에 전멸하고 말았다. 애벌레들은 죽음으로 몸소 그의 비열한 살인을 고발했다.

다이고는 크림소다를 단번에 쭉 빨아 마시고 성대하게 트림을 했다.

"그래서 앞으로 어떡할 거야? 다 네 상상일 뿐이지 증거 같은 건 없잖아."

"아니, 딱 하나 있어. 고니시 씨가 녹음한 그 목소리. 하지만 지금부터 우리가 해야 할 건 심부름센터 일 같은 게 아니야."

나는 말을 한 번 끊고 다시 신중하게 입을 열었다.

"나카야 씨를 찾아가 보려 해. 그래 봬도 그 사람은 형사잖아. 그 사람 말고는 상의할 사람도 없고."

"그 만년 순경 아저씨가 잘할 수 있을까? 우리 사장한테도 늘 면박만 당하는데."

다이고는 믿지 못하겠다는 듯이 눈을 가늘게 떴다.

고니시 씨가 녹음한 음성 데이터는 경찰 감식반에서 가져갔다. 전문가에게 의뢰를 맡겨 성문 분석을 거친 결과 사쿠마 씨의 목소리가 거의 확실하다는 보고가 나왔다.

사쿠마 씨는 경찰서에 불려 가 조사받는 자리에서 가시마 씨 살해를 자백했다고 한다.

그는 예전 매제를 증오하고 있었다. 여동생은 죽었는데 그 남편은 뻔뻔하게 혼자 살아 있는 상황을 용납할 수 없었다. 그래서 우선 그에게 접근해 친분을 쌓았다. 혼자 살며 사업에 잇달아 실패해 인생의 패배자로 전락한 그를 봐도 분은 풀리지 않았다. 화재 사고로 정신적으로 피폐해진 그를 겉으로는 위로하면서 그의 죽음을 간절히 바랐다.

살 곳을 잃은 가시마 씨에게 구릉지 기슭에 있는 집을 사도록 권유한 사람도 사쿠마 씨라고 한다. 그때는 아직 드라이아이스를 활용한 구체적인 살인 계획을 세우지는 않았지만 증오하는 사람을 죽은 자로 만들 무대는 갖췄다고 자신했다.

꼭 기다렸다는 듯 사쿠마 씨는 그런 이야기를 경찰 앞에서 줄줄이 털어놓았다고 '달나라'를 찾은 나카야가 알려 줬다.

사쿠마 씨는 베란다에서 뛰어내린 가시마 씨의 숨이 멎을 때까지 옆에서 그를 가만히 지켜봤다고 한다. 죽지 않으면 콘크리트에 머리를 쳐서 죽이려 했다고도 자백했다. 그의 살의는 그토록 강렬했던 셈이다.

"명색의 형사란 인간이 학생들의 도움으로 사건을 해결하다니."

다카에가 독기를 듬뿍 담아 툭 내뱉었다.

"아무래도 경찰에서 '달나라'에 수고비라도 줘야 할 것 같은데요."

옆에 있던 다이고가 한마디 더 보태자 나카야는 이를 부득갈았다.

"어르신이 이 녀석을 고용해 쓰는 것도 아니잖습니까."

나를 가리키며 그렇게 되받아치는 게 고작이었다.

"뭐 아무튼 앞으로 어려운 일이 생기면 우리 가게에 상의하러 오세요. 류타한테 미리 말해 놓을 테니."

"그냥 우연이야."

나는 깜짝 놀라 옆에서 말했다.

"이런 행운이 또 생길 거라는 보장은 없어."

"아니, 그렇지 않아. 다쓰노 씨도 엄청 놀랐잖아."

장수풍뎅이 애벌레들이 전멸한 이유를 듣고 다쓰노 씨는 얼굴이 새파래졌다. 설마 이웃의 죽음과 관련됐으리라고는 생각지도 못했을 것이다. 스스로 목숨을 끊은 줄 알았던 가시마 씨가 살해당했다는 사실도 그에게 충격을 안겼다.

"말도 안 돼……."

그는 잠시 말문이 막혀 있다가 간신히 입을 열었다.

"어떻게 그런 일이……. 결국 우리 공장 톱밥 창고가 한몫한 거네."

다이고는 새침하게 말했다.

"아니 땐 굴뚝에서도 연기는 난다고요."

다쓰노 씨는 빚을 갚고 싶다며 '달나라' 사장에게 돈을 얼마 정도 쥐여 줬다고 한다. 그 돈을 다카에는 당당하게 받았다고 나중에 다이고가 알려 줬다.

"아무튼 이제 류타가 우리 가게의 전속 조력자 정도는 된 것 같아."

경찰은 가시마 씨의 형, 즉 유리코의 아버지에게 찾아가 사건의 모든 전말을 전했고 유리코의 귀에도 이야기가 들어갔다.

"우리 부모님은 숙부님이 자살한 게 아니라 살해당했다는 사실에 오히려 안도하고 계셔."

"뭐? 왜?"

다이고가 조심성 없이 물었다.

"부모님은 자살이라는 단어에 유독 민감하시거든."

오직 나만 이해할 수 있는 말을 남기고 유리코는 캠리를 타고 학교를 떠났다.

"그래서, 넌 농구부에 들어갈 거야?"

배기가스에 휩싸인 채로 나는 다이고에게 물었다. 농구부에 다이고를 데려가기 위해 이치노세가 여전히 분투 중이라고 들었다.

"그럴 리가. 난 공놀이 따위 안 해."

다이고는 급속도로 열기가 식은 것처럼 말했다.

"그보다 류타. 너 유리코랑 헤어졌어?"

"무슨 소리야. 유리코는 이치노세 씨랑 사귀는데."

"그런 녀석한테 지지 마."

나는 쓴웃음을 지었다. 이토록 가볍기 그지없는 다이고는 나와 유리코의 관계를 이해할 수 없을 거라 생각했다.

오랜만에 서재에 들어갔다.

등을 맞댄 서가 사이를 지나 창가 앞까지 갔다. 허리 높이 창문 밑에도 낮은 책장이 있는데 그곳은 오래전부터 그림책 코너였다. 어머니가 나를 위해 사 준 그림책들이 꽂혀 있다. 나는 바닥에 앉아 책들의 등을 손가락으로 가볍게 쓸었다.

『쏙독새의 별』을 꺼내 조심스레 책장을 펼쳤다. 등에 벽을 기댄 채 이제는 오래돼 거의 잊어버린 이야기를 읽었다. 못생긴 쏙독새는 '다카'라는 이름 때문에 진짜 매*에게 괴롭힘을 당하는 것으로 모자라 이름을 바꾸지 않으면 죽이겠다는 협박까지 듣는다. 꼭 찢어진 것 같은 붉은 입으로 벌레를 통째로 삼키며 살아가는 자신의 추한 모습에도 절망한다.

아아, 힘들어. 괴로워. 이제는 벌레를 그만 먹고 굶어 죽자.

---

*   일본어로 매(鷹)는 '다카'라 읽는다.

아니, 그전에 매가 나를 죽이겠지. 차라리 저 먼 하늘로 떠나 버리자.

쏙독새는 별이 됐을까. 별이 되어 행복해졌을까. 이 부분을 낭독하던 어머니는 어떤 기분이었을까.

아버지가 서재 문 앞에 서서 나를 보고 있었다. 그리고 내가 닫은 그림책 제목을 힐끗 봤다. 아버지의 표정이 조금 슬퍼 보였다. 아버지도 어머니를 떠올렸을까.

그는 결국 아무 말 없이 돌아섰고 나도 그림책을 원래 자리에 꽂고 몸을 일으켰다. 서재를 나설 때 왠지 등 뒤에서 쏙독새 울음소리가 들린 것 같았다.

쏙독독독 하고 밤을 관통하는 쓸쓸한 울음소리였다.

6

다이고가 이치노세와 크게 싸웠다. 원인은 사소했다. 캠리에 함께 타 있는 이치노세와 유리코를 향해 다이고가 농담을 던졌다고 한다. 웬만하면 그냥 넘겼겠지만 너무 끈질기게 놀려 댄 탓에 결국 이치노세가 폭발했다. 이미 손을 씻었다고는 해도 그는 전직 조직 폭력배 출신이고 상대에게 고통을 주는 방법을 터득하고 있다. 다이고의 무모한 행동을 전해 듣고 나는 기가 막혔다.

결국 쌍방 폭행으로 경찰서 신세까지 지게 된 두 사람을 아사미 선생이 하루노부 경찰서에 직접 가서 데려왔다. 선생은 이치노세를 집으로 돌려보낸 후 다친 다이고를 병원에 데려다주었다.

내가 '달나라'에서 다카에에게 그 이야기를 듣고 있을 때 다이고가 아사미 선생의 손에 이끌려 왔다. 이치노세와 심하게 싸왔는지 왼쪽 눈이 검푸르게 부어올랐고 이마에는 커다란 반창고가 붙어 있다. 3센티미터 정도 찢어져 봉합했다고 했다. 그리고 오른쪽 다리를 약간 절룩거렸다. 부루퉁한 얼굴의 다이고는 다카에와 나를 한 번 힐끗하더니 곧장 창고 2층으로 올라가 버렸다.

쿵쿵거리며 거칠게 계단을 오르는 다이고를 요사쿠가 고개를 갸웃거리며 봤다.

아사미 선생은 다이고에게 안정이 필요하니 앞으로 이삼일은 일을 쉬게 해 달라고 다카에에게 부탁했다.

"한심한 짓거리만 하고 다니는 사고뭉치 같으니라고."

다카에는 역시나 독설을 내뱉었다.

"땅 파서 먹고사는 것도 아닌데. 가게에 안 좋은 소문이라도 돌면 어쩌려고 저러는지 원."

"책임은 50 대 50으로 하기로 했습니다. 경찰서에서 조사받고 화해도 했습니다. 같은 학교에 다니는 친구이고 애초에 별것도 아닌 일로 싸웠다고 하니까요."

아사미 선생은 버럭거리는 다카에를 살살 달랬다.

만약 다이고가 옆에 있었다면 이 괴팍한 노파 사장에게 한마디 받아쳤겠지만 2층은 조용했다. 아사미 선생과 나는 '달나라' 밖에 서서 대화했다. 아사미 선생이 다이고를 다치게 한 이치노세를 두둔하듯 말해서 나는 조금 화가 났다. 선생은 나에게 학교에는 꼭 제시간에 오라고 하며 돌아갔고 다카에도 곧장 사무실로 들어가 버렸다.

나는 철제 계단을 오르며 다이고의 처지를 떠올렸다. 싸우다가 경찰에 끌려가든 병원에 치료받으러 가든 다이고가 의지할 사람은 오로지 학교 선생님뿐이다. 그에게는 가족이 없다는 것. 앞으로도 계속 혼자 살아가야 한다는 사실에서 오는 무게감을 새삼 느꼈다. 그에 비해 나는 아직 세상 물정 모르는 전직 은둔형 외톨이 소년이었다.

"다이고."

다이고는 매트리스에 누워 고개를 돌린 채 내 말에 대꾸하지 않았다.

나는 책상 앞 의자를 가져와 방향을 반대로 돌렸다. 등받이를 껴안고 위에 턱을 얹은 채 입을 열었다.

"설마 날 위해서 그런 거야? 내가 유리코한테 차였다고 생각했어?"

다소 장난스럽게 물어봤지만 역시나 대답이 없다. 사실 알고 있었다. 다이고는 날 위해 그런 게 아니다. 교제 중인 두 사람이 눈에 거슬리거나 하지도 않았을 것이다. 단지 이치노세에게 덤빌 계기가 필요하지 않았을까.

아니, 그는 자기 안에 있는 분노와 초조감을 다른 누군가에게 발산하고 싶었을 뿐이다. 이치노세의 겉모습이나 체격을 보면 무모하다는 것은 알았을 터다. 이번 일은 왠지 다이고의 자기 파괴 욕구가 초래한 느낌이 들었다. 가벼워 보이는 겉모습과 달리 다이고의 가슴 깊숙한 곳에는 뭔지 모를 균열이 있는 듯했다. 그와 알고 지낸 짧은 기간에 나는 그것을 느꼈다. 상대의 마음을 앞서 읽고 거기에 적합한 행동만을 골라서 하던 은둔형 외톨이의 슬픈 특기가 이때도 발휘된 것이다. 그것은 혹시 다이고에게 가족이 없는 사실과 관련이 있을까. 우리는 서로가 짊어진 배경이나 속내를 털어놓지 못하고 좁은 방 안에서 그저 침묵하고 있었다.

그때 쿵쿵쿵 계단을 올라오는 발소리가 들렸다. 바닥에 뚫린 계단 입구에서 다카에가 쑥 얼굴을 들이밀더니 랩 씌운 접시를 우리를 향해 내밀었다.

"자, 이거라도 먹어라. 얼른 나아서 일하지 않으면 나도 곤란하니."

접시에는 김으로 감싼 커다란 주먹밥 두 개가 떡하니 올라가 있었다.

"아, 감사합니다."

내가 계단 앞으로 가자 다카에는 무뚝뚝한 표정으로 내게 접시를 떠밀었다. 평소 입은 험해도 다이고를 신경 쓰는구나 생각했다.

"됐어요."

그때 벽 쪽에 고개를 돌리고 있던 다이고가 또박또박하게 말했다. 나는 깜짝 놀라 고개를 돌렸다.

"그딴 걸 누가 먹는다고. 가져가요."

"야, 그게 무슨 소리야. 사장님은 널 걱정해서⋯⋯."

나는 두 사람의 얼굴을 번갈아 봤다. 그러자 다이고는 갑자기 몸을 벌떡 일으키더니 내 손에서 접시를 빼앗아 벽을 향해 힘껏 집어 던졌다. 접시는 날카로운 굉음을 울리며 산산조각 났고 찌부러진 주먹밥들이 무참히 바닥을 굴렀다. 다이고는 주먹밥을 마구 짓밟더니 그걸로도 부족한지 가장 큰 접시 파편을 들어 다카에를 향해 던졌다. 파편이 다카에의 얼굴 바로 옆을 날아갔지만 다카에는 피하기는커녕 눈 하나 깜짝하지 않았다.

"다이고! 야! 너, 뭐 하는 거야!"

순간 머리에 피가 쏠렸다. 어떻게 이렇게 남의 마음을 짓밟을 수 있을까. 잔뜩 화가 난 나는 장승처럼 우두커니 있는 다이고에게 다가갔다. 다이고는 두 팔을 축 늘어뜨리고 매트리스 위에 서 있었다.

그날 나는 생전 처음 사람을 때렸다.

다이고는 살짝 비틀거렸지만 큰 타격은 없었을 것이다. 그는 통통 부어 감긴 왼쪽 눈으로 나를 지그시 봤다. 내가 때려 놓고도 나는 몸을 부들부들 떨었다. 싸늘한 바람이 나를 조롱하는 것 같았다. 그 바람은 틀림없이 다이고의 가슴 속에 있는 균열에서 솟아 나오고 있었다.

주먹이 욱신거렸다. 다친 친구를 또 때리다니. 내가 저지른 어리석은 짓에 아연실색했다. 나는 천천히 고개를 돌렸다가 또다시 몸을 떨었다. 다카에가 물끄러미 날 바라보고 있었다. 놀람이나 분노 같은 감정은 찾아볼 수 없다. 그녀의 얼굴에 깃든 것은, 슬픔이었다. 구원이라고는 없는 슬픔.

내가 멍하니 있자 다카에는 잠시 후 등을 홱 돌려 그대로 계단을 내려갔다. 다이고도 매트리스 위에 털썩 드러누워 구겨진 이불을 뒤집어쓰더니 두 번 다시 내게 얼굴을 보여 주지 않았다.

나는 비참함과 이해할 수 없는 기분을 동시에 안고 학교로 향했다.

그러고 나서 다이고는 사흘간 학교를 쉬었다.

나는 '달나라'에 가지 못하고 묵묵히 수업에만 출석했다. 경찰서 신세까지 진 주제에 이치노세가 변함없이 학교에 나와 동아리 활동을 하는 모습이 눈꼴셨다. 체육관 옆에서 유리코를 만났는데 그녀도 밖에서 농구부 연습을 구경하는 듯했다.

"이치노세는 다이고랑 왜 싸웠을까? 다이고가 시비 걸어도 그냥 무시하면 될 텐데."

내가 다소 감정 섞어 유리코에게 묻자 그녀는 나를 보며 힘없이 미소 지었다.

"이치노세는 나쁜 사람이 아니니까."

"사람을 쥐어 패 놓고 저렇게 농구나 하고 있는데?"

"단순하고 알기 쉬운 사람이야. 바보 같지만 그래도 착해."

애초에 잘못은 다이고에게 있는 것이 분명하다. 왠지 모르게 그렇게 납득하고 마는 나 자신이 싫었다.

"네 친구는 괜찮니?"

"글쎄. 지금도 집에 누워 있을걸. 요새는 만나지도 못했어."

그곳을 다이고의 집이라 할 수 있을까. 다이고는 무슨 일 때문에 부모님을 잃었을까. 자신을 거둬 간 이모 집에서는 어떤 대접을 받았으며, 왜 그곳을 나왔을까. 다이고는 자세한 이야기를 하지 않았고 나도 그런 부분을 파고드는 것이 두려워 묻지 않았다. 다이고 또한 내 가정환경 같은 것에는 관심이 없는 듯했다.

"얼른 가 봐. 친구를 아껴 줘야지."

유리코는 꼭 내 마음을 꿰뚫어 본 것처럼 말했다.

"실은 다이고 말인데, 이치노세와 주먹다짐을 하고 난 다음에 말이지."

그녀는 갑자기 함박웃음을 지으며 말을 이었다.

"길에 대자로 드러누워서 '괜찮아! 나한테는 친구가 한 명 있으니까!'라고 했대."

유리코는 "다이고는 널 소중하게 생각하고 있어"라고 했다.

우리는 그대로 나란히 주차장까지 걸어갔다. 이곳에서는 미리 신청만 하면 교원용 주차장에 야간부 과정 학생도 차를 댈 수 있었다.

"왜 차를 타고 학교에 다녀?"

"자전거나 버스로 와도 되는데 부모님이 걱정하셔서. 밤이라 위험하기도 하고. 류타도 알지? 오래전에 있었던 일가족 살인 사건. 그 범인이 아직 붙잡히지도 않았잖아."

유리코는 하루노부시에서 11년 전 발생한 사건을 언급했다. 내가 초등학생 때였고 그때는 아직 학교에 다니고 있었다. 시내에 있는 가정집에 침입한 누군가가 그곳에 살던 일가족 네 명인가 다섯 명인가를 죽이고 달아났다. 당시에는 그야말로 떠들썩했다. 시내 전역에 경찰력이 깔렸고 초등학생들은 부모님의 손을 잡고 등하교했다. 기자들도 몰려와 낯익은 시내 풍경이 여러 차례 뉴스에 흘러나왔다.

"그때 그 범인은 스스로 목숨을 끊지 않았어?"

당시 임의로 참고인 조사를 받던 남자가 자살했다. 그가 범인이라는 확실한 증거는 없었지만 경찰을 비롯해 대부분의 사람들은 사건이 일단락됐다고 여겼다. 어릴 때라 기억이 흐릿하지만 언론 보도도 사뭇 단정적이었다. 만약 그가 범인이 아니라면 왜 스스로 목숨을 끊었을까.

유리코에게도 그 말을 하자 유리코는 캠리 문을 열며 나를 돌아봤다.

"응. 맞아. 우리 부모님은 그냥 그걸 구실로 날 간섭하고 싶은 거겠지."

유리코는 유연한 몸놀림으로 차에 올라타 사라졌다.

결국 유리코에게 등을 떠밀리는 형태로 나는 다음 날 '달나라'를 찾았다.

언덕길을 오르기 전에 나카야의 모습이 눈에 들어왔다. 가게 입구에서 매물인 의자에 걸터앉아 뭔가를 중얼거리고 있다. 그리고 놀랍게도 다이고가 창고 안에서 일하고 있었다. 다카에의 목소리도 들렸고 요사쿠는 평소처럼 바닥에 드러누워 있다가 나를 발견하고 "와웅!" 하고 얼빠진 소리로 짖었다.

나카야가 고개를 돌려 나를 턱으로 가리켰다.

"어이, 학교 친구가 왔네."

그러자 선반 너머에서 다이고가 얼굴을 내밀었다. 내가 겸연쩍은 기분을 꾹 참고 있자 다이고는 "케케케" 하고 이상한 웃음소리를 내며 웃었다. 눈 부기가 많이 가라앉았다. 병원에 다녀왔는지 이마에 붙인 반창고도 작은 것으로 바뀌어 있었다.

"오, 류타."

다이고는 꼭 아무 일도 없었던 것처럼 밝게 말했다.

"오늘부터는 학교에 나갈 거야."

"지난번에는 미안."

마음에 걸리는 걸 얼른 해치우고 싶어서 나는 다이고에게 무작정 사과했다.

"뭐야. 설마 그때 날 때렸다고 생각하는 건 아니지? 그런 건 스치는 축에도 못 들어."

다이고는 선반 위에서 먼지투성이 옷 상자를 끌어 내리며 웃었다.

"흥. 청소년계에서 들었는데 너희, 화려하게 치고받고 싸웠다며?"

"얘랑 싸운 건 아니에요. 듣고 오려면 제대로 좀 듣고 오세요."

다이고가 나카야에게 면박을 줬다.

"제대로 들을 만한 이야기도 아니야."

"거참 시끄럽게! 자꾸 장사 방해하지 말고 썩 꺼져!"

사무실 안쪽에서 다카에의 목소리가 날아들었다.

"또 저러시네. 전 지금 방범 순찰 중이라고요. 이 수상한 가게가 비행 청소년들의 소굴이 되지는 않을까 걱정돼……."

나카야가 말을 끝마치기도 전에 다카에와 다이고가 동시에 소리를 빽 질렀다.

"거짓말! 순찰은 무슨 순찰이에요."

"승진 가망이 없으면 가서 상사한테 아부라도 떨라고!"

두 사람의 가차 없는 독설을 들으며 나는 가슴을 쓸어내렸다. 일상의 풍경이 돌아오고 있었다. 얼마 전에 본 다카에와 다이고의 일촉즉발 상황과 나와 다이고 사이에 있던 작은 갈등도 모든 게 없었던 일처럼 느껴졌다. 무신경한 나카야 덕분에 분위기가 리셋된 걸까. 나는 만년 순경에게 감사했다.

그때 '달나라' 입구에 아담한 체구의 노부인이 서 있는 모습이 보였다.

나는 재빨리 다이고에게 눈짓했다. 다이고는 우렁찬 목소리로 "아! 손님! 어서 오세요!" 하고 외쳤다.

나카야는 마지못해 의자에서 일어나 성큼성큼 언덕길을 내려갔다. 나카야는 항상 차를 석조등 바로 옆에 바짝 붙여서 세웠는데 다이고가 아무리 불법 주차라고 뭐라고 해도 귀도 쫑긋하지 않았다.

노부인이 허리를 숙여 요사쿠의 머리를 쓰다듬었다.

"혹시 뭐 파실 물건이라도?"

다카에가 구사할 수 있는 최고로 정중한 말씨로 물었다.

"아뇨."

노부인은 일어서며 품위 있게 웃었다.

"이걸 보고."

그녀는 한 발짝 앞으로 나아가 기둥에 걸린 나무판을 가리켰다. '무엇이든 팝니다. 삽니다. 각종 고민 상담 및 의뢰 환영'이라고 적혀 있는 나무판이다.

"실은 상담하고 싶은 일이 좀 있어서요."

"역시."

다이고가 내 귀에 대고 조용히 속삭였다.

"복장만 봐도 알아. 절대 돈에 쪼들리는 사람은 아니야."

'달나라'에 들어오는 물건은 나카야가 폐기물 일보 직전이라고 혹평할 만큼 거의 가치 없는 물건들뿐이다. 다카에가 매입하는 가격도 뻔해서 푼돈 수준이라는 것을 손님들도 알고 있다. 다쓰노 목공소의 다쓰노 씨처럼 소소하게 용돈이라도 벌려고 오는 사람이 대부분이다.

이 나이 든 여성은 옷차림이 단정했다. 수수하지만 우아한 서머 니트 앙상블이나 구두, 가방도 전부 비싸 보인다. 물건을 팔려고 이런 가게를 찾을 부류로는 보이지 않았다.

과연 이런 사람이 상담하고 싶은 일이란 뭘까. 변호사 사무실이나 유명 탐정 사무소 같은 곳에 가지 않고 '달나라'를 찾는다? 나는 갑자기 흥미가 동했다.

다카에는 품위 있는 손님과 함께 사무실 안으로 사라졌다.

30분쯤 지나자 이번에는 거무스름한 양복을 입은 노인이 나타났다. 은빛 머리카락을 포마드를 써서 깔끔하게 빗어 넘겼다.

"사모님을 모시러 왔습니다."

그가 정중하게 말하는 것을 듣고 다이고가 팔꿈치로 내 옆구리를 쿡 찔렀다. 언덕 아래를 보니 석조등 옆 공간에 검은색 크라운이 세워져 있는 게 보였다. 언제나 먼지 쌓인 나카야의 차와는 하늘과 땅 차이다. 잘 닦인 차 지붕에 지나치게 큰 석조등 머릿돌이 비쳤다.

"저, 사모님께서는…… 아직 상담 중이시라…… 그러니까, 저희 사장님과……."

어색한 존칭어를 쥐어짜 내는 다이고를 보며 나는 고개를 숙여 웃음을 참았다.

흰 장갑을 낀 노인은 그야말로 수상쩍은 듯이 '달나라'를 둘러봤다.

"어머. 오하시. 벌써 왔어요?"

노부인이 사무실 문을 열고 나왔다. 로우힐 가죽 신발 뒤꿈치가 창고 콘크리트 바닥에 닿아 또각또각 울렸다. 뒤이어 나온 다카에는 표정이 영 탐탁지 못했다. 아무래도 노부인은 어디에서도 받지 않을 성가신 의뢰를 가져온 듯했다.

"사모님. 이야기는 마치셨습니까?"

"네."

부인이 고개를 돌려 다카에에게 미소 짓자 다카에의 얼굴에 새겨진 수심이 더 깊어졌다.

"그럼 잘 부탁드릴게요."

노부인은 정중하지만 거절을 용납하지 않겠다는 듯이 못을 박고 오하시와 함께 나갔다. 마른 노인이 뒷좌석 문을 열어 노부인을 태우고 흰 장갑을 낀 손으로 조심스레 문을 닫는 모습을 다이고와 나는 물끄러미 지켜봤다. 오하시가 언덕 위에 있는 우리를 보며 깊숙이 고개를 숙여서 우리도 황급히 따라 했다. 크라운 차량은 조용히 떠났다.

주위를 둘러보니 다카에는 이미 사무실로 들어가 버렸다.

"잠깐만 여기서 기다려."

다이고가 사무실 문을 열고 들어갔다. 문을 그대로 열어 둬서 안에서 다이고와 다카에의 목소리가 밖에까지 샜다. 나지막한 다카에의 말은 알아들을 수 없지만 다이고의 "와!"나 "대단해!" 같은 탄성이 또렷이 들렸다. 잠시 후 다이고가 문 사이로 오른손을 내밀어 내게 손짓했다.

사무실에 들어가자 다이고가 둥근 의자 두 개를 가져왔다. 두 개 다 좌면이 찢어져 안에 있는 스펀지가 튀어나와 있다. 그중 하나에 앉으면서 다이고가 내 어깨를 두드렸다.

"조금 전에 그분. 엄청난 갑부래."

'엄청난 갑부'가 어떤 사람인지 다이고는 다카에에게 전해 들은 정보를 토대로 설명했다. 노부인의 이름은 구라모토 세쓰코. 구라모토 가문은 하루노부시에서 대대로 이어져 온 명문으로 자산가 집안이기도 하다. 남편 구라모토 고노스케 씨는 부친이 일으킨 건축 자재 도매업과 건설용 중장비 대여업을 물려받아 오랜 세월 사장으로 일했다. 사업을 지속적으로 발전, 확대하며 막대한 부를 쌓았고 여든을 넘긴 지금은 사장 지위를 부하에게 넘기고 회장직으로 물러났다.

광활한 부지를 지닌 저택에서 고용인 몇 명과 함께 부부 둘이 살고 있다고 했다. 위치는 다쓰노 목공소가 있는 구릉지 반대편이다. 그 구릉지 또한 구라모토 집안의 소유라고 하지만 별다른 제한 없이 누구나 출입할 수 있다. 고니시 전기의 고니시 씨도 그 혜택을 보는 사람 중 한 명이고 아마 그곳이 개인 사유지라는 걸 아는 사람은 별로 없을 것이다.

"구라모토 씨네 집 안에는 무려 양도 있대. 대단하지? 개도 고양이도 아니고 양이라니. 양을 집에서 키우다니! 부자들은 역시 대단하다니까!"

"그게 무슨 헛소리지?"

옆에서 다카에가 차갑게 면박했다.

"누가 양이라 하디?"

"네? 아까……."

다이고가 무슨 말을 듣고 착각했는지 대략 짐작이 됐다.

"다이고. 혹시 양이 아니라 집사*를 말한 거 아니야?"

조금 전에 만난 오하시라는 노인이 떠올랐다. 다이고는 어리

---

*   일본어로 양(羊)은 '히쓰지', 집사(執事)는 '시쓰지'라 발음한다.

둥절한 얼굴로 나를 봤다.

"집사가 뭐야?"

다음 날 우리는 다카에의 미니밴을 타고 나갔다. 출발 전 시동이 꺼지는 바람에 정비공을 부르느라 조금 늦었다.

가시마 씨 사건을 해결로 이끈 후 나는 자연스럽게 '달나라' 심부름센터의 예비 요원으로 편성됐다. 다이고가 예언한 것처럼 돈은 한 푼도 못 받았지만 나는 그 일을 즐겼다. 두 사람 옆에 있으면 고집 세고 막무가내였던 나 자신이 조금씩 무뎌지는 느낌이었다.

어제 다이고에게 '집사란 무엇인지' 설명해 줬지만 설명할수록 현실과는 동떨어진 느낌이라 나도 점점 헷갈리기 시작했다. 애초에 일본의 직업 체계에서는 생소한 일이고, 원래 영국 상류층 집 안의 가사 도우미 직종 중 최상급 지위에 있는 이를 뜻하는 단어로 쓰였다.

일본 현실에 억지로 끼워 맞추면 주인의 비서 겸 고용인들을 총괄하는 사람 정도라 할 수 있을까. 어쨌든 일반적인 가정에서는 볼 수 없는 부류의 사람이고 '구라모토 집안은 정말 대단하구나' 정도의 느낌만을 안겼다. 다이고는 끝내 이해하기를 포기했다.

"상류층이니 최상급이니, 대체 어디까지 올라가야 직성이 풀리는 거야. 마음에 안 들어."

다이고는 차 안에서 어제와 똑같은 말을 했다. 몸을 뒤로 젖히려다가 이마가 욱신거리는지 반창고에 손을 대고 얼굴을 찡그렸다.

실제로 보니 구라모토 저택은 눈이 휘둥그레질 정도로 넓었다. 정문에서 현관 앞 차를 대는 곳까지 완만하게 굽은 도로가 이어졌다. 울창한 나무가 주변을 에워싸고 있어 마치 숲속에 지어진 집 같은 느낌이다. 다이고가 휘파람을 불자 다카에가 째려봤다. '달나라'의 여사장은 얼굴을 다쳐 인상이 한층 안 좋아진 다이고를 데려가야 할지 말지를 끝까지 고민했다.

구라모토 저택 주차장과 움푹 파여 군데군데 얼룩이 눈에 띄는 미니밴은 그야말로 어울리지 않았다. 나중에 돌아갈 때는 시동이 잘 걸리기를 간절히 바랐다.

저택은 오래된 목조 주택이지만 1층 전면 벽을 아라이다시 공법*으로 마무리해 석조 건물처럼 연출한 서양식 주택이었다. 선대 당주가 공들여 지었을 것이다. 2층 벽은 하얀 회반죽을 칠한 일본풍이지만 묘하게 잘 어울렸다. 어쨌든 궁상맞은 방문객들이 초인종을 누르기 망설여질 정도로 위풍당당한 외양

---

* 시멘트 등의 주재료에 색석 등을 넣어 바른 후 마르기 전 브러시와 스펀지로 물로 씻어 돌을 부각시키는 공법.

이었다.

　오하시가 묵직한 문을 안쪽에서 열고 손목시계를 힐끗 한 번 봤다. 품위 있는 몸짓으로 약속 시간에 늦은 우리를 나무라는 것이다. 우리 세 사람은 현관 로비 옆에 있는 아담한 방으로 안내받았다. 정식 응접실에 들어가기 전 잠시 머무르는 대기실 같은 곳이었다. 왠지 우리의 수준을 평가받고 있는 것 같아 나는 마음이 싱숭생숭했다.

　"어르신께서 준비를 마치실 때까지 여기서 잠시 기다려 주십시오."

　오하시는 그렇게 말하고 방에서 나갔다.

　어제 구라모토 세쓰코가 가져온 의뢰는 그간 '달나라'에 접수된 온갖 의뢰 중에서도 손꼽힐 정도로 기묘한 것이었다. 그녀는 여든 넘은 남편이 요즘 들어 부쩍 이상한 말을 입에 담는다고 했다.

　바로 '둔갑한 너구리가 나를 찾아온다'라는 것이다. 정확히는 '너구리가 집 정원에 나타나 어릴 적 아들 모습으로 둔갑한다'라고 했다. 그리고 그 너구리는 분명 뭔가 할 말이 있어 보이니 그걸 확인해 줬으면 한다는 의뢰였다.

　"그냥 노망 난 할아버지의 헛소리 아니에요?"

　다이고가 즉시 말했다.

　"그런 의뢰를 받으시면 어떡해요."

이번만큼은 나도 동감이었다. 또 그런 의뢰를 하러 심부름센터를 찾은 아내 세쓰코 씨 역시 겉보기에는 정정한 노부인처럼 보이지만 정신이 이상해지고 있는 건 아닐까 생각했다. 의뢰를 받아들인 다카에의 정신 상태 또한 약간 의심스러웠다.

"류타가 아무리 똑똑해도 그런 것까지 해명할 수 있을 것 같진 않은데."

다이고는 킥킥거리며 덧붙였다.

잠시 후 방문이 열리고 이번에는 중년 여성이 카트를 밀며 들어왔다. 그녀는 공손하게 고개를 숙이고 우리에게 홍차를 건넸다. 하얀 도자기 잔에 담긴 홍차를 입에 대고 다이고가 "앗, 뜨거워" 하고 조용히 신음했다. 세쓰코 씨는 우리가 홍차를 다 마시는 순간을 마치 잰 것처럼 모습을 드러냈다.

그녀는 작은 테이블 주위에 있는 벨벳 의자에 살짝 걸터앉았다. 우리도 같은 의자에 앉았는데 '달나라'에 있는 스펀지가 비집고 나온 둥근 의자와 착석감이 차원이 달랐다. 분명 값비싼 수입품일 것이다.

세쓰코 씨는 "몇 가지 더 덧붙이고 싶은 말이 있습니다" 하고 운을 떼며 "어제는 자세한 말씀을 못 드려서"라고 했다.

그녀는 우선 남편 구라모토 고노스케의 몸 상태가 별로 좋지 않다고 했다. 어려운 의뢰를 받아 주었으니 숨김없이 말하겠다며 남편은 현재 결장암으로 투병 중이라고 담담히 설명했다. 암

세포가 복강에 전이돼 앞으로 전망도 좋지 않지만 고노스케는 그것을 노화 현상의 하나로 순순히 받아들이고 있다고 했다.

"거기에 최근에는 치매 경향까지 보여서."

테이블을 사이에 두고 앉은 다이고가 거봐라는 듯이 나를 봤다. 세쓰코 씨는 온화하게 미소를 머금고 말을 이었다.

"저는 치매를 죽음이라는 절대적인 것에 맞서는 우리 인간에게 신이 내려 주신 은총이라 생각합니다."

다카에의 표정을 읽을 수 없었다. 그저 말없이 의뢰인의 이야기에 귀 기울이고 있다. 세쓰코 씨는 허리를 꼿꼿이 세웠다.

"그런데 남편은 왜 아들로 둔갑한 너구리를 보게 됐을까요."

노부인은 조용히 말했다. 아무래도 그녀에게는 짚이는 구석이 있는 듯했다. 나는 자연스레 자세를 가다듬었고 다이고도 홀린 사람처럼 잠자코 이야기를 들었다. 죽음에 맞서는 남편을 돌보며 남편이 입에 담는 망상도 망상으로 흘려듣지 않고 진지하게 대하는 세쓰코 씨의 태도가 잘 느껴졌다.

세쓰코 씨는 35년 전 발생한 어떤 사건 때문에 남편이 현재 환상을 보고 있는 것이라고 했다. 당시 열두 살이던 외아들이 2층에 있는 그의 서재 창문 밑 지붕 아래로 떨어진 비극적인 사고다.

"그 아이가 그날 왜 창문 밑 지붕까지 내려갔는지는 지금도 알지 못합니다. 거기서 그만 발을 헛디뎌……. 그날을 떠올리면 지금도 몸서리가 쳐진답니다."

세쓰코 씨는 눈을 꼭 감고 무릎 위에서 움켜쥔 두 주먹에 힘을 집어넣었다.

히로키라는 아들이 정원석 옆에서 피투성이가 되어 쓰러져 있던 광경을 세쓰코 씨는 감정을 간신히 억누르며 설명했다. 세쓰코 씨는 그 모습을 서재 창문에서 내려다봤다. 남편인 고노스케 씨가 집을 비우고 있는 사이에 일어난 일이었다. 싸늘한 시신이 된 아들을 본 어머니의 심정은 어땠을까. 다이고가 옆에서 침을 꿀꺽 삼키는 소리가 들렸다.

"죽음에 가까워져 치매 증세가 나타나면서 남편은 아들을 죽인 사람이 자신이라 말하기 시작했습니다. 아니라고 몇 번을 말해도 듣지 않았죠."

고노스케 씨는 아들로 둔갑한 너구리가 왜 자신을 찾아오는지 누군가에게 의뢰해 밝혀 달라고 직접 말했다고 한다. 아이의 모습으로 나타나는 아들 히로키의 목소리를 들어 달라고도.

"저도 오하시도 남편의 말을 계속 부정만 하니 그이도 참을 수 없었겠죠. 그래서 여러분을 만날 때도 자기 혼자 만날 거라며 고집을 부렸어요. 제삼자라면 얼버무리지 않고 자신이 원하는 대로 잘 조사해 줄 거라 하면서요."

세쓰코 씨가 무슨 말을 하려는지 조금씩 이해됐다. 그녀와 집안의 충실한 집사도 현재 고집 센 치매 가장 때문에 애를 먹

고 있다. 그래서 그의 말대로 기이한 의뢰를 받아 줄 심부름센
터를 찾아 나섰을까. 그렇다면 '달나라'는 안성맞춤이라 할 것
이다.

"여러분은 저를 통해 미리 이야기를 들은 사실을 숨기고 남
편의 호소에 귀 기울여 주세요. 그리고 그이가 원하는 대로 해
주셨으면 해요."

"알겠습니다."

다카에가 주저 없이 대답하자 세쓰코 씨는 안심한 듯 몸을
일으켰다.

"좋아요. 남편은 아들이 죽은 이야기를 꺼내며 슬퍼할 것이
고 그게 자기 때문이라며 끈질기게 주장할 테지만 절대 반론은
하지 마세요. 그리고 아들로 둔갑한 너구리가 무슨 이야기를 하
려는지 조사해 보겠다고 해 주세요."

세쓰코 씨는 다시 한번 그렇게 못을 박고 나갔다.

"한마디로 노망 난 할아버지의 이야기를 군말 없이 들어주
면 되는 거네."

세쓰코 씨의 발소리가 멀어지자 다이고가 긴장을 풀면서 말
했다.

"대충 알아보는 척하며 적당히 답을 만들어내면 되겠지?"

다카에는 한쪽 눈썹을 살짝 치켜올렸지만 별말 하지 않았다.
다이고의 말이 얼추 맞을 것이다. 언뜻 터무니없는 의뢰 같지만

의외로 빠르게 정리될 수도 있겠다는 생각이 들었다. 다카에는 일을 마치고 보수를 얼마나 받을지 속으로 벌써 계산하고 있을지 모른다.

잠시 후 오하시가 들어와 우리를 고노스케 씨의 침실로 안내하겠다고 했다. 우리는 집사 뒤를 졸졸 따라 긴 복도를 걸었다. 거대한 판유리창 너머에 넓은 정원이 내려다보인다. 그야말로 '정원'이라는 단어가 어울리는 곳이었다. 손질된 잔디 너머로 가지를 길게 뻗은 오래된 벚나무가 서 있다. 지금은 푸른 잎이 무성하지만 봄이 되면 예쁜 꽃을 피울 것이다. 그 아래에는 키 작은 수국 몇 그루가 그루터기 모양으로 깎여 있는데 이쪽에는 연보라색 꽃이 만개했다. 꽃을 피우는 나무를 돋보이게 할 목적인지 뒤쪽은 상록수들로 채워졌다. 주목과 후피향나무, 나한송 등이다.

수국 너머에서 누군가 일하는 사람이 보였다. 대나무 갈퀴로 낙엽을 쓸어 모으는 것 같은데 밀짚모자를 쓰고 있어서 얼굴은 잘 보이지 않는다. 나중에 정원사인 이리에 씨라고 소개받은 사람이다.

—그 소리가 저를 위축시킵니다. 밤의 밑바닥에서 들려오는 듯한 그 소리가.

이리에 씨의 말은 지금도 내 가슴 깊숙한 곳에 남아 있다.

7

　고노스케 씨의 침실은 구석진 곳에 있는 것치고 6평은 족히 넘을 넓은 마루방이었다. 전동식 침대가 방 한가운데에 있고 침대 앞에 있는 투명한 유리창으로 정원이 잘 내려다보였다. 이곳에서 보이는 정원은 손질이 잘 된 조금 전의 정원과는 느낌이 조금 달랐다.

　정원 너머로 구릉지가 펼쳐져 있었다. 그 풍경을 배경 삼아 정원을 보다 보면 자연의 정취가 물씬 풍겨서 마치 숲속에 들어와 있는 느낌도 들었다. 떡갈나무와 물푸레나무, 매화오리나무 등 구릉지에서 본 고목 아래에 갈참나무와 누리장나무 등 키 작은 나무들이 자라 있다. 잡초들도 마음껏 고개를 뻗었고 그 안에 주황색 백양꽃이 핀 게 보였다. 꽃 위에는 제비나비가 날고 있었다.

　방 한쪽 구석에 선 감색 카디건 차림의 중년 여자에게 오하시는 "어르신은 좀 어떻습니까? 야마구치 씨" 하고 속삭이듯 조용히 물었다.

야마구치 씨는 "변함없습니다" 하고 역시 나직이 대답했다. 오하시는 고노스케 씨의 전속 간호사라며 야마구치 씨를 우리에게 소개해 줬다. 정원에서 방 안으로 시선을 옮기자 병원 병실 못지않게 의료 기기들이 잘 갖춰져 있다는 걸 알 수 있었다. 카트에 실린 혈압계와 청진기, 소독약, 산소 흡입기와 링거폴. 모니터 화면에는 뭔지 모를 숫자가 나열돼 있고 시도 때도 없이 전자음이 울렸다.

병원에서 자택 요양으로 전환했을 때 이렇게 만전을 기해 준비했을 것이다. 그 점에서도 구라모토 집안의 재력이 느껴졌다.

"어르신."

오하시가 말을 걸었다. 고노스케 씨는 얇은 이불에 파묻힌 것처럼 누워 있다. 전에는 체격이 어땠을지 모르지만 지금은 상당히 왜소해 보였다.

"사모님께서 의뢰하신 심부름센터 직원분들이 오셨습니다."

다카에가 앞으로 나아가 "안녕하세요. '달나라'에서 왔습니다" 하고 인사했다. 가게 이름을 역시 조금 더 고민했어야 한다고 새삼 느꼈다. 쇠약해진 환자를 앞에 두고 '달나라에서 왔습니다'라니. 질 나쁜 농담처럼 들렸다.

고노스케 씨가 턱을 살짝 움직이자 그의 마음을 읽은 것처럼 야마구치 씨가 방을 나갔다. 오하시도 조금 망설이다가 간호사 뒤를 따랐다. 고노스케 씨는 이불 아래에서 오른손을 들더니 뼈가 앙상한 손가락을 뻗어 정원을 가리켰다.

"저기."

생각한 것보다는 힘찬 목소리였다.

"저 나무 아래에 너구리가 찾아오네."

우리는 일제히 고개를 돌려 유리창을 봤다. 침실 바로 앞에 부드러운 회백색 나무 한 그루가 보였다. 아름다운 광택의 굵은 잎사귀가 무성한 걸 보니 아마 동백나무다. 이른 봄에는 다섯 장의 잎을 가진 붉은 꽃이 고개를 숙인 것처럼 필 것이다.

"밤이 되면 꼭 나타나."

아무도 대답하지 않아도 고노스케 씨는 말을 이어 갔다.

"그리고 뒷다리를 써서 두 발로 일어서지."

놀랍게도 고노스케 씨는 거기까지 말하고 웃음을 터뜨렸다. 쇠해진 목구멍으로 공기가 드나드는 모습을 우리는 말없이 지켜봤다.

"그 너구리가 히로키로 둔갑하네. 나한테 뭔가 할 말이 있어서 찾아오는 거야."

베개에서 고개를 들려고 해도 잘 되지 않는다. 고노스케 씨는 푹신한 베개에 머리를 그대로 묻고 고개를 흔들었다.

"하지만 무슨 말을 하는지 여기서는 들리지 않지. 그 목소리를 들으려고 세쓰코에게 창문을 열게 하면 금세 도망쳐. 히로키는 오직 나에게만 하고 싶은 말이 있는 게 분명해."

"네. 그렇겠지요."

다카에가 입을 열어 대답했다. 세쓰코 씨에게 지시받은 대로 의뢰인에게 대충 맞춰 주는 줄 알았지만 목소리가 사뭇 진지하다. 인생 경험이 풍부한 사람이 해야 할 때 하는 말에는 그만한 무게감이 있다. 처음으로 다카에가 어떤 인생을 살아왔는지 궁금해졌다.

"그 아이는 이미 죽었어. 그 아이가 그렇게 된 건 다 내 탓이야."

"지금 바로 조사를 시작하겠습니다."

"이 앞마당은 뒷산과 이어져 있네. 난 어렸을 때 그 산에서 자주 놀아서 담이나 울타리를 세우지 않고 자연이 스며드는 대로 그대로 뒀지. 그러니 너구리도 뒷산에서 찾아오는 거고."

고노스케 씨는 또박또박하게 말하는 것치고 역시나 믿기 어려운 이야기를 했다. 너구리가 둔갑하는 걸 보는 사람은 오로지 자신뿐이고 죽은 아들은 아내 앞에서도 모습을 보이지 않는다고 주장했다.

"세쓰코의 눈에도 보이면 참 좋을 텐데 말이야. 아들 얼굴이 아주 즐거워 보이거든. 어렸을 때 장난꾸러기 모습 그대로야."

치매를 앓고 있는 고노스케 씨가 보는 환상은 그의 희망을 나타내는 것이다.

"두 다리로 꼿꼿이 서서 깡충깡충 뛰기도 해. 그리고 날 보면서 뭔가를 말하지. 난 그 아이가 뭐라고 하는지 알고 싶네. 자네들이 조사해 줬으면 하는 건……."

고노스케 씨는 말을 끊고 잠시 쉬었다. 얇은 가슴께가 위아래로 오르내린다. 말을 오래 했더니 조금 지친 듯했다.

"왜 지금 어릴 때 모습을 한 아들이 너구리의 모습을 빌려 나타나는가. 그 아이는 나에게 무슨 말을 하고 싶은가. 그걸 알면……."

또다시 말을 멈춘다. 이번에는 흥분한 탓이다. 고노스케 씨의 표정이 살짝 일그러졌다.

"그걸 알면 참 좋을 텐데 그 아이는 날 닮아 고집이 세지. 아무리 물어도 알려 주지 않았어. 그날 뭘 하려고 했는지."

아무래도 히로키는 지붕에서 떨어진 뒤에도 얼마간 살아 있었던 걸까.

"우선 너구리를 찾아 주게. 정원사인 이리에에게 내가 잘 말해 둘 테니. 그는 정원과 뒷산에 대해 누구보다 잘 알아."

"알겠습니다."

다카에는 대답하고 침대 옆에서 물러났다. 다이고를 앞장세워 방을 나가고자 문 바로 앞까지 갔을 때 문득 다카에가 발걸음을 멈추고 다시 돌아섰다.

"어르신. 사람은 누구나 때가 되면 죽습니다. 이유를 떠올리며 괴로워하는 건 살아남은 자들뿐이지요."

소스라치게 놀랐다. 세쓰코 씨에게 그렇게 주의를 들었는데 갑자기 이게 웬 뜬금없는 소리인가. 다카에를 곁눈질하며 걷다가 다이고의 등에 부딪쳤다. 다이고도 자기도 모르게 멈춰 선 듯했다. 빈정거리는 한마디라도 던질 줄 알았지만 잠시 후 다이고도 말없이 방을 나갔다.

복도에서 마주한 다이고의 얼굴에 햇빛이 비스듬하게 비쳤다. 부어오른 눈꺼풀과 절반만 그늘진 얼굴이 왠지 낯설어 보여 순간 흠칫했다. 그러나 그 묘한 표정은 스르르 사라졌다.

"설마 너구리를 붙잡아 캐물으라고 하는 건 아니죠?"

복도에서 기다리던 오하시를 보며 다이고는 짐짓 장난스럽게 물었다. 오하시는 당황한 것처럼 우리를 벽 앞으로 데려가 말했다.

"일단 어르신 말씀대로 해 주십시오. 지금 바로 이리에를 부르겠습니다."

아무래도 오하시는 방 안에서 우리의 대화를 엿듣고 있었던 듯했다. 우리는 현관에 나가 신발을 신고 오하시의 안내를 받아 정원에 들어갔다. 정원사인 이리에 씨는 아직 수국 옆에 있었다. 오하시가 부르자 그는 대나무 갈퀴를 내려놓고 다가왔다.

"이리에 씨. 어르신께서 의뢰한 심부름센터에서 오신 분들입니다. 정원에 드나드는 너구리를 찾으러 왔습니다. 너구리가 다니는 길을 안내해 주실 수 있을까요?"

"네, 그러지요."

베이지색 작업복 차림의 이리에 씨는 밀짚모자를 벗어 들고 우리에게 고개를 숙였다. 몸집이 작지만 힘쓰는 일을 해서인지 근육질이다. 나이는 쉰이 조금 넘었을까. 건강하게 그을린 피부가 인상적이었다.

오하시가 '너구리를 찾으러 왔다'라고만 한 걸 보면 정원사에게 자세한 경위는 전하지 않은 듯했다. 이리에 씨는 아마 우리를 유해 조수 퇴치꾼들 정도로 생각할지 모른다. 그런 것치고 인원 구성이 희한하지만. 오하시는 다시 발길을 돌려 저택으로 돌아갔다.

"원래 이 일대에 너구리가 자주 출몰하나?"

이리에 씨를 뒤따르며 다카에가 물었다.

"네. 주로 뒷산에서 내려오지요. 이웃 중에는 먹이를 챙겨 주는 사람도 있다더군요. 저도 가끔 봅니다."

저택 뒤에는 구릉지로 이어지는 숲이 펼쳐져 있었다. 숲과 정원 사이를 가로막는 울타리가 없기 때문에 그런 작은 동물들이 자유롭게 왕래할 수 있다고 이리에 씨는 설명했다.

"새도 많이 옵니다. 직박구리와 때까치, 멧비둘기, 멧새, 박새와 곤줄박이까지. 꿩도 날아오고 봄에는 꾀꼬리가 자주 울지요. 작은 새들은 둥지를 틀어 새끼를 키우기도 합니다."

하늘다람쥐가 지붕 틈새에 살기도 했다고 이리에 씨는 덧붙였다. 주인 부부는 그들과 공존하는 정원을 만들고 싶다며 소독 같은 것도 최대한 자제시킨다고 했다. 우리는 이리에 씨를 따라 저택을 빙 돌았다.

"어르신의 서재는 어디지?"

다카에는 제법 예리한 질문을 던졌다. 이리에가 2층 창문을 가리켰다.

"어르신께서 편찮아지신 이후부터는 들어간 적이 없습니다만."

창밖에 커다란 나무가 한 그루 있다. 때죽나무다. 1층 지붕을 위에서 뒤덮을 듯 자랐고 아래쪽에 청초한 하얀 꽃이 흐드러지게 펴서 달콤한 향기를 은은하게 발산하고 있다. 가을에는 녹색 공 모양 열매가 주렁주렁 달릴 것이다.

"왜 하필 저런 곳에서 떨어졌지?"

다이고가 눈치도 없이 중얼거리자 다카에가 다이고의 다리를 퍽 걷어찼다. 다이고는 "아야!" 하고 정강이를 부여잡고 폴짝폴짝 뛰었다. 앞장서 가는 이리에 씨의 귀에도 들렸을까. 그는 별 반응 없이 묵묵히 발걸음을 옮겼다.

"이리에 씨는 여기서 일한 지 얼마나 되셨나요?"

나는 넌지시 그에게 물었다.

"이제 13년째네요."

그렇다면 집안 외아들의 비극적인 사고에 대해서는 알지 못할 가능성도 있다. 나는 새삼 드넓은 정원을 보며 혀를 내둘렀다. 정원사에게 맡기지 않으면 절대 관리할 수 없을 것이다. 이리에 씨는 집안 전속 정원사로 고용돼 거처에서 숙식하며 일한다고 했다.

저택을 벗어나 숲속을 걸었다. 완만한 오르막길이 나오는 걸보니 어느새 구릉지에 들어왔는지 모른다. 숨이 차오르고 땀이흥건히 배어났다. 다카에가 조금씩 뒤처지는 것이 보였다. 다이고는 그런 사장이 신경 쓰이는지 연신 등 뒤를 살피며 오르막길을 올랐다.

이리에 씨는 이따금 땅에 얼굴을 갖다 붙였다. 동물의 발자국을 찾는 듯했다. 그는 좁은 길을 벗어나 풀숲에 발을 들였고나도 열심히 그 뒤를 따랐다. 다카에와 다이고는 오르막길에서멈춰 서서 숨을 고르고 있다.

이리에 씨는 너구리만 지나다니는 길이 있고 그 길을 더듬어가다 보면 너구리굴을 찾을 수 있을 거라 했다.

"굴이요?"

나는 어린아이처럼 목소리를 높였다.

"네. 덤불 속에 너구리들의 휴게소 같은 곳이 있는데 그곳에배설물이 쌓여 있어서 너구리가 지나다니는 길목이라는 걸 바로 알 수 있습니다."

뒤늦게 온 다이고가 옆에서 입가를 내리며 인상을 찌푸렸다.

"보십시오, 여기."

이리에 씨가 가리킨 땅에 작은 발자국이 나 있었다.

"너구리뿐만 아니라 라쿤도 있네요. 너구리는 개와 발자국 모양이 똑같습니다. 하지만 라쿤 발자국은 꼭 사람 같죠. 다섯 개의 길쭉한 발가락으로 뭔가를 능숙하게 움켜쥘 수도 있고요."

이리에 씨는 무성한 잡초를 손으로 가르며 나아갔다. 관목 줄기와 고사리 군락을 조심스럽게 바라보다 뭔가를 집어서 우리 앞에 펼쳐 보인다. 폭신폭신한 짐승 털이 뭉쳐져 있었다.

"이게 너구리고 이게 라쿤입니다."

이리에 씨는 내 눈으로는 도무지 구분할 수 없는 털 뭉치를 들어 올리며 말했다.

"아무래도 근처에 굴이 있는 것 같네요. 나무줄기에 난 구멍 같은 데서도 삽니다."

풀숲 밖으로 나가자 다이고가 내게 다가왔다.

"류타, 점점 본론에서 벗어나는 거 아니야? 우리는 그 치매 할아버지의 망상에 맞춰 대충 이야기를 꾸며내기로 했잖아. 너구리굴 같은 걸 뭐 하러 찾아?"

"아니, 너구리가 정말 있는지 확인하는 건 중요해. 아무리 지어낸다고 해도 최소한의 신빙성은 갖춰야 하니까."

그러자 다이고는 한숨을 푹 내쉬었다.

"할배 이야기를 확인하기 전에 우리 할매부터 잡게 생겼는데."

다이고가 어깨 너머로 가리킨 곳에서는 다카에가 바닥에 주저앉아 땀을 닦고 있었다.

"그럼 오늘은 여기까지 하고 다음에 오자. 나랑 너 둘이서만. 이리에 씨, 그때 다시 안내를 부탁드려도 될까요?"

이리에 씨는 "네, 저는 언제든 괜찮습니다" 하고 말했다.

우리는 넷이 다시 나란히 줄지어 산에서 내려갔다. 탁 트인 장소에서 구라모토 저택이 내려다보였다. 새삼 다시 보니 지붕에 기와를 얹은 중후한 외관이다. 다시 잡목림에 들어가자 저택이 시야에서 사라졌다. 이 정도로 넓으면 자기 집 터 안에서 길을 헤맬 수 있지 않을까.

그때 나는 부엽토 위에서 발을 헛디뎌 엉덩방아를 찧었다.

"이제 얼마 안 남았습니다."

이리에 씨가 그렇게 말할 때였다. 머리 위에 있는 나뭇잎에 툭툭거리는 소리가 들리는가 싶더니 갑자기 굵은 빗방울이 떨어지기 시작했다. 머리 위에서 교차하는 나뭇가지 때문에 하늘이 어두워진 걸 미처 깨닫지 못했다. 잠시 후 두툼한 나뭇가지도 막을 수 없을 만큼 비가 억수같이 퍼부었다.

"앗, 차가워!"

다이고가 머리를 감싸고 소리쳤다. 다카에가 있어서 우리끼리 뛰어갈 수도 없다.

"절 따라오십시오. 이 옆에 제가 사는 거처가 있습니다."

우리는 이리에 씨의 안내를 받으며 좁은 길을 걸었다. 걷는 동안에도 비를 맞아 옷이 흠뻑 젖었다. 짙은 녹음 안쪽에 아담한 집이 보였다. 이리에 씨가 미닫이문을 열자마자 우리는 우르르 집 안에 밀려들었고 문이 닫히고서야 비로소 한숨을 돌렸다. 이리에 씨가 마른 수건을 가져다줘서 그걸로 젖은 머리와 옷을 닦았다. 빗발이 거세서 지붕을 때리는 빗소리가 집 안에까지 울렸다.

"누추한 곳이지만 잠시 쉬었다 가십시오. 비는 곧 그칠 테니까요."

의외로 넓은 현관 앞 토방에 우리 몸에서 떨어진 물방울이 검은 얼룩을 만들었다. 현관 앞에는 대나무로 엮은 바구니와 손수 만든 선반이 있었다. 바구니 안에는 말뚝과 지주, 밧줄 등이 들었고 선반에 톱과 끌, 나무망치 등이 가지런히 놓여 있다. 작은 나무 의자 주변에는 나무 부스러기가 조금 떨어져 있었다. 아무래도 이곳에서 통나무를 말뚝으로 가공하는 등의 작업을 하는 듯했다.

"들어오시지요."

이리에 씨가 권하는 대로 우리는 현관에서 다다미가 깔린 방

으로 들어갔다. 그곳 역시 깔끔하게 잘 정돈된 방이었다. 유리
문 너머에 있는 작은 부엌 같은 공간에서 이리에 씨가 물을 끓
였다.

"신경 안 써도 돼."

다카에가 다다미 위에 앉으며 이리에 씨에 말했다.

"어차피 차밖에 없어서요."

"여기가 이리에 씨의 집?"

다이고가 서슴없이 물었다.

"그렇습니다. 정원사들이 대대로 살던 곳이죠. 조금 낡기는
했지만 저 같은 사람에게는 고급 거처입니다."

"정말 고급이네요. 똑같이 숙식하며 일하는 저랑은 하늘과
땅 차이예요. 월급도 많이 받으시죠?"

다카에가 마침내 참지 못하고 "조용히 해" 하고 일갈했다.
안쪽에 방이 하나 더 있는지 장지문이 닫혀 있다. 아마 침실로
쓰는 방일 것이다. 혼자 산다면 넉넉한 크기다. 부엌 옆에는 화
장실과 욕실도 딸려 있지 않을까.

이리에 씨가 김이 모락모락 나는 찻잔을 가져왔다.

"제가 직접 만든 삼백초 차입니다. 입맛에 맞으실지 모르겠
지만."

다카에는 기다렸다는 듯이 찻잔을 입에 가져갔다. 우리도 조
심스레 찻잔을 들어 삼백초 차를 한 모금 마셨다. 독특한 향이

있지만 맛이 깔끔하다. 무엇보다 비에 젖은 몸이 따뜻해졌다.

"동물이나 산에 대해 잘 아는 것 같은데, 어디 출신이야?"

"전 시코쿠 지방 산골짜기에서 태어나 자랐습니다."

"그렇군. 시코쿠 어디? 우리 부친도 시코쿠 출신이었어. 도쿠시마의 한다라는 곳이지. 거기도 산골짜기인데."

"에히메와 고치현 경계에 있는 작은 촌락입니다."

이리에 씨는 정확한 지명을 대지 않았고 다카에도 더 묻지 않았다.

"그래서 정원사로 고용된 거예요?"

"제가 할 수 있는 일이 그것뿐이니까요. 딱히 친화력이나 사교성이 좋은 것도 아니고요. 전임 정원사분께서 고령으로 은퇴하신 후 어르신이 절 고용해 주셨죠. 늘 감사하고 있습니다."

"결혼은 안 하셨어요?"

다이고가 옆에서 묻자 이리에 씨는 짧게 "네"라고만 했다. 본인 이야기는 별로 하고 싶어 하지 않는 눈치다.

이리에 씨와 다카에가 약초 이야기를 하는 동안 비가 그쳤다. 우리는 다시 이리에 씨를 따라 구라모토 저택으로 돌아갔다. 정원사의 집은 수풀에 가려져 저택 안에서는 전혀 보이지 않았다.

다카에는 세쓰코 씨에게 너구리굴을 찾으러 다음에 다시 오겠다고 했다.

"근처에 너구리가 살고 있는 게 확실하죠? 남편에게 얼른 알려 줘야겠어요."

세쓰코 씨는 꼭 소녀처럼 기뻐했다. 다카에의 미니밴은 몇 번인가 신음을 내뱉고서야 간신히 시동이 걸렸다. 부인과 집사가 현관 앞에 서서 대저택을 떠나는 우리를 배웅해 주었다.

구라모토 가문은 하루노부시에서 다양한 사업에 손을 뻗치며 대대로 부를 쌓아 왔다고 할아버지가 가르쳐 주었다. 하루노부시 제일가는 명문이며 기름 장사부터 시작해 메이지*시대 때는 쌀과 잡곡, 콩, 곡물가루 등을 팔았다. 직원 숫자도 많았지만 전전(戰前)까지 승승장구한 데 비해 전시 중에는 물자 부족으로 곤란을 겪었고 전후에는 사람들의 식생활이 바뀐 탓에 전보다 장사가 잘 되지 않았다. 그래도 차고 넘칠 정도의 자산을 쌓은 덕에 집안이 기울지는 않았다.

고노스케 씨의 부친은 일본의 전후 부흥기와 뒤이은 고도 성장기에 건축 관련 수요가 증가할 것을 예상해 지금의 사업을 일으켰다. 그의 예상은 훌륭히 적중해 구라모토 집안에 더 많은 자산을 가져다줬다. 고노스케 씨가 회장으로 있는 구라모토 흥

---

*   1868년부터 1912년까지의 일본 연호.

                            밤의 소리를

산은 도쿄 시내에도 부동산을 다수 보유한 우량 기업이다. 그는 하루노부시 상공회의소 회장직을 비롯해 여러 요직을 거쳤지만 고령이 된 지금은 공개석상에 거의 모습을 드러내지 않는다고 했다.

"딱 하나 있던 외아들이 그렇게 돼서 안타까울 따름이지."

할아버지가 신문을 접으며 말했고 옆에서 할머니가 기억을 더듬는 것처럼 허공을 봤다. 야간 학교에 다니고 나서부터 나는 아침만큼은 1층 부엌에서 가족과 함께 먹었고 그것은 나에게 있어 크나큰 진보였다.

"구라모토 집안 아들이 의식 불명 상태로 실려 갔다는 이야기는 저도 들었던 것 같아요. 결국 죽었나 보구나. 딱해라."

할머니는 침통한 얼굴로 "너도 알지 않니?" 하고 아버지를 가리켜 물었다.

"네 또래였잖아."

아버지는 천천히 고개를 흔들었다. 아마도 기억에 없는 듯했다.

이렇게 같은 테이블을 둘러싸고 있어도 나는 아버지와 말을 주고받지 않았지만 예전처럼 이런 상황이 불편하지는 않았다.

무엇보다 지금 나에게 가장 중요한 것은 그 '둔갑하는 너구리'의 정체였다.

나는 서재에 가서 동물도감을 꺼냈다. 이 안에 동물 발바닥

사진도 실려 있었던 것 같았다. 서재에서 오랜 시간을 보낸 나는 웬만한 책 내용은 대부분 기억했다. 그렇게 쌓은 지식을 실생활에서 쓸 일은 거의 없었지만 지금만큼은 도움이 됐다. 나는 살아 있는 지식이 바로 이런 것임을 실감했다.

인간이 지나다니는 거리에서 목격되는 동물은 너구리와 오소리, 라쿤, 흰코사향고양이 등이 있다. 너구리와 오소리는 원래 일본에 살던 동물이지만 라쿤은 북미에서 애완용으로 들여온 외래종이다. 흰코사향고양이는 아주 오래전부터 일본에 서식한 것으로 알려졌으나 동남아시아에서 들여왔다는 설도 있다. 오소리는 수가 점차 줄어든다고 하지만 다른 세 종류는 도시 생활에 대체로 적응해 지금도 계속 증식하고 있다. 동물과 인간의 생활 영역이 인접해 있기 때문이다.

흰코사향고양이는 코에서 이마까지 한 줄의 흰 털이 있어 쉽게 알아볼 수 있지만, 너구리와 라쿤은 외모로 구분하기 쉽지 않다. 잡식성이라 무엇이든 가리지 않고 먹는다는 점이나 나무 줄기에 난 구멍과 땅에 판 구멍을 거처로 삼는 등 생태 면에서도 겹치는 점이 많다. 그러나 발자국만큼은 확연히 다르다. 갯과인 너구리는 개 발바닥처럼 둥근 공 모양 살덩어리가 다섯 개, 발톱이 네 개 있는 데 반해 미국너구리과인 라쿤은 다섯 개의 긴 발가락을 지녀서 굳이 따지면 원숭이나 인간을 닮았다. 그것으로 뭔가를 쥐고 먹이를 찾아다닌다. 너구리의 발은 나무를 타는 데 적합하지 않지만 라쿤이나 흰코사향고양이는 나무를 잘 탄다. 이리에 씨가 설명한 대로였다.

예로부터 일본에는 너구리나 오소리, 흰코사향고양이는 '무지나'라 불리며 인간을 홀리는 재주가 있다고 알려져 왔다. 그러나 구라모토 저택 정원에서는 라쿤도 무지나 반열에 오른 게 아닐까.

고노스케 씨가 본 무지나는 뭐였을까.

죽은 아들이 아버지에게 전하고 싶은 말은 뭘까.

8

차 짐칸에 탄 요사쿠가 불안한 듯 코를 킁킁거렸다. 다카에의 미니밴 시동이 자꾸 꺼지는 바람에 의기양양하게 너구리굴 탐색에 나선 나와 다이고도 점점 기분이 가라앉았다.

"이 녀석 코는 도움이 안 될 텐데."

"그래도 동물 냄새는 추적하지 않을까?"

"글쎄. 사냥개도 아니고 이제는 나이도 많아서."

그 넓은 구릉지 어딘가에 있을 너구리인지 라쿤의 굴을 찾기 위한 고육지책이 바로 요사쿠였다. 개의 후각에 도움을 받아 보자고 제안한 사람은 나였다.

"다 왔다."

구라모토 저택 문을 지나며 다카에가 말했다. 현관 앞 차 대는 곳에서 거칠게 브레이크를 밟자 다이고와 내 몸이 앞으로 쏠렸고 요사쿠가 낑 소리를 냈다.

"그럼 잘해 봐라. 이따 다시 데리러 오마."

다카에는 우리와 요사쿠를 내려 주고 곧 차를 타고 떠났다. 현관 앞에 깔린 화강암에 타이어 자국이 남았다. '달나라' 사장은 이 넓은 정원과 산을 누빈 게 진절머리가 난 듯했다. 오늘은 출장 매입 일정이 있다며 우리를 두고 먼저 가 버렸다.

초인종을 누르기도 전에 오하시가 고개를 내밀었다. 그는 우리가 데려온 개를 보며 노골적으로 얼굴을 찌푸렸다.

"거기서 잠깐만 기다려 주십시오. 지금 바로 사모님께."

"괜찮아요, 오하시."

집 안에서 세쓰코 씨 목소리가 들렸다.

"이리에 씨를 불러 줘요. 오늘은 나도 함께 갈 테니."

세쓰코 씨가 신축성 있는 면바지와 운동화 차림으로 나타났다. 요사쿠를 보더니 "어머. 오늘은 든든한 친구가 함께 왔구나" 하고 머리를 쓰다듬는다. 오하시는 옆에서 정체 모를 병원균을 걱정하는 것처럼 안절부절못했다.

"사모님. 정말 산에 가실 건가요? 그것도 너구리굴을 찾으러……."

"그러겠다고 했잖아요. 지금 바로 이리에 씨를 불러 줘요."

오하시는 결국 마지못해 안주머니에서 휴대폰을 꺼냈다.

이리에 씨는 연락을 받아 금세 나타났고 오하시는 이리에 씨를 잠시 데려가 귓속말을 했다. 아마 사모님을 위험한 곳에는 데려가면 안 된다고 주의하는 듯 보였다.

"자, 가요."

세쓰코 씨가 기운차게 말했다. 우리는 이리에 씨를 따라 정원과 그 앞 구릉지를 걷기 시작했다.

"대충 어딘지 점찍어 뒀습니다."

이리에 씨는 그날 이후 혼자 너구리 혹은 라쿤의 발자국을 따라 잡목림을 돌아다녔다고 했다.

"오랜만이네. 뒷산을 오르는 건."

세쓰코는 꼭 소풍이라도 온 것처럼 말했다. 다이고는 부루퉁한 얼굴로 말이 없었는데 다카에와 비슷한 연배인 세쓰코 씨가 과연 잘 따라올 수 있을지 걱정하는 듯 보였다. 뭐니 뭐니 해도 세쓰코 씨는 평소에 집사가 운전하는 고급 차를 타고 다니는 사모님이다.

그러나 세쓰코 씨의 발걸음은 가벼웠다. 놀랍게도 요사쿠도 기쁜 듯이 우리를 졸졸 잘 따라왔다. 오늘은 목줄을 하지 않아 가끔 쪼르르 먼저 앞장서 가기도 했다. '달나라'에서 주택가로 산책을 갈 때 보이는 느릿느릿 걷는 노견의 모습과 영 딴판이었다.

수풀에 코를 집어넣고 킁킁거리는 요사쿠를 보며 다이고도 "이 녀석, 설마 자기 임무를 알고 있는 걸까?" 하고 놀라워했다.

"오늘따라 야생의 피가 끓기라도 해?"

손질된 정원을 나가 숲속에 들어가도 세쓰코는 힘들어하기는커녕 콧노래라도 흥얼거릴 기세였다. 수다도 끊이지 않았다. 구라모토 집안에 시집와서 가장 기뻤던 이유는 이 넓은 부지 때문이었다고 했다.

"시어머님께서도 소탈한 분이라 둘이 함께 자주 정원과 뒷산을 산책했죠. 많은 걸 가르쳐 주셨답니다."

쑥을 따서 쑥떡을 만들고 가끔 산나물도 캐기도 했다. 버섯도 먹을 수 있는 것과 못 먹는 것을 세심히 가르쳐 주었다. 그래서 세쓰코는 저택 부지와 구릉지의 지리를 이미 잘 알고 있었다. 그녀는 걸으며 "겨울에는 저곳에 수선화가 활짝 펴요"라고 하거나 "여기는 원래 늪지대였기 때문에 질퍽거린답니다"라고 알려 주기도 했다.

갈림길에 멈춰 섰을 때 그녀는 이리에 씨를 향해 물었다.

"이 근처에 우물이 있었죠?"

"네. 하지만 이미 말라 버렸습니다. 제가 오기 전에."

"응, 맞아요. 그런 이야기를 가이 씨에게 들은 기억이 나네요."

가이 씨는 이리에 씨가 오기 전 일하던 정원사라 했다.

"해가 갈수록 지하수 수위가 낮아졌죠. 이 일대도 개발이 진행돼 많이 변했으니까요. 그래서 갈 곳 잃은 너구리 같은 동물이 주택가에 출몰하게 된 거예요."

그러더니 그녀는 이리에 씨에게 "그 우물은 지금 어떻게 됐나요?"라고 물었다.

"묻어 버렸습니다. 길을 잃은 아이가 떨어지기라도 하면 큰일이니까요."

"네. 그게 좋겠네요."

어느새 경사지에 접어들었다.

"조금 쉬었다 가시겠습니까?"

이리에 씨가 신경 쓰며 묻자 세쓰코 씨는 "괜찮아요" 하고 미소 지었다. 요사쿠도 아직 팔팔해 보인다. 숲속에서 별난 새소리가 들리면 폴짝거리며 수풀에 파고들기도 했다.

"요사쿠!"

새가 도망치는 날갯짓 소리가 들리지만 모습이 보이지 않는다. 요사쿠는 온몸에 나뭇잎을 잔뜩 묻힌 채로 돌아왔다. 표정만 봐도 신이 났다는 걸 알 수 있다. 처음 봤을 때 내가 웃는다고 느꼈던 그 표정이었다.

"저건 대나무자고새예요. 울음소리가 특이하죠? 저택에서도 가끔 들린답니다."

세쓰코 씨는 "촛코이, 촛코이" 하고 자고새의 울음소리를 따라 했다.

"아, 이쯤입니다. 라쿤이 지나다니는 길목이 있는 곳이."

이리에 씨가 멈춰 서서 땅을 가리켰다. 걸어오는 길에 세쓰코 씨에게 너구리와 라쿤의 비슷한 점을 설명하자 세쓰코 씨도 남편이 본 게 라쿤일 수 있겠다고 했다. 땅에는 긴 발가락 다섯 개가 보이는 발자국이 점점이 찍혀 있었다.

"요사쿠. 얼른 가 봐. 지금껏 숨겨 둔 네 능력을 보여 주는 거야."

다이고가 요사쿠를 채근했지만 별로 기대하지는 않는 듯했다. 하지만 그로부터 몇 분 후 요사쿠는 멋지게 라쿤 굴을 찾아냈다. 요사쿠는 땅에 코를 대고 냄새를 쫓으며 한눈팔지 않고 과감히 숲속으로 들어갔다.

요사쿠의 갈색 뒷모습이 깊은 수풀에 묻혀 사라졌다. 우리는 숨을 헐떡이며 힘들게 요사쿠를 뒤쫓아 갔다. 요사쿠는 서어나무인지 개서나무인지 하는 미묘하게 기울어 자란 낙엽 활엽수 밑에 웅크리고 있는 듯했다.

"찾았어요? 너구리? 라쿤?"

가장 늦게 따라온 세쓰코 씨가 나직이 물었다.

뿌리 부분에 둥근 구멍이 뚫린 곳을 요사쿠가 앞발로 파고 있었다. 비탈면에 자라서인지 다소 기울기는 했지만 제법 두꺼운 나무라 구멍도 크다. 다이고가 요사쿠를 붙잡아 옆으로 비키자 이리에 씨가 무릎을 꿇고 구멍 안을 들여다봤다.

잠시 후 이리에 씨는 안에 아무것도 없다고 했다.

"너구리는 아닙니다. 역시 라쿤 굴이네요. 아무래도 너구리가 버린 굴을 물려받은 것 같습니다. 간혹 이런 경우가 있지요."

"아, 정말요? 그럼 라쿤이 이 굴에서 어르신 방 앞마당까지 간 거예요?"

다이고가 굴에 가까이 가려고 앞다리를 버둥거리는 요사쿠의 목줄을 붙잡고 말했다. 이리에 씨는 굴 속에 머리를 집어넣었다.

"속이 거의 비었습니다. 노목이라 물러졌겠죠. 라쿤은 발가락 다섯 개를 잘 활용하는 재주가 있습니다. 호기심도 강하고요. 아마 몇 마리가 모여 부지런히 위쪽을 향해 파고든 것 같네요."

이리에 씨가 다시 굴에서 머리를 꺼냈다. 그의 머리카락에 나무 부스러기가 붙어 있다. 보아하니 구멍 밑바닥에 부스러기가 잔뜩 쌓여 있다.

"왜 그런 행동을? 집을 더 넓히고 싶었을까요?"

이리에 씨가 비켜서서 나도 굴에 머리를 집어넣어 보았다. 코를 파고드는 야생 짐승의 냄새. 어깨를 돌려 위쪽을 보니 이리에 씨 말처럼 나무 속에 자연스럽게 생긴 천연 굴이 생긴 듯했다. 이렇게 뿌리 부분이 약해지면 이윽고 오래된 나무는 쓰러져 버릴 것이다. 이런 굴은 너구리나 라쿤에게 안성맞춤인 거처가 된다. 어두울 텐데도 위쪽에서 빛이 새어 들어왔다. 점점 좁아지는 구멍 끝이 어디론가 연결돼 있는 듯하다. 윗부분에도 구멍이 뚫려 있는 걸까.

나는 머리를 빼내어 주머니에서 미리 챙겨 온 손전등을 꺼냈다. 손전등을 든 팔과 머리를 함께 구멍에 집어넣기 어려웠지만 간신히 밀어 넣었다.

"괜찮아? 너 그러다 걸려서 못 나오면 나도 책임 못 져."

다이고의 목소리가 먹먹하게 들렸다. 귀 한쪽을 땅바닥에 바짝 대고 있는 탓이다. 손전등 불빛을 위쪽으로 향하자 울퉁불퉁한 나무 결이 보였다. 작은 구멍이 뚫려 있고 그 끝에 녹색 빛이 보였다. 투명한 녹색 빛이다.

"야, 류타."

나는 머리를 빼내려고 몸을 이리저리 움직이다가 중간에 팔이 걸리고 말았다. 굴 입구에서 목에 압박을 느껴 다리를 버둥거리고 있을 때 다이고가 당겨 줘서 간신히 구멍 밖으로 나왔다. 다이고가 허리를 뒤로 젖히며 웃음을 터뜨렸다.

"야, 머리에 라쿤 똥이 묻었잖아!"

깜짝 놀라 머리를 흔들자 다행히 마른 그것이 바닥에 툭툭 떨어졌다. 나는 서어나무에서 조금 떨어져 나무 윗부분을 봤다. 가운데쯤 되는 곳에 구멍이 뚫려 있다. 나뭇가지가 뻗어 나오는 부분이다. 아무래도 저 구멍과 라쿤 굴이 연결돼 있는 듯했다.

나는 위치를 대충 눈짐작하며 서어나무 줄기에 매달렸다. 맨 아래에 있는 가지에 손을 얹어 몸을 끌어올리려 했지만 잘 되지 않는다. 그제야 나는 지금껏 나무타기 같은 걸 한 번도 해 본 적 없다는 걸 깨달았다. 얼마 후 나는 볼썽사납게 줄기에서 주르르 미끄러졌다.

"뭐 하는 거야?"

"아니, 저 위에 있는 구멍을 확인해 보고 싶어서. 뭔가가 있지는 않을까 해서."

"비켜 봐."

다이고는 가볍게 뛰어올라 나뭇가지를 붙들었다. 내가 서둘러 손전등을 건네자 다이고는 그것을 엉덩이 주머니에 쑤셔 넣고 그대로 능숙하게 팔다리를 움직여 줄기를 기어올랐다. 나와 세쓰코 씨, 이리에 씨, 그리고 요사쿠는 땅에서 점차 멀어지는 다이고를 눈으로 좇았다. 다이고는 별 어려움 없이 구멍 부분에 도착했다. 높이가 상당하다.

"대단해! 다이고!"

"말했지? 난 곤충 박사였다고."

예전에 이런 식으로 나무에 기어올라 곤충을 채집했을까. 나와는 무관한 어린 시절 취미다. 어린 다이고를 이렇게 나무 아래에서 올려다보는 사람은 누구였을까.

다이고는 손전등을 켜서 굴 안을 비췄다.

"어라?"

"응? 뭐라도 있어?"

"잠깐만."

다이고는 오른손을 굴에 집어넣었다. 팔꿈치 부분까지 넣어 손가락으로 뭔가를 집으려 하지만 잘 되지 않는 듯했다.

"깊숙한 곳에 있어."

그는 팔을 다시 빼고 주변을 둘러보다가 가는 가지 하나를 부러뜨려 굴에 집어넣었다. 굴 밑바닥을 휘젓는 소리가 숲에 울려 퍼졌다.

"영차."

잠시 후 구멍 밖으로 나온 다이고의 손가락 끝에 뭔가가 보였다. 다이고는 손전등과 그것을 엉덩이 주머니에 넣고 다시 나무를 쓱쓱 내려왔다.

"뭐예요?"

세쓰코 씨가 안달 난 듯 물었다. 다이고는 주머니에 손을 넣었다.

다이고가 손바닥을 펼치자 그 안에 녹색 돌이 있었다. 아니, 돌이 아니다. 보석이다.

"이건……."

세쓰코 씨가 보석을 집어 들고 햇빛에 갖다 댔다. 아름답게 세공된 보석.

"에메랄드네요."

"에메랄드라니. 그 반지 같은 데 들어가는 거 말이에요?"

다이고가 입을 떡 벌렸다.

"그런 게 왜 나무 구멍 속에 떨어져 있지?"

그러더니 다이고는 내게 몸을 기대며 속삭였다.

"부잣집 정원 나무에서는 보석이 자라나?"

물론 그럴 리는 없다. 누군가가 나무 구멍에 직접 넣은 것이다.

해가 어떤 위치에 오면 나무 위 구멍에도 햇빛이 비친다. 그
러면 아래쪽에 떨어진 에메랄드 때문에 가늘게 이어진 뿌리 쪽
구멍을 통해 라쿤 굴에도 초록빛이 보인다. 그 빛을 보고 호기
심 많은 라쿤은 이 썩은 나무 속을 발톱으로 열심히 파며 올라
갔을 것이다.

우리는 세쓰코 씨 손바닥에 있는 굵은 결정의 아름다운 에메
랄드를 내려다봤다.

"이게 어떻게 나무 안에 들어갔을까요."

세쓰코 씨는 보석에 대해 이미 알고 있는 듯했다.

녹색 돌은 고노스케 씨의 눈에 잘 보이는 창가 테이블에 놓
여 있다. 섬세하게 세공된 에메랄드를 투과한 녹색 빛의 고리가
흰 테이블 위로 펼쳐졌다.

"예쁘죠? 이런 빛이 나무 구멍 속에서 보이면 누구나 신기
해할 거예요. 그게 라쿤이더라도."

세쓰코 씨가 말했다. 오랫동안 나무줄기 구멍 속에 있던 에

메랄드를 오하시가 정성스럽게 닦아 윤을 냈다. 찾은 지 사흘이 지났다.

고노스케 씨의 침실에는 세쓰코 씨, 오하시, 다카에, 다이고, 그리고 내가 모였다. 우리는 둔갑한 너구리의 수수께끼를 좇다가 아름다운 보석을 발견했다. 보석 관련 지식이 없는 우리조차 보석의 크기와 커팅된 모습을 보며 값어치가 상당하리라고 짐작할 수 있었다.

"그동안 이런 게 있다는 걸 아예 잊고 살았어."

"네, 저도 까맣게 잊고 있었네요."

오늘따라 고노스케 씨는 표정이 온화했다.

"이 보석은 대체 뭔가요?"

다카에가 평소와 같이 거침없이 물었다.

"이건 말이죠. 히로키가 창문에서 떨어졌을 때 서재 책상 위에 있던 거예요."

그 사정에 대해서는 우리도 사흘 전 들었다. 숲을 안내해 준 이리에 씨와 헤어진 후 세쓰코 씨는 정원에 있는 정자에서 우리에게 차를 대접해 주었다.

시원한 바람이 불어서 쾌적한 곳이었다. 마른 나뭇잎이 잔뜩 붙은 요사쿠도 우유를 한 대접 얻어먹고 기분 좋은 듯이 바닥에 누워 꾸벅꾸벅 졸았다.

이 굵은 에메랄드는 35년 전에 처음 구라모토 저택에 배달

됐다.

당시 저택을 드나드는 보석상이 가져왔다고 했다. 그는 거드름을 피우며 "남편분께서 주문하신 물건입니다" 하고 보석의 품질을 자랑하듯 일부러 세쓰코 앞에서 상자를 열어 보석을 보여 주었다. 세쓰코 씨는 그 보석을 보자마자 순식간에 깨달았다. 이것은 남편이 애인에게 선물하기 위해 산 보석이란 것을. 세쓰코 씨는 화려한 치장품을 좋아하지 않아 지금껏 남편에게 이런 선물을 받은 적이 없었다. 아니나 다를까 몇 시간 후 보석상이 당황하며 세쓰코 씨에게 전화를 걸었다. "원래는 구라모토 홍산 사장실로 갖다드려야 하는데 제 실수로 그만……" 하고 변명하듯 말하는 보석상에게 세쓰코 씨는 대답했다.

"괜찮습니다. 제가 직접 전달할 테니 신경 쓰실 것 없어요."

그러자 상대는 황송해하며 거듭 사과와 감사를 표했다.

그 뒤로 세쓰코 씨는 고노스케 씨 서재 책상 위에 보석을 두었고 원래는 그곳에 계속 있었을 터였다. 그러나 이후 일어난 사건 때문에 사람들의 기억에서 완전히 잊히고 말았다.

"남편도 보석 이야기는 하지 않았어요. 머릿속이 아들 생각으로 가득 차 있었을 테니."

하나뿐인 아들이 사고로 죽었다. 아무리 값비싼 보석을 잃어버렸어도 신경 쓸 겨를이 없었을 것이다. 심지어 그 보석은 아내가 아닌 정부에게 선물하려던 것이었다. 그렇게 사라져 버리는 게 오히려 고노스케 씨에게 좋았을 수 있다. 젊었을 때는 그도 여자 관계가 화려했다는 이야기를 세쓰코 씨는 아무렇지 않게 우리에게 들려주었다. 재력가 집안에 시집온 여자의 굳은 각오와 타고난 관용이 엿보이는 듯했다.

그날의 추락 사고에 대한 자세한 전말도 들었다. 세쓰코 씨 나름의 해석도.

세쓰코 씨는 보석상이 에메랄드를 가져왔을 때 옆에 아들인 히로키도 있었다고 했다. 그리고 빛나는 녹색 돌을 보았을 때 아마 자신도 의식하지 못하는 사이 슬픈 표정을 지었을 거라 했다. 그럴 만도 하다. 남편이 애인에게 선물할 보석을 보며 마음이 편했을 리 없다.

"아들은 그때 제 얼굴을 보며 모든 걸 눈치챘을 거예요. 워낙 영리한 아이였으니까요. 아버지에게 다른 여자가 있다는 것도 알고 있었고."

세쓰코 씨의 추측은 다음과 같았다.

히로키는 그 에메랄드를 창문 밖으로 던져 버리려고 한 게 아닐까. 넓은 앞마당 나무 사이에 떨어진 보석을 아무도 찾을 수 없을 거라 믿었을 것이다. 어린 마음에도 어머니 편을 들고자 했다. 그리고 보석을 창문 밖으로 내던진 직후 세쓰코 씨 혹은 집안 가정부가 방 바깥 복도를 걸어왔다. 그 발소리를 들은 히로키는 자기 행동 때문에 혼날까 봐 겁을 먹고 순간적으로 창문 밖 지붕으로 나갔다. 그리고 그곳에서 발을 헛디딘 게 아닐까. 세쓰코 씨는 그렇게 설명했다.

"하지만 그 보석은 어째서인지 그런 산속 서어나무 줄기 안에서 발견됐습니다. 참으로 희한한 일이죠. 그거야말로 너구리의 소행 아닐까요. 그리고 남편이 둔갑한 너구리를 봤다고 하는 바람에 이걸 다시 찾다니."

세쓰코 씨는 "이건 분명 어떤 전조 같은 게 아닐까 싶어요" 하고 말을 이었다.

정자 위로 가지를 뻗은 산딸나무 잎이 바스락 소리를 내며 흔들렸다.

"어르신께도 그 이야기를 하셨나요?"

내 질문에 세쓰코 씨는 쓸쓸히 웃으며 고개를 흔들었다.

"아뇨. 이건 저만의 상상인걸요. 확신도 없는 그런 이야기는 남편을 더 힘들게 할 뿐이죠."

세쓰코 씨는 말없이 나뭇잎 흔들리는 소리에 귀를 기울이다가 잠시 후 결심한 것처럼 우리를 봤다.

"그 사고 이후 남편도 고통받았을 거예요. 어쩌면 저와 비슷한 상상을 했을 수도 있지만 서로 그런 이야기를 나눈 적은 없습니다."

그러고 나서 조용히 말을 이었다.

"사실 히로키는 제 친아들이 아니랍니다. 남편이 정부 사이에서 얻은 아이죠. 제가 아이를 낳지 못한 탓에 구라모토 가문의 대를 이으려고 집 안에 들였고요."

다이고와 나는 깜짝 놀라 세쓰코 씨를 돌아봤다. 잠시 후 다이고가 조심스레 입을 열었다.

"그럼 고노스케 씨가 보석을 선물하려 한 분도……."

"네. 히로키를 낳은 그 여자예요."

"히로키 씨는 그 사실도 알고 있었나요?"

"아마도. 제가 말했죠. 영리한 아이였다고. 자신은 집 안에 있는 어머니와 피로 이어지지 않았다는 것, 그리고 친모는 현재 다른 곳에 있고 아버지가 뒤를 봐주고 있다는 걸 그 시점부터 어렴풋이 알고는 있었을 거예요."

"그런데도 친어머니가 아니라 세쓰코 씨의 힘이 돼 주려고……."

그때 내 목소리는 아마 떨리고 있었을 것이다.

"세쓰코 씨도 히로키 씨를 사랑하셨겠죠?"

"네. 물론이죠. 히로키는 정말 사랑스러운 아이였어요. 갓난아이였을 때 처음 품에 안았던 날을 지금도 생생히 기억한답니다."

흔들림이라고는 없는 대답이 돌아왔다.

어머니가 자식에게 쏟는 무한한 사랑에 나는 전율했다. 이런 게 세상에 틀림없이 존재한다는 사실에.

그 이야기를 들은 것이 바로 사흘 전이다.

"자, 류타 씨가 보석이 어떻게 나무줄기 안에 있었는지 알아
냈다고 했다죠?"

세쓰코 씨는 남편의 입가를 닦아 주며 나에게 물었다.

"네."

나는 지금 이 자리에서 그 이야기를 꺼내도 될지 고민하며
대답했다. 내가 떠올린 것은 히로키 씨가 에메랄드를 창밖으로
던져 버리려 했다는 세쓰코 씨의 추측을 근거로 하기 때문이다.
아무것도 모르고 지금은 치매 증세까지 보이는 고노스케 씨 앞
에서 설명을 입에 담기가 망설여졌다.

"괜찮아요. 류타 씨의 생각을 숨김없이 솔직히 말해 주세요.
이이에게 들려주세요."

"하지만……."

"이건 전조라고 했잖아요. 이제는 슬슬 확실히 할 때도 됐어요."

세쓰코 씨가 하는 말의 의미가 잘 이해되지 않았다. 다이고
를 힐끗 봤지만 그 역시 불안해하는 얼굴로 그저 나를 바라보기
만 했다.

나는 가볍게 헛기침을 한 번 하고 마침내 입을 열었다.

"서재 창문 밖에는 때죽나무가 있죠?"

"네, 맞아요. 원래는 숲이었던 곳이라 그런 나무가 아주 많죠."

"오하시 씨를 통해서 확인했는데 히로키 씨가 2층에서 추락
했을 때가 가을이었다더군요."

세쓰코 씨가 고개를 끄덕였고 고노스케 씨도 말없이 이야기를 들었다. 나는 천천히 그날 이 보석이 구라모토 저택에 실수로 배달된 것, 그리고 그것은 원래 당시 고노스케 씨의 정부가 받을 물건이었다는 것, 어머니의 마음을 헤아린 히로키 씨가 창밖으로 그것을 내던지려다가 추락했다는 것을 설명했다.

고노스케 씨는 입을 다물고 있다. 푹신한 베개에 파묻은 얼굴에서 어떤 감정도 읽히지 않는다.

"가을이 되면 나무 열매들은 대부분 빨갛고 노랗게 익어서 새들을 유혹해요. 새가 열매를 먹어 씨앗을 나르게 하기 위해서요. 하지만 때죽나무는 언제까지나 푸른빛을 띠고 있어요."

"응? 왜?"

다이고가 옆에서 순수한 의문을 제기했다.

"때죽나무는 오직 한 종류의 새만 상대하니까."

"한 종류의 새요? 그게 뭐죠?"

이번에는 세쓰코 씨가 물었다.

"곤줄박이."

"곤줄박이라. 왜 그럴까요?"

"곤줄박이에게만 열매를 주는 건 때죽나무만의 전략이에요. 곤줄박이는 사실 아주 똑똑한 새거든요."

"그건 그래요. 저도 어릴 때 곤줄박이가 제비뽑기 재주를 부리는 걸 본 적이 있어요. 인간이 가르친 걸 아주 잘 기억하더군요.”

세쓰코 씨가 조금씩 내 이야기에 집중하는 게 느껴졌다. 나는 기세가 올라 말을 이었다.

“때죽나무 열매에는 독이 있어요. 옛날 사람들은 그 열매를 으깬 즙을 강에 흘려 수면에 떠오른 물고기들을 사냥하기도 했죠. 한눈에 봐도 맛없어 보이는 푸른 열매를 다른 새들은 거들떠보지 않아요. 때죽나무 열매에는 독이 있다는 걸 다른 새들은 경험으로 알고 있으니까요.”

때죽나무 열매에는 사포닌이라는 성분이 있어 쓰고 아린 맛이 난다. 나는 때죽나무의 ‘에고’도 ‘에구이*’에서 유래했다는 지식을 선보였다. 고니시 전기의 고니시 씨에게 배운 지식이다. 이 저택의 정원에 출몰하는 작은 동물이나 새에 관해서는 평소 구릉지를 자주 돌아다니는 고니시 씨가 가장 잘 알 것이라 생각했다.

“그럼 곤줄박이는 그런 독이 있는 열매를 먹는다는 거야? 그럼 오히려 멍청한 거 아니야?”

다이고가 옆에서 물었다.

“곤줄박이는 저식이라 해서 다 먹지 못한 열매를 여러 곳에

---

*   일본어로 때죽나무(エゴノキ)는 '에고노키'라 읽고 에그이(えぐい)는 '자극적이다'라는 뜻이다

숨기는 습성이 있어. 나무줄기나 가지, 땅속이나 바위 뒤 같은 곳에. 때죽나무 열매는 막 땄을 때는 독성분이 강하지만 그렇게 두다 보면 독이 점차 줄어들거든. 곤줄박이는 바로 그때를 기다렸다가 열매를 먹는 거야."

전부 고니시 씨에게 전해 들은 지식이다.

"정말 똑똑한 새네요!"

세쓰코 씨가 눈빛을 반짝였다.

"곤줄박이는 먹이를 숨겨 둔 장소를 기억해 뒀다가 대개 겨울이 되면 꺼내 먹는데 그래도 몇 개는 먹다가 남기죠. 그것들이 바람을 타고 멀리 날아가 땅에 얕게 묻히면 봄에 싹을 틔워요. 상대를 이용하는 쪽이 과연 곤줄박이일까요, 때죽나무일까요."

"자연 속 생물들은 정말 신비롭게 공생하고 있네요."

나도 이 이야기를 처음 들었을 때는 그렇게 생각했다. 곤줄박이가 숨겨 둔 먹이를 간혹 박새가 가로채 갈 때도 있지만 때죽나무 열매만큼은 맛이 없어 박새도 입을 대지 않는다고 고니시 씨가 알려 주었다.

"그 훌륭하신 새 님과 나무 이야기와 이 에메랄드랑 무슨 관련이 있지?"

아무래도 다카에에게는 따분한 이야기인 듯했다.

"그때 히로키 씨가 던진 보석은 때죽나무 가지에 걸려서 땅에 안 떨어지지 않았을까요?"

"아하, 그럼."

다이고가 얼빠진 소리를 내며 끼어들었다.

"설마 곤줄박이가 녹색 돌을 열매로 착각해 물고 갔다는 거야?"

"아마도. 이후 저 산 위 서어나무 줄기 구멍에 떨어뜨렸겠지. 그곳은 곤줄박이가 늘 먹이를 숨기는 장소였을 테고."

"그럴 수가……."

세쓰코 씨는 하려던 말을 집어삼키고 뒷말을 잇지 못했다.

에메랄드는 이후 수십 년이나 그 굵은 나무줄기 속에 잠들어 있었다. 조금씩 줄기 아래쪽으로 꺼져 가는 값비싼 녹색 보석. 나이 든 서어나무는 뿌리부터 썩어 구멍이 생겼고 그곳은 이내 너구리의 거처가 되었다. 조금 더 시간이 흐르자 부패가 진행돼 뿌리 쪽 구멍이 점점 커져 나무 윗부분에 생긴 구멍과도 살짝 이어졌다. 그리고 너구리굴을 물려받은 라쿤이 어느 날 위에서 비치는 녹색 빛을 알아차린 것이다.

30여 년의 세월이 흘러 이 에메랄드는 또다시 세상의 빛을 보게 됐다.

그때 히로키 씨는 보석만 없으면 아버지를 어머니 곁에 돌려보낼 수 있다고 생각했을까. 피가 이어지지 않은 어머니와 아들은 서로를 굳게 의지하고 있었을까. 세쓰코 씨는 조심스레 에메랄드를 집어 들어 가슴가에 꼭 갖다 댔다. 그 누구도 입을 열지 않았다.

제비가 창문 너머 하늘을 가로질러 갔다. 둥지 재료 같은 뭔가를 부리에 물고 있는 모습을 나는 지그시 바라봤다.

"흐아아아!"

느닷없이 고노스케 씨가 고함을 질렀다. 처음에는 울음을 터뜨린 줄 알았다. 아들의 대견한 마음씨를 뒤늦게 알게 돼 후회와 비애에 사로잡혀 탄식하는 줄 알았다. 그러나, 아니었다. 그는 입을 크게 벌려 웃고 있었던 것이다.

"히로키가 그렇게 맹랑한 짓을 했다고?"

"그러게요. 그럴 필요는 없었는데. 그러지 않아도 당신은 어차피 우리 곁에 돌아왔을 텐데 말이에요."

옆에서 세쓰코가 재빨리 거들었다.

"아무튼 저 보석이 나무 속에 있다는 걸 라쿤이 당신에게 알려 주려고 온 거예요."

"그게 그 너구리 수수께끼의 진실이라고?"

다이고가 맥이 풀린 것처럼 힘없이 중얼거렸고, 오하시가 헛기침을 했다.

"심부름센터에 부탁하기를 잘했죠."

세쓰코 씨는 이불 위에서 남편의 가슴을 툭툭 두드렸다.

"히로키는 그런 말을 한마디도 안 했어요. 당신을 닮아 고집이 세서."

뒤이어 웃음을 풋 터뜨린다.

"다음에 만나면 네 비밀이 들통났다고 한마디 해 줘야겠어
요."

"다음에 만나면……?"

다이고와 내 목소리가 한데 겹쳤다. 먼 산속에서 대나무자고
새가 익살맞게 "촛코이, 촛코이" 하고 우는 소리가 들렸다.

9

히로키 씨는 죽지 않았다. 열한 살 때 서재 창문으로 밖에 나가 정원에 떨어졌지만 다행히 목숨을 건졌다. 그러나 척추를 다쳐 하반신이 마비됐고 이후 오랜 재활을 거쳐 휠체어 생활을 하게 됐다.

그는 불굴의 의지를 가진 사람이었다. 공부를 열심히 해서 물리학 박사 학위를 취득해 연구자의 길을 걸었다. 그리고 그 길을 더욱 넓히고자 미국 대학의 초빙에도 응했다. 지금은 애리조나에 있는 대학에서 교편을 잡으며 연구를 계속하고 있다고 했다.

외아들에게 가업을 물려주려던 고노스케 씨의 계획은 어긋났다. 아들이 불편한 몸이 된 데는 자신의 책임이 크다고 생각했다. 그러니 구라모토 홍산에 아들을 데려와 평생 안락하게 살게 해 주고자 했지만 히로키 씨는 부모의 비호 아래에서 태평하게 사는 삶을 원하지 않았다. 몸은 불편해도 아니, 그렇기 때문에 더욱 자립해 살아가고 싶다는 결심을 아버지에게 전했다.

몸은 자유를 잃었지만 두뇌는 얼마든 단련할 수 있다. 그러니 자신은 그 방면에서 반드시 성공하고 말겠다고 호소했지만 그의 의지는 아버지에게 전해지지 않았다.

그 무렵부터 부자 사이에 균열이 생기기 시작했다고 세쓰코 씨는 설명했다. 그러다 히로키 씨가 미국으로 이주해 이탈리아계 미국인 여성과 결혼한 것이 결정타가 되어 거의 절연 상태가 되었다고 했다.

"남편은 실망했을 거예요. 그 아이에게 기대를 걸고 있었으니까요. 하지만 그게 아들을 더 궁지에 몰고 괴롭힌다는 걸 알지 못했죠……."

1인 경영자들에게서 흔히 볼 수 있는 이기적인 사고방식이다. 우리는 고노스케 씨의 침실에서 나와 전에도 들어간 쾌적한 대기실로 갔다. 이번에도 가사 도우미가 고급 도자기 잔에 홍차를 가져다주었다. 다카에와 다이고, 나, 그리고 세쓰코 씨. 세쓰코 씨 뒤에는 오하시가 짐짓 점잔 빼는 얼굴로 가만히 서 있었다.

"그러니 나이 들어 처음 치매 증세가 나타났을 때 남편은 아들이 죽었다고 말하기 시작했어요. 지붕에서 떨어진 그 열한 살 때요. 그렇게 아들이 옆에 없다는 사실을 자기 안에서 합리화하고 싶었겠죠. 우리가 아무리 아니라고 해도 흥분하며 말을 듣지 않았어요."

그러니 그가 짜 놓은 시나리오를 따를 수밖에 없었다. 시간이 갈수록 병세가 심해지자 의사들도 그것이 최선의 방법이라고 조언했다.

"저희 집안일에 여러분까지 끌어들인 것 같아 죄송할 따름이에요."

몸집이 작은 노부인은 고개를 꾸벅 숙였다.

"그래도 뜻밖의 방향에서 돌파구를 찾았어요. 역시 '달나라'에 의뢰하기를 잘한 것 같아요."

세쓰코 씨가 오하시를 힐끗 봤지만 완고한 집사는 동의할 수 없다는 듯이 입가를 내렸다.

그 후 고노스케 씨가 아들의 모습으로 둔갑한 너구리가 나타난다고 주장하기 시작하자 세쓰코 씨는 남편이 역시 과거에 사로잡혀 있다고 확신했다.

"그 사람은요. 입 밖으로 꺼낸 적은 없지만 그때 제가 히로키를 밀친 게 아니냐고 의심하고 있었어요."

"불륜 상대가 낳은 아이여도 세쓰코 씨는 히로키 씨를 친자식처럼 키우지 않았나요?"

나는 마른 목구멍 안에서 목소리를 짜냈다.

"맞아요. 히로키는 저의 소중한 보물이었죠. 그건 남편도 잘 알고 있을 거예요. 하지만 그 아이가 끔찍한 사고를 당했을 때 남편의 마음속에 작은 의심의 싹이 돋아난 건 사실이에요. 그는 그걸 저에게 따져 묻지 못하고 가슴에만 쭉 간직하고 있었어요. 그렇지만 전 알 수 있었답니다."

정부의 자식을 정처에게 키우게 한 자신의 무고한 처사가 아내를 그런 행위로 몰고 간 게 아닌가 하는 의심이 그의 가슴에 내내 남아 있었다. 부부 사이에 생긴 슬픈 엇갈림. 털어놓지 못한 속내는 조금씩 고노스케 씨의 마음을 갉아먹고 아들과의 사이도 멀어지게 했다.

"사모님은 왜 그런 누명을 쓰고도 가만히 있었던 겁니까?"

다카에가 불쑥 물었다.

"그런 이야기를 나누는 게 두려웠으니까요. 어차피 히로키가 침묵을 지키는 한 아무것도 알 수 없잖아요. 그 부분을 파고들다가 가족들 사이의 작은 앙금이 더 커져서 좋지 않은 방향으로 향할 것 같았죠."

추락한 이유에 대해 말하지 않는 히로키 씨에게 맞춰 사이가 소원해진 가족은 모든 것을 흐지부지하게 하는 길을 택한 걸까.

그리고 오랜 세월이 흘러 고노스케 씨가 마침내 죽음에 가까워졌을 때 열한 살의 천진난만한 어린 시절의 히로키 씨를 보기 시작했다. 아마 그때 히로키 씨의 모습이 고노스케 씨에게 이상적인 아들의 모습이었을 것이다.

—두 다리로 꼿꼿이 서서 깡충깡충 뛰기도 해.

예전에 고노스케 씨가 했던 말이 그것을 상징한다.

오랫동안 남편 옆을 지켜 온 세쓰코 씨만은 잘 알 수 있었다. 아이 모습을 한 히로키가 자신을 향해 뭔가를 호소한다는 남편의 말을 그 나름의 후회와 화해를 바라는 심정의 토로로 받아들였다.

둔갑한 너구리의 수수께끼를 푸는 척하며 슬며시 남편의 닫힌 마음을 열고자 했을지 모른다. 조금 전에 만났던 고노스케 씨는 더는 아들이 죽었다고 우기지 않았다. 아들이 사고를 당한 이유에 대해 한 가지 가능성을 알게 됨으로써 더 이상 아들을 죽은 것으로 만들지 않아도 된다고 깨달은 걸까.

나는 아들이 맹랑한 짓을 했다며 밝게 웃는 노인의 얼굴을 떠올렸다.

"히로키는 조만간 일본으로 돌아올 거예요."

세쓰코 씨는 들뜬 모습으로 말했다.

도쿄에 있는 대학에 새롭게 병설되는 연구소 의뢰로 주임 연구원으로 일하게 됐다고 했다. 아버지의 병환 소식을 듣고 가까운 곳에 돌아오기로 선택한 걸까.

"그럼 이로써 저희 일도 마쳤다고 봐도 되겠지요?"

다카에가 확인하자 세쓰코 씨는 "물론이죠" 하고 대답했다.

빈틈없는 심부름센터 사장은 아무래도 보수를 두둑이 챙길 것으로 보였다.

"그럼 전 이만."

다카에가 일어서려 할 때 오하시가 한 발짝 앞으로 나와 세쓰코 씨 옆에 섰다.

"사모님. 한 가지 드릴 말씀이 있습니다."

"뭐죠?"

"히로키 도련님이 정원에 던진 그 보석 말입니다만."

"네."

"그건 어르신께서 사모님을 위해서 산 것입니다. 다른 여성분께 줄 선물이 결코 아니었습니다."

"네? 그게 무슨……."

"사실입니다."

"하지만 전 그런 화려한 것을 바란 적이 없어요. 남편도 잘 알았을 테고요."

"네. 그건 사모님의 오비도메*로 만들 계획이었습니다. 사모님께서 자주 착용하시던 오비**가 있지 않습니까? 사가현 산 비단으로 만든 거북등무늬 오비 말입니다. 거기에 잘 어울릴 거라며 어르신께서 직접 고르신 것입니다."

세쓰코 씨는 천천히 고개를 돌려서 집사를 봤다.

---

*   여성용 기모노의 허리띠를 장식하는 물건.

**   여성용 기모노의 허리띠.

밤의 소리를

"그럼 오하시 씨는 지금까지 그걸 비밀로 하고 있었던 건가요?"

"어르신께서 철저히 입단속을 시키셨으니까요. 사모님께 깜짝 선물을 하고 싶으시다며."

"그 지시를 30년 넘게 지켜 온 거고요?"

"네."

"그럼 왜 지금에서야 그 이야기를 제게 털어놓죠?"

"이제는 말씀드려야 할 때라고 생각했습니다. 사모님과 히로키 도련님 모두 저 보석의 용도를 오해하고 계셨다는 걸 알게 됐으니까요."

"그럴 수가……."

세쓰코 씨가 탄식했다.

"조금만 더 일찍 알려 줬으면 좋았을 텐데. 이토록 충실한 집사분이 또 계실까요."

그녀는 힘없이 미소 지었다.

"아니, 지나치게 고지식하다고 해야 할까요."

그런 말을 들어도 오하시는 별 반응 없이 진지한 얼굴로 서 있었다.

정원 어딘가에서 곤줄박이의 울음소리가 들렸다. 고니시 씨가 들려줬던 "쓰쓰핑, 쓰쓰핑" 하는 낭랑하고 귀여운 지저귐이다. 때죽나무의 푸르스름한 열매를 좋아하는 유일한 새. 히로키 씨의 애틋한 행위를 상냥하게 은폐해 준 새.

하루 고등학교가 여름방학에 들어갔다.

나는 '달나라'에 틀어박혀 있는 시간이 전보다 길어졌다. 학교에 간다는 목적이 사라지자 더는 갈 곳이 없었다.

가족 없이 혼자 살게 된 어떤 복잡한 사정을 떠안고 있다고 해도 늘 가볍게 일상을 보내는 다이고에게 맞추다 보면 나 역시 자연스레 어깨에서 힘이 풀리는 느낌이었다. 다이고를 만난 덕에 나는 생각지도 못한 경험을 하며 지혜를 발휘해 문제를 해결했고, 그것은 곧 큰 자신감으로 이어졌다. 무엇보다 다이고가 "나한테는 친구가 한 명 있으니까"라고 말해 줬다는 것이 기뻤다. 태어나서 처음 사귄 나이 어린 친구에게 나는 의지하고 있었다.

다이고는 질리지도 않게 내가 '달나라'에 드나들면 "또 무급 직원이 출근했네" 하고 재미있어했다. 틀리지 않는 말이었고 실제로 나는 남아도는 시간을 주체할 수 없었다.

일하지 않는 다른 학생들의 사정도 나와 비슷했을 것이다. 여름방학 동안 요시타케 씨는 환락가를 서성이다가 어느 유흥 업소에 스카우트됐다는 소식을 방학이 끝난 뒤에야 들었다. 꾐에 넘어간 요시타케 씨는 점장의 현장 지도를 보자마자 겁을 먹어 가게에서 도망쳤다가 다시 붙잡혀 억지로 끌려갔다.

폭력 조직이 뒤를 봐주는 업소라 어딘지 모를 아파트의 방 한 칸에 갇혀 지내던 요시타케 씨를 아사미 선생이 경찰관을 대동해 구해 주었다. 그런 일을 당하고도 9월에 만난 요시타케 씨는 아무렇지 않아 보였다.

'달나라' 창고에는 에어컨이 없다. 다카에의 사무실에는 있지만 다이고가 지내는 방에는 없다. 그는 선풍기 한 대에 의지하며 살았다. 밤이 되면 몰래 가게에서 파는 냉풍기를 들고 올라간다고 했다.

왜 이렇게 고용 조건이 좋지 않은 곳에 머물러 있는 걸까. 열여덟 소년이 아르바이트할 곳은 그 밖에도 얼마든지 있을 텐데. 다이고가 '달나라'에 있어 주는 덕분에 기댈 곳이 생긴 나는 겉으로는 모르는 척하며 속으로만 의문을 품었다. 입 밖에 꺼내지도 않았다.

요사쿠도 더운지 바깥 공터의 통풍이 잘되는 나무 그늘에 드러누워 있었다. 끝까지 개집에는 들어가지 않았다. 명석하게 라쿤 굴을 찾은 공을 세운 뒤로는 다시 완전히 게으른 예전 노견 모습으로 돌아갔다.

그리고 무슨 일인지 몰라도 나카야 형사 또한 여전히 한 달에 몇 번은 가게에 홀쩍 나타났다.

"아, 덥다. 요즘 같은 때 에어컨도 없는 가게라니. 중요 문화재 수준이야."

그렇게 투덜거리면서도 그는 한참 '달나라'에서 농땡이를 부리다가 갔다. 경찰서 안에서 미움이라도 받아 발붙일 곳이 없는 게 분명해 보였다.

"이 정도 공간을 소화하는 에어컨을 달았다가는 전기요금만 내고 끝일걸요."

다카에가 외출한 탓에 나와 다이고 둘이 가게를 지키고 있었다. 다이고는 악덕 사장인 다카에 앞에서 틈만 나면 투덜거리는 주제에 가게를 들르는 나카야 앞에서는 이렇게 사장 편을 들었다. 다이고에게도 '달나라'는 특별한 곳인 걸까.

나카야는 다이고의 말에 대답하지 않고 창고 안을 돌아다녔다. 우리는 다카에가 시킨 놋쇠 법기들을 닦는 일에 집중했다. 땀이 줄줄 흘러 눈에 들어갔다.

"아아, 아이스크림 먹고 싶다!"

다이고가 대뜸 소리쳤다.

"누가 선물로 사 오기라도 하면 참 좋을 텐데. 언제나 빈손으로 오는 형사 같은 사람이!"

나카야는 선반 너머에 있었다. 다이고의 목소리가 들렸겠지만 당연히 대답은 없다. 그가 신은 꾀죄죄한 가죽 신발이 콘크리트 위 모래를 밟는 소리가 들렸다. 나카야는 갑자기 빠른 걸음으로 우리가 있는 출입문 쪽으로 걸어왔다.

"이거."

나카야가 손에 든 것은 다쓰노 씨가 가게에 판 작은 불상이었다. 금박이 아닌 금색 아크릴 물감을 칠했다고 다카에가 간파해 값어치가 없다고 낙인찍은 물건이다. 그래도 다른 물건들과 함께 사들여 일단 매물로 선반에 진열해 두고 있었다.

"이걸 살게."

다이고가 움직이지 않아서 어쩔 수 없이 내가 일어섰다. 가격표에는 '100엔'이라 적혀 있다. 나카야가 이곳에서 물건을 사는 모습을 보는 건 처음이었다. 그렇게 의아해하며 나는 백엔 동전을 받아 들고 불상을 작은 종이봉투에 담았다.

"누가 판 물건이지? 비교적 최근에 들어온 것 같은데."

이토록 잡동사니가 가득 쌓인 곳에서 선반에 놓인 물건을 기억하는 나카야를 보며 왠지 모를 위화감을 느꼈다.

"이걸 금박을 씌운 거라 속여서 나눠 주고 다닌 녀석이 있어. 한마디로 사기꾼이지. 경찰은 지금 그 녀석을 쫓고 있는데, 아무래도 이걸 여기에 갖다 판 녀석이 수상하니 누군지 말해 봐."

그의 말투에 나도 순간 발끈했다. 다이고 쪽을 봤지만 못 들은 체하고 있다. 그는 연마제를 누더기 천에 묻혀서 놋쇠를 쓱쓱 닦았다.

"정말 하나부터 열까지 경찰에 비협조적인 가게로군."

"다쓰노 목공소의 다쓰노 씨예요."

다이고가 나직이 중얼거렸다.

"근데 다쓰노 씨도 속은 거라 했어요. 그 사람도 피해자지 사기꾼 같은 건 아니에요."

금빛으로 빛나기 시작한 촛대를 햇빛에 비춰 보고 있다.

"엉뚱한 사람 붙잡았다가 또 승진에서 탈락이라도 하면 큰일이니 미리 알려 드리는 거예요."

다이고는 그야말로 다카에가 입에 올릴 것 같은 말을 던졌다.

"쳇."

나카야의 반응도 비슷했다. 다이고의 설명을 듣고 궁금증이 풀려 슬슬 가게를 나가는가 싶었는데 그는 종이봉투에서 다시 금색 불상을 꺼내 우리에게 물었다.

"이게 너희 집에도 있었잖아?"

다이고 쪽으로 불상을 들이밀며 묻는다. 다이고의 얼굴에 떠올라 있던 미소가 순식간에 썰물 빠지듯 스르르 사라졌다.

"몰라요."

다이고는 무뚝뚝한 얼굴로 짧게 대답하고 다시 고개를 숙여 놋쇠를 닦기 시작했다.

"어릴 적 일이라 기억 못 하는 건가?"

나카야는 또다시 수수께끼 같은 말을 내뱉었다. 다이고는 더는 상대하지 않겠다고 마음먹었는지 고개도 들지 않고 열심히 법기만 닦았다.

나카야도 다이고의 이런 반응을 예상한 듯했다. 그는 작은 불상을 다시 종이봉투에 집어넣었다.

"뭐 됐어."

그 말을 끝으로 그는 가게를 나가 언덕길을 내려갔다. 나는 초라한 감색 어코드 차량이 석조등 옆을 지나가는 모습을 내려다봤다. 차가 시야에서 사라지자 창고로 돌아갔다.

"저 사람 방금 뭐라고 한 거야? 그런 불상이 너희 집에도 있었다니?"

나는 일부러 천진난만하게 물었다.

"몰라."

다이고는 똑같은 말을 반복했다. 내가 제자리에 가만히 서 있자 "저 인간이 착각한 거야"라고 덧붙였다.

"그렇구나."

나는 다이고 옆에 앉아 누더기 천과 법기를 집어 들었다. 왠지 더 이상 물으면 안 될 것 같았다. 타인과의 관계나 대화법 등에 아직 미숙한 나지만 그것만큼은 어째서인지 본능적으로 느꼈다.

저 형사는 어떻게 다이고의 집에 대해 아는 걸까. 다이고가 잃어버린 집과 가족. 다이고는 어렸을 때 대체 어떤 일이 있었을까. 숱한 의문이 머리를 맴돌았지만 나는 땀투성이가 되어 열심히 손만 움직였다.

누구나 남이 함부로 파고들지 않았으면 하는 영역이 있다.

나 역시 마찬가지라 그 일을 잊어버리자고 생각했다. 나에게는
다이고와의 우정이 최우선이었다.

그때 하얀 차가 언덕길을 올라왔다. 다카에가 미니밴을 타고
나간 상황이라 요사쿠의 개집 옆에 차를 댈 공간이 있었다. 우
리는 고개를 들어 주차장 쪽을 살폈다. 탁, 탁 하고 차 문이 여
닫히는 소리가 났다.

"어이!"

여자 목소리가 들렸다.

"좀 도와줘!"

우리는 부랴부랴 뛰어갔다. 여자는 차 뒤 트렁크를 열어 큰
판자 모양 물건을 몇 장 꺼내고 있었다. 도와주려고 옆에 갔다
가 그것이 캔버스인 것을 깨달았다. 유화가 그려진 캔버스로 여
자가 그림을 팔러 온 손님이라는 걸 알 수 있었다. 유화는 총 여
덟 장인데 혼자서는 옮길 수 없는 큰 그림부터 엽서 네 장 정도
되는 작은 그림까지 일단 전부 창고로 가져갔다. 여자는 후텁지
근한 가게 안에는 발을 들이지 않고 출입문 근처에 섰다. 커다
란 선글라스를 낀 중년 여자인데 투명감이 있는 스카프로 머리
를 감쌌다.

"이런 것들도 매입하는 곳 맞지?"

여자는 단도직입적으로 물었다.

"값을 얼마쯤 받을 수 있으려나."

"그게……."

다이고가 대답을 머뭇거렸다.

"지금 사장님이 안 계셔서 값을 매길 수가 없어요."

"어머, 그렇구나."

여자는 다소 아쉬운 듯 말했다.

다카에가 예전에 매입한 것과 비슷한 물건이 들어오면 다이고가 당시 가격을 참고해 사들이기도 한다. 그렇게 들어오는 건 대체로 비싼 물건도 아니어서 다카에도 뭐라고 하지 않지만 골동품처럼 보이는 물건이나 예술 작품은 별개다. 도무지 값어치를 알 수 없다. 다카에에게 안목이 있나 없나를 떠나 멋대로 매입하면 아마 호되게 혼이 날 것이다.

"죄송합니다. 여기 이름과 연락처를 적어 주시겠어요?"

다이고는 작은 노트를 가져와 여자에게 건넸다. 여자는 그곳에 순순히 자기 이름을 썼다.

"오늘 중으로 꼭 연락드릴게요."

"저……."

그때 내가 옆에서 끼어들었다.

"누가 그린 그림인가요?"

"아 참. 네. 그 정도는 알려 주셔야 할 것 같아요. 혹시 엄청 유명한 화가의 작품 같은 건 아니죠?"

다이고가 노트와 볼펜을 다시 받으며 물었다. 여자는 하핫

하고 밝게 웃음을 터뜨렸다.

"그럴 리 없지. 우리 남편이 그린 거야. 유화가 취미였거든."

'취미였다'라는 건 과거형이다. 남편은 더 이상 그림을 그리지 않는 걸까. 아니면 혹시.

캔버스 구석에 담긴 로마자 사인은 필기체라 알아보기 어려웠다. 먼지 쌓인 콘크리트에 놓인 유화는 심지어 액자 같은 것에 담기지도 않았다. 이런 재활용품 가게에 팔러 올 정도이니 아내는 이 그림에 별로 애정이 없을 것이다. 어쩌면 다른 곳에서 매입을 거절해 여기 왔을 수도 있다.

"그럼 부탁할게."

여자는 그 말을 남기고 차로 돌아갔다. 하얀 차가 언덕을 내려가는 모습을 보며 나는 노트에 눈을 떨궜다. 이름을 적는 곳에 '고이즈미 나오코'라 적혀 있었다.

볼일을 마치고 가게로 돌아온 다카에는 곧장 유화의 가격을 매기기 시작했다.

벽에 기대어 둔 여덟 장의 그림을 차례차례 훑어보고 그녀는 "별거 아니네"라는 한마디로 정리했다. 애초에 정말 값어치 있는 물건은 '달나라' 같은 재활용품점에 들어오지도 않을 것이다.

다카에는 고이즈미 씨에게 전화를 걸었고, 그녀는 다카에가 제시한 소소한 액수를 받아들였다. 다카에가 듣기로 고이즈미 씨의 남편이 1월에 세상을 떠서 유품 정리를 하고 있다고 했다.

이곳에 들어오는 물건 중에는 그런 물건도 많았다.

"이런 그림이 팔리려나."

다이고는 유화를 보며 고개를 갸우뚱했다. 우리는 둘 다 그림을 잘 몰라서 괜찮은 작품인지 판단할 수 없지만 알기 쉬운 그림이기는 했다. 본 것을 있는 그대로 옮겨 그린 그림이다.

테이블 위 과일과 접시에 얹은 생선을 그린 정물화. 바다와 산을 그린 풍경화. 그리고 인물화가 한 장 있었다. 일곱 살과 네 살 정도 돼 보이는 여자아이를 그린 그림이다. 두 여자아이는 어딘지 모를 야외에서 웃는 얼굴로 바짝 달라붙어 서 있다.

"절대 안 팔릴걸. 모델이 누군지도 모를 이런 그림을 누가 사 가겠어?"

귀여운 아이들이기는 하지만 가족 기념 초상화 같은 느낌이다. 배경도 정성스럽게 그렸는데 녹음이 짙은 교외라는 분위기만 전해질 뿐이다. 저 멀리 주택 몇 채와 공장 같은 건물이 있는 특별히 인상적인 풍경도 아니었다.

"그리고……."

다이고는 그림에 트집을 더 잡으려다가 갑자기 입을 다물고 지그시 그림을 봤다.

"왜 그래?"

나는 다이고 뒤에서 물었다.

"혹시 아는 애야?"

"아니……."

잠시 침묵한 채로 있던 다이고가 그림에서 시선을 뗐다.

"그냥 귀여워서."

다이고답지 않은 대답이지만 특별히 신경 쓰지는 않았다.

다이고는 그 여덟 장의 그림을 창고 안쪽에 가져가 벽에 겹쳐 세웠다. 여자아이 그림은 맨 뒤에 뒀다.

"절대 안 팔려."

다이고는 돌아오더니 평소처럼 가볍게 말했다.

그러나 그 그림은 바로 다음 날 팔리게 되었다. 아니, 정확히 말하면 원래 주인에게 되돌아갔다.

다음 날 '달나라'에 찾아온 사람은 고이즈미 노조미라는 여자였다.

"그 그림 어디 있어?"

그녀는 가게에 들르자마자 잔뜩 벼른 것처럼 물었다.

"그 그림이라뇨?"

서슬 퍼런 여자의 기세에 압도돼 다이고도 당황하며 말했다.

"어제 그 여자가 팔러 온 그림 말이야. 여덟 장 있었지?"

우리는 더욱 겁에 질렸다. 그 여자?

전날 찾아온 사람은 40대 정도로 보이는 중년 여성이었다. 죽은 남편이 그린 유화를 팔러 왔다. 이 고이즈미 노조미라는 여자는 스무 살쯤 돼 보인다. 평범하게 생각하면 부부의 딸일 것이다.

다이고가 그림 여덟 장을 창고 안쪽에서 가져왔다.

"얼마야?"

"네?"

"이거 말이야. 얼마면 다시 살 수 있어?"

그림에는 아직 가격표가 붙어 있지 않았다. 우리가 주고받는 대화 소리를 듣고 다카에가 사무실에서 나왔다.

"전부 가져가려는 건가?"

그래도 가게를 찾은 손님인데 다카에는 반말로 물었다. 노조미는 고개를 끄덕이고 캔버스를 하나하나 확인했다. 마지막으로 소녀가 그려진 인물화를 보고는 갑자기 닭똥 같은 눈물을 뚝뚝 흘렸다.

"이거, 저랑 제 동생이에요."

그러고 보니 둘 중 큰 여자아이의 얼굴에서 노조미의 얼굴이 언뜻 보였다.

"죽은 아빠가 우리 자매를 그려 준 소중한 그림인데."

노조미는 손수건을 꺼내 눈물을 훔쳤다.

"그 여자가 마음대로 팔아치운 거예요."

"그 여자?"

다카에가 내 마음의 목소리를 대변해 물었다. 노조미가 고개를 번쩍 들었다.

"네. 아빠의 재혼 상대요. 우리의 소중한 추억 따위 그 여자는 안중에도 없겠죠."

이번에는 얼굴이 벌겋게 달아올라 화를 냈다. 어떤 상황인지 대략 감이 왔다. 노조미는 아버지의 재혼 상대와 사이가 좋지 않다. 그리고 그런 상황에서 아버지 혼자 세상을 떴으니 참담할 것이다. 세상에 남은 자매와 새엄마는 앞으로 어떻게 되는 걸까.

노조미는 가방에서 지갑을 꺼냈다.

"얼마예요?"

"됐어."

다카에가 즉답했다. 노조미는 무슨 뜻인지 이해 못 하고 어리둥절했다.

"됐으니 그냥 가져가. 어차피 큰돈 주고 산 것도 아니고."

세상 둘째가라면 서러울 욕심쟁이인 '달나라' 사장은 가끔 이렇게 이상한 부분에서 온정을 보일 때가 있었다. 나는 이런 상황을 가끔 목도했다.

노조미는 갑자기 으앙 하고 울음을 터뜨리며 그 자리에 쪼그려 앉았다. 감정 표현이 격한 사람이다. 밖에 드러누워 있던 요사쿠가 무슨 일인지 살피러 올 정도였다.

어쩔 수 없이 다이고가 의자를 가져와 여자를 앉혔다. 노조미는 의자에 앉아 한바탕 더 울음을 터뜨렸다. 그녀의 아버지가 세상을 뜬 지는 아직 반년밖에 되지 않았다. 그런데도 고이즈미 나오코라는 계모는 금세 마음이 식어 남편의 유품을 재활용품점에 처분하러 왔다. 그 행위만 놓고 봐도 이 가족의 앞날이 눈에 선했다.

노조미는 의자에 앉아 코를 계속 훌쩍였다. 여자가 울 때 어떻게 해야 좋을지 나는 전혀 알지 못했다. 재활 중인 내게는 버거운 과제였고 다이고도 그저 속수무책으로 서 있기만 했다.

의지할 사람은 다카에뿐이지만 그녀는 조금 전부터 유화를 골똘히 관찰하고 있다. 그림에 무슨 문제라도 있는 걸까. 그냥 어린 자매를 그린 흔한 그림 같은데.

"이 그림을 그린 곳이 어디지?"

다카에의 질문을 듣고 노조미가 손수건에서 얼굴을 들었다. 코를 훌쩍이면서도 미심쩍은 듯 다카에를 본다. 지금 이럴 때 꼭 해야 할 질문일까. 다이고도 다카에에게 눈을 흘겼다.

"아무래도 시내 같은데."

"네. 세리가오카 공원에 있는 '어린이 숲'이에요."

"흐음."

집요하게 캐물은 것치고 다카에의 반응은 영 미적지근했다. 세리가오카 공원은 하루노부시 외곽에 있는 자연공원이다. 아담한 산과 연못, 야영장 등을 갖추고 있어 하루노부시 시민들의 휴식처라 할 수 있는 곳이다. 나도 어릴 때 부모님의 손을 잡고 간 기억이 있다. '어린이 숲'은 세리가오카 공원 끝자락에 있는 손질이 잘 된 밝은 잡목림이다. 그림에 그려진 배경을 보니 아마 숲을 빠져나간 전망 좋은 지점에 서 있는 것처럼 보인다. 넓은 자연공원의 모습은 이미 기억나지 않지만 주택이 그려진 걸 보면 아마 바깥 부지와 맞닿은 부근일 것이다.

질문이 워낙 엉뚱해서인지 노조미의 눈물이 멈췄다. 그리고 울음을 그치자 그녀의 가슴에서 또다시 화가 고개를 치켜든 듯 했다.

목이 마르다고 해서 다카에가 생수병을 하나 건넸다. 목을 축인 노조미는 새엄마에 대한 증오를 고스란히 드러내기 시작했고 우리는 노조미의 하소연을 들어주는 처지가 됐다. 다이고가 업무용 선풍기를 가져와 바람을 쐬게 해도 노조미의 분노는 좀처럼 가라앉지 않았다. 그녀의 긴 머리칼이 바람에 휩쓸려 얼굴 주변에서 춤추자 꼭 메두사 같은 무시무시한 모습이 되었다.

노조미는 나오코가 자기 아버지를 **유혹**해 본처에게서 **빼앗았다**고 주장했다. 본처, 즉 노조미의 친어머니는 동생 히나코를 데리고 집을 나갔다. 부모가 이혼한 시점은 13년 전이고 이 유화를 그린 지 1년 정도 됐을 때다. 이후 노조미는 동생을 만나지 못했다. 혼자 아버지 곁에 남은 노조미는 어머니와 히나코를 그리며 살았다.

아버지가 악성 림프종으로 세상을 뜬 지금, 생전 아버지가 두 딸을 그린 초상화는 노조미에게 매우 소중한 유품이다. 나오코는 그 사실을 알면서도 그림을 재활용품점에 팔아 버렸다.

"아빠도 없는데 그런 여자랑은 살기 싫어!"

노조미는 포효했다.

"난 엄마랑 히나코 곁으로 갈 거야!"

노조미가 의자에서 벌떡 일어서자 늘 나카야가 앉는 회전의자가 뒤로 쓰러졌다. 노조미는 성큼성큼 가게 밖으로 걸어가 '달나라' 앞에 있는 간판 속 문구를 큰 소리로 읊었다.

"무엇이든 팝니다. 삽니다. 각종 고민 상담 및 의뢰 환영."

그러더니 다시 가게 안으로 들어왔다.

"의뢰할게. 엄마와 히나코를 찾아 줘."

우리는 입구에 떡 버티고 선 젊은 여자를 말없이 바라봤다.

10

"보통은 이런 건 진짜 흥신소 같은 곳에 부탁하지 않나?"

"흥신소도 찾아가 봤다잖아."

노조미는 친어머니인 나쓰에와 여동생 히나코의 행방을 찾고 있었다. 히나코는 아직 열아홉 살이기 때문에 그동안 아버지가 양육비를 보냈는데, 큰마음을 먹고 시작한 장사가 잘 되지 않아 양육비를 대기가 쉽지 않았다고 한다. 그래도 아버지는 한 달에 5만 엔을 꼬박꼬박 송금했다.

돈은 이혼할 때 지정한 계좌로 계속 이체했다. 그러나 나쓰에와 히나코는 이사를 거듭해 지금의 주소지가 불분명했다. 아버지가 세상을 뜨자 히나코에게 유산 상속 권리가 생겼고 노조미는 흥신소에 부탁해 히나코가 현재 사는 곳을 찾았다. 그리고 흥신소는 약 한 달 만에 히나코를 찾아냈다.

그러나 히나코는 언니를 만나려 하지 않았다. 그래서 변호사와 상의해 상속 절차를 마쳤다. 변호사 측에서도 몇 번이나 히나코와의 만남을 타진했지만 히나코는 완강히 거부했고, 결국 히나코 앞으로 백만 엔 정도 되는 유산이 입금됐을 거라고 노조미는 말했다.

"아빠가 하던 회사를 정리하는 데 돈이 많이 들었거든. 그래도 최대한 챙겨 주려고 했어."

노조미의 아버지는 작은 광고 디자인 회사를 꾸리고 있었다. 재혼 상대인 나오코의 친정에서 도움을 받아 회사를 차렸다. 나오코의 친정은 오래전부터 도쿄 아사쿠사바시의 도매 상가에서 수예용품 판매점을 해서 금전적으로 여유가 있다고 했다.

노조미는 이번 기회에 어머니, 동생과의 관계를 회복하고 싶었다. 그러나 히나코는 그러기를 거부했고 노조미는 납득할 수 없었다. 생색을 부리는 건 아니지만 유산 분할도 확실히 했는데 아직 아버지의 영정을 찾지도 않았다. 재회를 열망하는 언니를 매정하게 내쳤다.

그러나 노조미 역시 이대로 순순히 물러날 성격은 아니었다. 흥신소 보고서에 적힌 주소로 직접 찾아갔다. 도쿄도 스미다구의 히키후네가와 거리에 있는 집이지만 어머니와 동생은 이미 그곳에 살지 않았다.

"어수선한 주택가 한가운데에 있는 낡은 연립주택 같은 곳이었어. 바로 옆에 싼 식당과 술집 같은 곳들이 널려 있는, 좀 충격적이더라. 살기에 별로 좋은 환경 같지 않았거든."

이번 기회를 놓치면 앞으로 두 번 다시 어머니와 동생을 만나지 못할 것이다. 그렇게 생각한 노조미는 또다시 흥신소에 부탁해 두 사람의 행방을 찾았다. 저번보다 시간이 약간 더 걸렸지만 전문 조사원들은 일을 확실히 해 주었다. 이번 보고서에는 도부네리마역 인근 주소가 적혀 있었다. 즉 히나코와 어머니가 지금 어디 사는지 확실히 파악한 셈이다. 그러나 이번에도 자신이 불쑥 찾아가면 그쪽에서 거부할 게 뻔했다. 그러니 넌지시 상황을 살피다가 괜찮은 타이밍에 자신의 이야기를 잘 전해 주고 오라는 것이 노조미의 의뢰였다.

"흥신소 조사원이나 변호사 선생님은 그쪽에서 경계할 거고, 그러다 또 이사하기라도 하면 큰일이니."

노조미는 그렇게 이유를 말했다.

"그러니 마을에 있는 소소한 심부름센터에 일을 맡기는 게 적당할 거라고 생각한 걸까."

"그런데 오히려 마을 심부름센터가 더 수상하지 않아? 지금껏 나도 내가 무슨 일을 하는지 도대체 잘 모르겠는데."

우리는 도부네리마역 남쪽 출구를 나가 옛 가와고에 가도를 걸었다. 오가는 사람과 차가 많지만 거리 전체는 왠지 쓸쓸한 분위기다. '기타마치 아케이드'라는 상점가 역시 북적이지만 낡고 오래된 느낌을 지울 수 없다. 아치 형태에서 쇼와 시절 분위기가 물씬 풍겼다.

아케이드 상점가에서 길 하나 더 들어간 골목이 아무래도 목적지인 듯했다. 다이고가 엉덩이 주머니에서 노조미에게 받은 지도를 꺼내려다가 그만 찢고 말았다.

"흐음."

다이고는 찢어진 종이를 이어 붙이며 주위를 둘러봤다.

"어쨌든 여기도 잘 사는 동네는 아닌 것 같네."

낡은 연립주택과 벽에 회반죽 칠을 한 빌라가 늘어서 있다.

"도쿄에 아직 이런 곳이 남아 있다니. 이런 데들은 전부 불도저로 밀어 버리고 고층 빌딩을 지을 줄 알았는데."

다이고의 말에 나도 고개를 끄덕였지만 다이고와 나 모두 평소에 도쿄까지 올 일이 거의 없었다.

"아마 여기 같아."

다이고가 발걸음을 멈췄다.

"시온장."

다이고는 오래된 빌라 이름을 소리 내어 읽었다. 회색 측면 벽에 검정 페인트로 지저분하게 이름이 적혀 있다.

"여기 1층에 있는…… 105호이니……."

그 집은 마치 철제 계단 아래에 숨어 있는 것처럼 문이 있었다. 다이고가 문 앞에 가서 문패를 확인하고 돌아왔다. 문패라고 해 봐야 네모나게 자른 판지에 매직으로 이름을 썼을 뿐이다.

"저기가 맞아. '기노시타'라고 적혀 있어."

나쓰에와 히나코 모두 지금은 나쓰에의 결혼 전 성을 사용한다고 들었다.

"어떡할래?"

노조미는 넌지시 상황을 살피라고 했지만 뭘 어떻게 살펴야 한다는 말인가.

"이 근처에 잠복이라도 하고 있을까?"

나는 오래전에 본 탐정 드라마를 떠올리며 말했다.

"잠복이라니. 난 그렇게 가만히 있는 거 못 참아."

다이고는 즉시 말했다.

"도쿄까지 와서 이런 데 죽치고 있으라니."

다이고는 "여기에 비하면 하루노부시가 훨씬 번화가겠다" 하고 영문 모를 말을 했다. 그러더니 성큼성큼 문 앞으로 다가갔지만 초인종이 보이지 않는 듯했다. 다이고는 혀를 쯧 차더니 문을 두드렸다. 한참을 기다려도 대답이 없다.

끈질기게 문을 두드리는 다이고 옆에서 나는 나쓰에나 히나코가 나오면 어떤 말부터 꺼내야 좋을지 떠올렸다. 전에 다카에가 말한 것처럼 ''달나라''에서 왔습니다'라고 해야 할까.

'고이즈미 노조미 씨가 두 분을 만나고 싶어 합니다'라고 단도직입적으로 말하는 건 좋지 않을 수 있다. 애초에 히나코는 언니를 왜 만나고 싶어 하지 않는 걸까. 그걸 알아야 설득도 할 수 있을 텐데.

그런 생각을 하고 있는 사이 문을 두드리는 다이고의 주먹에 점점 힘이 들어갔다.

"기노시타 씨! 기노시타 씨!"

문을 쾅쾅 두드리며 외친다. 합판으로 된 문 표면이 울퉁불퉁 파여 있다. 잠시 후 옆집 문이 불쑥 열렸다.

"시끄러워!"

뚱뚱한 중년 여자가 버럭 소리쳤다.

"남편이 사흘 전 퇴원해서 집에 왔다고! 대체 무슨 소란이야?"

그녀는 날카롭게 우리를 째려봤지만 다이고는 시치미를 뚝 뗐다.

"저, 여기 사는 기노시타 씨에게 볼일이 있어서요. 부재중이신가요?"

"나도 몰라."

중년 여자가 퉁명스럽게 대답했다.

"아줌마는 있지 않나? 그런데 아무리 그래도 안 나올걸. 그 여자는 **맨 정신**일 때가 드무니까."

"네?"

"어쨌든 그놈의 집구석 때문에 우리도 힘들어. 밤낮없이 고함을 지르고……."

거기까지 말하고 그녀는 문득 무엇인가를 떠올린 듯 말을 멈췄다.

"근데 너희는 누구야? 빚쟁이? 그러기엔 아직 어린 것 같은데."

우리는 서로 얼굴을 마주 봤다.

"아뇨. 그냥 아는 사람인데……."

다이고가 우물쭈물 변명했다.

"아는 사람이라고? 그럼 대신 전해 줄래? 계단 밑에 쓰레기 좀 버리지 말라고."

여자가 턱짓한 곳을 보니 정말로 계단 밑에 쓰레기봉투가 여러 개 방치돼 있었다.

"먹다 만 음식 같은 걸 잔뜩 쑤셔 넣어 버리는 통에 얼마나 냄새가 나는데. 참 한심한 엄마도 다 있지. 딸이 치워도 금세 다시 저 모양으로 만든다니까. 생활 능력이라고는 쥐꼬리만큼도 없는 여자야."

중년 여자는 문 손잡이를 한 손으로 잡고 목소리를 조금 낮췄다.

"우리 집과는 완전히 남남처럼 지내지만 그래도 그 집 딸은 좀 짠하긴 해. 어떻게 그런 엄마랑 같이……."

그때 105호실 문이 열렸다. 나는 깜짝 놀라 고개를 획 돌렸다. 그리고 집 밖을 향해 나오는 사람을 보며 한 발짝 뒤로 물러

섰다. 창백한 얼굴에 삐쩍 마른 여자가 스르르 다가오고 있었다. 그녀는 집 앞에 서 있는 우리에게 눈길 한번 주지 않고 거북이처럼 느린 걸음으로 나왔다. 문 안쪽에서 쉰내가 났다. 외모로 보건대 아무래도 이 사람이 노조미와 히나코의 어머니 나쓰에인 듯했다. 대충 뒤로 묶은 긴 머리에 흰머리가 많이 섞여서 노조미에게 들은 것보다 훨씬 나이 들어 보인다. 그녀는 납작한 슬리퍼를 신고 천천히 걸어갔다.

"저…… 기노시타 씨신가요?"

그녀는 그렇게 묻는 다이고도 무시하고 돌아섰다. 공기를 가르듯 양팔을 움직이며 걸을 때마다 등에서 튀어나온 어깨뼈가 번갈아 움직이는 게 보인다. 그만큼 여자는 비쩍 말라 있었다.

그녀는 옆집 문 앞도 그대로 지나쳤다. 중년 여자는 불평하는 것도 잊은 채 나쓰에를 멍하니 쳐다보고 있다. 나쓰에가 1층 바깥 복도를 걸어 볕이 내리쬐는 곳으로 나가자 옆집 여자는 우리를 향해 어깨를 으쓱했다. 그리고 집 안에서 남자 목소리가 들리자 여자는 "응, 알겠어" 하고 돌아보고 그대로 문을 닫아버렸다.

문득 꿈에서 깨어난 것처럼 나와 다이고도 나쓰에 뒤를 좇았다. 나쓰에는 집 앞 길을 얼마 걷지 않았다. 작은 슬리퍼가 꼭 무거운 족쇄라도 되는 양 느린 걸음이다. 한여름 낮 2시의 포장도로에서 아지랑이가 피어오르고 있다. 반사되는 빛과 열이 쇠약해진 여자의 체력을 앗아 가는 것처럼 보였다.

"기노시타 씨 맞죠?"

우리는 어렵지 않게 그녀에게 따라붙어서 다시 한번 말을 걸었다. 여전히 대답이 없지만 그제야 여자는 몽롱한 눈빛으로 우리를 쳐다봤다.

"네."

바싹 메마른 목소리가 들렸다.

"나쓰에 씨?"

"네."

"노조미 씨가 만나고 싶어 합니다."

나쓰에는 자기 딸의 이름을 듣고도 반응 없이 다시 고개를 돌려 앞을 봤다. 설마 잊어버리지는 않았을 텐데.

"잠깐이라도 만나 주시면 안 될까요?"

대답이 없다. 오로지 앞만 보며 걸어간다. 그녀는 모퉁이를 돌아 아케이드 상점가로 나갔다. 고작 거기까지 갔는데도 나쓰에는 어깻숨을 몰아쉬었다.

"이혼한 남편분이 돌아가셨다는 연락은 받으셨죠?"

다이고는 조금씩 인내심이 바닥나는지 성급하게 이야기를 매듭지으려 했다.

"몰라!"

느닷없이 나쓰에가 고함을 빽 질렀다. 그러나 비쩍 마른 몸에서 나오는 목소리에 박력이라곤 없었다.

"몰라. 몰라. 모른다고!"

그녀는 주문을 외는 것처럼 계속 같은 말을 외쳤다.

나는 나쓰에의 팔을 붙잡았다. 그러지 않으면 앞으로 쓰러질 것 같았기 때문이다. 그러자 나쓰에는 또다시 소리를 질렀다.

"도둑이야! 도둑! 여기 도둑이!"

내 손을 떨쳐내고 마른 나뭇가지 같은 팔을 붕붕 휘두르자 놀란 행인들이 멈춰 서서 우리를 힐끔거렸다.

"내 돈을 훔쳤어!"

"네? 잠깐만요."

나와 다이고는 당황하며 주변을 둘러봤다. 모두가 의심하는 눈빛으로 우리를 보고 있다. 야위고 허약해 보이는 중년 여자와 젊은 남자 둘. 객관적으로 봐도 나쓰에가 말하는 대로 의심할 만하다. 순식간에 등에서 식은땀이 주르르 흘렀다.

"이거 위험하겠는걸."

다이고가 나직이 중얼거렸다.

"튈까?"

'아니, 그게 더 위험할 것 같아' 하고 내 마음속 목소리가 외쳤다. 그런데도 몸은 자연스럽게 나쓰에 곁을 떠나려 했다.

"이 녀석들이 내 술값을 가져가 버렸어!"

눈에는 핏발이 섰고 혈색이 좋지 않은 입술 끝에 허연 침이고였다. 상점 안에서 누군가 휴대폰을 귀에 대고 있다. 빠르게 뭔가를 말하는 상대는 아마 경찰일 것이다. 이제는 정말 도망쳐야 할 것 같았다.

그때 나쓰에가 불현듯 그 자리에 털썩 주저앉더니 도로에 쓰러졌다. 고함을 지르느라 모든 에너지를 소진한 것처럼 맥없이 바닥에 벌러덩 드러눕는다. 그때 손바닥이 벌어지면서 바닥에 동전이 떨어졌다. 50엔짜리 동전 한 개와 1엔짜리 동전 몇 개. 동전들은 달궈진 아스팔트 위를 데굴데굴 굴러갔다.

나는 멍한 머릿속으로 '이 사람은 대체 무슨 술을 사려고 한 걸까' 하고 생각했다.

파출소 안에는 쾌적하게 에어컨이 켜져 있었다. 지금 등줄기가 얼어붙은 것은 땀이 식어서가 아니라 눈앞에 앉아 있는 여자아이 때문이다.

기노시타 히나코. 노조미의 여동생. 그녀는 지금 이글거리는 눈빛으로 다이고와 나를 노려보고 있다. 자매가 둘 다 눈빛이 강렬한 게 특징이었다.

"그러니까, 너희는 기노시타 씨네 집안 두 딸 중 언니의 의뢰를 받아서 왔다고?"

파출소 순경이 확인했다. 이곳에 데려와 사정을 다 들었으면서 벌써 세 번이나 같은 질문을 하고 있다.

"네……."

나는 힘없이 대답했다. 다이고는 고개를 돌린 채 말을 하지 않는다. 우리는 결국 상점가에서 날치기 신고를 받아 출동한 경찰과 함께 파출소에 왔다. 그것만으로도 유쾌하지 않은 전개인데 나쓰에의 보호자로 파출소를 찾은 히나코의 태도가 그야말로 최악이었다.

그녀가 오기 전에 이미 우리는 혐의(혐의라고 할 수도 없는 누명이지만)를 벗었다. 나쓰에는 그전부터 상점가에서 자주 말썽을 부리고 돈도 없으면서 술을 사러 오는 탓에 주류 판매점 주인들이 다 아는 문제 인물이었다. 파출소 신세를 진 적도 있는지 순경은 금세 우리 말을 믿어 주었다.

그러나 10대인 우리가 심부름센터에서 의뢰인의 부탁을 받아 나쓰에를 만나러 왔다는 것은 여전히 미심쩍은 듯했다. 우리도 설명을 제대로 하지 못했다. 다이고는 그곳에서 아르바이트를 하고 있지만 나는 옆에서 그저 돕고 있을 뿐이라는 관계성도 경찰에게는 납득하기 어려운 지점인 듯했다. 심부름센터 이름이 '달나라'라는 사실도 수상한 부분이다. 경찰은 '달나라'에 전화를 걸었지만 연결되지 않았다. 우리에게 이런 고생을 시키고 다카에는 어디론가 외출한 듯했다.

파출소를 지키는 순경 두 사람이 뭔가를 속닥거렸다. 우리를 사기꾼 집단의 행동대원 같은 부류로 생각할지 모른다. 뒤에서 다이고가 "사기를 칠 거면 돈이 많을 것 같은 상대를 노리겠지" 라고 혼잣말로 독설을 내뱉었다. 우리를 이런 상황에 몰아넣은 장본인은 파출소의 철제 의자에 앉아 꾸벅꾸벅 졸고 있다. 상점 가에서 소리칠 때부터 눈치챘지만 그녀에게서는 술 냄새가 났다. 그리고 밀폐된 파출소에 있는 지금은 술 냄새가 더욱 코를 찔렀다.

그때 히나코가 파출소에 뛰어들어 왔다. 아르바이트하는 곳에 경찰이 연락했다고 했다.

"엄마!"

히나코의 목소리를 듣고 나쓰에는 몸을 움찔하며 눈을 떴다.

"여기서 뭐 하고 있어!"

"아, 으응."

나쓰에는 초점이 맞지 않는 눈으로 딸을 봤다.

"어머니가 아케이드 상점가에서 이 사람들과 소란을 피워서."

아직 전체상을 다 파악하지 못한 순경 중 한 명이 어정쩡하게 설명했다.

"이 녀석들이 돈을 빼앗아 갔다며 고래고래 소리쳤다는데, 알고 보니 그런 일은 없었다는구나."

"그러니까 저희는 일 때문에 이분을 만나러 왔을 뿐이라니까요."

다이고가 또다시 굳이 하지 않아도 될 말을 꺼냈다.

"일이라니? 무슨 일?"

그때부터 이미 히나코는 전투태세였다. 마치 자신과 어머니를 제외하고는 모두가 적이라는 눈빛을 하고 있다.

"그쪽 언니인 고이즈미 노조미 씨가 의뢰했어! 자기를 왜 만나 주지 않는지 이유를 물어봐 달래."

고이즈미 노조미의 이름이 나온 순간 히나코의 얼굴에 경계심과 혐오감이 동시에 드러났다.

"언니가 의뢰했다고? 그 사람이 너희 같은 동네 건달들에게 우리를 찾아오라고 한 거야?"

"건달?"

다이고가 발끈했다.

"일 때문에 왔다고 했지!"

"이 사람들은 심부름센터 직원이래."

그러나 히나코의 귀에 순경의 말은 들어오지 않는 듯했다.

"우리랑은 전혀 상관없는 사람이야. 이미 연을 끊은 지 오래됐어."

"아버지가 돌아가셨을 때 유산도 받았다던데."

누가 들어도 하지 않아도 될 쓸데없는 이야기다. 나는 눈을 가리고 싶어졌다. 아니나 다를까 히나코가 격분했다.

"당신 같은 동네 건달한테 내가 왜 그런 말을 들어야 해? 혹시 그 사람이 생색 부리려고 너한테도 그런 소리를 했니?"

"그러니까 건달 아니라고 했지!"

"아무리 봐도 평범한 일반인들처럼은 안 보인다고!"

나는 새삼스레 나와 다이고의 차림새를 확인했다. 둘 다 색이 바랜 티셔츠에 청바지 차림이다. 다이고의 티셔츠는 구겨진 목 부분이 늘어났고 내 티셔츠에는 아인슈타인이 혀를 내민 얼굴이 프린트돼 있다.

"경찰 아저씨!"

히나코가 순경을 돌아봤다.

"이 사람들이 우리 엄마한테 무슨 짓을 한 거예요?"

"응?"

순경이 당황한 것처럼 머뭇거렸다.

"돈은 안 훔쳤더라도 끈질기게 옆을 따라다니거나 행패를 부린 건 아니죠?"

"야!"

마침내 다이고가 참지 못하고 의자에서 벌떡 일어섰다.

"뭐!"

"적당히 해. 주정뱅이 너희 엄마 때문에 아무 잘못 없는 우리까지 이런 곳에 끌려온 거야."

"너희가 엄마를 괴롭혔으니까 그렇지!"

"괴롭힌 사람은 이 주정뱅이 아줌마라니까!"

순간 히나코가 다이고를 퍽 밀쳤다. 다이고는 비틀거리다가 다시 자세를 가다듬고 앞으로 뻗은 히나코의 팔을 잡았다. 그래도 불굴의 소녀는 이번에는 다른 쪽 손을 뻗어 다이고를 밀쳐 쓰러뜨리려 했다. 다이고도 거기에 응수해 하필 다른 곳도 아닌 파출소에서 결투가 시작되려 했다.

철제 의자가 쓰러지고 책상 위 서류가 바닥에 떨어졌다.

"어이, 그만해."

순경이 둘 다 나와서 다이고와 히나코를 말려 다시 의자에 앉혔다. 그 뒤에도 한 명은 계속 히나코의 어깨를 누르고 있어야 했다. 빈틈만 생기면 곧장 다시 일어나 다이고에게 돌진할 것 같았기 때문이다. 열아홉 살 소녀는 언제 덤벼들지 모를 가냘픈 맹수 같았다.

순경은 바닥에서 서류를 집어 들고 다시 질문을 시작했다.

다이고가 일절 말을 하지 않아 내가 대신 설명할 수밖에 없었다. '달나라'에 정식으로 고용된 것도 아닌 내가.

그래도 차분하게 설명한 덕에 고이즈미 노조미와 기노시타 히나코의 관계성과 이번 일이 노조미의 의뢰라는 것을 마침내 순경들도 확실히 이해한 듯했다. 그들은 우리가 왜 네리마까지 왔는지도 알아차렸다.

속으로 나는 히나코도 이해해 주기를 간절히 바랐다. 그러나 곁눈질로 훔쳐본 그녀의 얼굴에는 분노와 반감, 불쾌감만이 읽혔다.

"전 그 사람을 만날 생각 없어요. 우리랑은 이제 상관없는 사람이니까요."

히나코는 단호하게 잘라 말했다. 외면하고 있던 다이고가 고개를 돌려 히나코를 봤다. 무슨 말이라도 할 줄 알았는데 다이고는 결국 입을 열지 않았다. 다이고가 하려던 말, 즉 '아버지 유산까지 받은 마당에 그건 좀 아니잖아'라는 말을 나는 도무지 할 수 없었다.

"히나코. 가서 술 좀 사 와."

느닷없이 나쓰에가 옆에서 말했다. 파출소 안에 있는 모두가 수척한 주정뱅이 여자를 돌아봤다.

"딱 한 잔만 마실게. 제발."

히나코가 벌떡 일어서자 다이고가 경계했다. 히나코는 어머니의 손목을 거칠게 붙들었다.

"가자."

그 말만을 하고 어머니를 일으켜 세우려 했다. 그러나 나쓰에는 어린아이처럼 떼를 썼다.

"싫어. 이제는 못 걸어."

"여기까지 걸어왔잖아."

히나코는 가차 없이 어머니를 일으켜 세웠다.

"그럼 나머지 일을 양쪽이 상의해서."

순경이 바인더를 탁 닫고 말했다.

"상의할 거 없어요. 전 이미 제 의사를 확실히 밝혔으니까요."

히나코는 그러고는 낑낑대며 어머니를 파출소에서 끌고 나갔고 순경들은 그런 모녀를 그저 지켜보기만 했다. 우리도 더 이상 이런 데 있고 싶지 않았다.

파출소 바깥은 지옥처럼 더웠다. 거리로 나가자 다이고가 싫어하는 매미의 대합창 소리가 들렸다. 아무래도 근처에 있는 사찰 경내에서 들리는 듯했다. 눈앞에서 히나코가 나쓰에의 팔을 잡아끌며 걷는 모습이 보였다. 어머니는 바닥에 무릎을 꿇을 것처럼 몸을 앞으로 숙인 채 우는소리를 하고 있었다. 그녀는 "아파", "못 걷겠어", "목말라" 등등 하고 싶은 말을 연신 주절거리다가 끝내 길가에 주저앉아 버렸다.

"엄마!"

히나코는 어린아이를 꾸짖듯 신경질적으로 외쳤다. 뒤따라오는 우리를 의식하며 초조해하는 게 훤히 보였다. 나쓰에는 반응이 없다. 기진맥진한 것처럼 땅바닥에 엉덩이를 찰싹 붙이고 있다. 고개를 숙인 마른 몸이 마치 직사광선에 달궈져 증발해버릴 것 같았다.

"엄마! 그만 좀 해!"

나는 가까이 다가가서 나쓰에의 팔을 잡았다. 조금 떨어진 곳에서 다이고가 나무라는 눈빛으로 나를 바라보고 있다. 나쓰에의 몸은 마치 연체동물처럼 축 늘어진 채 끌어올리려 해도 금세 다시 쓰러졌다. 히나코와 내가 양옆에서 팔을 잡아드는데도 힘없이 무너져 내렸다. 나쓰에에게서는 술 냄새뿐 아니라 시큼한 체취도 풍겼다.

나는 도움을 청하듯 다이고를 봤다. 다이고는 짐짓 요란하게 한숨을 내쉬었다.

"됐으니까 가. 나 혼자서도 할 수 있어."

조금 전보다 제법 기세가 죽은 목소리로 히나코가 말했다.

다이고가 성큼성큼 다가왔다. 그 모습을 보며 히나코뿐 아니라 나까지 몸이 굳었다. 다이고는 갑자기 길가에 쪼그려 앉더니 우리를 향해 등을 돌렸다. 다이고의 뜻을 알아차린 나는 나쓰에의 몸을 뒤에서 들어 올려 그의 등에 얹었다. 뼈가 앙상한 몸은 예상대로 가벼웠다. 나는 흘러내리지 않게 뒤에서 나쓰에를 떠받쳤다.

히나코는 복잡한 표정으로 그런 우리를 지켜봤다. 다이고가 걷기 시작하자 어쩔 수 없이 따라왔다.

"왜 이렇게까지 해?"

히나코는 허세를 긁어모아 딱 한마디만 던졌다.

"일이니까."

다이고가 즉각 대답했다.

"'달나라'는 원래 의뢰받은 일은 끝까지 해."

조금 전 상점가를 지나자 행인들이 우리 네 사람의 기이한 모습을 흥미진진한 듯 힐끔거렸다. 요즘 같은 시절에 등에 업혀 가는 어른은 드물 것이다.

주류 판매점 앞을 지날 때 안에서 앞치마를 두른 점주 같은 사람이 나왔다.

"어이, 거기, 잠깐만."

그는 히나코를 불렀다.

"술값을 좀 받아야 할 것 같아. 지금까지 딸이 나중에 낼 거라 하면서 가져간 게 꽤 많아."

히나코는 죄송하다며 연신 고개를 숙였다. 액수를 듣고 작은 숄더백 속 지갑에서 지폐를 꺼내 주인에게 건넨다. 그렇게 대단한 액수는 아니었다. 점주는 가게 안으로 들어가 거스름돈을 가져와 히나코에게 줬다.

"아버지가 사람이 좋아서 지금껏 외상을 받아 줬지만 앞으로는 안 돼."

점주는 그렇게 못을 박고 가게로 다시 들어갔다. 히나코는 그 뒷모습을 향해서도 고개를 숙였지만 주인은 돌아보지 않았다. 다이고의 등에 업힌 나쓰에는 다시 꾸벅꾸벅 졸기 시작했다.

결국 이 사소한 사건 하나가 히나코에게 남은 마지막 자존심을 앗아가 버렸다. 히나코는 힘없이 고개를 떨궜다.

다이고는 등에서 점점 흘러내리는 나쓰에를 다시 들쳐 업고 말없이 발걸음을 뗐다. 히나코도 입을 다물고 걸었다. 두 사람의 집에 도착할 때까지 아무도 말을 하지 않았다.

　이 모녀가 어떤 문제를 안고 있는지 대략은 알 수 있었다. 그리고 우리가 그것을 알게 됐다는 게 히나코에게도 전해졌을 것이다. 우리는 저마다 다른 상념을 품고 집까지 가는 길을 걸었다.

11

바닥에 깔린 이불에 나쓰에를 눕혔다.

두 사람이 사는 빌라에는 고작 1.5평 남짓 되는 마루 부엌과 2평 조금 넘는 방, 3평짜리 방이 있었다. 3평짜리 방 밖에는 구색만 간신히 갖춘 작은 베란다가 딸려 있지만 집 바로 뒤편에 다다미를 제작하는 공장 겸 주택이 있어서 햇볕이 잘 들지 않는다. 공장에서는 다다미 가장자리를 꿰매는 기계 소리가 달그락달그락하고 끊임없이 울렸다.

초라한 집이기는 해도 의외로 잘 정돈된 느낌이었다. 이렇다 할 가재도구가 없어서 그래 보이는 걸까. 어머니가 잠든 방의 장지문을 탁 닫고 히나코는 "일단 나가자"라고 했다. 언뜻 눈에 들어온 베란다에는 빈 술병이 쓰레기봉투에 잔뜩 담겨 있었다.

히나코를 따라 간파치길 옆에 있는 찻집에 들어갔다. 길 건너편에 육상 자위대 네리마 주둔지의 광활한 부지가 보였다. 직원이 물을 가져오자마자 다이고는 단숨에 물을 들이켰다. 우리는 셋 다 콜라를 주문했다.

그 후 콜라 한 잔으로 시간을 때우며 우리는 히나코의 이야기를 들었다.

"너희도 봤다시피 엄마는 상태가 별로 안 좋아. 아빠가 바람을 피워 이혼한 충격에서 아직 벗어나지 못했어."

부모님이 이혼할 때 히나코는 다섯 살이었다. 이혼한 지 얼마 안 됐을 때는 나쓰에도 자신이 맡은 딸을 어떻게든 잘 키워보려 안간힘을 썼지만 점차 여의치 않게 됐다. 그전까지 전업주부였던 탓에 일에도 익숙하지 않았다. 이혼할 때 약간의 목돈을 위자료로 받았지만 결국 그 돈을 조금씩 써 갈 수밖에 없었다.

나쓰에는 여러 파트타임과 임시직을 전전했다. 경력이 쌓일 만한 전문직 같은 것은 꿈도 못 꿨다. 행복한 결혼 생활에서 갑자기 튕겨져 나와 일상에 쫓기게 되었다. 그리고 그런 삶에 나쓰에의 정신은 버티지 못했고, 그 근저에는 믿었던 남편의 배신이 깔려 있었다.

"엄마는 매일매일 어린애처럼 울면서 한탄했어. 그전까지 아빠한테 모든 걸 의지하며 살았으니까."

히나코는 감정을 토해 내듯 말했다.

걸핏하면 일을 쉬어서 생계에 쪼들렸고 그러다 나쓰에는 점차 알코올에 의존하게 됐다.

"알코올이랑 약."

"약?"

"응. 신경 안정제나 수면 유도제 같은 거. 정신과에서 받는 그런 약 없이는 살아갈 수 없게 됐어. 대낮부터 술을 마시고 자기 전에는 약. 힘든 일상을 잊으려면 그럴 수밖에 없었던 거야. 아직 어린 나는 그런 엄마를 옆에서 가만히 지켜보기만 했고."

초등학생이 된 히나코는 집안일이 여의치 않은 어머니 대신 청소, 빨래, 식사 준비 같은 일을 맡았다. 지자체에서 한부모 가정에 지급되는 수당, 아버지에게 들어오는 양육비, 컨디션이 좋을 때 나쓰에가 일해서 버는 돈이 모녀의 생활을 지탱했지만 궁핍에서는 벗어날 수 없었다.

나쓰에가 파트타임으로 일하던 슈퍼마켓의 동료 남자가 그런 모녀의 집에 비집고 들어오기도 했다고 히나코는 말했다.

"그때는 정말 최악이었어."

정신적으로 쇠약해진 나쓰에를 교묘히 꾀어 내연 남편으로 함께 살기 시작했다고 했다. 처음에는 그의 수입만으로 생계를 꾸리며 나쓰에가 일을 쉴 수 있었다. 히나코는 그가 마음에 들지 않았지만 그것 때문에 참았다며 어른스럽게 말했다. 히나코가 초등학교를 졸업해 중학생이 되었을 무렵의 일이다.

그 남자는 도박을 좋아했다. 슈퍼에서 일하며 쉬는 날에는 파친코 가게에 틀어박혔다. 파친코에 나쓰에를 데려갈 때도 많았다. 나쓰에는 그가 시키는 대로 따랐다. 그러다 남자는 어느덧 생활비를 보태지 않는 수준을 넘어 모녀에게 지급되는 수당까지 도박에 쏟아 부었다. 결국 생활은 파탄 났다.

히나코가 다니는 학교에 지불할 급식비와 각종 비용도 내지 못하게 됐다.

"그런 남자와는 헤어지라고 몇 번이나 엄마한테 말했는지 몰라."

그래도 나쓰에는 좀처럼 결심하지 못했다.

"왜 그런 줄 알아? 엄마가 의지할 곳이 하나 더 늘었으니까. 그렇게 엄마는 정신의 균형을 맞추고 있었어."

한마디로 남자는 그녀에게 알코올이나 약과 마찬가지였다. 나쓰에는 무언가에 의지해야만 살아갈 수 있는 사람이 돼 있었다. 남편에게 배신당하고 쫓겨난 나쓰에는 새로운 남자에게 매달렸고, 상대도 그런 그녀를 꿰뚫어 보며 자유자재로 조종했다. 남자가 며칠 집에 오지 않으면 나쓰에는 당황해서 어쩔 줄을 몰랐다.

또 어디선가 도박에 빠져 있었거나 다른 여자와 시간을 보내고 온 듯한 남자는 며칠 후 의기양양하게 집으로 돌아와 손쉬운 여자를 자상히 대했고, 그럼 나쓰에는 진심으로 안도하는 표정을 지었다. 히나코는 옆에서 그런 한심한 어머니를 지켜보며 입술을 깨물었다.

"결국 남자한테 한 번이라도 더 자상한 말을 들으며 안기고 싶었던 거야. 한 차례 쓰라린 경험을 했던 만큼 엄마는 더 필사적이었어. 그런 태도가 남자를 부추겼고."

히나코는 지극히 이성적인 시선으로 눈앞의 남녀를 관찰하고 있었다.

얼마 후 남자는 마음에 들지 않는 일이 생기면 나쓰에와 히나코에게 폭력을 행사하기 시작했다. 자기 기분에 따라 아무렇지 않게 손찌검을 했다. 일터에서 실수를 해 주의를 들었다거나, 도박에서 돈을 잃었다거나, 밥이 맛이 없다는 이유로 때렸다. 그러다 끝내 히나코의 성적에까지 트집을 잡아 히나코를 때렸다. 애초에 반항적인 딸이 마음에 들지 않았을 것이다.

히나코는 남자를 집에서 쫓아내기 위해 홀로 고군분투했다. 지역 민생 위원을 찾아가 호소하고 경찰과 지자체 창구에도 상담했다. 제 발로 아동 상담소를 찾기도 했다. 독충 혹은 기생충(히나코는 그렇게 비유했다) 같은 남자를 쫓아내기 위해 갖은 수단과 방법을 동원했다.

남자는 처음에는 화를 내고 길길이 날뛰며 히나코를 굴복시키려 했지만 결국 항복했다. 집 안에서 손만 들어도 냉큼 경찰서에 달려가 상해죄로 고소하는 히나코에게 남자는 잘 먹고 잘 살라는 말을 남기고 사라졌다. 나중에 경찰에게 들은 이야기에 따르면 그 남자에게는 이미 처자식이 있었고 결국 상해죄로 체포된 후 예전 가족들에게도 버림받아 이혼까지 당했다고 했지만, 히나코가 알 바 아니었다. 어쨌든 중학생 소녀는 자기 손으로 당당히 원하는 것을 이뤘다.

남자가 집을 나간 뒤 나쓰에는 또다시 알코올과 약에 빠졌다. 어떻게든 어머니를 일으켜 세우려던 히나코의 노력도 수포로 돌아갔다. 남자에게 한 번 의지했다가 다시 잃는 경험이 여자를 더 약하게 만들었다.

"그래도 요즘은 그나마 나아진 편이야."

히나코는 얼음이 녹아 묽어진 콜라를 빨아 마셨다.

중학교를 졸업한 뒤에는 문제 있는 어머니를 돌보며 아르바이트로 생활비를 벌고 있다. 어머니를 차마 버리지 못하는 것이다. 그런 아수라장을 뚫고 온 히나코는 우리보다 훨씬 어른스러워 보였다.

요새는 '영 케어러'라는 말이 있다고 하지만 당시만 해도 그런 인식은 없었다. 영 케어러란 가족을 돌보며 생계를 짊어진 청소년을 뜻한다. 구체적으로는 집안일과 가족 뒷바라지, 병간호, 감정적 서포트까지 원래라면 어른들이 맡아야 할 일을 어쩔 수 없이 아이가 하게 되는 경우다.

히나코 같은 존재는 눈에 보이지만 않을 뿐 현대 사회에 이미 많을 것이다. 그러나 당시에는 심지어 복지 현장에서도 좀처럼 주목받지 못했다. 물론 우리도 충격을 받았다. 히나코 앞에서 할 말을 잃고 우두커니 있자 다이고가 몸을 움츠리고 가볍게 헛기침을 했다.

"그래서, 언니 의뢰는 어떡할래? 만날 거야?"

그렇다. 까맣게 잊고 있었다. 하지만 지금 이 말을 꺼낼 때는 아닌 것 같았다. 아니나 다를까 히나코는 곧장 표정이 굳었다.

"만날 리 없잖아."

히나코의 주장은 이랬다. 애초에 아버지는 바람을 피운 여자와 함께 살려고 나쓰에와 히나코를 내쫓았다. 그 때문에 나쓰에의 마음이 무너졌고 두 사람은 역경에 몰렸다. 이제 와서는 꼴도 보기 싫다고 했다.

"그런데 그 아버지는 이미 돌아가셨고 언니와는 상관없는 일 아니야?"

나는 모기 소리처럼 작게 말했다.

"언니도 덕분에 지금껏 잘 살았잖아. 경제적으로나 정신적으로나 아무 어려움 없이."

히나코는 날카롭게 따졌다. 나는 노조미도 계모와 사이가 좋지 않을뿐더러 아버지까지 돌아가시는 바람에 힘들어하고 있다고 했지만 히나코의 마음을 움직일 수는 없었다.

다이고가 또다시 유산 이야기를 꺼내도 대답은 한결같았다. 아버지에게 받은 양육비는 그녀가 스무 살이 될 때까지 받기로 했지만 도중에 끊겼다. 유산으로 한꺼번에 백만 엔을 받았다 해도 스무 살까지 받을 수 있었던 액수에 비하면 부족하다고 냉정하게 계산까지 했다.

그 백만 엔조차 나쓰에 명의의 빚을 갚는 데 쓰인 듯했다. 평소 생활비 부족에다 기생충남과 함께 살 때 진 빚까지 있다고 했다.

"언니도 언니 자신의 문제를 마주하면 돼. 내가 내 문제를 마주하고 있는 것처럼."

히나코는 한 치도 물러서지 않았다.

"그렇구나. 알겠어. 그럼 그쪽에도 그렇게 전달할게."

다이고가 영수증을 들고 일어섰다. 그는 처음부터 히나코에게 동정적이지 않았다. 하마터면 둘이 맞붙을 뻔하기도 했다. 나에게는 충격적인 이야기가 다이고에게는 꼭 그렇지도 않은 걸까. 가족을 잃고 재활용품 가게 겸 심부름센터 2층에서 사는 소년에게는.

자기 몫의 콜라 값을 내민 히나코에게 나는 아버지가 살아생전 두 딸을 그린 유화가 있는 걸 아느냐고 물었다. 히나코는 쌀쌀맞게 "몰라"라고 했다. 마음은 이미 집에서 자고 있을 어머니에게 향해 있는 듯했다.

그토록 문제 있는 어머니를 왜 버리지 못하고 함께하는 걸까. 떠나는 히나코의 뒷모습을 보며 나는 생각했다. 매사 철두철미하지만 어머니만큼은 맹목적으로 사랑하는 걸까. 하지만 알코올에 빠져 사는 나쓰에 쪽은 어떨까. 그녀도 그만큼 딸을 사랑할까.

어머니는 무조건적으로 자식을 사랑하는 존재일까. 나는 알 수 없었다.

노조미에게 히나코가 직면한 문제를 전하며 그녀가 지금 언니를 만나고 싶어 하지 않는다는 말도 전했다. 노조미는 묵묵히 이야기를 들었다. 그도 그럴 만하다. 지금껏 동생은 어머니와 행복하게 살고 있을 거라 믿었다. 아버지가 세상을 뜨고 견원지간인 계모와 앞으로 살아가야 할 자신이 훨씬 불행하다고 한결같이 생각했을 것이다.

내 이야기가 끝나자 노조미는 손수건에 얼굴을 묻고 울음을 터뜨렸다.

"정말로 날 만나고 싶지 않대?"

나는 고개를 끄덕일 수밖에 없었다.

"아빠 영정 앞에도 오지 않을 거래?"

그것은 묻지 못했지만 어차피 대답은 뻔하다. 히나코는 자신과 어머니가 불행해진 원인이 이기적인 아버지 때문이라 생각하고 있다. 그 생각에도 고개를 끄덕일 수밖에 없었다.

"그림에 대해서도 알려 줬어? 그것도 안 보고 싶대?"

히나코는 아버지가 그런 그림을 그린 사실조차 모르고 있다.

그때는 겨우 네 살이었으니 당연하다면 당연하다. 노조미에게는 소중한 것이어도 여동생에게는 무가치한 물건. 나는 그런 세부 사항은 알리지 않고 말없이 고개만 끄덕였다. 노조미는 또다시 울음을 터뜨렸다.

'달나라' 사무실 안.

등 뒤에 있는 다카에는 대화에 끼지 않고 말없이 이야기를 듣고만 있다. 노조미의 마음이 어느 정도 가라앉자 다카에는 주름이 새겨진 손가락으로 청구서를 내밀었다. 우리는 노조미의 의뢰를 완수하기는 했다. 노조미는 무릎 위에 얹은 가죽 핸드백에서 지갑을 꺼내 요금을 냈다. 지갑은 루이뷔통 지갑이었다. 나는 히나코가 술집에서 외상값을 내려고 연 싸구려 숄더백을 떠올렸다.

히나코는 현재 일하며 생활비를 벌고 있지만 노조미는 지역에 있는 여대에 다니는 학생이다. 그림을 팔러 온 나오코도 차림새가 번듯했다. 자세한 이야기는 못 들었지만 나오코의 친정에서 도움을 받아 먹고사는 데는 지장이 없을지 모른다.

다카에가 청구한 금액은 우리가 도둑 취급을 받고 파출소에 끌려간 것까지 계산하면 다소 저렴하게 느껴졌다. 노조미는 사무실 문을 열고 나가려다가 문득 고개를 돌렸다.

"혹시 마음이 바뀌어서 날 만나러 올 가능성은 없을까? 연락처 정도는 알려 줬어야 할 것 같은데."

그럴 리는 없을 거라 생각했다. 다이고는 '글쎄'라는 듯이 오른쪽 어깨를 으쓱했다. 나는 히나코에게 '달나라' 주소와 연락처는 알려 놓았으니 혹시 마음이 있으면 이곳으로 연락이 올 거라 했다. 노조미는 그제야 안심한 것처럼 사무실을 나갔다.

곰곰이 생각하면 제안을 거절한 사람은 히나코다. 나쓰에는 또 다른 반응을 보일지 모른다. 하지만 그런 상태로는 제대로 된 판단을 못 할 수도 있다. 그리고 그걸 떠나 나는 히나코의 집이 있는 네리마에 다시 가고 싶지 않았다. 도쿄로 가는 세이부 치치부선 전철 안에서 다이고는 이왕 도쿄까지 나온 김에 시부야나 하라주쿠에 들렀다 가자고 했지만, 일을 끝마친 뒤에는 그런 말을 일절 꺼내지 않았다. 우리는 녹초가 되어 일찌감치 하루노부시로 돌아왔다.

이 건에 관해서 만큼은 임무 완료다. 이제 두 번 다시 노조미와 히나코를 만날 일은 없을 거라고 생각했다. 그러나 훗날 나는 이 자매와 더욱 깊숙이 엮이게 되었다.

도쿄에서의 그 일 이후 나는 마음을 또다시 닫아 버렸다. 긴 여름방학이 끝나 갔지만 좋은 일도 있었다.

구라모토 세쓰코 씨가 다이고와 나를 구라모토 저택에 초대해 주었다. 구라모토 부부의 장남 히로키 씨가 일본에 귀국해 도쿄에 있는 연구소에 부임했다. 내가 풀어낸 곤줄박이와 에메랄드의 수수께끼 이야기를 들려주자 그도 마침내 모든 것을 털어놓았다고 했다. 열두 살 가을에 일어난 추락 사고의 진실을.

히로키 씨는 그날 집에 배달된 보석을 창밖으로 힘껏 던졌다고 했다. 그러나 그것이 때죽나무 가지에 걸렸을 줄은 상상도 못했다. 자신이 세쓰코 씨와 피로 이어진 관계가 아니라는 건 친척들과 집안 고용인들의 말과 태도로 이미 알고 있었다. 그래도 그에게는 깊은 애정을 쏟으며 자신을 키워 준 세쓰코 씨만이 유일한 어머니였다. 그래서 어머니를 위해 아버지가 정부에게 주려고 산 보석을 버리려다가 지붕에서 굴러 떨어지고 만 것이다.

히로키 씨는 누군가가 방에 다가오는 기척에 놀라 지붕에 나갔다가 발을 헛디뎠다. 그러나 자신이 그런 행동을 한 이유를 누구에게도 말하지 않았다. 아버지가 애인에게 선물할 보석을 던져 버렸다는 사실을 어머니에게 알리지 못했다. 병원에 실려가 수술을 받고 긴 입원 생활을 강요당하며 하반신 불수가 되어도 히로키 씨는 단단히 입을 걸어 잠갔다.

그가 모르는 곳에서 곤줄박이가 에메랄드를 물고 가 서어나무 줄기 구멍 속에 숨겼다. 그리고 30년이 흐른 지금 라쿤이 그것을 발견했다. 라쿤은 병실에 누워 있는 고노스케 씨 앞에 여러 차례 모습을 드러냈다. 고노스케 씨가 주장하는 '둔갑한 너구리가 찾아온다'라는 말에 이끌려 세쓰코 씨는 너구리가 보내는 메시지를 알아내려 했다.

밤의 소리를

어린아이가 고집스럽게 숨겨 온 비밀이 숲속 동물들에 의해 밝혀진 셈이다. 그 기적 같은 연결 고리를 들으며 히로키 씨는 즐거워했다. 에메랄드는 아버지가 애인이 아닌 아내에게 주려고 산 것이었다는 이야기를 들을 때는 손뼉을 치며 박장대소했다고 한다. 그 정도로 그는 더 이상 과거에 구애받지 않고 살았다는 뜻이다.

성인이 된 히로키 씨는 아버지와 화해했다. 고노스케 씨는 지금껏 죽었다고 믿어 온 아들이 어른의 모습으로 나타나자 처음에는 놀라서 입을 떡 벌렸다고 한다. 그러나 며칠 동안 저택에서 아들과 함께 지내며 그 신비한 현상을 결국 받아들였다. 둔갑한 너구리가 어떤 힘을 발휘한 덕분이라 믿는 것 같다고 세쓰코 씨는 덧붙였다.

과학자이기도 한 히로키 씨는 30년여 년 전에 일어난 사건을 멋지게 해명한 '달나라'라는 심부름센터 소년을 만나고 싶어 했다.

'달나라' 언덕길 아래에 오하시가 운전하는 크라운 차량이 도착했다. 라쿤 굴을 발견한 요사쿠도 같이 데려가자고 해서 다이고와 나는 요사쿠와 함께 차에 올라탔다. 다카에도 초대를 받았지만 그녀는 "난 됐어"라는 한마디로 사양했다. 우리는 고집쟁이 노파를 남겨 두고 구라모토 저택으로 향했다. 집사인 오하시는 뒷좌석 발밑에 누운 대형견 때문에 차가 더럽혀지지 않을까 걱정하는 듯했다.

"벼룩 같은 건 없겠죠?"

조심스레 묻는 오하시에게 다이고는 "당연히 있죠" 하고 가슴을 펴고 말했다. 백미러에 비친 오하시의 얼굴은 꼭 세상의 종말이라도 맞이한 것 같았다.

휠체어에 앉은 히로키 씨가 현관에 마중 나와 있었다. 휠체어 뒤에 있는 사람은 그의 아내 비앙카 씨였고 옆에는 세쓰코 씨도 서 있었다. 히로키 씨는 휠체어에 앉아 있어도 덩치가 큰 사람이라는 게 느껴졌다. 몸집이 작은 세쓰코 씨와 영 딴판이었다. 그런데도 두 사람이 나란히 서 있는 모습은 누가 봐도 영락없는 모자였다.

"오, 너희구나."

히로키 씨는 활짝 웃는 얼굴로 손을 내밀었다. 다이고와 나는 차례로 그와 악수하고 이어서 비앙카 씨와도 악수했다. 비앙카 씨는 일본어가 유창했다. 이날은 지난번 때보다 더 크고 훌륭한 응접실로 안내받았다. 리드 줄에 묶인 요사쿠도 신이 난 듯 허리를 흔들며 따라왔다. 비앙카 씨는 동물을 좋아하는지 요사쿠를 쓰다듬고 자기 손을 핥게 했다. 오하시가 괴로운 듯 어쩔 줄 몰라 했지만 본분을 아는 집사는 결국 아무 말도 하지 않았다.

"내가 오랫동안 숨겨 온 비밀을 만천하에 드러낸 게 바로 너희들이구나."

히로키 씨는 자못 유쾌하게 말했다.

지난번에도 만난 가정부 아주머니가 차와 디저트를 가져다 주었다. 비앙카 씨가 자기 과자를 둘로 쪼개 요사쿠에게 주었다. 요사쿠는 비싸 보이는 카펫을 더럽히며 기쁜 듯이 과자를 순식간에 해치웠다.

"아뇨. 그 일을 해낸 건 저희가 아닌 곤줄박이예요. 그 새 특유의 저식 행동이 히로키 씨의 비밀을 완벽하게 숨겨 주었죠."

나는 초면인 사람 앞에서도 이 정도 말을 할 수 있게 됐다. 하루 고등학교와 '달나라' 덕분이다. 내가 오랫동안 은둔형 외톨이로 산 과거를 알 리 없는 히로키 씨가 힘 있게 고개를 끄덕였다.

"그리고 또다시 숲속 동물들에 의해 밝혀진 건가."

"거기에 이 아이도 한몫했고."

옆에서 비앙카 씨가 말을 보탰다. 요사쿠는 자신이 칭찬받았다는 것을 아는지 "멍" 하고 작게 짖었다.

"타이밍 좋게 직장도 도쿄로 옮겨 왔고 아버지와의 관계도 회복됐어. 너희와 동물들에게 감사해야겠지."

히로키 씨는 입담이 좋은 사람이었다. 그는 음향학을 전문으로 연구하는 물리학자라고 했다. 이번에 일본 대학에 음향학 연구소가 병설되어 그곳의 주임 연구원으로 초빙되었다. 아들은 미국 대학에 다니고 있어서 아내와 둘이서만 일본에 돌아왔다.

"음향학이라는 게 구체적으로 뭔가요?"

나는 이야기를 듣자마자 관심이 생겼다.

"물리학과 어떻게 연결되죠?"

둥근 테 안경을 쓴 히로키 씨는 탁자 너머에서 나를 바라보며 미소 지었다. 이런 대화를 나누는 걸 진심으로 좋아하는 눈치였다.

"물리학은 자연 과학의 한 분야지. 자연계에 나타나는 현상을 규명하는 학문이야."

세쓰코 씨도 옆에서 기쁜 얼굴로 아들의 이야기를 듣고 있다.

"물리학을 무엇이든 수식으로 나타내는 어려운 학문이라 생각하기 쉽지만 그렇지 않아. 자연계에서 일어나는 일을 정확하고 간결하게 표현하기 위해서는 그 방법이 가장 적합하니 그럴 뿐이지. 복잡한 모델을 나타내기 위한 언어가 수학이라 생각하면 된단다."

나는 집중해서 그의 이야기를 들었다.

"언어요? 물리학은 모호한 것들을 배제하기 때문에 언어처럼 어정쩡한 수단에 기대지 않고 수식으로 표현하는 거 아닌가요?"

"그렇지. 분명 물리학과 수학은 친화성이 높아. 자연계의 보편적인 법칙을 밝혀내고 그것을 기록으로 남길 때는 더더욱. 하지만."

히로키 씨는 상반신을 앞으로 쭉 뻗었다.

"물리학에서 수학은 도구에 불과해. 독립된 학문으로서의 물리학과 수학은 전혀 달라."

다이고가 옆에서 한숨을 푹 쉬었지만 나는 히로키 씨의 이야기에 점점 빠져들었다.

"물리학에서 가장 중요한 건 상상력과 감성이란다. 물리 법칙을 수식으로 표현하기 이전에 모든 사안을 꼼꼼히 관찰하며 무엇이 중요하고 무엇이 물질을 움직이는지 판별하는 거지. 거기에는 상상력이 필요하고, 일종의 직감 같은 것을 주는 게 바로 감성이란다. 너희가 에메랄드가 사라진 수수께끼를 해결할 때 곤줄박이의 습성에 주목한 것처럼."

히로키 씨는 활짝 웃었다.

"모호한 것들을 눈여겨보는 것. 그게 바로 물리학의 출발점이야."

나에게는 충격적인 이야기였다. 명확한 답이 도출된다는 이유 때문에 나는 이과 계열 과목들을 좋아했다. 모호한 것을 배제하는 학문이라 믿었다.

히로키 씨는 뒤이어 물리학의 연구 분야를 설명했다. 그것은 내가 지금껏 막연히 생각했던 것보다 훨씬 폭넓고 다양했다. 잘 알려진 물체의 운동뿐 아니라 빛과 색채, 음향, 전기, 자기, 열,

파동, 천체 등 물리 현상은 다방면에 걸쳐 있고 그것을 연구 대상으로 삼는 학문이라고 히로키 씨는 말했다. 음향을 물리학적으로 연구하는 것의 의미를 잘 알 수 있었다.

히로키 씨는 음향학에 대해서도 설명해 주었다. 음향학에는 소리의 발생, 전파라는 물리적 측면뿐 아니라 소리를 측정하는 기준과 환경을 연구하는 공학적 접근법도 있다. 청각 기관으로 눈길을 향하면 인체 구조학적, 생리학적, 또는 의학적으로도 연구된다. 자연계뿐만 아니라 인문계, 예술계 분야까지 포함된다. 소음이라는 관점에서 보면 사회학의 한 분야다.

"알겠지? 음향학처럼 대상이 광범위한 학문 분야에서는 기술의 측면만 봐서는 안 돼. 바로 그게 재미있는 지점이란다."

히로키 씨의 연구소에는 다양한 분야의 전문가들이 모여 있다고 했다. 히로키 씨는 점점 설명에 기세가 붙어 갑자기 가정부가 두고 간 냅킨을 펼치고 볼펜을 들었다. 그리고 거기에 뉴턴이 매질의 성질에 따라 음속이 달라지는 것을 증명한 수식을 적었다.

소리는 진동하는 매질이 없으면 파형으로 전달될 수 없다. 그래서 진공 상태에서는 소리가 전달되지 않는다. 히로키 씨는 소리가 전달되는 방식을 나타내는 편미분 방정식을 써서 알기 쉽게 설명해 주었다.

나는 물리학자의 이야기에 푹 빠져 있었다. 그렇다. 이런 이야기를 듣고 싶었다. 아주 작은 관심이 지식의 입구가 되고, 그 앞에 또 다른 새로운 발견이 있다는 것을 몸소 느꼈다. 무언가를 배운다는 것의 본질을 깨달았다.

나는 사람을 대하는 게 두려운 나머지 차가운 수식을 사랑했다. 그 안에는 감정이나 속셈 따위가 끼어들 틈이 없을 거라 단정했다. 오직 수식만이 내 편이라 믿었다. 인간미 없는 서늘한 세계에서 살아가는 게 나 자신을 지키는 일이라 생각했다. 그 학교 건물 3층에서 뛰어내린 이후의 나는.

하지만, 아니었다.

히로키 씨는 내 실수를 부드럽게 바로잡아 주었다. 나는 눈을 들어 창문 너머 정원과 그 뒤에 있는 숲을 봤다. 자연 현상이 가득한 세계가 지금까지와 또 다르게 보였다. 나는 여태껏 눈을 감고 살아왔음을 느꼈다.

어느새인가 다이고와 비앙카 씨가 요사쿠를 데리고 정원에 나가 있었다. 두 사람과 요사쿠는 마당을 가로질러 숲속으로 들어가려던 참이었다. 요사쿠는 리드 줄에서 해방돼 신이 나서 앞장서 걷고 있다. 그들의 모습이 초록 태피스트리 속에 엮이듯 사라지는 모습을 나는 신선한 눈빛으로 지켜봤다.

응접실에는 히로키 씨와 나밖에 없었다. 세쓰코 씨와 오하시가 대화에 푹 빠진 우리를 배려해 나간 것도 전혀 눈치채지 못했다. 갑자기 갈증을 느낀 나는 미지근해진 홍차를 입에 가져갔다.

히로키 씨는 그런 나를 미소 띤 얼굴로 바라봤다. 과학을 대하는 내 견해가 많이 바뀌었다는 게 그에게도 전해진 듯했다.

"널 보면 어린 시절의 내가 떠오르는 것 같아."

히로키 씨가 조용히 말했다.

"내가 소리에 처음 관심을 가진 건 이런 몸이 됐을 때."

움직이지 않는 자신의 하체를 내려다보는 히로키 씨에게서 슬픔 같은 건 느껴지지 않았다.

"그러니까, 이 집에 가만히 누워 있을 때였어."

움직이지 않는 몸에 갇힌 그의 정신은 자유로웠다. 정원을 오가는 새 소리를 듣고 바람 소리에 귀를 기울였다. 나무가 흔들리는 소리, 심야에 작은 동물들이 돌아다니는 소리, 멀리서 다가오는 기차와 자동차가 달리는 소리, 비행기나 헬리콥터가 날아가는 엔진 소리, 집안사람들의 발소리, 말소리.

"모든 것이 내 상상력의 근원이자 자연 과학에 발을 들여 놓는 계기가 됐지."

"소리가요?"

"그래. 소리가."

초등학생 아이가 발견한 과학의 입구.

자기 자신을 끊임없이 부정하던 나와 달리 이 사람은 스스로 자신의 가능성을 넓혔다. 불편한 몸을 고통으로 받아들이거나 아버지와의 관계가 나빠진 것도 신경 쓰지 않고 바깥세상으로 나갔다. 배움을 멈추지 않았다. 그를 움직이게 한 것에 나는 경외심을 느꼈다. 자연 과학을 향한 끝없는 탐구심에.

나는 히로키 씨에게 구릉지에서 만난 고니시 씨 이야기를 했다. 새소리를 녹음하고 다니는 전파사 주인의 이야기를. 그리고 그가 녹음한 소리 덕분에 살인 사건이 해결된 과정도 설명했다. 히로키 씨는 몹시 흥분해 고개를 연신 끄덕이며 내 이야기를 들어주었다. 그는 말하는 것만큼이나 다른 사람의 이야기를 듣는 데도 능숙했다. 경찰 감식반이 성문 분석을 통해 고니시 씨가 녹음한 쏙독새 소리에 덮인 사람 목소리를 밝혀냈다고 하자 이번에는 성문에 관한 이야기를 한바탕 들려주었다.

"뭐야. 넌 이미 과학을 하고 있었잖아."

히로키 씨는 웃으며 말했다.

"넌 과학자가 될 수 있을 거야. 관찰력, 상상력, 통찰력, 그 모든 걸 갖추고 있으니까."

은둔형 외톨이에서 겨우 벗어나 야간 고등학교에 다니기 시작한 나에게 던진 물리학자의 한마디. 이런 만남이 있을 줄은 꿈에도 몰랐다. 우리의 인생은 기적으로 가득 차 있다.

히로키 씨는 휠체어를 몰고 창문 앞으로 다가갔다. 모습은 보이지 않지만 숲 안쪽에서 요사쿠가 짖는 소리와 다이고와 비앙카 씨의 웃음소리가 들렸다.

뒷모습만 보이는 히로키 씨는 숲에서 들려 오는 소리에 귀 기울이는 듯했다. 이곳에서 민감한 어린 시절을 보낸 것이 그를 물리학의 세계로 이끌었다. 열두 살 때도, 그리고 지금도 변함 없이 미지의 무언가를 밝히려 하는 순수한 마음을 지니고 있다.

히로키 씨는 휠체어를 빙글 돌려 나를 마주 봤다.

"앞으로 언제든 놀러 오렴. 너와 이야기하고 있으면 왠지 유쾌해지는구나. 유쾌해지고 힘이 나는 기분이야."

히로키 씨가 근무하는 음향학 연구소는 도쿄 구니타치시에 있어 그 근처에 집을 구할 때까지 이 집에 당분간 머물 거라고 했다.

"이곳에서 지내며 아버지의 머릿속에 내 존재를 제대로 심어 드려야지. 내가 둔갑한 너구리도 유령도 아니라는 걸 알아주실 때까지."

그렇게 말하고 히로키 씨는 또다시 빙그레 미소 지었다.

12

2학기가 시작되었다. 학교에 다니면서 나는 나의 미래에 대해 생각했다. 야간 고등학교에서 배우는 것은 내게 좋은 경험이 되었다. 그러나 진정 배우고 싶은 걸 배울 수 있는 것은 아니다. 내가 정말로 배우고 싶은 것은 뭘까. 그것을 찾으려면 어떻게 해야 할까. 날마다 그런 고민을 했다.

가시마 유리코가 2학기가 되어도 학교에 오지 않는 것 같다고 다이고가 알려 주었다. 누구와도 스스럼없이 지내는 다이고는 정보 수집 능력도 뛰어났다. 급식 시간에 그런 대화를 주고받고 있을 때 이치노세가 다가왔다. 우리는 무심코 경계했다.

"유리코가 너희를 만나고 싶대."

이치노세는 의자를 꺼내 앉으며 말했다. 이렇게 가까이 오니 이치노세에게서 왠지 모를 위압감이 느껴졌다. 이런 녀석과 맞선 다이고는 존경해야 할까, 아니면 그저 바보일까.

"뭐? 왜?"

다이고가 언짢은 것처럼 물었다.

"손목을 그었어."

순식간에 체온이 쑥 내려갔다.

"걔가 원래 리스트 커터잖아. 가끔 스스로도 참지 못하고 손목을 긋는데, 아무래도 이번에는 상처가 좀 깊은 모양이야."

다이고가 나를 힐끗 봤다. 내 얼굴에서는 분명 핏기가 가셨을 것이다.

"입원했어?"

"아니, 집에 있어."

유리코는 여전히 정신적인 문제를 떠안고 괴로워하고 있다. 나는 입술을 깨물었다. 내 일에만 집중하느라 어느새 유리코를 잊고 있었다. 어른인 이치노세에게 맡기면 괜찮을 거라며 대수롭지 않게 생각했던 건 사실 비겁한 <u>도피</u> 아니었을까. 유리코를 진정 이해할 수 있는 사람은 역시 나밖에 없지 않을까. 나는 초조함과 후회에 시달렸다.

이치노세는 유리코의 집 주소를 적은 쪽지를 다이고의 손에 쥐여 주고 사라졌다.

이틀 후 나는 다이고와 함께 유리코의 집을 찾았다. 하루노부시 북쪽 주택가에 있었다. 집 옆에 '가시마 치과'라는 간판이 달린 건물이 있고 주거지는 남유럽풍의 세련된 건물이었다. 우리는 테라코타 타일이 깔린 입구를 지나 현관으로 들어갔다.

유리코를 꼭 빼닮은 어머니가 우리를 맞아 주었다. 품위 있는 분이었다. 이런 훌륭한 집안의 딸이 손목을 긋는 행위를 멈추지 못할 뿐 아니라 전직 조폭인 남자와 사귄다는 사실을 새삼 믿기 어려웠다. 인간은 역시 알 수 없는 존재다.

유리코는 침대에 누워 있지 않고 제대로 화장까지 한 채 방에서 우리를 기다리고 있었다. 책상 위에 마트료시카 인형이 보였다.

"이거, 병문안 선물."

다이고와 돈을 반반씩 내서 산 케이크 상자를 내밀었다. 유리코는 "고마워" 하고 선물을 받았다. 어머니도 똑같이 말하고 상자를 들고 방을 나갔다.

유리코가 앉으라고 한 의자에 앉았다. 귀여운 스툴 의자는 착석감이 별로 좋지 않았다.

"이치노세에게 들었는데……."

나는 조심스럽게 입을 열었다.

"응. 또 그었어."

유리코는 아무렇지 않은 듯 말하고 쓸쓸하게 미소 지었다.

"대체 왜……."

말을 잇지 못하는 나에게 유리코는 상냥한 웃음으로 답했다. 꼭 사고뭉치 철부지 동생을 보는 것 같아 나는 마음이 편치 않왔다. 잠시 떨어져 있던 사이 그녀 혼자 변해 버린 걸까. 같은 부류였을 나를 남겨 두고.

"죽고 싶은 거야?"

다이고가 단도직입적으로 물어 깜짝 놀라 돌아봤다. 다이고의 표정이 그야말로 진지한 것을 보며 또다시 겁이 났다.

"내가 죽고 싶어서 이러는 줄 아니?"

그 질문은 오로지 나를 향해 있었다.

"사실 나도 잘 모르겠지만, 그 반대일 수도 있겠지."

유리코의 긴소매 블라우스 소매 아래에서 하얀 붕대가 보였다.

"스스로는 멈출 수 없어. 피를 보면 왠지 안심이 되거든. '아직 살아 있네' 하고. 살아 있다는 걸 확인하기 위해 손목을 긋다니, 말도 안 되지."

이 사람은 지금 병을 앓고 있다. 병을 앓고 있지만, 발버둥치고 있다. 손목을 그으면서도 야간 고등학교에 다니고 있다. 두 가지 모순은 이 사람이 살아가기 위한 행위인 것이다.

"이치노세는 말이지. 나한테 매일 그래. 손목을 긋고 싶어지면 대신 자기 걸 그으라고."

유리코는 웃음을 풋 터뜨렸다.

"그 사람은 전에 조직끼리 맞붙을 때 배를 칼에 찔렸던 적이 있대. 출혈이 엄청나 반쯤 죽을 뻔했대. 그러니 손목을 그어서 흐르는 피 정도는 별것도 아니래."

유리코가 또다시 웃었다.

"좋은 사람이야."

유리코는 언젠가와 똑같은 말을 했다.

"죽고 싶어 하는 게 아닌 내 마음도 잘 알고 있고."

우리는 말없이 유리코의 이야기를 들었다.

"사실 나한테는 아주 훌륭한 언니가 있어. 아버지의 치과 병원을 잇기 위해 도쿄의 의치학 대학에서 연수 중인 언니야. 난 무능하고 잘하는 거라곤 하나도 없는데 아빠 엄마는 날 아껴 주셨어. 난 그냥 인형처럼 생글생글 웃기만 하면 됐지. 그러다가 어느 날 그런 나 자신이 지긋지긋해서……."

처음에는 손톱으로 피부를 긁는 수준이었다. 주변에서 치켜세우는 자신에게 상처를 내는 행위가 쾌감으로 변해 갔다. 묘한 분위기를 발산하는 유리코는 학교 안에서도 붕 뜬 존재가 됐고 예쁘다는 이유로 괴롭힘을 당해 결국 학교에 발길을 끊었다.

"그래도 하루 고등학교에 가서 다행이라고 생각해. 리스트 커터에서는 벗어나지 못했지만."

유리코는 "그곳에서 이치노세와 너희도 만났고"라고 했다. 그 뒤로도 우리가 시종일관 멍하니 있어서인지 유리코가 다시 입을 열었다.

"난 숙부님이 어떤 심정이었는지 아주 잘 알아."

가시마 씨가 사업에 손을 뻗었다가 잇달아 실패한 것은 형인 유리코의 아버지를 향한 비뚤어진 질투심 때문이었다고 했다.

"아빠는 무엇이든 계획적으로 일을 진행했어. 위험한 일은 결코 하지 않아. 어렸을 때부터 이미 치과 의사가 될 거라고 마음먹었다고 해. 자금을 빌려 개업한 후 치기공사인 어머니와도 결혼했고. 빌린 돈은 몇 년 뒤에 다 갚았어."

훌륭한 형. 훌륭한 언니. 반발심은 들지만 어떡해야 좋을지는 모른다. 가시마 씨는 그래서 폐인이 됐고 유리코는 리스트 커터가 되었다. 유리코의 아버지는 죽은 동생에게서 딸의 모습을 겹쳐 보며 지금도 걱정하고 있다고 했다.

"그러니까 말이지. 너희가 숙부님의 죽음이 자살이 아니라고 밝혀 준 덕분에 엄마 아빠는 많이 안심했어. 딸에게도 자살 욕망이 있는 게 아닐까 항상 걱정하셨으니까. 숙부님이 자살한 그날부터 줄곧 두려워하셨거든. 피가 이어진 조카인 내가 똑같은 일을 벌이는 게 아닐까 하고. 죽음에 이끌리는 것이 아닐까 하고."

나는 유리코의 손목을 감은 붕대 쪽으로 다시 시선을 향했다.

"하지만 숙부님은 자살한 게 아니었어. 그렇지?"

다이고와 나는 약속한 것처럼 동시에 고개를 끄덕였다.

"숙부님은 구제 불능에다 여러 번 실패를 겪어 만약 살아 있더라도 앞으로 잘 살 수 있을지 모를 사람이기는 했지만, 그래도 죽으려고 했던 건 아니야."

유리코는 블라우스 소매를 걷어서 손목을 우리에게 보여 주었다.

"병원에서 꿰맸어. 벌써 몇 번째일까? 이제는 익숙해."

다이고가 얼굴을 찡그렸다. 엉덩이를 움직이는 바람에 불안정한 스툴 의자가 기울었다.

"이번에야말로 절실히 깨달았어. 나는 죽고 싶은 게 아니라는 걸. 따뜻하고 붉은 피를 보며 이제 두 번 다시 이런 짓을 하지 말자고. 바보 같은 짓이라고. 숙부님은 죽고 싶지 않은데도 살해됐잖아. 그러니 나는 살아야겠다고 생각했어."

유리코는 "너희 덕분에 말이야" 하고 말을 이었다.

"아니, 숙부님 덕분이지."

내가 그렇게 대꾸하자 유리코는 "그래" 하고 순순히 인정했다.

"이치노세, 괜찮은 녀석이었잖아."

다이고가 부루퉁하게 말했다.

"이러면 싸운 보람도 없네."

가을은 좀처럼 오지 않았다. 9월 말이 되어도 한여름 수준의 기온이 계속됐다.

유리코는 학교에 나오게 되었다. 이치노세는 여전히 농구를 하며 질리지도 않게 다이고에게 입단을 권유했다. 다이고는 그때마다 매번 거절하면서도 가끔 체육관에서 이치노세와 자유투 연습을 했다. 학교 운동회에서는 같은 릴레이 조에 속해 서로 사이좋게 배턴을 주고받았다. 나는 이 두 사람의 관계도 점점 알 수 없어졌다.

10월이 되자 이번에는 기노시타 히나코에게서 '달나라'에 연락이 왔다.

"또 그 기생충 같은 남자가 굴러 들어왔어."

전화를 받은 다이고는 히나코가 다급한 목소리였다고 했다.

"전보다 더 빚더미에 올라 이제는 갈 곳이 없어진 것 같아. 쫓아내려고 해도 말을 안 듣고 오히려 큰소리를 쳐. 내 힘만으로는 힘들 것 같아."

"우리는 자원봉사 단체가 아니야."

다이고가 차갑게 대답하자 히나코는 비용은 지불할 테니 그 사람을 쫓아내 달라고 의뢰했다고 한다. 다이고는 판단이 서지 않아서 다카에와 상의했다.

"의뢰를 받아도 그 아이가 돈을 낼 수 있을 것 같지는 않은데."

다카에는 다이고보다 더 냉정한 성격이었다. 그래도 두 사람은 머리를 맞대고 방법을 짜냈지만 변변찮은 심부름센터 사장이 내놓은 결론은 그야말로 그녀다운 것이었다.

"그 아이 언니에게 얘기해 보는 게 좋겠군. 어쩌면 그쪽에서 돈을 낸다고 할지도."

다이고는 "정말 찔러도 피 한 방울 안 나올 할매라니까" 하고 다카에를 힐난했다. 확실히 노조미는 어머니와 히나코의 딱한 사정을 알면 직접 나설 것이고 비용도 대신 내줄지 모른다. 그러나 히나코가 그걸 바랄 리 없다. 그녀는 죽은 아버지와 언니를 미워하고 있으니까. 노조미에게 돈을 받을 거면 차라리 의뢰를 취소하겠다고 할 게 뻔했다.

애초에 친언니라 해도 개인적인 의뢰 내용을 누설해서도 안 된다. 변호사 사무실이나 흥신소라면 비밀 엄수 의무가 있다. 그러나 심부름센터에는 그런 게 없고 또 그런 이야기를 해 봐야 다카에는 귀도 쫑긋하지 않을 터였다.

그리고 가장 큰 문제는 다카에와 다이고 모두 이번에도 내가 당연히 함께 갈 거라 예상하고 있다는 점이었다.

"이번 의뢰는 그냥 거절하자, 다이고. 우리한테는 벅찬 일이야."

우리 같은 어린 소년들이 해낼 일이 아니다. 남의 집에 눌러앉은 질 나쁜 중년 남자를 어떻게 쫓아낸다는 말인가. 히나코가 설명한 바에 따르면 남자는 이미 자포자기해 나쓰에 앞에서 우는소리를 하지만 집에서 나가라고 하는 히나코에게는 손찌검을 하는 등 행패를 부린다고 했다.

중학생 때만 해도 아동 복지 측면에서 힘이 돼 준 공공 기관에도 이제는 의지할 수 없고 히나코 또한 그때 썼던 에너지를 다시 긁어모을 기운도 시간도 없는 듯했다. 내가 입을 다물고 있자 다이고는 내 어깨를 툭툭 두드렸다.

"이번 일은 나한테 맡겨. 좋은 생각이 있어."

다이고의 '좋은 생각'이 무엇인지 구체적으로 묻기가 두려웠다. 히나코 일 때문에 경찰 신세를 진 것이 바로 어제 일처럼 생생했다. 그런 내 마음도 모르고 다이고는 가슴을 쭉 펴고 말했다.

"눈에는 눈, 이에는 이야."

농담인지 진담인지 모를 말을 던지고 다이고는 쾌활하게 웃었다.

비용 문제는 다카에의 예상대로 되었다. 노조미는 이번 청구서를 자기한테 보내 달라고 했다. 그뿐만 아니라 자신도 관여하고 싶다는 의사를 언뜻 내비쳤지만 그것은 다카에가 완곡하게 거절했다. 그러나 비용을 대는 만큼 일을 마친 후 보고를 원했다고 했다.

도부네리마역에 내렸을 때 나는 마음이 무거웠다. 그곳에서 기다리는 두 사람의 얼굴을 봤을 때는 위장이 욱신거렸다. 눈앞에는 이치노세와 오쓰키가 서 있었고, 그제야 나는 다이고의 작전이 무엇인지 똑똑히 알 수 있게 됐다. 두 사람 다 20대 중반이 넘은 남자들이니 의지가 된다면 된다고 할 수 있지만, 문제가 더 커질 소지도 있었다.

이치노세는 짧은 스포츠머리에 누가 봐도 깡패 같은 가는 선글라스를 끼고 있었고, 오쓰키는 빡빡머리에 피어싱을 했다. 역시 너무 더운 탓에 가죽 재킷은 입지 않았지만, 티셔츠 위에 검은 가죽조끼를 겹쳐 입었다. 우리에게는 낯익은 모습이어도 평범한 사람들이 보면 겁을 먹을 게 분명하다. 다이고도 그것을 기대하고 두 사람에게 도움을 청했다. 한마디로 힘으로 그를 내쫓는다는 난폭하기 짝이 없는 계획을 세운 것이다.

"여어" 하고 두 사람을 향해 손을 드는 다이고는 이번 계획이 반드시 성공할 거라 확신하는 듯했다. 이치노세와 오쓰키가 어떤 설명을 들었는지 몰라도 특별히 긴장하고 있는 것 같지 않았고 오로지 나 혼자 식은땀을 흘렸다. 의지할 것이라고는 1 대 4라는 머릿수 차이뿐이었다.

우리는 삼류 연극단원들처럼 줄줄이 걸어 히나코가 사는 빌라로 향했다. 히나코에게 방문 시간을 미리 알렸으니 오늘은 아르바이트를 쉬고 집에 있을 터였다. 그 작은 빌라 방에 세 사람이 지내고 있을 거라 생각하니 히나코의 어려운 처지가 새삼 이해됐다.

철제 계단 아래에 있는 집 문을 두드리자 이내 문이 열렸다. 아마 언제 오나 기다리고 있었을 것이다. 히나코는 굳은 얼굴로 우리를 향해 눈짓했다. 집이 워낙 좁아 현관에서도 집 안쪽이 훤히 보였다. 부엌 싱크대 앞에 있는 작은 원형 의자에 나쓰에가 멍한 얼굴로 앉아 있었다. 안쪽에 보이는 2.5평짜리 방 안에 없는 걸 보면 남자는 분명 3평짜리 큰방에 있을 것이다. 남자의 이름이 미타라이라는 건 미리 전해 들었다.

"어이! 미타라이 거기 있나?"

다이고가 느닷없이 소리를 빽 질렀다. 아무래도 작전처럼 보인다. 나는 세 사람 뒤로 돌아갔다. 오늘 나는 그저 머릿수를 채우는 역할인 듯했다. 히나코도 옆으로 쓱 비켜섰다. 큰방 쪽에서 소리가 났지만 아무도 나오지 않았다. 다이고가 다시 한번 목소리를 높였고 히나코가 안에 들어가 큰방 장지문을 열었다.

"당신한테 볼일이 있대."

히나코가 억양 없는 목소리로 남자를 부르자 방 안에서 부스럭거리는 소리가 들렸다. 이불에서 나오고 있는 듯하다. 내 긴장감이 더 고조됐다. 스포츠머리인 이치노세와 빡빡머리인 오쓰키 뒤에서도 무심코 한 걸음 더 물러섰다.

미타라이는 작고 뚱뚱한 몸집에 그야말로 흐트러진 분위기를 물씬 풍기는 남자였다. 부스스한 반백 머리에 덥수룩하게 자란 수염. 축 늘어진 회색 트레이닝복 상하의를 입었다. 가슴에는 뭘 먹다가 흘린 듯한 얼룩이 있었다.

"뭐야? 너희는."

미타라이는 우리 네 사람을 보자마자 어리둥절하게 물었다. 공통점이라고는 없어 보이는 사람들이 모인 탓에 정체를 가늠하기도 힘들 것이다.

"네가 미타라이인가?"

다이고는 침착한 목소리로 말했다.

"잠깐 따라와."

아무리 그래도 너무 상투적인 대사다. 역시나 미타라이는 꿈쩍도 하지 않았다.

"뭐?"

미타라이는 살 속에 파묻힌 가느다란 눈을 더 가늘게 떴다.

"나한테 무슨 볼일인지부터 말해."

"그래. 알려 주지."

다이고는 짐짓 목소리를 내리깔았다.

"이 녀석은……."

손가락으로 히나코를 가리킨다.

"내 여자다."

순간 히나코가 아랫입술을 쭉 내미는 게 보였다. 미타라이가 쳐다보자 황급히 다시 집어넣는다.

"저번에 갑자기 날 찾아와 호소하더군. 모르는 남자가 함부로 집에 들어와 살고 있다고. 그래서."

"모르는 남자라니."

미타라이는 짜증스럽게 대꾸했다.

"난 나쓰에랑 살고 있어. 조만간 혼인 신고도……."

"헛소리하지 마!"

히나코가 마침내 폭발했다.

"엄마한테 당신은 아무것도 아니야. 당신이 멋대로 집에 눌러앉는 바람에 나랑 엄마 모두 힘들어하고 있어!"

"정작 그런 소리를 하는 너는 이런 놈이랑 사귀고 있었냐?"

"당신이 무슨 상관이야? 잔말 말고 얼른 나가!"

"어이, 나쓰에. 뭐라고 좀 해 봐."

그러자 나쓰에가 고개를 번쩍 들었다. 입술을 조금 움직이지만 말은 나오지 않는다.

"이 여자는 말이지. 나 없으면 안 돼. 나 없으면 술만 퍼마셔 댈걸. 내가 갱생시켜야 해."

"갱생 같은 소리 하네. 애초에 엄마가 이렇게 된 게 당신 때문이잖아! 빚만 떠넘기고 도망친 주제에, 이 못돼 처먹은 인간! 어서 이 집에서 나가! 근처 도랑에라도 빠져서 죽어 버려!"

히나코는 점점 더 흥분하며 어머니의 애인을 향해 욕설을 퍼부었다. 지금까지 참아 온 감정이 단번에 터져 나오는 느낌이다. 허연 돼지 같은 미타라이의 얼굴이 목부터 점차 붉게 달아올랐다.

"넌 닥치고 있어."

"당신이나 닥쳐! 갈 곳이 없다고 우리 집에 기어들어 오지마! 엄마는 당신 따위 거들떠도 안 본다고!"

순간 미타라이가 현관에 있는 비닐우산을 들어 나쓰에의 발밑 쪽으로 집어 던졌다.

"뭐 하는 거야!"

히나코는 나쓰에 앞에 서서 미타라이를 노려봤다. 미타라이도 겁먹었을 수 있지만 이렇게까지 해서 어머니를 지키려는 소녀를 보며 내가 더 놀랐다. 어머니가 그토록 소중한 걸까. 알코올 중독자에다 질 나쁜 남자가 시키는 대로 하는 한심한 엄마인데도.

"당신은 거머리야. 남에게 기생해서 살아가는 능력밖에 없는 거머리."

나는 세 사람의 어깨너머로 미타라이의 얼굴이 붉은색에서 점차 흙빛으로 변해 가는 것을 보았다.

"어디 계속 그렇게 지껄여 봐라. 본때를 보여 줄 테니."

"그래. 얼마든지 말해 줄게. 누군가의 피를 빨아먹지 못하면 살아가지 못하는 인간은 바로 당신이야! 그런 인간과 같은 공기를 마시고 싶지 않아. 얼른 우리 앞에서 사라져!"

미타라이가 으르렁거리며 히나코에게 달려들었다. 히나코는 비명을 지르며 등을 돌려 나쓰에를 껴안았다. 어머니를 안고 몸을 웅크린 히나코의 등을 미타라이가 세게 걷어찼다. 더러운 맨발로 히나코를 쓰러뜨리더니 기세가 지나친 나머지 미타라이도 비틀거렸다. 이치노세가 손을 뻗어 그의 팔을 붙들었다.

"어이, 형씨. 적당히 하지."

위협적인 목소리였다. 다이고의 연기 투와는 확연히 다르다.

"나잇살 먹고 꼴사납게 이러면 쓰나. 당신은 여기 주민이 아니니 나가는 게 당연하잖아. 짐이 있으면 얼른 싸들고 나가."

차분하면서도 설득력 있는 말이다. 새삼 이치노세가 이런 아수라장에 익숙한 사람이라는 것을 깨달았다. 배를 칼에 찔린 적이 있다는 유리코의 말이 떠올랐다. 이런 남자가 책상 앞에 얌전히 앉아서 공부하는 야간 고등학교라는 곳은 또 얼마나 대단한가.

미타라이는 순간 움직임을 멈추고 이치노세를 빤히 봤다. 어떤 삶을 살았건 중년까지 산 사람이면 누구든 이 젊은 남자가 보통내기가 아니라는 걸 눈치챌 것이다. 그러나 이미 머리에 피가 거꾸로 솟은 미타라이는 그의 손을 뿌리쳤고 그것도 모자라이치노세에게 덤벼들었다.

미타라이에게 밀려 이치노세는 좁은 현관에서 밖으로 나갔다. 우리도 따라나섰지만 역시나 이 뚱뚱한 중년 남자는 이치노세의 상대가 되지 않았다. 이치노세가 다리를 걸어차자 미타라이는 꼭 그림으로 그린 것처럼 보기 좋게 벌러덩 뒤로 자빠졌다. 그러면서 바닥에 허리를 세게 부딪쳤는지 끙끙거렸다. 힘으로는 당해 낼 수 없다는 걸 확실히 깨달았는지 그는 갑자기 집안을 향해 큰소리로 호통을 치기 시작했다.

"어이, 나쓰에! 나쓰에! 이 녀석들 좀 어떻게 좀 해 봐!"

그러나 그의 얼굴을 향해 지저분한 배낭과 신발이 날아왔다. 히나코가 미타라이의 짐을 집 밖에 던진 것이다. 미타라이가 또

다시 격분해 안에 들어가려 했지만 이치노세가 그의 목덜미를 붙잡자 이미 늘어날 대로 늘어난 트레이닝복이 또다시 보기 흉하게 쭉 늘어났다. 으르렁거리며 문을 붙잡고 선 미타라이를 이치노세와 다이고가 쓰러뜨렸다. 그전까지 옆에서 지켜보던 오쓰키도 합세해 마구 날뛰는 미타라이를 제압하려 했다.

미타라이는 이를 드러내고 침을 튀기며 포효했다.

"이거 놔! 야! 누가! 누가 경찰 좀!"

"이미 불렀어!"

그때 옆집 문이 불쑥 열리고 중년 여자가 소리쳤다.

좁은 파출소 안이 사람들로 가득 찼다. 지난번에도 만난 순경이 한숨을 내쉬었다.

"또 심부름센터에서 왔나."

그는 조금 전 '달나라'에 연락했다. 이번에는 다카에가 전화를 받아 지금 바로 오겠다고 했다고 한다.

"얼른 이 자식들을 체포해!"

미타라이는 또다시 침을 튀기며 으르렁거렸다. 좁은 파출소 안에 걸걸한 목소리가 울려 퍼진다. 파출소 카운터 앞에는 다이고와 나, 이치노세와 오쓰키, 거기에 히나코와 미타라이가 있었다. 남는 의자가 없어 이치노세와 오쓰키는 그대로 서 있다. 나쓰에는 옆집에 사는 중년 여자가 잠시 봐 주기로 했다. 집에 출

동한 경찰에게 미타라이는 느닷없이 출몰한 4인조에게 폭행을
당했다고 주장했다.

"아뇨. 이 사람이 먼저 공격했어요."

옆에서 히나코가 말했다.

"이 사람들은 절 도와주려고 온 거예요."

웬일인지 이번에는 옆집 중년 여자도 나서서 "얘 말이 맞아
요" 하고 거들어 주었다.

"이 빌어먹을 남자가 아이를 때리지 뭐예요."

옆집 여자는 직접 본 것도 아니면서 자신만만하게 말했다.
전부터 미타라이가 종종 집을 찾아와 행패를 부린 것을 참아 왔
는지 우리를 편들어 줬다. 경찰은 가족이 아닌 이웃의 증언을
진지하게 받아들이는 듯했다. 실제로도 히나코에게 폭력을 휘
두른 사람은 미타라이고 이치노세는 그런 그를 말리려고 했으
니 틀리지 않았다.

주로 히나코와 내가 경찰의 질문에 답하면 미타라이가 욱해
서 반박하는 상황이 반복됐다. 이치노세와 오쓰키는 임무를 마
쳤다는 듯이 입을 다물고 있다. 이 두 사람을 어떻게 구슬렸는
지 몰라도 그들은 파출소까지 끌려 왔으면서 다이고를 원망하
지 않았다.

경찰이 집중적으로 캐묻는 것은 미타라이와 기노시타 모녀
의 관계성이었다. 경찰이 그 부분을 물을수록 미타라이의 주장

은 지리멸렬해졌다. 문제 행동을 하는 나쓰에에 대해 이미 아는 경찰들 귀에는 나쓰에의 간청으로 함께 살게 됐다는 미타라이의 주장이 미심쩍게 들리는 듯했고, 심지어 딸 히나코가 온 힘을 다해 그를 거부하는 상황이다. 히나코가 아직 10대 소녀라는 사실도 영향을 미쳤다.

"나중에 나쓰에 씨에게 직접 사정을 들어 봐야겠네요."

순경이 볼펜 끝을 턱에 대고 생각에 잠겼다.

"구청 복지과에도 이야기해 두는 게 좋겠어요."

그 순간 미타라이의 몸이 경직되는 게 보였다.

"아, 참. '아동 여성 지원 센터' 쪽에도 알리는 게 낫지 않을까? 이 아이와 어머니가 그곳 보호 대상 명단에 있다고 하니."

다른 순경도 옆에서 입을 열었다.

"미타라이 씨가 동거인으로 인정되면 현재 기노시타 씨에게 지급되는 주택 수당이 끊길 수도 있습니다."

"미타라이 씨는 그런 점들을 모두 고려해 입장을 분명히 해야 할 겁니다."

"이 사람은 우리 동거인이 아니에요!"

히나코가 비통하게 외쳤다.

"전 엄마랑 둘이 조용히 살고 싶은데 이 남자가 억지로 끼어든 거예요. 경찰 아저씨도 아시죠? 우리 엄마가 술 문제가 있다는 거요. 전에는 거부했지만 이번에는 민생 위원님이 시키는 대로 알코올 중독 치료 병원에 엄마를 입원시킬게요."

"그래? 그거 좋은 생각이구나."

"그러니 아저씨들도 엄마가 병원에 갈 수 있게 도와주세요. 엄마는 제가 설득할게요."

"아니, 잠깐만. 그건."

옆에서 미타라이가 황급히 끼어들었다.

"혹시 뭐 문제라도 있습니까?"

"문제라기보다……."

미타라이는 횡설수설하며 좀처럼 말을 잇지 못했다.

"이 사람이랑은 상관없다니까요! 이 사람은 우리 가족도 뭣도 아니에요!"

"하지만 난 엄연히 너희 엄마랑 살고 있고…… 그건 사실이니……."

"그럼."

히나코가 미타라이를 날카롭게 노려보며 말했다.

"경찰 아저씨들. 엄마 입원비는 이 사람에게 청구해 주세요. 그렇게까지 엄마를 걱정한다면 내 주겠죠."

파출소에 있는 모든 사람의 시선이 미타라이에게 쏠렸다. 그는 이상하리만큼 땀을 뻘뻘 흘리고 있다.

그때 파출소 미닫이문이 드르륵 열리더니 다카에가 나타났다. 그 뒤에 선 사람을 보고 나는 하마터면 펄쩍 뛸 뻔했다.

다카에 옆을 지나 파출소에 들어온 사람은 고이즈미 노조미였다.

"히나코!"

히나코도 순간 그녀가 누군지 깨달은 듯했다. 조금 전까지의 의기양양한 얼굴이 순식간에 굳고 대신 히나코의 트레이드 마크라 할 수 있는 분노와 불쾌감이 드러났다.

"히나코, 내가 얼마나 보고 싶었는지 알아?"

노조미가 거침없이 다가와 히나코 앞에서 허리를 숙였다. 히나코는 화난 표정을 숨기려 하지도 않았다.

"이유가 뭐니? 왜 이렇게 힘든 상황인데도 언니를 계속 거절했어?"

"힘들다고?"

히나코는 무서울 만큼 싸늘한 목소리로 되물었다.

"하나도 안 힘들어."

"거짓말. 엄마한테 이상한 남자가 붙는 바람에 네가 힘들어한다고 다 들었는걸."

나는 고개를 들어 천장을 봤다. 이제는 다 틀렸다. 올려다본 파출소 천장에 홋카이도의 땅 모양과 비슷한 얼룩이 있었다. 히나코는 이글거리는 눈빛으로 나와 다이고를 노려봤다. 노조미에게 히나코 이야기를 한 사람은 나도 다이고도 아닌 '달나라' 사장이다. 하지만 다카에는 시치미를 뗀 얼굴로 자매를 보고 있었다.

"괜찮아, 히나코. 이제는 걱정할 거 없어. 아빠가 아는 변호사한테 부탁해서 남자를 당장 쫓아 줄게."

나는 속으로 '그런 변호사를 알고 있다면 처음부터 우리를 찾아올 것도 없었잖아' 하고 외쳤다. 왜 우리에게 이런 무리한 일을 떠맡긴 걸까.

"됐어! 다 필요 없어!"

히나코는 의자를 박차고 벌떡 일어섰다.

"난 집에 갈 거야!"

"잠깐만, 히나코."

노조미가 옆을 지나쳐 가는 여동생의 어깨에 손을 얹었다.

"언니랑 이야기 좀 하자."

"됐다니까! 나랑 엄마를 내버려 둬!"

"내 엄마이기도 해!"

어깨를 붙든 노조미의 손을 히나코가 거칠게 뿌리쳤다.

"아니야! 기노시타 나쓰에는 당신 엄마가 아니야!"

노조미는 이미 얼굴을 찡그린 채 울고 있었다.

"언니한테는 이제 너랑 엄마밖에 없어. 피도 이어지지 않은 나오코 아줌마 같은 사람이랑은 살고 싶지 않아. 그러니……."

"멋대로 지껄이지 마!"

히나코는 매달리는 노조미를 힘껏 밀쳤다. 노조미의 몸이 그대로 파출소 카운터 위로 올라가더니 건너편으로 떨어졌다. 그대로 바닥에 쓰러질 줄 알았는데 노조미는 다시 벌떡 일어섰다. 자세히 보니 히나코의 티셔츠 끝 부분을 꼭 쥐고 있다. 그것을 확 잡아당기는 바람에 이번에는 히나코가 카운터에 몸을 부딪쳤다.

"뭐 하는 거야!"

자매는 카운터를 사이에 두고 실랑이를 벌이기 시작했다. 히나코는 언니의 머리카락을 잡아당겼고, 노조미가 동생의 멱살을 잡고 흔들자 잠시 후 히나코의 티셔츠가 두둑 소리를 내며 화려하게 찢어져 버렸다.

"그만해! 그만!"

두 사람을 말리러 나선 순경의 모자가 허공에 날아갔다. 자매 중 누군가의 팔꿈치가 순경의 옆얼굴에 명중했다. 고함과 울음소리, 노성이 이리저리 오가고 카운터 위에서 여러 개의 팔이 엇갈렸다. 우리는 의자에서 일어나 망연자실하게 그 모습을 지켜볼 수밖에 없었다.

카운터 위에 있던 백일초 화분과 '폭력 추방'이라 적힌 스탠드 패널 따위가 바닥에 떨어져 부서졌다.

그때 미타라이가 어수선한 틈을 타 조용히 파출소 미닫이문을 당겼다. 허리를 숙인 자세로 문틈을 지나간다. 그렇게 기생충 남자는 잽싸게 밖으로 나가 줄행랑을 치기 시작했다.

"오쓰키!"

다이고가 소리치자 미닫이문 옆에 서 있던 오쓰키가 그를 쫓았다. 필사적으로 다리를 움직이는 미타라이에게 오쓰키가 태클을 걸었다. 보기 흉하게 앞으로 자빠진 뚱보 위에 대머리 근육남이 올라탔다. 길을 지나던 행인 몇 명이 멈춰 서서 그 모습을 봤다.

이치노세와 나는 파출소 앞 도로까지 나가 오쓰키에게 합세했다. 오쓰키가 팔꿈치로 남자의 등을 내려찍자 날뛰던 미타라이가 순식간에 얌전해졌다.

"후다라쿠 미카를 위해 몸을 단련한 게 이런 데서 도움될 줄이야."

오쓰키는 어이가 없다는 듯 말했다.

파출소에 돌아가도 아직 소란은 가라앉지 않았다. 살기등등한 자매의 싸움은 마침내 파출소 바닥을 데굴데굴 구르며 맞붙는 지경에 이르렀다. 순경 두 명이 자매를 떼어내려 해도 잘 되지 않았다. 허공을 날아가 바닥에 떨어진 순경의 안경이 히나코의 신발에 무참히 짓밟혔다.

"뭐야? 파출소에 강도라도 들었니?"

실버카를 밀며 들어온 기품 있는 노파가 우리에게 물었다.

13

우리는 하마터면 기물 손괴죄로 체포될 뻔했다. 그런 우리를 구해 준 사람은 나카야였다. 나는 격분하는 네리마 파출소 순경들 앞에서 싹싹 빌며 하루노부니시 경찰서에 연락해 달라고 했다. 그 방법밖에 떠오르지 않았다.

노조미와 히나코의 몸싸움이 가까스로 가라앉았을 때 파출소는 마치 폭풍우가 휩쓸고 지나간 것 같았다. 바닥에 쓰러진 철제 의자가 겹겹이 쌓여 있고, 깨진 화분에서 쏟아진 흙과 꽃이 바닥을 뒤덮었다. 중요한 서류들이 어지럽게 흩어지고 미닫이문에는 금이 갔다. 순경 한 명은 얼굴에 멍이 들었고, 다른 한 명은 알이 깨진 안경테를 이리저리 구부리며 어떻게든 고치려 했지만 방법이 없어 보였다.

노조미와 히나코는 머리가 잔뜩 헝클어졌고 얼굴은 긁힌 상처투성이였다. 두 사람 다 옷이 찢어져서 차마 눈 뜨고 볼 수 없었다. 하루 고등학교 야간부 과정 남학생 네 명이 열심히 안을 치우고 정리해서 나카야가 달려올 무렵에는 간신히 파출소의 구색을 되찾았다.

녹초가 된 우리는 파출소 순경들과 나카야, 다카에의 협의가 끝날 때까지 파출소 앞 길가에 앉아 기다렸다. 그러다 다이고가 갑자기 벌떡 일어나 "학교 갈 시간이야"라고 해서 다른 세 사람이 입을 떡 벌렸다.

우리는 파출소 순경들에게 다시 한번 고개를 숙여 사죄하고 학교로 향했다.

나중에 들은 바에 따르면, 그날 부서진 파출소 물건들은 다카에가 변상하기로 이야기가 됐다고 한다. 성가신 자매 일에 관련된 탓에 우리가 맡은 안건은 결국 적자로 끝났다. '무엇이든 팝니다. 삽니다. 각종 고민 상담 및 의뢰 환영'이라는 광고 문구를 내건 심부름센터 '달나라'는 누가 봐도 제대로 굴러가지 않았고, 항상 오만상을 짓고 있는 다카에의 속내 역시 도무지 알 길이 없었다.

그토록 갖은 소란을 피워 놓고 자매는 결국 화해했다고 했다. 노조미는 염원하던 친모와의 대면을 이뤘다. 처음에는 자기 딸인지도 몰라 멍하니 있던 나쓰에도 잠시 후 노조미가 13년 전 헤어진 딸이라는 걸 알아차렸다고 했다.

자매는 상의해서 어머니를 알코올 중독 치료 병원에 보내기로 했다. 이제는 정말 갈 곳을 잃은 미타라이는 조용히 자취를 감췄다. 그 점에서만큼은 '달나라'도 임무를 완수한 셈이다. 다카에는 자매가 조만간 함께 살기로 약속했다는 것을 우리에게 들려주었다.

"이번에는 우리한테 계모를 쫓아 달라고 하는 건 아니겠지?"

다이고의 농담 섞인 말을 듣고 나는 등골이 오싹해졌다. 다카에라면 그런 무모한 의뢰도 맡겠다고 충분히 나설 것 같았기 때문이다.

이 노파는 모든 일을 설렁설렁하고 대충 판단하는 것 같지만 결국 모든 일이 마땅히 향해야 할 귀착점으로 향하는 게 신기할 따름이었다. 그런 걸 미리 계산했을 리 없는데도 아무렇게나 뻗어 간 실타래가 항상 좋은 결과를 가져왔다. 정작 본인은 담담하지만.

나는 나카야에게 감사 인사를 하려고 경찰서로 향했다. 다이고에게도 함께 가자고 했지만 거절했다. 다이고는 네리마까지 나카야를 불러서 빚을 지게 된 상황이 영 마음에 안 드는 듯했다. 그러나 그때는 어쩔 수 없었다. 마음이 들지 않든 어떻든 그날 나카야가 와 준 덕에 사태가 원만하게 수습됐다.

하루노부니시 경찰서에 도착하고서야 빈손으로 왔다는 걸 깨달았다. 이럴 때는 선물용 과자 상자라도 하나 사 와야 하는 게 아닐까. 나는 그런 처세술에 여전히 무지했다. 어쩔 수 없이 접수창구에서 나카야를 불러 달라 하고 한참을 기다리고 있자 성큼성큼 계단을 내려오는 나카야가 보였다. 다카에 못지않게 무뚝뚝한 얼굴이었다.

나는 마음을 가다듬고 나카야에게 감사하다며 깊숙이 고개를 숙였다.

"다이고는 어딨지?"

나카야가 그렇게 물은 순간 뭐라고 대답해야 좋을지 몰라 말문이 막혔다.

"날 보러 가는 건 싫다고 했지?"

나카야는 주머니에 손을 넣은 채로 "뭐 됐어"라고 말을 이었다. 그는 경찰서에 있는 자판기 코너로 나를 데려갔다. 나카야는 주머니에서 동전을 꺼내 캔 커피를 사 주었다. 아무도 없는 자판기 코너 구석 벤치에 나란히 앉아 나는 나카야 옆에서 어색하게 따뜻한 커피를 홀짝였다.

"넌 그곳에 왜 드나들지?"

잠시 후 나카야가 불쑥 물었다. 나는 과거 오랫동안 은둔형 외톨이로 지냈으며 하루 고등학교 야간부 과정에서 처음 내게 말을 걸어 준 다이고와 친한 친구가 되었기 때문이라 대답했다.

"친구라."

나카야가 의미심장하게 중얼거려서 왠지 마음이 뒤숭숭했

다. 나카야는 소리 내어 커피를 한 모금 홀짝거렸다.

"그 두 사람이 어떤 관계인지 알고 있나?"

"그 두 사람요?"

"노구치 다카에와 시게마쓰 다이고 말이야."

"관계라니……. '달나라' 사장과 그곳에서 함께 지내는 아르바이트생 아닌가요?"

나카야는 대답 없이 또 커피를 홀짝였다. 그러더니 뭔가를 고민하듯 턱에 손을 얹고 오랫동안 침묵했다. 눈앞 자판기에 진열된 형형색색의 페트병과 캔을 지그시 관찰하는 것 같기도 했다.

"11년 전."

마침내 나카야의 입이 열렸다.

"하루노부시에서 일가족 살인 사건이 일어났던 걸 기억하나?"

나카야의 입에서는 생각도 못 한 말이 튀어나왔다.

"아, 네…… 기억해요."

나는 한 박자 늦게 대답했다. 대답하면서 기억을 되짚는다. 언젠가 유리코도 언급했던 사건이다. 내가 초등학교 2학년 때 일이라 자세한 건 기억나지 않지만, 유리코 앞에서도 말했듯 범인으로 지목된 인물이 스스로 목숨을 끊는 바람에 사건이 일단락됐다는 건 기억한다.

"그 사건이 일어난 곳은 하루노부시 외곽에 있는 가타오카 마치라는 동네야. 세리가오카 공원 근처지. 1993년 8월 3일 심야에 사건이 발생했고."

11년 전 사건의 정확한 날짜까지 기억하는 나카야가 사뭇 놀라웠다.

"피해자 시노하라 히사오 씨의 집에 괴한이 침입했지. 당시 히사오 씨는 마흔두 살. 측량 사무소에서 일했고 아내와 부모님, 일곱 살배기 아들과 함께 살고 있었어. 범인은 일가족 다섯 명 중 네 명을 죽이고 달아났고."

기억이 조금씩 되살아났다. 그 무렵 TV에서 반복해서 흘러나오던 뉴스. 그때 살아남은 사람은.

"범인의 손을 피해 살아남은 사람은 당시 유치원에 다니던 남자아이뿐이었지. 어머니가 벽장에 아이를 숨긴 덕에 살아남은 거야. 그래서 그런지 아이는 범인의 얼굴을 못 봤다고 했어. 범행이 워낙 짧은 시간 동안 벌어진 탓에 이렇다 할 단서도 없었고."

"그 범인은 자살했다고…… 들었는데요."

"피의자는 있었지. 경찰은 그를 핵심 참고인으로 여러 번 소환해 조사했고."

인근에 살던 그 젊은 남자는 사건 전부터 피해자의 집을 자주 찾아가 시비를 걸거나 난동을 부렸다고 했다. 그래서 사건 발생 직후 수사 선상에 올랐다. 그러나 그는 조사를 받던 중에 스스로 목숨을 끊었다. 나카야의 이야기를 들으며 내 머릿속에 도 어렴풋하게나마 사건의 윤곽이 떠올랐다.

"난 그때 수사에 관여했어."

나카야는 못내 아쉬운 듯 말했다. 당시 범인으로 단정 짓지 못한 상태에서 피의자를 죽게 한 게 경찰의 실책이라고 여론과 언론의 비난을 받지 않았을까. 반면 세상은 죽은 그 남자를 범 인으로 인식했고, 어렸을 때 나 역시 그렇게 생각했다. 이후 유 사한 범행은 일어나지 않은 데다 여론도 가라앉았으니 그 남자 가 확실히 범인이라고 믿었다.

물론 경찰 입장에서는 혐의를 제대로 확정해 구속 기소하지 못한 게 오점으로 남았을 것이다. 그건 그렇다 해도 나카야가 지금 내 앞에서 이런 이야기를 꺼내는 이유는 뭘까. 어떤 의미 에서 11년 전 이미 결론 난 사건을. 그 점을 이해할 수 없었다.

하지만 그다음 그의 입에서 나온 말을 듣고 나는 경악했다.

"다이고가 바로 그때 살아남은 아이야."

자판기가 낮은 작동음을 울렸다. 콘크리트 바닥으로 전해지 는 서늘한 울림에 온몸의 털이 곤두섰다. 정체를 알 수 없는 무 언가에 발목을 콱 붙잡힌 느낌이었다.

"거짓말이죠?"

내 입에서는 그런 진부한 말이 나왔고 나카야는 그런 나를 무시하고 말을 이었다.

"노구치 다카에는 자살한 피의자의 어머니고."

정체를 알 수 없는 무언가가 차가운 촉수를 뻗어 내 몸을 기어오른다. 자판기가 또다시 윙 하고 낮게 신음했다.

"그 후 시간이 흘러 사건은 사람들의 기억에서 잊혔어. 세상은 자살한 남자, 그러니까 당시 서른두 살이던 노구치 도요키를 범인으로 결론 내리고 무능한 경찰을 비난하는 것으로 끝났지. 새로운 사건이 터질 때마다 사람들의 관심은 옮겨 갔고 이제 당시 사건 관계자들의 동향을 아는 사람은 얼마 없을걸."

나카야가 다 마신 커피 캔을 힘껏 움켜쥐자 알루미늄 캔이 푹 찌그러졌다.

"다이고는 도야마에 있는 친척 집에 맡겨졌고 이후 양자 결연을 통해 성이 시게마쓰로 바뀌었지. 아마 당시 살해된 어머니의 여동생 부부였을 거야. 그런데 그 새아버지가 아직 미성년자였던 다이고 대신 시노하라 히사오 씨의 유산을 관리하다 몽땅 탕진해 버렸어."

유산은 시노하라 집안 소유 집과 근처에 있던 임대 빌라였다고 한다. 노구치 도요키는 그 빌라에 사는 주민이었다. 시노하라 히사오와 노구치 도요키는 집주인과 세입자 관계였던 것이다.

"한편 외아들을 잃은 다카에는 그 뒤 얼마 안 돼 남편도 떠나보냈지. 부부가 함께 하던 재활용품 가게를 접고 하루노부시에

새 가게를 차렸어."

"그게 '달나라'인 건가요?"

"괴상한 이름이지? 댄스 홀 이름을 그대로 갖다 썼으니 그럴 수밖에. 그런데 사실 다카에에게 가게 이름 같은 건 아무래도 상관없었을 거야. 그저 하루노부시에서 장사를 시작하는 게 목적이었으니."

"다카에 씨와 다이고는 왜 거기서 같이 일하고 있죠?"

다이고에게 다카에는 증오해야 마땅할 범인의 친모지만 다이고는 어쩌면 그 사실을 모를 수도 있다.

"다이고는 중학교를 졸업하고 나서 양부모의 집을 뛰쳐나왔어. 그리고 하루노부시로 돌아왔지. 하지만 그곳에는 이제 발붙일 곳이 없을뿐더러 부모님 소유 가옥과 빌라도 이미 오래전에 헐려 남의 손에 넘어간 상황. 그래서 녀석은 어쩔 수 없이 '달나라'에 들어가게 된 거야."

"어째서……."

"노구치 다카에가 다이고를 고용한 건 혹시나 그 녀석이 뭔가 떠올리지는 않을까 옆에서 감시하기 위해서겠지. 어렸던 다이고가 내 아들을 범인으로 확정할 결정적인 장면을 목격한 게 아닐까. 아니, 어쩌면 반대로 내 아들이 아닌 다른 범인이 있다는 것을 시사하는 증거 같은 걸 떠올리지는 않을까."

"그건 너무하잖아요."

정말이라면 평소 쌀쌀맞은 다카에는 겉보기대로 비정한 사람이었다.

"그걸 다이고도 아나요? 모르면 알려 줘야 할 것 같은데요."

자신의 가족을 살해하고 스스로 목숨을 끊은 남자의 어머니 밑에서 일하고 있다는 걸 알게 되면 다이고는 분명 엄청난 충격을 받을 것이다. 악덕 사장에 고용 조건도 좋지 않지만 숙식을 해결할 수 있다는 이유로 '달나라'를 마음에 들어 했는데 그런 사실을 모르고 계속 일하는 건 말도 안 된다.

"알고 있어."

"네?"

"다이고도 알고 있다고. '달나라'의 사장이 노구치 도요키의 어머니라는 걸."

정체를 알 수 없는 무언가는 어느새 내 몸속을 파고들었다. 무시무시한 촉수가 오장육부를 훑으며 체내 온도를 떨어뜨린다. 피의 흐름이 완만해지고 심장이 얼어붙었다.

"걔는 다카에 옆에서 다카에의 아들이 진짜 범인임을 확신할 수 있는 증거를 찾고 있어."

나카야가 캔을 움켜쥔 손에 힘을 더 넣자 커피 캔이 으깨졌다.

"지금 다이고에게는 아무것도 없어."

나카야는 손바닥을 펼쳐 찌그러진 캔을 바라봤다.

"가족도, 집도, 경제적 기반도, 그리고 그것들이 가져다주는 안정된 삶도 모두 11년 전에 사라졌지. 그 아이에게 확실한 건 무엇 하나 없는 거야."

체온이 급격히 떨어져 이제는 손에 든 캔 커피의 온기조차 느껴지지 않았다.

"그 녀석에게 확실한 거라고는 범인을 향한 증오뿐이지. 그러니 다카에 옆을 지키고 있는 거고. 비겁하게도 자살이라는 수단을 동원해 세상에서 사라져 버린 범인을 향한 증오가 지금의 다이고를 지탱하고 있어."

나카야는 찌그러진 캔을 옆 쓰레기통에 던졌다. 퍽 하고 공허한 소리가 울렸다.

"다카에와 다이고는 서로에게서 눈을 돌릴 수 없어. 어설프게 막을 내린 일가족 살인 사건으로 이어져 둘 다 꼼짝할 수 없는 상태지. 세상은 이미 오래전에 끝나 버렸다고 판단한 그 사건 때문에."

만약 노구치 도요키가 범인임을 증명할 수 있는 확실한 물증이 나와 그가 자백하고 체포, 기소됐다면 이런 일은 없었을까. 다카에와 다이고 모두 괴롭지만 마음을 정리하고 새 인생을 살았을까.

"그럼……."

문득 의문이 생겨 입을 열었다.

"형사님은요? 형사님은 왜 '달나라'에 계속 드나드시는 건가요?"

그러자 나카야는 다리를 다시 포개고 "흐음" 하더니 "나 말
인가? 난……" 하고 잠시 말을 멈췄다. 나는 그가 어떤 대답을
들려줄지 대강 예측이 됐다.

"나도 그 사건에 여전히 집착하고 있으니까."

나카야는 그제야 결심이 선 것처럼 말했다.

"당시 수사본부는 노구치 도요키에게 체포 영장을 발부할
지 말지 망설였어. 결정적인 한 방이 부족했거든. 그걸 찾는 동
안에 도요키는 스스로 목숨을 끊었지. 도요키는 당시 심신 미약
상태였어. 매일매일 감정 기복이 심했고 그 여파가 집주인인 시
노하라 히사오에 대한 불만으로 표출되거나 때로는 폭력 사태
로까지 이어졌지. 체포하더라도 정신 감정을 통해 책임 능력이
있는지를 먼저 감정해야 했을걸. 어쨌든 그는 도무지 종잡을 수
없는 인물이었어. 조사 역시 난항을 겪었고. 수사본부를 혼란스
럽게 만든 원인에는 그런 것들도 있어."

나카야도 의심과 후회, 안타까움, 사건을 제대로 해결하지
못한 죄책감 때문에 괴로워하고 있다. 진실을 바라는 사건 관계
자들은 더 이상 그것을 손에 넣을 수 없는 현실에 절망하면서도
그곳에 남아 서로의 속내를 살피고 있다.

내가 가볍게 드나들던 '달나라'의 이미지가 백팔십도 뒤바뀌
었다. 그곳은 너무나 처절하고 슬픈 마음이 소용돌이치는 곳이

었다. 다른 사람의 고민을 해결해 주는 심부름센터는, 사실 밑바닥이 보이지 않을 만큼 깊고 어두운 늪이었다. 하루 고등학교에서 처음 만난 장난기 많은 같은 반 친구 시게마쓰 다이고. 그는 자신의 참모습을 내면 깊숙한 곳에 숨기고 있었다. 다이고 안에서 느껴지던 깊은 균열이 어느새 내 앞에서 입을 쩍 벌렸다.

이치노세와 다투다 다쳤을 때 다카에가 가져온 주먹밥을 던지던 다이고의 모습이 떠올랐다. 다카에의 배려를 다이고는 매몰차게 내쳤다. "그딴 걸 누가 먹는다고. 가져가요"라고 고함을 지르며 그녀를 향해 주먹밥을 집어 던졌다.

그때 다카에의 얼굴에 드러난 비탄의 표정. 그것은 가면을 뒤집어쓰고 일상을 보내며 대립하던 두 사람이 찰나의 순간에만 보여 준 진짜 모습이었다. 억누를 수 없는 노골적인 감정이었다. 나는 이제야 그것을 깨달았다.

나는 다이고의 친한 친구도 뭣도 아니었다.

그날 하루노부니시 경찰서에서 어떻게 집에 돌아갔는지는 지금도 잘 기억나지 않는다.

나는 가타오카마치에서 11년 전 발생한 일가족 살인 사건을 인터넷에 검색해 봤다. '하루노부시 일가족 살인 사건'을 입력하자 수많은 기사가 나왔다.

인터넷 뉴스에서 흘러나온 정보, 주간지 기사, 현지에서 취재한 르포, 범죄학자들의 견해와 분석, 사건 이후 정리된 전문가의 보고서, 후속 보도, 그 밖의 개인이 쓴 글 등. 당시로서는 사회적으로 큰 파장을 일으킨 사건이었기 때문에 자료의 양은 방대했다.

11년 전 8월 3일, 피해자인 시노하라 히사오의 집에 있었던 사람은 아내 레이코, 아들 다이고, 그리고 히사오의 부모인 가쓰유키와 다에였다. 밤 11시 40분경 집에 괴한이 침입했고 1층에서 잠들어 있던 가쓰유키와 다에가 먼저 습격당했다. 두 사람은 날카로운 흉기에 찔려 살해됐지만 현장에서 흉기는 발견되지 않았다.

다음으로 아래층 소리를 듣고 내려온 히사오가 습격당했다. 그 후 범인은 2층에 올라갔다고 한다. 레이코는 아들과 함께 셋이 자고 있던 침실 벽장 앞에서 살해됐다. 목과 배를 중심으로 여러 군데를 찔렸다. 계단 아래에 쓰러져 있던 히사오는 그때만 해도 아직 숨이 붙어 있어서 전화기까지 기어가 경찰에 신고했다. 그러나 경찰이 집에 출동했을 때는 이미 모두 숨져 있었다고 한다.

범인도 도주한 상태였다. 피해자의 집은 자연공원 옆 산자락에 위치해 이웃집에서 멀어 범행 당시 소리를 들은 사람이나 수상한 인물을 목격한 사람은 없었다. 2층 벽장 안에서 다이고가 구출됐다. 유일한 생존자인 일곱 살 남자아이는 넋이 나간 상태로 말을 제대로 하지 못했다. 깊이 잠들어 있을 때 어머니가 벽장 속에 집어넣는 바람에 무슨 일이 일어났는지도 잘 파악하지 못했다. 따라서 그에게서 실마리를 얻을 수 없었다.

노구치 도요키가 유력한 용의자로 떠오른 것은 주변 탐문 수사 때문이었다. 우묵땅에 지어진 피해자의 집이 내려다보이는 곳에 노구치 도요키가 사는 빌라가 있었다. 히사오의 아버지 가쓰유키 소유의 빌라로, 지은 지 30년이 흘러 철거가 예정돼 있었다. 다른 거주자들은 전부 퇴거했는데 오로지 도요키만 혼자 그곳에 남아 살고 있었다. 경찰은 퇴거를 요구하는 집주인 히사오에게 반발해 도요키가 그 집을 찾아가 불만을 쏟아낸 적이 있었다는 증언을 확보했다.

그는 불만의 범위를 넘어서는 행동도 했다. 자신을 응대한 히사오나 레이코에게 덤벼드는가 하면 빌라 우편함과 외벽 등을 부수기도 했다. 누구와도 어울리지 않고 집 안에 틀어박혀 있다가 느닷없이 격분해 시노하라 히사오의 집에 들이닥치는 등 기행으로만 보이는 행동을 반복했다.

당연히 일에도 지장이 생겼다. 그는 빌라에 처음 입주할 때만 해도 시내 사무기기 제조업체에서 일했다. 그러나 사건이 일어나기 반년 전부터 몸살로 일을 쉬기 일쑤였고 사건 당시에는 휴직 중이었다. 그의 동료는 다음과 같이 증언했다.

―노구치 도요키는 원래 밝고 활달한 성격에 영업 실적도 좋

앗습니다. 그런데 어느 순간부터 점점 활력이 없어지더군요. 무슨 일인지 물어도 자신도 잘 모르겠다고 했습니다. 어쨌든 몸이 좋지 않은 건 확실해 보였고 병원도 다녔지만 결국 원인은 알아내지 못한 것 같습니다. 두통과 어지럼증이 심해 항상 기분이 다운돼 있었고 회사에도 종종 결근했습니다. 그러다 마침내 정신적으로도 문제가 생긴 것 같네요.

집주인이 처음 퇴거를 요구할 때만 해도 이사할 집을 구하러 다녔지만 상태가 그렇다 보니 그것도 어려워졌다. 스스로 자신을 통제할 수 없어 초조해했고 건물을 빨리 철거하려는 집주인과 자주 충돌했다. 휴직한 도요키의 기이한 행태는 주변에서도 눈에 띄었다. 히사오의 집이 위치한 우묵땅에는 그 밖에도 민가가 세 채 더 있었는데, 그곳 주민들이 도요키가 히사오의 집에 찾아와 소리를 지르고 난동을 부리는 모습을 목격했다. 또 빌라 바로 옆에 있는 작은 방적 공장 사장과 직원들이 집 안에서 울고 소리치는 도요키의 목소리를 들었다고도 했다.

이 문제로 히사오가 지인과 상의했다는 증언도 나왔다. 그는 처음에만 해도 마음의 병을 앓으며 빌라에 눌러앉은 도요키를 안타까워해 퇴거 시기를 늦춰 주기도 했지만, 결국 인내심의 한계에 달한 듯 보였다. 말도 안 되는 트집을 잡으며 시비를 거는 도요키 때문에 경찰을 몇 번인가 부르기도 했다. 그러니 사건 발생 후 경찰이 도요키를 눈여겨본 건 어쩌면 당연한 일이었다.

수사를 통해 사건 당일 낮 도요키가 또다시 히사오의 집을 찾아가 현관 미닫이문 유리를 깨뜨렸다는 사실도 밝혀졌다. 도요키의 집 안에서는 히사오의 집 도코노마*에 있던 장식물이 발견됐다. 자연 그대로의 모습을 간직한 노송나무 매목 장식물이었다. 모양이 쥐와 비슷해 쥐띠인 가쓰유키가 상서로운 물건으로 소중히 간직했다고 했다. 사건 나흘 전 집을 찾은 지인이 도코노마에 있던 그 장식물을 목격했다. 그는 그것을 가쓰유키가 절대 도요키에게 주었을 리 없다고 증언했다.

히사오의 집 안에 그밖에 사라진 물건은 없었다. 범행 현장치고는 묘한 현장이었다. 가쓰유키가 손에 쥔 봉투에 들어 있었던 것으로 보이는 1만 엔 지폐가 바닥에 널려 있었다. 집 안이 조금 어지럽혀지긴 했지만 돈은 그대로 남아 있었고 레이코가 가지고 있던 몇몇 보석도 손댄 흔적이 없었다. 수사본부는 결국 일가족이 살해된 이유를 사적인 원한 때문으로 진단했다.

만약 도요키가 범인이라면 왜 일가족을 죽인 후 그 나무 장식물을 가져갔을까. 증오하는 집안 어른들의 목숨만 빼앗고 전리품으로 챙겨간 걸까. 희귀한 나무 장식물이기는 해도 그렇게 값나가는 물건은 아니었다고 한다. 게다가 그런 것을 자기 방에

---

* 방 한쪽에 꽃이나 족자 등을 장식할 수 있게 만들어 둔 공간.

두면 의심을 살 것이 뻔했다. 물론 장식물을 가져간 것만으로 범인이라 볼 수는 없고 도요키를 범인으로 단정할 확실한 증거는 발견되지 않았다.

그의 집 안에서는 흉기도 나오지 않았다. 아이를 제외한 일가족을 찔러 죽인 범인이니 당연히 피도 뒤집어썼을 테지만 피묻은 옷가지 따위도 없었다. 그걸 넘어 집 안에서는 희미한 혈흔 하나 발견되지 않았다. 도요키는 임의로 경찰 조사를 받을 때 흥분하며 자신은 범인이 아니라고 주장했다. 엿새에 걸쳐 조사를 받았지만 혼란의 극에 달한 도요키에게서 제대로 된 증언을 얻을 수 없었다. 집주인 일가가 살해되고 그 혐의가 자신에게 쏠린 상황이 그를 궁지에 몰아붙이며 정신 상태가 더욱더 악화했다.

그리고 이레째 조사 때 도요키는 출석하지 않았다. 도요키의 집을 찾아간 형사가 집 안에서 목을 매 숨져 있는 그를 발견했다. 그전까지 이뤄진 조사나 증거로는 도요키를 범인으로 단정할 결정적 증거가 부족해 결국 피의자 사망 상태로 검찰에 서류 송치됐다. 그야말로 찜찜하기 짝이 없는 마무리였다. 아니, 마무리라 할 수도 없다. 범인이 확정되지 않았으니 수사본부가 해산했다고 해도 지금도 수사가 암암리에 계속되고 있을지 모른다. 그러나 이후 수사에 대한 뉴스 보도는 전무했다.

범행 현장인 시노하라 히사오의 집을 촬영한 사진도 있었다.

주변이 짙은 녹음에 둘러싸인 자연 속 집이었다. 이런 곳에 살던 다이고가 곤충 박사가 된 게 당연한 수순처럼 느껴졌다. 자연 속에서 사랑하는 가족과 보내던 평화로운 일상이 그 사건으로 단숨에 박살 났다. 나는 운명의 잔인함을 느꼈다. 나카야의 말에 따르면 다이고를 거둬 간 이모 부부와의 삶도 그다지 행복하지는 않았던 것 같다. 고작 일곱 살 아이가 살아온 가혹한 삶의 궤적. 내 부족한 인생 경험으로는 차마 상상도 할 수 없었다.

검색하다 보니 어느 마이너 주간지 기자가 도요키의 어머니 노구치 다카에를 직접 찾아가 억지로 인터뷰한 기사를 발견했다. 다카에는 기자에게 짧게 "내 아들은 그런 악독한 짓을 할 아이가 아니다. 난 아들의 결백을 믿는다"라고 했다고 했다.

거기까지 찾아보고 나는 극심한 피로감을 느꼈다. 다이고에게 일어난 일, 그리고 노구치 다카에와의 관계를 알게 된 후부터는 내가 바라보던 세계가 완전히 뒤집혀 버렸다.

나카야는 나에게 왜 이런 이야기를 들려줬을까. 차라리 몰랐으면 좋았을 것이다. 지금까지처럼 다이고를 대할 수 없을 것 같았고 그 제멋대로인 형사가 원망스러웠다. 사건 수사에 관여한 나카야는 아직 사건이 해결되지 않았다고 생각하는 걸까. 그러나 죽은 자는 말이 없고 진실은 우리 손이 닿지 않는 먼 곳으로 사라져 버렸다.

여론과 언론이 멋대로 추측한 결론에 모두가 납득하고 잊힌 사건이 나카야에게는 아직 끝나지 않았다. 아무리 세월이 흘러도 그를 괴롭히며 잊는 것을 허락하지 않고 있다.

형사의 서글픈 직업병 같은 걸까. 그런 사람이 자신을 따라다니고 있으니 다이고와 다카에도 마음이 편치 않을 것이다. 그들도 그 사건을 과거로 밀어내지 못하고 있는 건 마찬가지다.

언젠가 나카야가 '달나라'에 들어온 물건을 손에 들고 "이거, 너희 집에도 있었지?"라고 다이고에게 물었다.

그때 나카야는 "어릴 적 일이라 기억 못 하는 건가?" 하고 말을 이었다.

그것은 다이고의 가족들이 살해됐을 때 일을 말한 것이었다. 이제야 이해가 됐다. 내가 무슨 말이냐고 물어도 다이고는 모른다고만 했다.

세 사람 사이에서는 전에도 그런 대화가 가끔 오갔을까. 나카야는 나카야대로 속내를 떠보는 걸까.

다카에와 다이고, 그리고 나카야.

세 사람 다 고통 속에서 진실을 찾으려 하고 있다. 아무리 원해도 결코 얻지 못한다는 걸 아는데도. 누군가 한 명이 빠져나가려 하면 누군가 그를 다시 원위치로 되돌린다. 아물려는 상처를 비집고 벌려 피를 흘리게 한다. 공포의 악순환, 지옥의 게임. 그 안에 승리 따위는 없다.

그것은 바로 지금 내 눈앞에 펼쳐진 광경이기도 했다. 나는 마음속 깊이 전율했다. 이런 복잡하고도 업이 깊은 인간관계 앞에서 나는 그저 무력했다.

부엌에 가서 찬물을 한 잔 마셨다. 시계를 보니 새벽 2시가 지났다. 다이고는 지금쯤 뭘 하고 있을까. '달나라' 2층 매트리스에 홀로 누워 눈을 뜨고 있을까. 그럴 때 창고에 요사쿠가 있는 게 그나마 다행이라는 생각이 들었다. 피가 흐르는 따스한 동물이 옆에 있다는 것이.

방으로 돌아가 창문을 열었다. 어두운 하늘에 유난히 하얀 달이 걸려 있었다.

11월에는 하루 고등학교 야간부 과정 학생들의 축제가 열려 준비가 착착 진행됐다. 아사미 반에서는 물론 다이고가 중심이 되었다.

"카페를 열어요."

그렇게 제안한 사람은 주부인 히가키 씨였다. 여자들이 찬성해 그쪽 방향으로 이야기가 진행됐다. 히가키 씨가 시폰 케이크를 굽겠다고 했고 이미 전에 히가키 씨의 케이크 맛을 봤다는 여학생이 전문 파티시에 수준이라며 모두의 기대를 북돋웠다. 요시타케 씨는 기왕 할 거면 메이드 카페로 하자는 말을 꺼냈다.

"요시타케 씨가 메이드를 하면 카페가 아닌 그냥 술집이 될 텐데."

오쓰키가 작은 소리로 중얼거렸다. 남학생들은 한 명도 의견을 내지 않아서 여학생들의 아이디어로 계획이 수립됐다. 다이고는 중간에서 의견을 잘 정리했고 아사미 선생은 싱글벙글 웃으며 그 모습을 지켜봤다. 요시타케 씨는 요즘은 밤늦게 거리를 배회하지 않는다고 했다. 낮에 성실히 일하고 수업에도 빠지지 않고 출석하니 그럴 틈이 없을 것이다. 낮에 하는 일이 무엇인지 구체적으로는 몰라도 복장은 여전히 화려했다.

식기와 식재료, 각종 기자재 조달, 업무 배분, 공간 꾸미기 등의 업무 배정이 다이고의 지시로 차례차례 정해졌다.

"자, 그럼 이 정도로 되겠지?"

다이고가 칠판 앞에 서서 말했다.

"저……."

그때 남학생 한 명이 주뼛주뼛 손을 들었다. 모두의 눈길이 그에게 쏠렸다. 평소 수업 때 항상 고개를 숙인 채 말도 잘 하지 않는 얌전한 학생이었다.

"오, 기타가와. 혹시 뭐 의견이라도?"

다이고가 그를 지목하며 물었다.

"카페에 깔릴 BGM 말인데요……."

"응? 아, 참. 그러고 보니 BGM까지는 생각 못 했네. 혹시 좋은 아이디어라도 있어?"

다이고가 스스럼없이 물어도 기타가와는 머뭇거렸다. 그는 초등학생 시절 극심한 괴롭힘을 당해 등교를 거부하게 됐다고 누군가에게 들은 적이 있었다.

"음악은 아닌데."

"음악이 아니라고? 괜찮아. 뭔데?"

다이고는 어떻게 이렇게 쾌활한 척 살고 있는 걸까. 나는 나카야를 만나고 온 날부터 줄곧 그런 의문을 떠올리고 있었다. 다이고 나름대로 완성한 인생의 서바이벌 기술일까. 다른 사람과 쉽게 친해지는 개방적인 사람을 연기하며 속으로는 타인이 자기 안에 한 발짝도 들어오지 못하게 장벽을 치고 있다. 모르겠다. 이제는 나도 알 수 없었다. 그렇다고 다이고와 속을 터놓고 대화하기도 두려웠다. 그러니 나도 척할 수밖에 없다. 아무것도 모르는 척. 다이고와 지금까지와 똑같이 지내려면 그래야 했다. 다이고를 잃는 것이 두려웠다. 설령 가면을 쓴 다이고라 해도.

"철도 소리를 틀어 보는 건 어떨까요. 녹음한 게 많아서."

"오, 그거 좋네!"

즉시 찬성하는 다이고를 나는 지그시 봤다. 다이고의 마음속 문은 엄청나게 두껍고 무겁다. 다른 사람이 억지로 열 수 없다. 하루 고등학교 안에서 다이고는 학급의 리더라는 역할을 연기하고 있다.

기타가와는 단숨에 표정이 밝아졌다.

"그럼 그날 괜찮은 걸로 골라 올게요."

"좋아. 잘 부탁해."

다이고는 가볍게 대답했다.

"전문 디저트 가게 수준의 시폰 케이크를 메이드가 서빙하고 뒤에는 철도 BGM이 깔리는 카페라니. 이게 대체 무슨 콘셉트야."

오쓰키가 옆에서 중얼거렸지만 나는 대꾸하지 않았다.

14

차마 내 마음에만 담아 둘 수 없어 결국 히로키 씨를 찾아가 상의하기로 했다. 가족 앞에서 할 이야기는 아니고 그 밖에 달리 떠오르는 사람도 없었다.

그전에도 몇 번인가 구라모토 저택을 혼자 방문했다. 히로키 씨와의 대화 소재는 물리학이나 음향학에 그치지 않고 문학과 정치, 시사 문제, 미국에서의 생활 등 다방면에 걸쳐 있었다. 그에게서는 배울 게 많았고 히로키 씨 역시 거들먹거리지 않고 은둔형 외톨이로서의 내 삶이나 야간 학교 생활, '달나라'에서 일어난 일 등을 순수하게 궁금해했다.

히로키 씨와 함께 정원을 자주 산책했다. 울퉁불퉁한 경사로도 어려움 없이 나아갈 수 있는 캐터필러 달린 전동 휠체어를 타고 그는 어디든 향했다. 가끔 나는 히로키 씨가 장애인이라는 사실조차 잊었다. 그토록 그는 자연스럽게 자신의 몸을 받아들이고 있었다.

세쓰코 씨와 비앙카 씨는 도쿄에 가부키를 관람하러 갔다. 안부 인사차 들른 침실에서 고노스케 씨는 평온한 얼굴로 잠들어 있었다.

나는 히로키 씨와 정원을 걸었다.

가을이 깊어지며 정원과 구릉지 활엽수들이 알록달록 물들어 있었다. 우리는 서재 창문 근처에 있는 때죽나무가 둥근 녹색 열매를 매단 모습을 아래에서 구경했다. 숲에서는 나무에 덩굴성 식물들이 엉켜 열매를 맺고 있었다. 노박덩굴은 붉은 열매, 송악은 검은 열매를 맺었고, 가막살나무 열매도 잘 익었다. 오목눈이와 박새, 곤줄박이가 바쁘게 먹이를 채집했다.

상수리나무와 졸참나무, 종가시나무 등은 엄청난 양의 도토리를 땅에 떨어뜨렸다. 여름에 수액을 빨아먹은 장수풍뎅이들은 다쓰노 목공소의 톱밥 속에 알을 낳았을까. 습기를 머금어 축축한 땅에서는 작은 버섯이 슬며시 머리를 내밀었고 숲 가장자리에는 잔대와 뻐꾹나리가 수수한 꽃을 피웠다. 풀숲에서 곤충들의 합창이 울려 퍼지다가 우리가 옆을 지나면 잠시 잠잠해졌다.

히로키 씨는 가끔 전동 휠체어를 세우고 내게 식물과 새, 곤충 이름을 알려 줬다. 정원과 그 뒤 숲을 돌아다니며 나는 다이고에게 일어난 일, 노구치 다카에와 나카야의 지금의 관계를 그에게 설명했다. 맑은 가을 공기로 가득한 숲속에서 히로키 씨는 말없이 내 이야기에 귀 기울여 주었다.

"그 사건에 대해서는 잘 몰랐어. 그때 난 미국에 있었으니."

그러나 태어나고 자란 하루노부시에서 발생한 사건이니 인터넷 뉴스에서 대략적인 개요는 읽었다고 했다.

"다이고가 그 사건의 당사자였다니."

"저도 전혀 몰랐어요. 줄곧 옆에 붙어 있었는데도."

히로키 씨 앞에서는 솔직한 심정을 털어놓을 수 있었다. 차라리 모르는 게 더 나았을 거라고 하자 히로키 씨는 그것만은 강력히 부인했다.

"안다는 것을 두려워하면 안 돼. 세상 모든 일은 아는 것에서부터 시작하니까. 류타. 넌 앞으로도 많은 것들을 생각하고 행동할 거야. 그리고 거기서 뭔가가 만들어질 테고. 물론 좋은 일만 있을 수는 없겠지만 그런 것도 받아들이는 힘을 길러야 한단다. 안다는 건 그런 거야. 모르고 있으면 배울 수 없지. 앞으로 나아갈 수 없고, 성장할 수도 없어."

히로키 씨는 "지식은 인생 최고의 무기란다"라고 강조했다. 그러더니 잠시 생각에 잠겼다가 다시 입을 뗐다.

"그 일가족 살인 사건은 아직 완전히 규명된 건 아닌가 보구나."

"네, 맞아요. 정확히 말하면 진실은 아직 불분명하죠. 그러니 그 세 사람도 고통받고 있고요."

히로키 씨는 침묵했다. 쇠딱따구리인지 오색딱따구리가 나무줄기를 두드리는 소리가 희미하게 들렸다.

"노구치 도요키 씨는 왜 스스로 목숨을 끊었을까."

"세상 사람들은 그가 진범이라 그랬다고 생각하는 것 같아요."

"하지만 자백은 안했지?"

"네. 당시 정신적으로 문제가 있었다고 하니 결백을 잘 주장하지도 못했던 것 같아요."

"정신에 왜 문제가 생겼을까. 성실하고 평범하게 살아온 남자가 그렇게 된 이유가 뭘까."

"글쎄요……."

"분명 뭔가 이유가 있을 거야."

히로키 씨는 생각에 잠긴 채 휠체어를 조종해 앞으로 갔고 나는 그 옆을 걸었다. 과학자들은 '왜?'라고 떠올리는 것부터 시작해 가설을 세우고 시행을 반복한다. 그리고 그 안에서 진리를 도출한다. 나는 감정에 너무 좌지우지되지 않게 마음을 다잡았다.

잠시 후 정원사인 이리에 씨의 집 앞을 지나갔다. 입구 문이 열려 있고 현관 안에서는 이리에 씨가 뭔가를 깎고 있었다. 그는 우리를 보자마자 깜짝 놀라 손을 멈추고는 황급히 우리를 향해 다가왔다. 작업복 무릎에 나무 부스러기가 잔뜩 붙어 있다.

"신경 쓰지 않으셔도 됩니다. 볼일이 있어서 온 건 아니라."

히로키 씨가 그렇게 말하자 이리에 씨는 정중히 고개를 숙였다. 그러나 원래 하던 작업을 다시 시작하지는 않았다.

히로키 씨와 이리에 씨는 숲속 소나무 한 그루가 시든 것에 대해 이야기했다. 정원과 숲 경계쯤에서 자라던 큰 나무인데 세월이 흘러 조금씩 힘을 잃더니 이리에 씨가 여러 방법을 강구했는데도 결국 소용없었던 듯하다. 히로키 씨는 나무가 갑자기 쓰러지면 위험하니 업자를 불러서 벌목해 달라고 이리에 씨에게 지시했다.

"알겠습니다. 정말 면목이 없습니다."

이리에 씨는 소나무가 말라 버린 것에 본인이 책임을 느끼는 듯했다.

"아뇨. 이리에 씨가 사과하실 일은 아니죠. 나무가 시드는 것도 다 자연의 순환이니까요."

히로키 씨는 온화하게 미소 지었다.

"벌목한 나무는 벽난로용 장작으로 만들어 두겠습니다."

"네. 그래 주시면 감사하지요."

나는 보지 못했지만 저택 거실에 벽난로가 있는 듯했다.

정원 손질과 동절기 준비를 상의하는 두 사람 옆에서 나는 또 다이고를 떠올렸다. 내가 네 과거를 알게 됐다고 다이고에게 전해야 할까. 계속 모르는 척 다이고를 대하는 건 왠지 좋지 못

할 짓을 저지르는 것 같았다. 다이고는 내게 과거가 알려진 사실을 어떻게 받아들일까.

이 모든 건 우리가 친구라는 전제지만 왠지 그것도 이제 자신이 없었다.

이리에 씨의 집 현관 앞에 햇빛이 옅게 비치고 있다. 이리에 씨가 그대로 놓아둔 나무토막이 긴 그림자를 드리웠다.

결국 다이고에게는 아무 말도 꺼내지 못한 채 학교 축제 날이 왔다.

아사미 반 인원들은 카페 운영을 맡는 조와 다른 반이 준비한 행사를 둘러보는 조로 나뉘어 시간을 분배했다. 나는 다른 반의 행사를 먼저 둘러보는 조에 들어가 체육관에서 열리는 록밴드와 댄스 공연을 관람했다. 교실에서는 음식점과 공포 체험, 그림 전시 등이 열렸다. 그러다 어느덧 카페 조와 교대할 시간이 되어 아사미 반으로 돌아갔다.

우리 카페는 '낙엽장'이라는 왠지 순정 만화에 나올 법한 간판을 내걸고 있었다. 히가키 씨의 시폰 케이크는 인기가 많아 전반부 시간에 이미 거의 매진되었다. 요시타케 씨는 메이드복 앞치마가 그럭저럭 잘 어울렸는데 앞치마는 오쓰키가 직접 만들었다고 했다. 오쓰키는 지하 아이돌에 빠져 살았을 때 그들의 의상에도 관심이 많았다. 나는 빡빡머리에 코 피어싱까지 한 남자가 재봉틀을 돌리는 모습이 도무지 상상되지 않았다.

기타가와는 누구보다 신이 나 카페에 철도 소리 BGM을 계속 재생하고 있었다. 그의 말에 따르면 노선에 따라 선로에서 전해지는 울림이 전혀 다르다고 했다. 왕따를 당해 학교에 나가지 않게 되자 도쿄와 여러 지역의 전철을 타며 매일매일 녹음했다. 지금껏 그런 행위가 그의 삶을 지탱해 온 듯했다.

나는 다이고와 함께 칸막이에 둘러싸인 일각에서 음료를 만들었다. 메뉴는 커피와 홍차, 오렌지주스와 진저에일뿐이라 간단했다. 옆 부스에서는 기타가와가 개인적으로 좋아하는 소리들을 틀었다. 스피커는 파티션 바로 옆에 놓였다.

책상을 이어 붙이고 식탁보를 씌워서 만든 카페에는 손님들이 그럭저럭 찾아왔다. 전일제 학생과 학부모들이 왔고 내 할머니도 친구들과 함께 잠깐 얼굴을 내밀었다. 슬슬 영업이 막바지에 다다를 무렵 기타가와는 새로운 음원을 재생했다. 전철에 올라타 녹음한 소리가 아닌 선로를 따라 걸으며 녹음한 소리라 했다.

"역시 BGM은 평범한 음악이 더 나았겠다."

다이고는 뒤늦게 나에게 귓속말을 했다.

"응. 그랬을 것 같네."

그날 이후 다이고와 대화할 때는 아무래도 어색했다. 그리고 이런 내 변화를 다이고가 혹여 눈치챌까 봐 걱정됐다. 내 옆에서는 체구가 작은 사카타라는 여학생이 능숙하게 컵을 씻고 정리하고 있었다.

　스피커에서 전철이 다가와 멀어지는 소리가 흘러나왔다. 차량이 오가는 소리와 행인들의 말소리가 섞였고 역내 안내 방송 소리도 들린다. 그것들을 들으며 나도 정리를 돕기 시작했다. 다이고는 마지막 주문을 받아 음료를 만들었다. 컵과 받침을 닦아서 작은 상자에 겹쳐 쌓고 있을 때 갑자기 교실 안에 선로 건널목 차단기 소리가 울려 퍼졌다. 내 손이 멈췄다. 기타가와는 길을 걷다가 멈춰 서서 차단기 소리를 녹음했는지 큰 음량으로 스피커에서 나왔다. 멀리서 전철이 다가온다. 차단기의 땡땡 소리와 전철이 지나가는 굉음이 겹친다.

　무심코 호흡이 빨라졌다. 온몸에서 식은땀이 흐른다. 귓속에서 맥박 뛰는 소리가 들린다. 그 소리 하나하나가 나를 옴짝달싹 못 하게 옭아맸다. 스스로 제어할 수 없을 정도로 얕고 빠른 호흡이 반복됐다. 내 손에서 컵이 떨어져 바닥에서 산산조각 났다. 사카타 씨가 이상하다는 듯 나를 봤다. 숨을 쉴 수 없다. 나는 그 자리에 스르르 쓰러졌다.

　"야! 류타! 왜 그래?"

　다이고의 목소리가 아득하게 들린다. 차단기 소리는 여전히 땡땡 울리고 있었다.

　정신을 차려 보니 병원 침대 위에 있었다. 구급차로 이송됐다고 했다. 응급실에서 멍하니 눈을 뜨고 있었다지만 기억은 전혀 없다. 침대 옆에는 아버지와 할머니가 있었다. 내가 의식이 돌아온 걸 확인하고 할머니가 "류타" 하고 목소리를 짜냈다. 아버지가 간호사 호출을 눌러 의사와 간호사를 불렀다.

"과호흡 발작입니다."

의사는 나에게 그렇게 설명했다. 속으로 '그렇구나' 하고 생각했다. 학교 축제 카페에서 마치 불의의 습격처럼 큰 음량으로 울려 퍼진 차단기 경보음. 그 소리에 과잉 반응한 것이다. 거기까지는 냉정하게 분석할 수 있었지만 이런 일이 생길 줄은 몰랐다. 어린 시절 트라우마를 이제는 극복했다고 믿었다. 거리를 걷거나 전철에 타고 있을 때 차단기 소리를 들어도 아무렇지 않았으니까.

의사는 간단히 진찰하고 "이제는 괜찮습니다"라고 했다.

"진정되면 집에 가셔도 됩니다."

할머니는 호들갑스럽게 안도의 한숨을 내쉬었다.

"아사미 선생님과 시게마쓰 다이고라는 친구가 널 여기까지 데려와 줬어."

의사와 간호사가 병실에서 나가자 할머니가 말했다.

"우리가 오고 나서 돌아갔지만 두 사람 다 널 많이 걱정하더구나."

그 말을 들은 순간 코끝이 찡해졌다. 다른 사람이 나를 챙겨 주는 상황에.

이미 잊었을 차단기 소리가 머릿속에서 울렸다. 노란색과 검은색으로 구분된 차단봉이 몇 번이고 내 앞에서 내려갔다 올라갔다 했다. 전철은 몇 대나 눈앞을 지나쳤을까. 그때 내가 죽었다면 아사미 선생님과 다이고를 만나지 못했다. 그들에게 이렇게 걱정을 끼칠 일도 없었다. 새삼 기적과 같은 인연이라 생각했다.

할머니는 내가 왜 과호흡 발작을 일으켰는지를 궁금해하며 원인을 캐물었지만 아버지가 중간에 끼어들어 할머니를 말렸다. 아버지도 모를 것이다. 발작의 원인이 차단기 소리라는 것을. 그 소리로 인해 가족이라는 존재로부터 분리돼 고독해지기 시작했다는 것을. 애정이라는 정체 모를 감정에 짓눌려 내가 질식 직전 상태에 있었다는 것을. 그런 것들을 단 하나도 이해하지 못한 채 아버지는 오직 엄격한 부모로 나를 자신의 틀 안에 밀어 넣으려 했다. 하지만.

지금의 나를 바라보는 아버지의 얼굴은 왠지 서글프고 연약해 보였다.

"됐다. 이제 집에 가자."

아버지가 그 말만을 해서 나는 순순히 고개를 끄덕였다. 나는 아버지와 할머니를 따라 집에 돌아갔다.

다음 날은 학교를 쉬었다. 하루 고등학교에 다니기 시작하고 나서 첫 결석이었다. 아사미 선생이 전화를 걸었고 수업을 마친 다이고가 병문안을 왔다. 밤 10시가 지난 시간이지만 할머니는 크게 기뻐하며 다이고를 맞아 주었다.

내가 감사를 표하자 다이고는 말없이 미소 지었다. 그 웃는 얼굴을 보며 나는 또 울음이 터질 뻔했다. 변함없는 친한 친구를 보며. 다이고가 어떻게 생각하든 다이고는 내게 정말 친한 친구였다. 할머니가 남은 저녁 재료로 만들어 준 버섯 솥밥과 튀김 만두, 샐러드, 돼지고기 찌개를 깨끗이 비우는 다이고의 옆모습을 보며 나는 행복감에 사로잡혔다.

"내가 원래 차단기 소리에 약해."

나는 할머니와 아버지 앞에서도 하지 않은 이야기를 털어놓았다.

"떠올리고 싶지 않은 옛 기억이 떠오르거든."

"그렇구나."

다이고는 그 이상 묻지 않았다. 그래서 내가 직접 조금 더 나아가 보기로 했다.

"어머니와 얽힌 옛 기억이야."

"그렇구나."

밥을 다 먹은 다이고는 따뜻한 녹차를 맛있게 홀짝거리고 한숨을 휴우 내쉬었다.

"실은 나도 그런 게 있어."

깜짝 놀라서 쳐다보는 나를 향해 다이고는 말했다.

"난 매미 울음소리."

뭐라고 반응해야 좋을지 알 수 없었다.

"특히 곰매미 소리. 나도 어머니와 관련된 좋지 않은 기억과 엮여 있어서."

"그렇구나."

간신히 그 말만 했다. 이후 다이고는 나와 잡담을 몇 마디 더 나누고 집에 돌아갔다.

"류타. 내일은 학교에 꼭 나와."

다이고의 입을 통해 처음 가족 이야기를 들었다. 겨우 일곱 살 때까지만 함께 살았던 가족. 그리고 지금 다이고는 자신의 가족을 앗아 간 남자의 어머니와 함께 살고 있다. 나카야는 다이고가 증오를 잊지 않기 위해 그러고 있다고 분석했지만, 정말 그럴까. 다이고는 그런 식으로 스스로를 괴롭히는 삶의 방식을 택한 걸까.

직접 묻고 싶지만 도무지 그럴 용기가 생기지 않았다. '안다'는 건 괴로운 일이기도 했다.

낮 시간에 다시 자전거를 타고 정처 없이 달리기 시작했다. 겨울을 향해 가는 거리에서는 가로수 잎이 떨어지고 빌딩 너머로 보이는 야트막한 산에서 찬바람이 불었다. 하루노부역 인근

번화가는 크리스마스 장식으로 화려했다.

조심스럽게 선로 근처를 피해 다녔지만 차단기 소리를 들어도 이제 아무렇지 않다는 것을 깨달았다. 축제 때는 유독 컨디션이 좋지 않아 그랬을 거라고 생각하기로 했다. 컨디션 이상과 정신적인 압박이 겹쳤을 거라고. 나는 종횡무진 바람을 가르며 많은 생각을 했다.

노구치 도요키는 어쩌다가 성격이 변해 버릴 만큼 몸이 안 좋아졌을까. 집주인인 시노하라 히사오의 집에 몇 번이나 들이닥친 이유는 뭘까. 그들 사이에 어떤 갈등이 있었길래 왜 그것이 살인이라는 극단적인 행위까지 이어졌을까.

물리학에서는 어떤 힘이 물체에 작용해 그것이 움직일 때부터 운동으로 인식한다. 이를테면 고요한 공간에서 어떤 사소한 사건이 일어났다고 가정해 보자. 나뭇잎 끝에서 물방울이 떨어진다거나, 작은 풀벌레가 날갯짓하며 날아오르는 그런 작은 사건. 그 사건은 주변의 공기를 조금이나마 움직인다. 그리고 움직인 공기는 차례차례 진동 에너지를 전달해 파도처럼 퍼져 간다. 만약 그 파도가 인간의 고막에 닿으면 그것은 소리가 된다.

그런 이야기를 히로키 씨에게 전해 들었다.

세상 모든 일에는 이유가 있다는 뜻이다. 처음에 일어난 아주 작은 사건이 거대한 결과를 불러올 수도 있다.

당시 노구치 도요키의 정신에 작용했던 건 뭐였을까. 거기서

부터 어떤 식으로 파문이 커져 일가족이 그렇게 끔찍하게 살해 당해야만 했을까. 그리고 오직 다이고만 혼자 목숨을 건진 이유는 뭘까.

알 수 없었다. 그 수수께끼들을 풀 열쇠는 이미 그 누구도 가지고 있지 않다. 시노하라 히사오 일가가 살던 집과 도요키가 살던 빌라는 전부 철거됐다. 검증할 방법이 모조리 사라졌는데도 그때의 기억을 품은 자들끼리 망령처럼 등을 맞대며 살고 있다. 시게마쓰 다이고와 노구치 다카에, 그리고 나카야.

나는 어느새 자전거를 세우고 안장에 앉아 멍하니 있었다.

"야!"

그때 귓가에서 갑자기 고함 소리가 들려 하마터면 펄쩍 뛸 뻔했다.

"거기서 뭐 해?"

내 옆에 히나코가 서 있었다.

"아, 깜짝이야."

나는 호흡을 가다듬었다.

"너야말로 왜 여기에?"

"내가 어딜 가든 내 마음이지."

히나코는 그렇게 툭툭거렸다.

"너야말로 거기서 뭐 해? 방금 네 얼굴, 완전 다 죽은 사람 같았어."

나는 주뼛거리며 생각 중이었다고 횡설수설 대답했다.

"흐음. 생각이라."

"노조미 씨를 만나러 온 거야?"

그제야 그것을 떠올렸다. 네리마에 사는 그녀가 하루노부시에 올 이유는 그밖에 없을 것이다. 역시나 히나코는 그렇다고 대답했다. 그날 이후 두어 번 정도 고이즈미 노조미의 집을 찾았고 두 사람은 그토록 서로를 잡아먹을 것처럼 싸웠으면서 완전히 관계를 회복한 듯했다.

"노조미 씨네 어머니는 어때?"

나는 고이즈미 나오코를 가리킬 다른 좋은 호칭이 떠오르지 않았다.

"정말 짜증 나는 여자야."

히나코는 가차 없이 말했다.

"언니랑 내가 사이가 좋아진 걸 알고 괜히 우리한테 잘해 주려고 해. 그런 식으로 아빠도 유혹했겠지."

매우 편파적인 견해라고 생각했지만 입 밖에 내지 않았다. 우리는 나란히 걷기 시작했다. 히나코는 나쓰에가 알코올 중독 치료 전문 병원에 다니고 있고 그곳에서 술맛이 뚝 떨어지는 약을 받아 복용 중이라고 했다.

"그런데 아직도 완전히 끊지는 못했어. 술이라는 게 맛있어서 마시는 건 아니잖아. 맛 같은 건 상관없어. 아무튼 알코올 중독 치료가 그렇게 힘든 모양이야."

둘 중 누가 들어가자고 한 것도 아닌데 우리는 눈앞에 보이는 공원에 들어가 나란히 벤치에 앉았다. 나는 조금 떨어진 곳에 있는 자판기 쪽으로 걸어갔다.

"아, 난 따뜻한 홍차 마실래. 설탕이랑 우유 안 든 걸로."

등 뒤에서 히나코의 목소리가 들렸다. 자기 몫의 음료 값을 내려는 히나코의 손을 나는 조용히 되밀었다.

"너희, 야간 고등학교에 다닌다며?"

히나코는 홍차 캔을 두 손으로 감싼 채 물었다. 그렇다고 하자 히나코는 야간 고등학교가 어떤 곳인지 묻기 시작했다. 학비는 얼마나 드는지, 입학시험은 어려운지, 수업 진행 방식은 어떤지, 주로 어떤 학생들이 다니는지.

히나코는 중학교를 졸업한 후 어머니를 돌보며 생계를 위해 매일 아르바이트를 했다. 이 아이도 배우고 싶은 게 있을 것이다. 하루 고등학교에는 다이고를 비롯해 다양한 이유로 학업의 기회를 잃은 사람들이 많이 다니고 있다. 집단 괴롭힘 때문에 학교를 나가지 않게 된 아이, 가정에서 학대를 당한 아이도 있고, 비행을 저질러 고등학교를 중퇴한 사람도 있다. 사회에 진출해 열심히 일하며 불편함 없는 생활을 하면서도 어떻게든 고등학교 졸업장을 갖고 싶어 학교에 돌아온 성인도 있다. 다른 학년에는 정년퇴직 후 입학한 사람도 있다고 들었다.

야간 고등학교는 그런 사람들을 받아들인다. 배움의 의지만 있으면 누구든 들어갈 수 있다. 아사미 선생처럼 모든 걸 학생의 눈높이에서 생각해 주는 교사도 있다. 나는 그런 것들을 상세히 설명했다. 다이고가 1년 동안 아르바이트해서 모은 돈으로 학교에 들어갔다고 하자 히나코는 "그렇구나!" 하고 기쁜 듯 목소리를 높였다. 자신에게도 가능성이 있다고 느낀 듯했다.

"넌?"

"응?"

"넌 왜 야간 학교에 들어갔어?"

히나코가 조심스레 홍차를 한 모금 마시고 물었다.

"그게, 그러니까……."

내 시선이 허공을 맴돌았다. 바로 조금 전까지 의기양양하게 야간 학교의 장점을 떠들던 나 자신이 바보처럼 느껴졌다.

"난 중학생 때부터 집에 틀어박혔거든."

"왜?"

히나코는 거침없이 물었다.

이렇게 정면에서 물어 오는 사람은 처음이었다. 넌지시 던진 질문은 적당히 얼버무릴 수도 있지만 왠지 히나코 앞에서는 속 시원하게 털어놓고 싶었다. 그리고 그런 나 자신에게 놀랐다.

히나코는 김이 나는 캔 너머에서 눈을 위로 뜨며 날 보고 있다. 오만불손하고 세상 무서울 것 없는 고집 센 여자아이. 누구

의 도움도 없이 어머니와 둘이서만 역경을 헤쳐 온 강인한 정신
력의 소유자.

이 아이에게 내 사정 따위 하찮을 것이다. 코웃음을 치며 약
해빠졌다고 할 게 뻔하다. 그럼 차라리 후련할지 모른다고 생각
하는 스스로에게 또다시 놀랐다.

"별거 아니야."

정작 내 입에서 튀어나온 건 그야말로 나약한 말이었다.

"흐음."

히나코는 홍차를 또다시 홀짝였다. 나는 자신에게 실망했다.

"그럼 난 이만 가 볼게."

히나코는 벌떡 일어나 빈 캔을 쓰레기통에 버렸다.

"잘 마셨어."

나는 깜짝 놀라 히나코를 올려다봤다.

"왜?"

"아니, 고맙다는 말도 잘하는구나 싶어서."

쓸데없는 말을 해 버렸다. 히나코는 명랑하게 웃었다.

"너 정말 무례한 아이구나. 다른 사람한테 뭔가를 받으면 고
맙다는 말 정도는 당연히 해야지."

스스로 부끄러워하며 나는 고개를 푹 숙이고 말았다.

"언니가 기다리고 있어. 오늘은 그 유화를 액자에 넣을 거야.
나중에 상황이 괜찮아지면 엄마한테도 보여 주고 싶으니까."

"유화?"

입을 떡 벌리는 나를 보며 히나코가 또 웃었다.

"너희 재활용품 가게에 나오코 아줌마가 팔러 갔었잖아. 아빠가 그린 유화 말이야."

"아아."

'너희 재활용품 가게'라는 말이 괜히 걸렸지만 나는 군말 없이 고개를 끄덕였다.

"너희 아버지가 어린 시절의 노조미 씨와 널 그린."

통통하게 살찐 네 살 히나코는 천진난만하게 웃고 있었다. 옆에는 언니가 있고 눈앞에는 붓을 든 아버지, 그리고 아버지 뒤에는 젊고 건강한 나쓰에 씨도 있었을지 모른다. 그 후 가혹한 운명에 의해 가족들이 흩어져 각자 다른 길을 걷게 됐지만 그런 건 꿈에도 모르던 시절. 계모가 그림을 팔러 왔을 때는 평범한 그림인 줄 알았건만 그 안에 담긴 사연을 알고 나니 전혀 다르게 보였다.

"응. 완벽한 시절의 가족 그림이지."

히나코가 내 마음을 읽은 것처럼 말했다.

"난 기억나지 않지만."

"어쩔 수 없어. 네 살이었으니."

"그때부터 아빠는 나오코 아줌마를 만나고 있었을지도."

히나코는 신랄하게 말을 덧붙였다.

"뭔가 불온한 기운이 감돌고 있어, 그 그림."

"그래? 난 잘 모르겠는데."

내 목소리가 문득 한심하게 들렸다.

"섬뜩해."

히나코는 숄더백을 어깨에 걸쳤다.

"얼마 전 언니랑 보다가 문득 깨달았어. 아빠는 왜 하필 그런 데서 우리를 그렸을까."

마지막 말은 거의 혼잣말처럼 중얼거렸다.

"그 그림 배경에 그려진 집 있지? 얼마 후 거기서 사건이 발생했잖아."

순간 차가운 무언가가 내 등을 스르르 훑고 내려갔다.

"너도 알지? 11년 전에 일어난 일가족 살인 사건. 그 현장이 된 집이 그림 속에 그려져 있는 거야. 언니 말로는 이제는 헐려서 사라졌다고는 하는데."

이파리가 몽땅 떨어진 벚나무 가지 사이로 싸늘한 바람이 불었다. 바람은 우리 앞을 지나 아무도 타지 않은 그네를 살짝 흔들었다.

녹슨 그네가 삐걱거렸다.

15

히로키 씨의 캐터필러 달린 전동 휠체어가 힘차게 오르막길을 올랐다. 비앙카 씨는 아무렇지 않아 보이지만 나는 따라가는 데만도 벅차서 숨을 헐떡거렸다.

가타오카마치 외곽. 근처 고지대에 울창한 숲이 보인다. 저곳이 세리가오카 공원의 '어린이 숲'이다. 14년 전 저곳에서 사랑스런 딸들의 모습을 그림으로 그리던 행복한 가족이 있었다. '어린이 숲'에서 내려다보이는 이곳도 완만한 오르막길이다. 언덕 아래에는 히로키 씨의 차가 세워져 있다. 그는 손으로만 조작하는 특수 사양 차를 능숙하게 운전했다.

언덕 위에 세워진 공장 건물 옆에서 히로키 씨는 휠체어를 세웠다.

"상쾌하네."

비앙카 씨가 주변을 둘러보며 심호흡을 했다. 구라모토 집안 소유 구릉지와는 또 다른 풍경이다. 구릉지가 무사시노다이치의 모습을 간직하고 있다면 이쪽은 소토치치부 산지의 일부처럼 보인다.

공장은 이미 오래전 조업을 멈춘 탓에 지붕과 벽이 흠집투성이였다. 예전에 노구치 도요키가 살던 빌라는 헐려서 공터가 됐다. 잡초가 무성한 공터 끝으로 가니 우묵땅에 세 채만 들어선 가옥이 보였다. 시노하라 히사오의 집이 있던 부지는 건설 회사의 자재 보관소가 됐다. 비 맞은 폐자재와 녹슨 파이프 따위가 난잡하게 널려 있는 모습을 나는 착잡한 심정으로 내려다봤다.

고개를 돌리니 히로키 씨가 휠체어에 탄 채로 사진과 공장을 비교하고 있었다. 나는 히로키 씨와 비앙카 씨가 있는 곳으로 돌아갔다. 히로키 씨가 손에 든 사진은 내가 히나코에게 부탁해 문자로 받았다. 그 안에 아버지가 자매를 그린 유화가 찍혀 있다. 정확히 말하면 그 배경에 있는 빌라와 공장, 우묵땅의 가옥 부분을 확대한 사진이었다.

공장 옆에서는 우묵땅이 보이지 않지만 '어린이 숲'에서 내려다보면 정확히 모든 게 시야에 들어올 것이다. 히로키 씨는 꼼꼼히 공터와 공장 위치를 살폈다. 이따금 사진에도 시선을 떨구는 모습을 나는 말없이 지켜봤다.

"이 공장은 방적 공장이었다지?"

"네. 그렇다고 해요."

밤의 소리를

"사건 당시에는 아직 조업 중이었고?"

"네."

히로키 씨도 내 이야기를 듣고 나서 스스로 조사했을 테니 나를 상대로 확인 차 묻는 듯했다.

"이것 좀 보렴."

히로키 씨는 유화에서 편집해 잘라낸 사진을 내 눈앞에 내밀었다. 방적 공장과 등을 맞댄 오래된 빌라가 보인다. 범인으로 추정되는 인물이 목을 맨 불길한 빌라는 사건 후 얼마 안 돼 철거됐다는 뉴스가 인터넷에서 검색됐다.

"그림에는 이 측면 쪽에 창문이 그려져 있지 않아. 그런데 실제로는 창문이 있지."

히로키 씨가 가리킨 것은 공장에 단 하나 있는 창문으로 빌라를 마주한 쪽에 있었다. 그림 속 빌라는 2층 건물이고 바깥 계단을 통해 오르내리는 구조다. 히나코가 어머니와 함께 사는 낡은 빌라와 비슷했다.

"공장의 이 벽과 마주 보고 있는 집이 있어."

"그러네요."

"여기가 노구치 도요키 씨의 집 아니었을까?"

나는 고개를 갸웃했다. 거기까지는 알지 못했다.

"공장 안도 확인해 보자꾸나."

히로키 씨는 휠체어를 움직여 공장 창문으로 다가갔다. 창문은 지저분했지만 간신히 내부가 보이기는 했다. 공장 내부는 텅 비어서 먼지투성이 바닥만 펼쳐져 있고 공장이 폐업하며 방적 기계도 모두 다른 곳으로 옮긴 듯했다. 히로키 씨는 비앙카 씨에게 공장 안 사진을 찍어 달라고 했다. 두 사람은 공장과 공터를 돌아다니며 곳곳의 사진을 찍었다. 우묵땅의 가옥 사진까지 찍는 두 사람의 모습을 나는 멍하니 지켜봤다.

일주일 전에 히로키 씨에게 전화를 걸었다.

공교롭게도 히나코의 아버지가 그린 그림 속에 다이고의 집과 범인이 살던 빌라가 그려져 있었다는 사실을 히로키 씨에게 알리고 이것저것 묻고 싶었다. 다이고 문제로 상담할 수 있는 사람은 히로키 씨뿐이었다.

히나코가 보내 준 사진을 컴퓨터로 옮겨 문제의 배경 부분을 확대했다. 그것을 들고 히로키 씨를 찾은 게 사흘 전이다.

"네 이야기를 듣고 나도 궁금해서 조금 조사해 봤단다."

히로키 씨의 그 말을 듣고 기뻤다. 어린 학생의 이야기도 흘려듣지 않고 진지하게 들어주는 사람이라는 걸 새삼 확인했다.

"그런데 살인 사건에 대해서는 나도 잘 모르겠구나. 그건 경찰의 일이니까."

히로키 씨는 둥근 테 안경을 벗고 천천히 닦으며 말했다.

"내가 주목한 건 노구치 도요키 씨의 몸이 왜 갑자기 안 좋아졌을까 하는 부분이야. 온화하고 명랑한 성격이던 그가 점점 폐

쇄적이고 우울한 성격이 되었어. 그리고 퇴거를 요구하는 집주인을 찾아가 화를 내기도 했다지. 꼭 인격이 바뀌기라도 한 것처럼."

그게 과연 중요한 부분일까. 정신적으로 궁지에 몰린 도요키가 자신을 쫓아내려는 집주인을 원망해 범행에 이른 게 아닐까. 그런 이유로 집주인 일가를 살해한다는 건 물론 부조리하기 짝이 없다. 아무리 몸이 좋지 않고 정신 문제를 안고 있었다고 해도 이유가 될 수 없다.

그래도 히로키 씨의 이야기에 귀 기울이지 않을 수 없었다. 객관적으로 사안을 관찰하고 고찰하는 과학자의 의견은 늘 나를 사로잡았다. 물리학에 필요한 건 상상력과 감성이라는 걸 그는 내 앞에서 몸소 보여 주었다. 히로키 씨는 내가 가져온 사진을 뚫어지게 관찰했다. 그러다가 급기야 현지에 직접 가 보고 싶다고 했다.

히로키 씨는 여기서 대체 뭘 하려는 걸까. 풀밭을 가볍게 달리는 전동 휠체어와 그 뒤를 따라가는 비앙카 씨를 눈으로 좇으며 나는 생각했다. 잠시 그 주변을 더 달리다가 히로키 씨는 내가 있는 곳으로 돌아왔다.

"당시 사건 수사에 관여한 형사를 알고 있다고 했지?"

"네."

"그분을 소개해 주겠니?"

가볍게 물었지만 그 안에 어떤 뜻이 담겼는지 나는 알 수 있었다.

"알겠어요."

대답하면서 침을 꿀꺽 삼키고 배에 힘을 주었다.

히로키 씨는 분명 무언가 발견한 것이다.

다이고에게는 비밀로 한 채 그의 가족 사건을 조사하는 건 역시 마음이 켕겼다. 다이고는 아직 내가 그 사건에 대해서는 전혀 모른다고 생각할 테니까.

나는 히로키 씨에게 나카야를 소개해 주었다. 히로키 씨는 나카야에게 직접 전화를 걸어 만나기로 약속하며 그전까지 조사해 주었으면 하는 게 있다고 했다. 그것이 무엇인지는 일절 모르는 상태에서 나는 나카야와 함께 구니타치시에 있는 음향학 연구소를 방문했다. 나카야가 운전하는 차 조수석에 타는 건 정말 마음이 편치 않았다. 다카에의 미니밴 못지않게 나카야의 차가 낡았다는 것, 무뚝뚝한 형사와 말없이 있어야 하는 상황이 싫어서는 아니다. 아니, 그 이유도 조금은 있겠지만 가장 중요한 건 다이고에게 일언반구 없이 그의 개인적인 영역에 발을 들여놓는다는 죄책감 때문이었다.

도쿠에이 대학 부속 음향학 연구소는 구니타치 시내 학원가에 있었다. 넓은 부지에는 계획적으로 숲이 조성됐고 주변에 높

314					밤의 소리를

은 건물이나 북적이는 상업 시설이 없어 한적한 분위기였다. 경비실에서 이름을 전하고 받은 방문자 번호 적힌 신분증을 목에 걸고 우리는 히로키 씨의 연구실까지 걸었다.

초면인 히로키 씨와 나카야가 서로 인사를 나누었다. 깨끗하고 잘 정돈된 연구실이었다. 히로키 씨가 우리에게 앉으라고 한 등받이 달린 의자는 인체 공학적으로 설계한 것인지 착석감이 뛰어났다.

"이런 곳까지 오시게 해서 죄송할 따름입니다."

히로키 씨가 말했다. 나카야는 다소 긴장한 듯 보였다.

"제가 부탁드린 자료는 있었나요?"

"있기는 있더군요."

나카야는 짧게 말하고 구겨진 서류 가방에서 큼직한 봉투를 꺼냈다.

"가메이 방적은 9년 전 폐업했습니다."

나카야가 봉투에서 부스럭부스럭 서류 뭉치를 꺼내며 말했다. 내게는 아무것도 알려 주지 않았지만 히로키 씨가 그 방적 공장을 주시한다는 건 알고 있었다.

"경영자였던 가메이 도시노부 씨는 지금도 하루노부시에 살고 계십니다. 여든이 넘었지만 아직 정정한 편이셔서 이 자료들도 빌릴 수 있었고요."

나카야가 책상 위에 꺼낸 것은 방적 공장 안의 방적 기계 배치도, 그리고 공장 안팎을 찍은 오래된 사진이었다.

"수다스러운 분이라 자료를 받으며 이런저런 이야기도 들을 수 있었습니다. 예로부터 무사시노다이치에서는 양잠이 성행해 수작업으로 실을 만들었고 그래서 방적업이 발달했다고 하더군요. 전에는 가메이 방적 같은 소규모 공장이 많았다고 합니다."

책상 위에 펼쳐진 배치도에는 혼면기와 소면기, 연조기, 조방기, 정방기 같은 기계들의 이름이 나열돼 있었다. 히로키 씨는 배치도를 꼼꼼히 보며 정방기 글자 위에 빨간 펜으로 동그라미를 쳤고 사진을 손에 들어 배치도와 맞춰 보기도 했다. 사진에서 보이는 정방기에는 수많은 실타래 같은 게 줄지어 있었다.

"정방기는 여기까지 만들어진 섬유 다발을 꼬아 실 모양으로 만드는 기계야. 방적의 마지막 단계지."

히로키 씨는 정방기에 대해 가르쳐 주었다. 줄지어 있는 것들은 실을 감는 방추이고 공장에서는 '보빈'이라 불린다. 조업 중에 고속 회전해 실을 감는다. 방적 공장의 생산 능력은 정방기의 추 개수로 알 수 있고 대규모 공장일수록 개수도 많아진다고 나카야도 가메이 씨에게 전해 들었다. 그러나 가메이 방적은 작은 공장이라 추가 그리 많은 편은 아니라고 했다.

"어떻게든 조업을 이어 갔지만 해외로 공장을 옮겨 싼값에 제품을 만드는 방적업자가 늘어난 데다 기계도 낡아서 상태가 안 좋았다고 합니다. 거기에 가메이 씨 본인도 나이가 들자 결국 공장 문을 닫았다고 하네요."

"정방기가 벽 쪽에 있었죠?"

히로키 씨는 사진을 비교하며 물었다.

"그리고 벽에는 길쭉한 창문이 있고요."

그는 자료를 이리저리 휘저으며 목표하던 사진을 꺼냈다.

"배치도와 사진을 보니 빌라 쪽 벽에 정방기가 놓여 있네요."

"그렇군요."

"하지만 자, 이것도 보십시오."

히로키 씨는 색이 약간 바랜 사진을 나카야에게 내밀었다.

"이 밖에서 찍은 사진에는 창문이 없죠."

빌라 뒤편과 공장 벽 사이를 찍은 사진이었다. 조금 전 정방기를 찍은 사진 속 벽에는 창문이 있는데 이 바깥에서 찍은 사진에는 밋밋한 회색 벽만 있을 뿐이다. 14년 전 그린 유화에도 창문은 없었다. 히로키 씨는 그 부분이 마음에 걸리는 듯했다.

"이건 좀 이상하네요. 확인해 보겠습니다."

나카야는 주머니에서 핸드폰을 꺼내 가메이 씨에게 전화를 걸었다. 통화는 금세 끝났다.

"이유를 알아냈습니다. 저 창문은 나중에 낸 거라고 합니다. 가메이 씨가 기억하기로는 12년쯤 전이었다고 하네요. 공장에 열기가 차서 바람을 통하게 하려고요."

"그렇군요."

나는 재빨리 머릿속으로 계산했다. 노구치 도요키가 사건을 일으키기 1년 전이다. 공장 벽에 작은 창문을 만든 것이 그 일과 무슨 관련이 있는 걸까.

"당시 공장 상황은 잘 알겠습니다. 그럼 다음 장소로 가 보죠."

히로키 씨는 이야기를 척척 진행해 갔다. 그의 머릿속에는 이미 어떤 가설이 성립되었고 나카야를 이용해 그것을 증명하려는 걸까. 나카야는 그가 던지는 질문에 대답만 했다.

"빌라에 전에 살던 주민들에게도 이야기를 들었습니까?"

"당시 참고인 조사 기록을 다시 확인했고 부족한 부분은 직접 찾아가 들었습니다."

"제가 부탁한 것도 여쭤셨나요?"

"네."

난방이 너무 강한 것도 아닌데 나카야는 손수건을 꺼내 땀을 닦았다.

"그 빌라에는 1층에 집이 네 채, 2층에 네 채 해서 총 여덟 채가 있었습니다. 1인 가구가 살던 곳인데 당시에도 건물이 낡았고 교통편이 좋지 않아 모든 집이 입주 상태였던 건 아니었죠. 퇴거를 요구받은 사람은 노구치 도요키 외에 세 명 더 있었고 그들은 얼마 안 돼 모두 집을 나갔습니다."

"그분들께도 이야기를 들으셨겠죠?"

"네. 그들은 뭐랄까…… 그전부터 그곳을 떠나고 싶었던 것 같았습니다. 왜냐하면 그때부터 이미 노구치 도요키의 상태가 좋지 않아 일하러 가지 않고 집 안에서 끙끙거리거나 괴성을 지르곤 했다니까요. 그런 사람과 같은 빌라에서 살고 싶지 않았겠죠. 집주인인 시노하라 히사오 씨와도 자주 실랑이를 벌였다고 합니다."

나카야가 또다시 손수건으로 이마를 닦았다. 뭔가 신경 쓰이는 점이 있지만 애써 함구하는 느낌이다.

"이번에 그중 한 명을 다시 만나고 왔습니다. 가장 먼저 빌라에서 나간 분입니다."

그는 나카야에게 이렇게 말했다. 집주인의 퇴거 요청이 들어왔을 때 가슴을 쓸어내렸다고. 그에게 무서웠던 것은 노구치 도요키의 태도만이 아니었다.

"집에 있을 때 갑자기 집이 덜컹덜컹 흔들릴 때가 있었다고 합니다. 선반 위에 있는 물건이 떨어지기도 했고요. 그게 꼭, 포, 폴터……."

"폴터가이스트?"

히로키 씨가 옆에서 거들어 주었다.

"예, 맞아요. 허무맹랑한 이야기죠? 폴터가이스트라니. 집에 있는 유령이 장난을 치며 집 안 물건을 움직이거나 한다는 그거 아닙니까?"

당시에는 그런 이야기를 하기가 꺼려져 경찰에도 알리지 않았다고 그가 말했다고 한다. 그 뒤 세월이 흘러 이제는 우스운 에피소드쯤으로 여겨 집을 찾아온 형사에게 털어놓은 걸까. 이야기가 점차 예상 못 한 방향으로 흘러가서 나는 당황했다. 나카야도 비슷한 표정이었다.

"자, 그럼 다음으로 넘어가죠."

히로키 씨는 완전히 주도권을 쥐고 이야기를 진행했다.

"다음은 당시 노구치 도요키 씨의 상태입니다. 전화로 여쭸을 때 그는 당시 병원에 다녔다고 하셨죠?"

도요키는 컨디션 불량을 호소하며 병원을 찾았다. 그때는 아직 회사에 다닐 때였다. 나카야가 의사에게 들은 바에 따르면 주된 증상은 두통, 어지럼증, 수면 장애 등이었다. 약을 먹으며 상태를 지켜봐도 나아지지 않았고 자세한 검사를 받아도 별다른 이상은 발견되지 않았다.

"그래서 정신적인 문제로 보고 정신과나 신경과 진료를 권했다고 합니다."

타당한 조언이다. 직장에서 문제가 있거나 사적인 고민, 또는 스트레스 같은 게 영향을 미쳤을 것이다. 우울증 때문에 결근이 잦아졌을 당시 때마침 집주인의 퇴거 요청까지 있어 그간 쌓인 초조함과 분노를 시노하라 히사오에게 발산한 걸까. 내 생각을 읽은 것처럼 나카야도 말했다.

"집주인인 시노하라 히사오 씨와 갈등을 빚게 된 것도 그 무렵입니다. 병세가 악화해 이명과 가슴 압박감을 호소했고, 그러다 점점 현실에는 없는 소리까지 듣게 돼 '집주인이 날 좇아내려고 한다', '주변에 내 욕을 하고 다닌다' 같은 망상을 하는 지경에 이르렀습니다."

그동안 몇 차례 사이타마현 와라비시에 살던 노구치 다카에가 아들의 상태를 보러 갔다고 한다. 그러나 어머니 앞에서는 괜찮다며 문제를 숨긴 탓에 다카에는 안심하고 다시 돌아갔다. 당시에는 남편의 몸 상태도 좋지 않아 아들을 별로 챙겨 주지 못했다고 다카에는 뒤늦게 후회하기도 했다.

"그렇군요."

히로키 씨가 다시 입을 열었다. 그러더니 책상에 펼쳐 놓은 공장 배치도와 사진에 찍힌 공장, 빌라를 찬찬히 관찰했다.

"노구치 도요키 씨가 살던 집이 여기죠?"

나카야와 나는 몸을 뻗어 도면을 봤다. 히로키 씨가 지목한 곳은 정방기가 설치된 벽 바로 맞은편에 있는 집이다. 나는 곁눈질로 나카야를 힐끔거렸다. 그는 눈을 크게 뜨고 히로키 씨의 손가락 끝을 응시하고 있었다.

"……그렇습니다."

나카야가 목소리를 쥐어짰다. 나는 뭐가 뭔지 알 수 없었지만 나카야의 대답을 듣고 히로키 씨는 빙긋 웃었다.

"노구치 도요키 씨의 몸 상태가 나빠진 요인을 찾았습니다."

나카야는 눈을 부릅뜬 채 그대로 고개를 들어 눈앞의 물리학자를 봤다.

"네?"

"노구치 도요키 씨가 왜 몸이 안 좋아지고 정신적으로도 한계에 몰렸는지 알아냈다고 말씀드렸습니다."

나카야는 이번에는 입을 반쯤 벌렸다. 다시 떠올리니 마치 그림으로 그린 듯한 얼빠진 표정이었지만 아마 나도 비슷했을 것이다. 히로키 씨는 조용히 설명을 시작했다.

"그의 몸과 정신에 악영향을 끼친 건, 바로 이."

히로키 씨의 손가락이 다시 움직였다.

"정방기입니다."

나카야의 반쯤 열린 입에서 "네?" 하고 되묻는 소리와 신음이 새어 나왔다.

"정확히 말씀드리면 정방기에서 발생되는 공기 진동입니다. 이곳에 늘어선 이 방추들은 고속으로 회전합니다. 아마 그때의 공기 진동이 저주파음을 낳았겠죠."

"저주파음……."

나와 나카야는 동시에 히로키 씨의 말을 되읊었다.

히로키 씨는 저주파음에 대해 정중하게 설명해 주었다. 인간에게 들리는 소리 높이는 약 20에서 2만 헤르츠다. 그중 인간에게 들리지 않을 만큼 낮은 소리를 초저주파라 하고, 높은 소리를 초음파라 한다. 저주파음이라고 불리는 것은 1백 헤르츠 이하의 소리다.

저주파음은 어지간히 의식해서 듣지 않으면 애초에 소리로 인식되지 않는다. 이를테면 코끼리는 인간에게 들리지 않을 정도의 낮은 소리로 대화할 수 있고, 고래는 바닷속에서 낮은 소리로 노래한다. 파이프 오르간과 큰북의 낮은 소리는 거의 공기 진동으로만 인식된다.

"하지만 들리지 않는다고 해서 없다고 할 수는 없지요."

히로키 씨는 말했다. 왜냐하면 저주파음은 때때로 인체에 막대한 영향을 끼치기 때문이다.

"요즘 사회적으로 문제시되는 소음 문제. 일반적으로는 큰 소리가 피해를 준다고 생각하지만 반드시 그렇지는 않습니다."

나는 히로키 씨의 말에 정신없이 귀를 기울였다. 히로키 씨도 거의 나를 향해 말하는 듯했다. 지식에 굶주린 소년을 향해.

"이는 '저주파음 문제'라 해서 엄연한 환경 문제입니다. 일본에서 사회 문제로 처음 인식되기 시작한 건 1965년 무렵이고 본격적으로 조사와 연구가 이뤄진 건 고작 30년 정도밖에 안 됐지요."

고도 경제 성장기에 저주파음은 공해 문제 중 하나로 자리매김했다. 발생원은 주로 공장이다. 디젤 엔진 발전기, 대형 송풍기, 컴프레서, 진공 펌프, 진동체, 진동 컨베이어 등이다. 그러나 당시에는 저주파음의 개념이 아직 널리 알려지지 않았다. 공장 주변에서 원인 불명의 컨디션 불량을 호소하는 사람이 늘었지만 '소리 없는 소음 공해' 정도로 보도될 뿐이었다.

"한마디로 공장에서 진동을 일으키는 기계가 공기를 흔들어 저주파음을 낳는 겁니다."

이후 연구가 진행돼 저주파음은 자연계에서도 발생한다는 것이 밝혀졌다. 화산 분화, 지진, 천둥, 폭포, 태풍, 강의 흐름과 바다의 파도가 저주파음을 만들기도 한다. 강의 흐름에는 댐 방류도 포함돼 있다. 흥미로운 것은 자연 현상으로 일어나는 저주파음 때문에 민원이 들어오지는 않는다고 한다. 인간은 인공적인 원인에 기반한 것에 더 큰 불쾌감을 느끼는 경향이 있는 것이다.

"즉, 인체에 미치는 영향은 심리적, 생리적인 요인이 다분하다는 뜻입니다. 개인차도 있죠. 저주파 증후군이라는 병명도 생겼는데, 이건 인체의 진동 감각 등과도 관련 있는 것으로 해석되고 있습니다. 노구치 도요키 씨는 유독 저주파음에 민감한 체질이었을지도 모릅니다."

게다가 그의 집에 인접한 공장 벽에 나중에 창문까지 뚫렸다. 그 무렵부터 그는 컨디션 불량을 호소하게 됐다.

"회전하는 방추가 저주파음을?"

나카야가 조심스레 물었다.

"그렇습니다. 이런 사례는 과거에도 있었습니다."

히로키 씨는 방적 공장 인근 주민들의 호소로 자신이 직접 저주파음 측정 장치를 써서 저주파음을 측정하니 정방기가 저주파음을 발생하고 있는 것이 밝혀졌다고 설명했다. 지금은 가이드라인이 마련돼 컴프레서 등의 저주파음 발생원을 인접 민가 침실이나 창문, 바닥 아래 통풍구 등 소리 진입구에서 멀리 두도록 지도하고 있다고 했다.

"하지만 도심지에서 먼 오래된 공장과 빌라에서는 이런 배려가 없었겠죠. 공장 경영자한테도 그런 문제는 생소했을 거고요. 그러니 별생각 없이 벽에 창문을 내 버린 겁니다. 그것이 노구치 도요키 씨가 사는 집 창문과 마주하고 있었고."

히로키 씨는 예전 주민들이 증언한 폴터가이스트 현상이 바로 그 증거라 했다. 발생원에서 전파된 저주파음은 창문이나 집 안 물건을 진동해 덜컹거리는 2차 소음을 발생하거나 진동으로 물건을 움직이기도 했다. 저주파음은 거의 소리로 인식되지 않으니 그런 현상을 목격한 사람들은 섬뜩함과 공포를 느끼는 것이다. 도요키가 호소하던 '현실에는 없는 소리'는 저주파음에 민감한 그가 실제 들은 소리였다.

초저주파음은 고막을 통해 내이의 유모 세포를 진동시킨다. 그로 인해 흥분한 유모 세포가 뇌에 신호를 보낸다. 바로 그것이 도요키가 들었던 **소리**다. 아무것도 들리지 않는데 뇌는 신호를 받고 몸에 극히 해로운 영향을 초래한다.

정도 차이는 있지만 다른 입주자들도 이유 모를 압박감과 불쾌감을 느꼈을 것이다. 그러니 그곳에 계속 살지 않고 철거 이야기가 나오자마자 얼른 그곳을 떠났을 것이라는 게 히로키 씨의 견해였다. 그리고 저주파음의 영향을 가장 크게 받은 도요키는 집을 옮길 기력마저 잃고 그저 끙끙 앓아만 갔다.

이따금 패닉을 일으켜 자신을 통제할 수 없게 됐다. 집주인의 집에 들이닥친 행위도 그 때문 아니었을까. 저주파음에 노출된 사람이 심상치 않은 행동을 한 사례로 히로키 씨는 1959년 소련의 우랄 산맥에서 어느 등산 팀에 일어난 불가해한 조난 사건을 언급했다. 영하 30도를 밑도는 혹한의 밤에 텐트에서 방한복과 등산화도 걸치지 않고 뛰쳐나간 젊은 남녀가 눈 속을 사방팔방 뛰어다니다 저체온증과 절벽 추락 등으로 목숨을 잃은 사건이다.

베테랑 산악인이던 이들이 저지른 치명적이고 비정상적인 행위에 대해 다양한 원인이 거론됐지만 결국 해결되지 못한 채 미제 사건으로 남았다. 그러다 최근 그 일이 산에서 발생한 저주파음에 따른 공황과 공포 때문일 수 있다는 추측이 나왔다. 그들이 텐트를 친 곳은 좌우 대칭인 돔 형태 산에서 부는 바람이 초저주파음을 만들어 휘몰아치는 곳이었다.

바람의 소용돌이가 빚어낸 초저주파음의 직격타에 텐트 안에 있던 이들은 호흡곤란을 일으키고 견디기 어려운 공포를 맛봤을 것이다. 그러다가 결국 공황에 빠져 이성적인 판단을 하지 못하고 혹한의 추위가 몰아치는 바깥으로 피신했다가 목숨을 잃었다. 똑같은 일이 도요키의 몸에도 일어난 게 아닐까. 히로키 씨는 저주파음에 장기간 노출된 사람이 스스로 목숨을 끊는 경우도 있다고 했다.

과학적 근거에 기반한 훌륭한 해석이었다. 히로키 씨의 설명에 완전히 매료되어 할 말을 잃었다. 물리학은 종이 위에서 계산만 하는 학문이 아니라는 걸 분명히 알 수 있었다. 히로키 씨가 말했듯 상상력과 감성을 중시하는 지극히 인간적인 학문이다. 그리고 그 지식을 활용해 문제를 해결할 방법도 찾았다고 생각했다.

"하지만……."

히로키 씨는 휠체어를 한 바퀴 빙글 돌리더니 책상에서 벗어나 우리를 마주 봤다.

"노구치 도요키 씨가 저지른 기행의 원인을 알아냈을 뿐이지요. 섬세한 그가 저주파음에 장기간 노출돼 육체적, 정신적으로 문제가 생겼다는 것 말입니다. 하지만 그다음은 알 수 없습니다. 어쩌면 그 일이 방아쇠가 되어 병적인 적개심과 증오를 낳고, 끈질기게 자신에게 접촉하는 집주인을 공격하려 했을 수도 있겠죠. '집주인이 내 욕을 하고 다닌다'라는 건 정신이 병든 사람의 전형적인 호소처럼 들리기도 하니까요. 그렇다고 해서 그가 범인일 수 있다는 의혹이 풀린 것은 아닙니다. 하물며 당사자는 이미 세상을 떴으니 원인을 더 따질 수도 없습니다."

맞는 말이었다. 그러나 도요키가 범인이 아니라면 시노하라 집 안 도코노마에 있던 장식물이 그의 집에서 나온 이유는 뭘까. 시노하라 집안사람들이 도요키를 집 안에 들였을 리는 없다고 인근 주민과 지인들이 증언했다. 만약 그가 시노하라의 집 안쪽까지 들어갔다면 가족을 습격한 그날 밤 외에는 떠올릴 수 없다. 패닉 상태로 흉기를 휘두르고 자신도 의식하지 못한 상태에서 나무 쥐 장식물을 들고 도망쳤다?

나카야가 요란하게 한숨을 내쉬는 소리가 들렸다. 그 당시 누구도 저주파음 같은 건 떠올리지 못했을 것이다. 도요키를 조사하는 과정에서, 혹은 그가 스스로 목숨을 끊은 후 정신과 의사에게 의견을 물었을 수 있지만 의학 전문가들도 그것을 깨닫지 못했다.

방적 공장의 기계가 그를 그 지경으로 만들었다니. 다카에는 이 사실을 들으면 어떻게 생각할까. "내 아들은 그런 악독한 짓을 할 아이가 아니다. 난 아들의 결백을 믿는다"라고 했던 어머니. 히로키 씨의 견해가 그녀에게 구원을 선사할까. 하지만 그 아들은 이미 죽고 세상에 없다. 오히려 고통만 더 심해지는 것 아닐까.

　머릿속에 무뚝뚝한 노파의 얼굴이 떠올랐다. 담담하게 일을 받으며 감정을 드러내지 않고 일상을 보내는 다카에. 순간 가슴이 덜컥했다. '무엇이든 팝니다. 삽니다. 각종 고민 상담 및 의뢰 환영'이라는 문구. 별 가치도 없는 물건을 싼값에 사들이고 팔릴 것 같지도 않은 물건을 창고 선반에 늘어놓는다. 그리고 다소 무리해 보이는 의뢰에도 순순히 응한다. 그것은 다카에가 결심한 삶의 방식 아닐까.

　미처 도와주지 못한 아들을 향한 그리움이 아들이 죽은 이 도시에서 재활용품 가게 겸 심부름센터를 운영하는 다카에의 동력 아닐까.

　물론 이런 내 추측을 그 사장 앞에서 언급할 용기는 없었다. 그녀가 누구 앞에서도 자신의 속내를 보여 주지 않는다는 것 또한 알고 있다. 나카야는 노구치 다카에가 다이고를 감시한다고 했는데, 정말 그럴까. 그렇게 계산해서 그녀는 다이고를 고용한 걸까.

　알 수 없었다. 과학이 끌어낸 진실은 인간의 마음까지 규명하지는 못했다.

　음향학 연구소에서 돌아오는 길에 나카야는 입을 굳게 다물고 있었다. 나도 다이고와 다카에를 생각하느라 그의 침묵이 별로 신경 쓰이지 않았다. 오늘 알게 된 것들을 다이고에게 전해야 할까. 다카에와 마찬가지로 이런 사실을 듣고 그가 구원받을 수 있을 것 같지는 않지만, 내가 현재 이런 일을 하고 있다, 아니 내가 너의 과거를 알게 됐다는 사실만이라도 털어놓아야 하지 않을까.

이대로 끝내고 싶지는 않았다. 나는 궁금했다. 그다음에 있는 것들이. 노구치 도요키에게는 무슨 일이 일어났을까. 다이고의 가족은 왜 목숨을 잃어야 했을까. 다카에의 아들은 무시무시한 살인마일까. 아니면 저주파음의 영향 때문에 정신의 건강한 균형을 잃고 자기 의사와 상관없이 집주인 가족을 공격한, 어떻게 보면 희생자일까.

다이고와 다카에에게 괴로운 사실이 부각된다 해도 진실은 엄연히 그 안에 있다. 그렇다면 나는 알고 싶었다.

─안다는 것을 두려워하면 안 돼.

히로키 씨의 말이 머릿속에 울려 퍼졌다.

나카야는 하루노부시에 들어서자마자 눈에 띈 패밀리 레스토랑 주차장에 차를 댔다. 나에게 레스토랑에 먼저 들어가라고 하고 자신은 어디론가 전화를 걸었다. 히로키 씨 앞에서는 매사 조심스러웠던 형사는 평소의 거만한 태도로 돌아가 있었다.

오후 4시 30분, 패밀리 레스토랑에는 손님이 거의 없었다. 10분쯤 지나 들어온 나카야는 물컵만 놓인 테이블 앞에 앉았다.

주문을 받으러 온 직원에게 콜라를 부탁하자 나카야는 언짢은 듯 입을 열었다.

"뭐라도 좀 먹지."

"괜찮아요. 배고프지 않아요."

"됐으니 먹어."

이런 데서 괜히 티격태격하고 싶지 않아서 나는 카레라이스를 주문했다. 하루 고등학교에 다니며 남들과 함께 밥을 먹는 상황에 익숙해졌다. 그러나 나에게는 식사를 주문하라고 해 놓고 정작 나카야는 뜨거운 커피를 주문했다.

"가메이 씨랑 통화했어."

"그런가요."

"당시 제품을 납기에 맞추거나 상태가 좋지 않은 기계들을 정비하느라 밤에도 조업하는 일이 많았다더군."

"그런가요."

불과 몇 분 만에 나온 카레라이스를 숟가락으로 섞어 가며 대답했다. 식욕은 전혀 없지만 그래도 나카야가 보는 곳 앞에서 어떻게든 카레를 입에 넣었다. 그런 나를 말없이 지켜보며 나카야는 블랙커피를 마셨다.

"넌 어떻게 생각하냐?"

"네?"

"아마 그 선생님 말씀이 맞겠지. 가메이 씨에게 전하지는 않았지만 오늘 들은 이야기만 놓고 봐도 전부 앞뒤가 맞아. 저주파음이 노구치 도요키를 그렇게 만든 게 맞을 거야."

나는 카레를 절반만 먹고 숟가락을 내려 놨다. 맛이 잘 느껴지지 않았다. 나카야는 내가 남긴 카레를 힐끗 쳐다봤다.

"그래서, 넌 어떻게 생각하냐고 물었을 텐데."

히로키 씨처럼 '여기서부터는 경찰의 일이다'라고 해야 할지 잠시 고민했지만 왠지 망설여졌다. 나카야는 팔짱을 끼고 입을 다물고 있다. 딱히 내 의견을 들으려고 물은 것도 아닌 듯해 잠자코 그의 다음 말을 기다렸다.

나카야는 바지 뒷주머니에서 핸드폰을 꺼냈다. 내 앞에 사진이 표시된 화면을 내밀어서 테이블 너머로 화면을 봤다. 사진 속에는 전에 다쓰노 씨가 팔러 온 작은 금색 불상이 찍혀 있었다. 다카에가 아크릴 물감을 칠했다고 알아챈 불상, 그리고 '달나라'에서 나카야가 사 간 불상이다. 나카야는 그때 다이고에게 "이거, 너희 집에도 있었지?"라고 물었다.

"시노하라 일가 살인 사건 수사 때."

나카야는 조용히 입을 열었다.

"이 불상을 들고 하루노부 시내 집들을 찾아다니던 남자의 존재가 떠오른 적이 있어. 목적은 종교 권유였다고 하고."

다쓰노 씨는 이 불상을 누군가에게 받았고 그가 불상에 금박을 입힌 거라 속였다고 했다. 그런 감언이설을 늘어놓고 마치 강요하듯 가짜 물건을 두고 가는 종교인이라니. 잘 상상되지 않았다.

"그런데 말이야. 당시 수사본부에서는 그가 종교 권유를 구실로 집을 돌아다니며 집 안 상태를 살피던 절도범 부류가 아니냐는 말이 나왔어."

나카야는 직원을 불러 물을 리필했다.

"절도범⋯⋯."

"그래. 이 불상을 받은 집이 나중에 절도 피해를 당했다는 신고가 몇 번 들어왔거든. 낮에 집을 비운 사이나 밤에 모두 잠든 틈을 타 침입했다고 했어. 겉보기에 스님 같은 차림새를 하고 있던 남자는 불상을 꺼낼 때 공손하게 흰 장갑을 꼈다고 했고 그래서 불상을 받은 이들도 불상에 금박을 입혔다는 그의 거짓말을 더 믿게 됐다고 하지만, 그건 지문을 남기지 않으려는 수법이었을지 몰라."

나카야는 당시 증언을 통해 그의 몽타주도 제작했다고 한다.

"물론 완전히 엇나간 추측일 수도 있지. 그때는 어쨌든 수상한 놈은 무조건 훑고 가자는 식이었으니까. 시노하라 히사오의 집에도 똑같은 불상이 있다고 해서 우리는 그의 행방도 쫓았어."

나카야는 컵을 들어 단숨에 물컵을 비웠다.

"하지만 결국 못 찾았지."

뭐라고 대답해야 좋을지 알 수 없었다. 눈앞의 형사가 그 살인 사건에 여전히 집착한다는 것만은 잘 느껴졌다. 나카야 안에서 그 사건은 아직 끝나지 않은 것이다. 다이고와 다카에가 그렇듯.

"시내 여기저기에 출몰했다고 하니 금세 덜미가 잡힐 줄 알았지만, 아니었어. 사라져 버린 거야. 연기처럼."

나는 그 사진을 다시 한번 찬찬히 훑어봤다. 어디선가 본 적이 있는 것 같지만 기억나지 않는다. 별로 섬세하게 조각된 불상도 아니다. 나뭇결은 거칠고 이목구비도 모호하다. 다만 부처님이 책상다리를 하고 앉아 있다는 건 알 수 있다. 불상에서 흔히 볼 수 있는 결가부좌 자세다. 다리 밑에는 연꽃 자리도 없다. 누가 봐도 아마추어의 작품이다.

이런 불상을 들고 집집마다 돌아다니던 남자. 그는 정말 도둑이었을까. 만약 당시 그가 경찰 수사망에 걸려 조사를 받고 혐의가 풀렸다면 나카야가 이토록 사건에 연연하지도 않았을 것이다. 수상한 사례는 그밖에 더 있을지 모른다. 지금 나카야는 그때 놓쳐 버린 많은 물고기들을 쫓고 있다.

16

히로키 씨가 방적 공장과 노구치 도요키의 정신적 증세의 관계성을 밝혀냄으로써 무언가가 움직이기 시작하는 듯했다. 모르고 있으면 배울 수 없다. 앞으로 나아갈 수 없다. 성장도 없다.

나카야 또한 다시 한번 그 사건을 정면으로 마주하고 있다. 금색으로 칠한 불상을 나눠 주고 다녔다는 남자를 떠올린 게 그 증거일 것이다.

그래서 나도 결심했다. 다이고에게 내가 알게 된 것들을 털어놓기로. 그의 가족을 덮친 끔찍한 사건에 대해 나카야에게 들었다고 전하자. 이런 상황에서 왜 다카에가 경영하는 재활용품 가게에서 일하고 있는지도 물어보자. 나카야가 아직 사건 해결에 의욕을 불태우고 있다는 것도 알리자고 생각했다.

여기까지 온 이상 이제 더 이상 모르는 척할 수 없다. 다이고가 화를 내거나, 혹여 실망해 나를 떠난다고 해도 어쩔 수 없다.

나는 친한 친구 앞에서 진지하고 싶었다.

다이고를 다쓰노 목공소 뒤에 있는 구릉지로 불렀다.

겨울 숲은 나뭇잎들이 떨어져 전망이 좋았다. 작은 새들이
무리지어 먹이를 먹고 있다. 평소 자주 눈에 띄는 박새, 오목눈
이, 곤줄박이에 더해 겨울새인 딱새와 개똥지빠귀도 보였다. 새
들은 가지와 가지 사이를 뛰어다니며 지저귀었다. 혹시 고니시
씨가 있을까 생각했지만 만나지 못했다.

"오, 사마귀 알주머니잖아."

곤충 박사는 나방 고치와 주머니나방도 잽싸게 발견했다. 나
를 두고 먼저 앞장서 걷고 있다.

"있지, 다이고……."

"어? 왜?"

다이고는 뒤돌아보지 않고 등을 향한 채 대답했다.

"넌 왜 '달나라'에서 일해?"

"그건 전에도 말했잖아. 숙식하며 일할 수 있는 게 장점이라
고. 월세도 안 내도 되니."

"주인이 너희 가족을 죽였을지도 모르는 남자의 어머니인데
도?"

거기까지는 단숨에 말했다. 등을 돌리고 있는 탓에 다이고의
표정은 보이지 않는다. 조금 전과 다름없이 나뭇가지에 손을 뻗
거나 쓰러진 나무 아래를 들여다보며 앞으로 걷고 있다.

"나카야 형사한테 들었어. 그 사람이 사건을 수사했지?"

때까치가 새된 소리로 울고 있다. 다이고는 땅에 찰싹 붙어 잎을 펼친 민들레를 조심스레 피했다.

"오, 거북무당벌레다! 보기 힘든 건데, 오늘은 운이 좋네."

다이고는 붉은 무당벌레를 손등에 얹고 돌아섰다. 윤기가 나는 커다란 무당벌레다. 붉은 바탕에 검은 줄이 들어간 무늬가 거북등처럼 보인다. 무당벌레는 다이고의 손등을 기어 손가락 끝까지 가서 아름다운 날개를 펴고 날아가 버렸다. 우리는 나무들 사이를 날아가는 무당벌레를 물끄러미 보며 서 있었다.

무당벌레가 시야에서 사라지자 다시 좁고 구불구불한 길을 나란히 걸었다.

"나쁜 사람들은 아니었어. 이모님 부부."

다이고는 별반 감정이 실리지 않은 목소리로 이야기를 시작했다.

"이모부는 원래 내가 상속받을 부모님의 유산을 탕진하기는 했지만, 그것도 이상한 사기에 휘말렸기 때문이야. 내 미래를 위해 돈을 최대한 불리려다가 그렇게 됐대."

중학교를 졸업하고 하루노부시로 돌아온 것은 오로지 자신의 힘으로 살아가기로 결심했기 때문이라고 했다. 일자리를 찾던 중에 '달나라'를 알게 됐다. 아르바이트생을 모집하고 있었다. 노구치 다카에가 도요키의 어머니라는 건 금세 눈치챘다.

그래서 아르바이트에 지원했고 다카에도 다이고를 고용했다. 살 곳도 제공해 주었다.

"그럼 사장님은 널 모르는 거야?"

"모를 리가. 당연히 알지. 아르바이트에 지원했을 때 말했으니까. 하루노부시에 돌아온 이유를."

"뭐라고 했는데?"

"난 전에 '시노하라'라는 성을 썼고 11년 전에 발생한 일가족 살인 사건의 생존자라고."

"그러니까 다카에 씨는 뭐라고 했어?"

"별말 없이 그냥 내일부터 일하라고만 했어."

"그 뒤로는?"

"그 뒤로도 똑같아. 그날 이후 내가 그 이야기를 꺼낸 적은 없으니까. 사장님도 내 앞에서는 아들 이야기를 안 하고."

"그럴 수가."

나는 뭐라고 반응해야 좋을지 알 수 없었다.

"어떻게 그렇게……."

"나카야 형사가 뭐래?"

나는 솔직하게 대답했다. 그는 다이고가 증오를 잊지 않기 위해, 그리고 다카에는 다이고가 뭔가 결정적인 것을 기억하지는 않을까 걱정하며 서로를 감시 중이라고 했다. 그 말을 듣고 다이고는 유쾌하게 웃음을 터뜨렸다.

"그 사람이 떠올릴 만한 발상이네."

"아니야?"

내 질문에 다이고는 "흐음" 하고 잠시 생각에 잠겼다.

"물론 그런 마음이 아예 없지는 않겠지. 지금도 마찬가지고. 정확히 말하면 미워하고 싶으니까 그곳에 있는 거야. 사장님 근처에."

나는 다이고의 말뜻을 이해하지 못하고 고개를 갸웃했다.

"그러니까 말이지. 그때 난 범인의 얼굴을 직접 본 건 아니야. 계속 벽장 안에 숨어 있었으니까. 그러니 경찰이 나한테 이것저것 물을 때도 대답하지 못했고, 우리 가족 소유 빌라에 살던 젊은 남자가 범인일 수 있다는 말을 들어도 영 와닿지 않더라. 하지만 누군가가 우리 가족을 전부 죽인 건 사실이잖아. 난 그 누군가를 미워하고 싶은데도 미워할 수 없는 거야."

그제야 다이고가 무슨 말을 하고 있는지 조금 느낌이 왔다. 그는 증오할 상대를 확정하고 싶은 것이다. 의혹만 남긴 채 스스로 목숨을 끊은 남자를 범인으로 확신할 수 있다면 안심도 할 수 있다. 누구라도 좋으니 증오를 향할 상대를 바랐고 하루노부 시에 돌아온 이유도 그래서였다. 그러다 다이고는 절호의 장소를 찾았다. 한없이 의심스러운 남자의 어머니가 사는 곳.

그 옆에 붙어 있다 보면 언젠가 진실을 알게 될지 모른다. 물론 헛된 기대일 수도 있다. 오히려 그럴 가능성이 크다. 하지만 다이고는 다카에의 옆에 있는 것을 선택했다. 멀리서 혼자 이것 저것 고민하며 괴로워하는 것보다는 편하다. 증오에 자신을 드러내고 있는 쪽이. 나카야의 추측은 어떤 의미에서 정곡을 찔렀다고도 할 수 있다.

다카에의 마음까지는 알 수 없다. 나카야의 말처럼 아이의 기억이 되살아나는 상황을 두려워하거나 혹은 아이가 다른 범인을 시사할 기억을 되찾기를 기대할 수도 있다. 아니면 둘 다이거나, 둘 다 아닐 수도 있다. 그러나 나카야를 더한 세 사람이 서로 마음을 터놓지 않고 붙어 있는 상황 그 자체가 주는 처절함, 서글픔, 안타까움에 나는 전율했다. 아무리 시간이 흘러도 진실은 이 불행한 세 사람에게 주어지지 않는다. 세 사람은 영원히 족쇄에 묶여 있을 수밖에 없다. 떼어내고 도망쳐도 그 끝에는 고통만 있을 뿐이다.

"너, 전에 선로 차단기 소리가 싫다고 했지?"

예상치 못한 다이고의 질문에 나는 발걸음을 멈췄다.

"그때 나는 매미 울음소리를 싫어한다고 했고."

어머니와 관련된 좋지 않은 기억과 직결되는 소리.

"그 사건이 일어난 날 낮에……."

다이고는 아무렇지 않은 척 이야기를 시작했다.

"노구치 도요키라는 남자가 와서 우리 집 현관문 유리를 깼을 때 집 안에 있었어. 그전에도 몇 번인가 이상한 모습으로 할

아버지나 아빠를 찾아와 시비를 걸었기 때문에 그 사람 얼굴도 기억해. 하지만 그날 늦은 밤에 우리 집에 들어와 가족들을 잇 달아 찔러 죽인 사람은 누군지 몰라."

다이고는 곤히 잠들어 있는데 갑자기 어머니가 벽장에 자신을 넣었다고 했다. 아래층에서 시부모와 남편이 흉기에 찔린 것을 알게 된 어머니가 순간적으로 기지를 발휘한 것이다.

"난 그날 곰매미를 잡은 게 기뻐서 곰매미가 든 채집통을 머리맡에 놓고 잤어. 그리고 엄마가 날 깨워 벽장에 넣을 때도 잠이 덜 깬 상태에서 그 소중한 채집통을 들고 벽장에 들어가 엄마와 둘이 숨죽이고 있었어."

아래층에서 무시무시한 소리가 들렸다. 다이고는 이내 정신이 번쩍 들었고 겁에 질렸다. 소리를 내면 안 된다는 어머니의 주의를 듣고 벌벌 떨었다. 아래층 소리는 곧 잦아들었고 누군가 계단을 올라왔다. 할아버지나 할머니, 아버지가 아니라는 건 발소리만으로 알 수 있었다. 그 누군가가 침실에 들어왔다. 이불을 걷어차고 안을 확인하는 소리가 들렸다. 어머니와 다이고 모두 몸을 움츠렸다.

"그는 침실 안에 아무도 없다고 생각해 방을 나가려 했어. 그런데 바로 그때 내가 벽장에 들고 들어온 채집통에서 곰매미가 울기 시작했고."

그가 되돌아오는 기색이 느껴졌다. 어머니는 순간 다이고를 겹겹이 포갠 방석 뒤에 밀어 넣었다. 그가 벽장문을 덜컥 열었다. 그리고 어머니를 끌어냈다. 어머니는 곤충 채집통을 한 손에 든 채 끌려 나갔다.

"엄마는 벽장 앞에서 절규했어. 범인의 흉기에 찔린 거야. 나중에 들으니 온몸을 네 군데나 찔렸대. 엄마의 비명 소리와 곰매미 울음소리가 겹쳤고, 난 그저 방석 뒤에서 덜덜 떨고 있었어. 그러다 얼마 후 정신을 잃었고 다시 눈을 떴을 때는 경찰관의 품에 안겨 있었어."

다이고는 "그래서 매미 울음소리를 싫어하는 거야. 좋지 않은 기억과 엮여 있으니까" 하고 담담하게 말했다. 온몸에 소름이 돋았다. 고작 일곱 살 아이가 겪은 너무도 끔찍한 사건에 할 말을 잃었다.

"그때 왜 채집통을 들고 들어갔을까. 그때 매미만 울지 않았다면 엄마도 죽지 않았을 텐데."

"그건 네 책임이 아니야."

내 입에서는 누구나 입에 담을 법한 시시한 위로만 나왔다.

"그럼 그때 나도 엄마랑 같이 나가야 했을까."

"그럼……."

'너도 죽었어'라는 말이 목구멍에서 멈췄다. 다이고는 어쩌면 그 말을 바라고 있을지 모른다. 이 세상에 홀로 남겨져 증오할 상대도 알지 못한 채 지옥 같은 나날을 살아가는 것보다 그쪽이 더 나은 걸까.

나는 무력하다. 무력하고 우둔하고 응석받이다.

다이고에게 위안이 될지는 알 수 없지만 나는 히로키 씨가 밝혀낸 노구치 히데키의 몸에 작용한 저주파음 이야기를 들려줬다. 다이고는 말없이 이야기를 들었다.

"그래서, 뭐가 달라져?"

다이고는 내 이야기가 끝나자 조용히 물었다.

"그 사람이 미쳐 날뛴 원인을 알아냈다고 해서 달라질 게 있어?"

다이고의 말은 틀리지 않았다. 노구치 도요키가 정신적으로 불안정해져서 패닉을 일으켰다는 건 알게 됐다. 그러나 히로키 씨가 말한 것처럼 결정적인 증거는 아무것도 없다. 다이고의 가족을 죽인 범인이 도요키인지, 아니면 그가 아닌 다른 누군가인지를 밝힐 증거는 무엇하나 얻지 못했다.

그리고 다이고는 변함없이 고독하다. 고독하고 불안정하며 구원받지 못한다. 그런데 하루 고등학교에서는 가볍고 쾌활하며 사람들과 잘 어울린다. 싹싹한 인간의 가면을 쓰고 오히려 다른 사람들을 멀리하고 있다. 그 안에 있을 섬뜩할 정도로 서늘한 감정을 떠올리면 나는 움츠러들 수밖에 없었다.

차라리 노구치 도요키가 범인으로 확정되면 나을지도 모른다. 그러면 범인을 증오하고 과거와 결별할 수 있다. 앞을 향해 갈 수도 있다. 그러지 못하므로 다이고는 고통의 세계에서 영영 벗어나지 못한다. 일가족 살인 사건의 생존자로 살아갈 기술밖에 얻지 못한다. 다이고는 환상의 곰매미 울음소리에 계속 겁먹어 있다. 내 안에서 기습처럼 울려 퍼지는 차단기 경보음처럼.

난 말없이 다이고와 나란히 걸었다.

"그 유화."

한참을 더 걷다 보니 나무숲이 끊겼다. 우리는 다쓰노 목공소가 내려다보이는 구릉지 끝에 가서 멈춰 섰다.

"기억하지? 고이즈미 노조미 씨가 다시 가지러 온 유화. 그 배경에……."

"우리 집이 그려져 있었지?"

"알고 있었구나."

고이즈미 나오코가 그림을 팔러 왔을 당시 다이고의 기이한 표정을 떠올렸다. 그것은 이제는 없는 집을 발견한 다이고의 가슴에서 놀라움과 기피의 감정이 소용돌이치는 표정이었다. 끔찍한 사건의 현장이자 그에게는 가족과 함께한 추억의 장소이기도 하다.

"어느 날 기노시타 히나코를 만나서……."

그 아이와 잡담을 나누며 유화 배경에 있는 집을 알게 됐고, 거기서 구라모토 히로키 씨가 저주파음과의 관련성을 끌어낸 것이라고 설명했다.

"흐음."

다이고는 그다지 관심이 없어 보였다. 히로키 씨가 과학적으로 검증하고 해명하는 모습을 보며 나는 크게 감명받았지만 다이고는 별 감흥 없는 걸까. 사건 당사자에게는 다른 감정이 샘솟을지도 모른다. 그의 모습을 살피며 나는 조심스럽게 말을 골랐다.

"이 이야기를 사장님한테도 해야 할까?"

아들이 기이한 행동을 하게 된 이유를 알면 그 괴팍한 노파도 구원받을 수 있을까. 아니면 더 괴로워질까. 그런 이유로 아들이 사람을 죽였을지도 모른다고 알게 될 테니. 평소에도 속내를 알 수 없는 다카에에게 그 이야기를 전할 엄두가 나지 않았다. 무서운 범죄를 저지른 이유가 보이지도 들리지도 않는 저주파음 때문이라니. 심지어 스스로 목을 매 숨진 아들에게 직접 물을 수도 없다. 다이고의 가족이 돌아오지 못하는 것처럼.

진실이 반드시 인간을 구하는 것은 아니다.

"글쎄."

다이고의 입에서는 역시 확실한 대답이 나오지 않았다.

"네 마음대로 해."

다이고는 꼭 나를 내팽개치듯 말했다. 거기서는 그의 깊은 고뇌가 느껴졌다. '달나라'에서 아르바이트를 하며 줄곧 증오하는 남자의 어머니 옆에 있는 다이고. 나는 그 이상 그의 과거에 발을 내디딜 권리가 없다.

"어이!"

그때 밑에서 누군가가 소리쳤다. 내려다보니 경사면 아래에 다쓰노 씨가 서 있었다.

"거기서 뭐 해?"

"다쓰노 목공소를 감시하고 있어요. 장수풍뎅이 양식 말고 또 수상쩍은 일이라도 하는 건 아닌지."

다이고는 밝은 목소리로 대답했다. 다이고는 이렇게 늘 자기 주변에 장벽을 세우고 있다. 자신의 중심부에 그 누구도 다가오지 못하도록.

"그게 무슨 잠꼬대 같은 소리야."

다쓰노 씨는 어이가 없다는 듯 말했다.

"그건 엄연한 부업이라고. 올해도 성충이 알을 낳으러 왔어. 톱밥 속에서 애벌레들도 잘 자라고 있고."

다이고와 나는 비탈진 좁은 길을 내려가 목공소 부지로 갔다.

"그나저나 너희, 내가 가게에 가져간 그 불상에 대해 떠들고 다녔지?"

다쓰노 씨는 목공소 사무실에 우리를 데려갔다. 일요일이라 공장은 휴무였고 다쓰노 씨는 아버지의 지시로 해야 할 업무가 있어 나왔다고 했다. 다이고는 불상 이야기가 언급돼도 무표정 했다. 다쓰노 씨가 사무실 안에서 따뜻한 차를 끓이고 과자를 가져다주었다.

"내가 그것 때문에 얼마나 힘들었는지 알아? 그날 이후 형사가 불상을 들고 찾아와서 꼬치꼬치 캐물었다고. 덕분에 아버지에게 비밀로 그걸 판 것까지 들켰어. 아니, 그런 잡동사니 같은 건 팔든 말든 상관없는데 그 불상 말고도 몇 개 더 있었잖아. 내가 집 안에 있는 다른 물건도 팔았다는 걸 알고 화를 많이 내셨어."

다쓰노 씨는 역시 허락 없이 그 물건들을 재활용품 가게에 팔러 온 것이었다.

"그래서? 형사는 뭘 물어보러 온 거예요?"

그렇게 묻지 않을 수 없었다. 다쓰노 씨를 찾아온 그 형사는 물론 나카야일 것이다.

"응? 그러니까 그 불상을 입수한 경위 같은 거."

옆에서 다이고가 과자를 우적우적 먹었다.

"어머니는 그 불상을 전에 누군가한테 받았다고 해."

"누구요?"

"뭐야. 너도 형사처럼 취조하게?"

다쓰노 씨는 투덜거리면서도 그날 나카야에게 했던 이야기를 들려주었다. 불상은 그의 어머니가 오래전 집을 찾은 어떤 남자에게 받은 것이다. 그는 작은 불상을 내밀며 금박을 입힌 진귀한 물건이고 이걸 집에 두면 행운을 가져다줘서 모든 일이 잘 풀릴 거라고 했다. 수다쟁이 어머니는 남자를 집 안에 들여 이야기를 더 들었다고 했다.

"어머니가 순진한 분이라. 그 남자가 당연히 스님일 거라고 믿었다고 해."

승복을 입고 삭발한 사람이라 아무 의심 없이 설법을 들을 생각으로 남자의 이야기에 귀를 기울였다. 남자는 그날 끈질기게 전도를 하거나 다른 물건 등을 팔지도 않고 그대로 순순히 돌아갔다고 한다. 이후 불상을 받은 집들이 절도 피해를 당했다는 소식을 듣고 다쓰노 씨와 어머니 모두 크게 놀랐다.

"형사가 11년 전 아니냐고 물어서 어머니도 아마 그 무렵이었던 것 같다고 했어. 정확한 시기는 기억 못 하시더라."

다이고가 과자 접시를 다 비우자 다쓰노 씨는 이번에는 양갱을 꺼내 왔다. 다이고는 양갱에도 손을 뻗었다.

"그 말을 듣고 아버지가 또 화를 내셨지. 그런 수상한 놈을 멋대로 집에 들이면 어떡하느냐며."

아무래도 다쓰노 씨의 아버지는 자주 발끈하는 성격인 듯했다.

다쓰노 씨는 우리의 찻잔에 차를 더 따라 주었다.

"그런데 그 형사는 왜 이제 와서 그런 절도범을 쫓고 있는 걸까? 11년도 더 된 일이잖아. 이미 공소시효도 끝나지 않았나?"

나카야는 현재 살인 사건 수사 중이라고 내 입으로 차마 말할 수 없었다. 개별 포장된 양갱의 포장지를 벗겨 입에 넣은 다음이고는 단맛을 음미하듯 천천히 우물거렸다.

다쓰노 씨가 이제 와서 그런 가치 없는 불상을 재활용품 가게에 판 바람에 나카야의 눈에도 띄게 되었다. 다카에가 늘 비난하는 것처럼 시원찮은 형사지만, 사실 그 사람 안에는 잉걸불 같은 집념이 남아 있었다. 그리고 히로키 씨가 풀어낸 노구치 도요키의 기행의 원인은, 결론이 나지 않은 그 사건을 향한 집념에 다시 불을 붙였다. 잉걸불이 확 타올랐다.

"아무튼 민폐라니까."

다쓰노 씨도 양갱 포장을 벗겨 한입 물었다.

"절도범이니 뭐니 난 잘 모르지만 그 불상을 받은 사람이 우리 말고도 더 있겠지? 나중에 우리 집에는 도둑질하러 오지 않은 걸 보면 분명 집 안을 훑어보고 털어 갈 게 없는 집이라 생각하지 않았을까."

다쓰노 씨는 차를 홀짝이며 웃었다.

다쓰노 목공소에서 맛있는 과자를 잔뜩 얻어먹고 우리는 집으로 돌아갔다.

"새해에는 장수풍뎅이 애벌레들도 커질 테니 보러 와."

다쓰노 씨가 목공소 밖에 서서 말했다. 겨울 해는 눈 깜짝할 사이에 기울어 어느새 주변이 어두워져 있었다. 구릉지가 검게

굳은 뭉텅이로 보였다. 그곳에 다시 발을 들이기가 꺼려져 우리
는 결국 올 때와는 다른 길을 통해 '달나라'로 돌아갔다.

"나카야 씨가 그 금박 불상이 너희 집에도 있었다고 했지?"

사정을 잘 모르는 다쓰노 씨를 가운데에 두고 가볍게 대화한
덕분에 이제 다이고와 어느 정도 마음을 터놓고 이야기할 수 있
을 것 같았다.

"몰라."

평소와 같은 다이고의 말투에 나는 안도했다.

"겨우 유치원에 다니던 아이가 집 안에 어떤 물건이 있었는
지 다 파악할 것 같아?"

"그렇기는 하네."

나는 생각에 잠겼다. 불상이 일가족이 살해된 집 안에 있었
다면 그 스님 같은 남자가 그 집 역시 찾았다는 뜻이다. 또한 그
사람은 절도범일 가능성이 크다. 수사본부가 주목하는 건 당연
하다. 그러나 그는 홀연히 자취를 감췄다. 아마 그런 무리는 전
국을 돌아다니며 지금도 절도 행각을 벌이고 있을 것이다. 그런
자질구레한 절도범들과 잔악한 살인범은 왠지 연결되지 않는
느낌이었다.

우리는 '달나라'에 도착했다. 주차장에 다카에의 미니밴은
없었다. 그녀는 '달나라'에서 걸어서 오갈 거리에 있는 빌라 한
칸에 살고 있다지만 나는 정확한 장소를 몰랐다. 미니밴은 개인

용도로도 쓰는 것 같았다.

"사장님은 어디 갔을까."

"벌초하러 갔겠지."

다이고는 창고 문을 열며 자못 당연하다는 듯 말했다. 다카에가 찾는 그 묘에는 남편과 아들이 묻혀 있을 것이다. 다카에는 묘 앞에서 어떤 생각을 할까. 그리고 다이고는 성묘하러 가는 사장을 어떤 심정으로 바라볼까. 자신의 가족을 앗아 갔을 수도 있는 남자에게 두 손을 모으러 가는 노파를.

무거운 미닫이문을 열자 요사쿠가 비슬비슬 나와 화난 것처럼 코를 킁킁거렸다.

"그래, 그래. 산책하고 싶지?"

다이고가 리드 줄을 가져와 요사쿠의 목걸이에 묶었다. 우리는 요사쿠와 함께 산책을 나갔다. 느릿느릿 걷는 요사쿠의 뒤를 따라가니 다이고와의 사이에 있던 벽도 사라지는 기분이 들었다. 이렇게까지 모든 것을 이야기한 마당에 다이고를 신경 쓰는 건 부자연스럽고, 다이고도 그런 걸 바라지 않는 게 틀림없다고 생각했다.

요사쿠가 중간에 멈출 때마다 우리도 멈춰 섰다. 요사쿠가 볼일을 보거나 주변 땅을 킁킁거리며 돌아다니는 모습을 보고 있으니 순수한 시절로 돌아가는 느낌이었다. 적어도 나와 다이고는 같은 하루 고등학교 야간부 과정에 다니는 친구다. 그 각

양각색의 개성을 가진 학생들 안에 속해 있다. 그 사실만으로도 왠지 힘이 됐다.

일하며 가족들을 부양하고, 환락가를 서성거리고, 한 번 발길을 끊었던 학교에 다시 나오고, 손목을 긋고, 고민하고 한탄하면서도 삶의 길을 모색하는 동료들을 지금의 나는 알고 있다.

"다이고. 연말연시에는 뭐 해?"

그 창고 2층에서 외롭게 해를 넘길 거면 그냥 내버려 둘 수 없겠다고 생각했다.

"괜찮으면 우리 집에 올래? 대단한 걸 대접할 순 없겠지만 가족들이 널 환영해 줄 거야."

"아, 미안. 나 도야마에 있는 이모님 댁에 가기로 했어."

다이고는 가벼운 어조로 대답했다. 나이 많은 사촌 형들도 와서 떠들썩하게 보내기로 했다고 했다.

"너희 할머니께서 해 주신 명절 음식을 먹어 보고 싶긴 한데, 그쪽에서도 날 기다리고 있을 거라."

"그렇구나. 그럼 괜찮아."

다이고의 말은 사실일까. 실제로 이모 부부의 집에 간다고 해서 다이고는 그 시간을 오롯이 즐길 수 있을까. 그러나 그런 속내를 입에 담을 수는 없었다. 다이고는 그렇게까지 남이 자신을 걱정하는 상황을 바라지 않을 것이다. 나는 말없이 요사쿠의 뒤를 따라 걸었다.

공원 나무에서 새끼 고양이가 튀어나오는 바람에 요사쿠는 깜짝 놀라 뒷걸음질 치다가 차도에 엉덩방아를 찧었다.

"뭐야, 바보같이."

다이고가 깔깔 웃음을 터뜨렸다. 새끼 고양이는 등을 구부리며 요사쿠를 위협하더니 순식간에 다시 사라져 버렸다. 다이고는 리드 줄을 당겨 요사쿠를 인도로 데려왔다.

늘 가는 산책 코스를 한 바퀴 돌고 우리는 '달나라'로 돌아갔다. 주변은 이미 완전히 어두워져 있었다.

"류타. 거기서 잠깐만 기다려 봐. 멋진 걸 보여 줄게."

창고 앞으로 가자 다이고는 요사쿠의 리드 줄을 내게 넘기고 안에 들어갔다. 요사쿠와 나는 창고 문 앞에 섰다. 찬바람이 불어 리드 줄을 잡은 손을 주머니에 넣었다. 요사쿠가 긴 털을 푸르르 털었다.

"요사쿠."

나는 내 옆에 있는 개를 향해 말을 걸었다.

"이제 난 어떡하면 좋을까."

요사쿠는 고개를 들어 나를 봤다. 요사쿠의 처진 눈과 촉촉한 검은 코끝을 물끄러미 바라본다. 요사쿠가 뭔가 좋은 아이디어를 주지는 않을까 진심으로 바랐다. 아무래도 이 녀석이 나보다 다이고를 더 잘 이해하고 있을 것 같았다.

요사쿠는 나를 향해 "왕" 하고 짖었다. 그 소리와 함께 하얀

입김이 새어 나왔다. 요사쿠가 무슨 말을 하는지 들으려고 허리
를 굽혔을 때 머리 위에서 목소리가 들렸다.

"자, 시작한다. 류타. 잘 봐."

고개를 드니 창고 지붕 밑 좁은 창문으로 다이고의 얼굴이
보였다. 다이고의 방이 있는 곳이다.

그때 '달나라'의 간판이 반짝거리기 시작했다. 현란한 일루
미네이션이다. 반짝반짝 점멸하는 빨강과 분홍, 초록빛이 간판
을 휘감고 있었다.

요사쿠가 또다시 왕, 하고 짖었다.

나와 요사쿠는 일루미네이션을 올려다보며 서 있었다. 창고
위에는 어두운 하늘이 펼쳐졌고 '겨울의 대삼각'이라 불리는
밝은 별 세 개가 빛났다.

다이고가 밖에 나와 내 옆에 나란히 섰다.

"어때? 멋지지? 여기가 댄스 홀이었을 때 쓰던 거야."

다이고는 기뻐하며 '달나라' 간판을 올려다봤다.

"내 방에서 제어할 수 있어. 전에는 천장에 미러볼도 달려 있
어서 밤에 몰래 켜 놓고 놀기도 했어."

그러다 예상대로 어느 날 사장이 노래방 술집에 그 미러볼을
팔아 버렸다고 다이고는 말했다. 아무도 없는 창고에서 천장 미
러볼을 켜고 가만히 올려다보는 다이고의 모습을 상상했다. 빙
글빙글 도는 빛의 알갱이가 소년의 얼굴 위를 흘러가는 광경을.

그때 다이고는 어떤 생각을 했을까. 요사쿠에게 말을 걸었을까. 조금 전의 나처럼. 요사쿠는 뭐라고 대답했을까.

—예쁘지? 요사쿠.

—뭐, 그럭저럭.

—예전에는 음악을 틀어 놓고 사람들이 모여서 춤을 췄대. 여기서. 술을 마시고 떠들면서.

—흥. 시시하긴. 인간들이란.

그런 대화가 오갔을까.

"우리 사장, 정말 눈에 띄는 건 다 팔아 버린다니까."

나는 문득 다이고의 옆얼굴을 봤다. 왠지 나카야가 단언한 것처럼 증오를 감추며 서로를 감시한다는 한마디로는 두 사람의 관계를 다 설명할 수 없을 것 같았다.

그렇다면 어떤 관계냐고 물어도 나 또한 설명할 수 없겠지만.

17

새해가 되어 하루 고등학교의 3학기가 시작됐다. 나는 학교에 다니며 여전히 '달나라'에 드나들었다.

오후가 되면 자전거를 타고 '달나라'에 가는 게 내 일과였다. 다이고와 다카에의 사정을 알게 된 뒤에도 전과 다름없이 그들을 대했고 상대도 마찬가지였다. 다이고는 사장과 이따금 가게를 정찰하러 오는 나카야를 험담하며 느긋하게 일했다. 그나마 달라진 거라면 공부에 조금은 힘을 쏟게 됐다는 점이다. 일이 없을 때 나는 다이고의 숙제를 도와줬다. 가게에서 팔러 내놓은 사무용 책상과 의자가 우리의 학습 장소였다. 다카에는 그런 우리를 보고도 잔소리를 하지 않았다.

다카에는 누군가가 팔러 온 값어치 없는 물건을 사들여 선반에 진열했다. 기묘한 상담에도 응했다. 다이고와 나는 집 나간 고양이를 찾아다니고 정원에서 말라 버린 나무를 벌목했다. 할머니는 '달나라'에서 우리에게 어떤 일들을 맡기는지 궁금해했다. 어느 집 마당 연못 청소를 하다가 다이고가 자라에게 물린 이야기를 했을 때는 배꼽을 잡고 웃으셨다.

"정말 다행이구나. 다이고 같은 좋은 친구가 생겨서."

나는 할머니의 말을 착잡한 심정으로 들었다.

1월이 거의 끝나갈 무렵, 다쓰노 씨가 불쑥 가게를 찾아왔다. 다카에는 외출 중이라 나와 다이고가 가게를 지키고 있었다. 다쓰노 씨는 싱글벙글 웃으며 입구로 들어왔다.

"얘들아. 역시 우리 집만이 아니었어. 그 불상을 소중히 간직하고 있던 집이."

그러더니 그는 금색 작은 목각 불상을 꺼내 보여 주었다. 다이고는 숙제를 하다가 잠깐 고개를 들어 그것을 봤지만 곧 다시 연립 방정식 풀이에 몰두했다.

"누가 가지고 있었던 거예요?"

나는 불상을 집어 들며 물었다.

"우리 목공소 직원 중에 아리타라는 영감님이."

"그분도 그 스님 같은 남자한테 불상을 받았대요?"

"응. 어머니와 기억을 맞춰 봤는데 두 사람이 기억하는 관상이 똑같아."

아리타 씨와 다쓰노 씨의 어머니는 그가 삭발한 승려 같은 외모에 통통한 몸, 각진 얼굴에 뱁새눈이었다고 입을 모아 말했다. 경찰이 제작한 몽타주 속 얼굴과도 일치할 것이다.

"흐음."

내가 불상을 꼼꼼히 살피는 모습을 다쓰노 씨는 기쁜 듯이 바라봤다.

"아리타 영감님은 이걸 무려 10년 넘게 불단에 모셔 뒀대. 영감님도 여기에 금박을 입혔다고 믿고 소중히 보관한 거야. 이걸 준 그 스님 같은 남자는 불단 앞에서 염불까지 외고 돌아갔다고 해. 영감님은 고마워했고."

"그 뒤로 집에 도둑이 들지는 않았고요?"

"영감님 집은 괜찮았나 봐."

"흐음."

"불단 앞까지 갔으니 집 안을 살필 시간도 충분했겠지. 그곳 역시 도둑질하러 갈 가치가 없는 집이라 판단한 걸까. 그런데 내가 그런 말을 하니 영감님은 화를 냈어. 지금도 그 녀석이 훌륭한 스님이었다고 믿는 듯해."

그 스님 같은 남자가 출몰한 구역이 광범위하다는 뜻일까. 당시 나카야를 비롯한 경찰들이 남자의 행방을 쫓았지만 결국 찾지 못했다. 이렇게 이곳저곳에 금색 불상을 남겼는데도 수사망을 뚫고 달아나 버렸다.

나는 손바닥 위에서 불상을 굴려 봤다. 다쓰노 씨가 같은 물건을 가져왔을 때는 자세히 보지 못했고 그 후 얼마 안 돼 나카야가 불상을 사 갔다. 오늘 처음으로 실물을 손에 쥔 셈이다. 겉에 칠해진 아크릴 물감이 세세한 부분을 덮고 있다. 불상을 처음 만들 때 눈코입이나 무릎에 놓인 손가락 등을 조금 더 정성스럽게 깎았을 텐데 이렇게 대충 물감을 덧씌워 버리면 아무 소용없다.

"뭐야, 너. 진짜 공부 중이야?"

다쓰노 씨는 내 옆을 지나 다이고 뒤로 갔다.

"아아, 그래. 나도 이런 걸 배웠지. 전부 까먹었지만."

다쓰노 씨가 장난스럽게 말하는 데 반해 다이고는 예전처럼 '어차피 계산은 계산기가 한다'라고 대답하지 않았다. 다이고 역시 배우는 데서 의미를 찾은 듯했다.

나카야가 불상 사진을 처음 보여 줬을 때 어디선가 비슷한 걸 본 느낌이 들었다. 그리고 실제 손에 들어 보니 그런 마음이 더 강해졌다. 입구에 누워 일광욕 중인 요사쿠 옆으로 갔다. 요사쿠가 딱 한 번 꼬리를 들었다가 내리자 빛 속에서 먼지가 흩날렸다.

"아."

내 목소리는 가게 안의 두 사람의 귀에는 닿지 않은 듯했다.

이 불상은 이리에 씨가 조각한 것과 닮았다. 그가 사는 집 토방에서 본. 히로키 씨와 정원을 산책하다가 이리에 씨의 집에 들렀을 때 일이다. 우리의 갑작스러운 방문에 놀란 이리에 씨는

나무 부스러기를 털며 몸을 일으켰다. 그때 만들다 만 나무 조
각을 토방에 그대로 두고 나왔다. 히로키 씨와 이리에 씨가 서
서 대화할 때 나는 멍하니 토방에 떨어진 그 나무토막을 보고
있었다.

그것은, 불상 모양이었다.

다이고와 다쓰노 씨에게는 그 이야기를 하지 않았다. 다쓰노
씨는 금색 불상을 들고 다시 돌아갔다.

그 후 사흘 내내 나는 고민했다. 만약 이리에 씨가 조각한 불
상이 절도를 위한 계기로 쓰였다면 뭐가 어떻게 되는 걸까. 이
리에 씨가 절도범일까. 하지만 도무지 상상하기 어렵다. 구라모
토 집안에서 성실하게 정원사로 일하는 그가 뭐가 아쉬워 다른
사람 집에 도둑질을 하러 간다는 말인가. 고노스케 씨와 세쓰
코 씨에게 감사하며 소탈하게 사는 정원사가 그런 짓을 할 거라
고는 생각되지 않았다. 애초에 이리에 씨의 외모는 다쓰노 씨가
설명한 그 가짜 스님의 관상과도 일치하지 않는다.

그러나 이런 생각을 나카야에게 전할 엄두도 나지 않았다.
내 지나친 억측일 가능성이 크다. 세상에 불상을 취미로 조각하
는 사람은 많다. 평범하게 생각하면 여러 집을 돌아다니며 불상
을 두고 간 남자가 직접 불상을 깎았다고 보는 게 타당하다. 그
렇게 어려운 조각도 아닌 것 같으니까.

그 뒤로 사흘을 더 고민했다. 그리고 마침내 히로키 씨에게 전화를 걸었다. 그 방법밖에 떠오르지 않았다. 현재 실험 중이라는 그와 길게 통화하지 못하고 히로키 씨는 밤에 다시 내게 전화를 걸어 주었다. 내 생각을 전하자 히로키 씨는 즉시 말했다.

─이리에 씨에게 직접 물어보면 되겠지.

그리고 그 자리에 자기도 함께 가겠다고 해서 나는 안도했다. 도저히 혼자서는 이리에 씨를 만날 수 없을 것 같았다. 히로키 씨는 그때 이미 비앙카 씨와 구니타치시에 있는 아파트로 이사했지만 구라모토 저택에도 자주 들른다고 했다.

구라모토 저택을 찾은 건 그로부터 열흘이 더 지나서였다. 히로키 씨의 휴일에 맞췄고 다이고에게는 비밀로 했다. 간신히 예전처럼 돌아갔는데 지금도 그 사건에 집착한다는 인상을 주고 싶지 않았다. 이리에 씨가 조각한 불상이 일가족 살인 사건과 연관됐다고도 보지 않았다. 애초에 그 두 가지를 연결 짓는 사람은 나카야뿐이었다.

이리에 씨는 분명히 당황하며 내 상상이 얼토당토않다고 부인할 것이다. 그 뒤로는 히로키 씨와 오랜만에 구라모토 저택에서 오붓한 시간을 보내고 집에 돌아가면 된다. 그런 식으로 생각하며 나는 그 구릉지로 이어진 저택을 찾았다. 2월의 건국 기념일 다음 날이었다.

대문에서 현관으로 이어지는 긴 통로를 걸으며 나는 주변을 둘러봤다. 낙엽목들의 겨울 싹이 부풀어 봄이 오는 게 느껴졌다. 따스한 바람도 불었다. 히로키 씨와 오랜만에 만나 대화할 수 있다는 생각에 발걸음이 가벼웠고 이리에 씨 일은 꼭 부록처럼 느껴졌다. 얼른 그 일을 끝내고 싶다고도 생각했다.

그러나 내 예상대로 일은 풀리지 않았다. 히로키 씨와 나는 이리에 씨와 함께 오랜 시간을 보내게 됐다.

구라모토 저택에 비앙카 씨는 오지 않았다. 그녀는 도내 어학 전문학교에서 강사 일을 한다고 했다. 오하시의 이야기에 따르면 이리에 씨는 오전 내내 장미 정원에서 가지치기를 하다가 지금은 집에 돌아가 휴식하고 있을 거라 했다. 지난번처럼 우리는 갑작스럽게 이리에 씨의 집을 방문했다.

히로키 씨는 캐터필러 달린 휠체어로 경쾌하게 정원을 가로질러 갔다. 납매의 노란 꽃이 만발해 달콤한 향기를 주변에 풍겼다. 정원 장미는 가지런히 가지가 잘려 나갔고 덩굴장미는 아치 쪽에 가지런히 모였다. 이리에 씨는 정원사 임무를 착실히 해내고 있었다.

그의 집 미닫이문을 살며시 당겼다.

"이리에 씨, 안에 있습니까?"

그렇게 말을 건 사람은 히로키 씨였다. 그 말에 이리에 씨가 황급히 밖에 나왔다. 토방에는 아무것도 없지만 선반에 놓인 도구 중에 조각칼이 있는 것을 나는 재빨리 확인했다.

"잠시 드릴 말씀이 있는데, 들어가도 될까요?"

히로키 씨가 집에 들어가려 하자 이리에 씨는 "이런 누추한 곳에서는" 하고 조심스레 거절했다.

"그럼 정자에서 이야기할까요. 오늘은 날도 따뜻하니."

그러더니 히로키 씨는 "그전에" 하고 말을 이었다.

"이리에 씨. 불상을 조각하시더군요. 저번에 왔을 때 우연히 봤습니다. 실력이 제법 훌륭하시던데 구경 한 번 할 수 있을까요?"

가볍게 묻는 히로키 씨를 보며 옆에서 나는 감탄했다.

이리에 씨는 그 말은 듣고 놀라울 정도로 당황하는 모습을 보였다.

"아" 하거나 "그게" 하며 시선이 허공을 맴돈다. 그러나 히로키 씨가 미소 띤 얼굴로 기다리고 있는 것을 보고 결국 포기한 것처럼 집 안쪽에 들어갔다. 히로키 씨가 나를 향해 눈짓했다. 돌아온 이리에 씨의 손에는 작은 나무 불상이 들려 있었다.

"거의 심심풀이 수준이라 남에게 보일 만한 건 아닙니다만."

히로키 씨는 불상을 집어 눈앞에 가져갔다. 방향을 이리저리 바꾸며 불상을 보는 동안 이리에 씨는 초조한 것처럼 두 손을 작업복 바지에 문질렀다.

나무만 깎았을 뿐이고 색을 입히거나 니스 칠도 하지 않았다. 소박한 불상 위에 조각칼의 거친 칼자국이 보였다.

"그럼 가 볼까요."

히로키 씨는 불상을 무릎 위에 얹더니 전동 휠체어를 빙글 돌렸다. 우리 세 사람은 에메랄드를 발견한 날 세쓰코 씨와 함께 차를 마신 정자에 들어갔다. 나무 너머에 저택 지붕이 보였다. 납매 나무는 보이지도 않는데 은은한 향기가 풍겼다.

나와 이리에 씨는 정자 안에 있는 의자에 앉았다. 히로키 씨는 마주 보는 위치에서 휠체어를 세웠다.

"류타. 불상을 보여 줄래?"

히로키 씨는 거침없이 이야기를 진행했다. 나는 메고 온 작은 배낭에서 아리타 씨의 집에 있던 불상을 꺼냈다. 다쓰노 씨에게 부탁해서 빌려 온 것이다. 금색 불상을 맞닥뜨린 이리에 씨는 누가 봐도 묘한 반응을 보였다. 옆에 앉은 내가 똑똑히 알 수 있을 만큼 몸을 조금씩 떨었다. 두 눈도 더 뜰 수 없을 만큼 휘둥그레 떴다.

히로키 씨도 그런 이리에 씨의 반응을 느꼈겠지만 표정은 태연했다. 그리고 내게 금색 불상을 받아 들고 이리에 씨가 조각한 것과 비교하기 시작했다.

"비슷하네요."

그 한마디만을 입에 담았다. 이리에 씨의 입에서 휴 하고 숨이 새어 나오는 소리가 들렸다.

"이 금색 불상을 어떻게 구했는지 설명해 주렴."

히로키 씨는 핵심만을 입에 담았다. 나는 침을 꿀꺽 삼킨 후 설명을 시작했다. 금색 불상은 12년 전 스님 행색을 한 남자가 여러 집을 돌아다니며 나눠 줬다는 것. 그 남자는 그렇게 도둑질할 집을 물색했다는 것. 실제로 절도 피해를 당한 집이 몇 곳 있고 경찰이 그 관련성을 파악하고 있었다는 것. 내 설명이 길어질수록 이리에 씨의 얼굴이 창백해졌다. 몸의 떨림도 멎지 않았다. 내가 이야기하기가 주저될 만큼 신경 쓰이는 반응이었다.

그래도 온화한 표정의 히로키 씨 덕분에 나는 힘을 내어 설명을 이어 갔다. 이 이야기를 내게 들려준 사람은 하루노부니시 경찰서의 형사이고 그는 금색 불상을 들고 집을 돌아다닌 남자의 행방을 좇았지만 지금껏 남자를 찾지 못했다고 했다. 이리에 씨의 이마에 맺힌 땀방울이 보였다. 햇볕이 따뜻하다고는 해도 아직 2월이다. 아무리 봐도 심상치 않았다.

나는 거기서 일단 설명을 멈췄다. 히로키 씨를 힐끗하자 그는 턱을 살짝 움직여 고개를 끄덕였다. 그래서 결심이 섰다. 여기까지 온 이상 어정쩡하게 끝낼 수 없고 의문을 의문 그대로 둘 수 없었다.

"그 형사님과는 지금도 가끔 만나고 있어요."

이리에 씨는 허리에 찬 손수건으로 땀을 닦으려 했지만 손이 떨려서 잘되지 않았다.

"그분은 12년 전 하루노부시에서 일어난 일가족 살인 사건 수사에 관여했고, 당시 피해자의 집에도 그 금색 불상이 있었다고 했죠."

이리에 씨의 입에서 큭 하고 신음도 울음도 아닌 소리가 터져 나왔다.

"형사님은 그 일에 대해 이렇게 추리하셨어요. 스님 행색을 한 남자가 금색 불상을 들고 그 집을 찾아간 게 아닐까. 그때 집 안 상태를 살피고 밤이 되자 그 집에 몰래 들어간 게 아닐까. 그걸 뒷받침할 증언은 아쉽게도 얻지 못했어요. 그 집에 살던 어른 네 사람이 이후에 살해당하고 말았으니까요."

"즉 그 형사님은 살인 사건에 불상을 두고 간 남자가 관련됐다고 본다는 말이구나."

히로키 씨가 옆에서 말을 보탰다.

"그런데 이 불상, 혹시 이리에 씨가 만드셨나요?"

히로키 씨는 다시 한번 두 불상을 들어 올렸다. 손에 나란히 들린 불상을 새삼 다시 보니 매우 닮았다. 지금껏 여러 번 같은 것을 조각해 익숙해진 느낌이었다.

이리에 씨는 대답하지 않았다. 떨림은 가라앉은 듯하지만 손에 든 손수건을 꽉 움켜쥐고 고개를 푹 숙이고 있다. 뭔가를 고민하고 망설이는 듯하다. 정면에 앉은 히로키 씨는 말없이 그런 정원사를 바라봤다. 나는 '히로키 씨의 머릿속에서 노구치 도요키 범인설은 사라졌구나' 하고 짐작했다. 방적 공장에서 나오는 저주파음 때문에 육체와 정신이 병든 남자는 정상적으로 사고하지 못해 집주인 일가와 갈등을 빚었을 수 있지만 그들을 죽이지는 않았다. 그렇다면 범인은 누구일까. 이성적이고 총명한 과학자는 올바른 해답을 찾으려고 모든 가능성을 검토하고 있다.

"어떤가요? 이거, 이리에 씨가 만든 게 맞습니까?"

말투는 온화하지만 가차 없다. 히로키 씨 바로 뒤에 있는 정자 밖 마른 풀 속에 노란 국화 한 송이가 피어 있었다. 그 국화에 앙상하게 마른 검은 말벌이 매달려 있다. 나는 바람을 맞아 정처 없이 흔들리며 생을 다해 가는 벌에서 이리에 씨에게 시선을 옮겼다. 그리고 말했다.

"작년 7월에 이리에 씨는 이 정원부터 건너편 언덕까지 저희를 안내해 주셨어요. 너구리굴을 찾기 위해서요. 그때 저와 함께 온 시게마쓰 다이고라는 아이가 있었죠? 그 아이가 바로 그 일가족 살인 사건의 피해자예요."

이리에 씨는 순간 고개를 번쩍 들었다.

"그때 유일하게 혼자 살아남은 아이예요."

이리에 씨는 갑자기 벌떡 일어나 바닥에 납죽 엎드렸다.

"죄송합니다! 정말 죄송합니다!"

나는 하마터면 엉거주춤 일어서려다가 히로키 씨가 가만있는 것을 보고 다시 자리에 앉았다.

정자 바닥에 엎드린 이리에 씨는 몇 번이나 이마를 바닥에 부딪쳤다. 그는 울고 있는 듯했다. 나는 어안이 벙벙해져 그런 정원사를 내려다봤다.

"그래 봐야 달라지는 건 없습니다. 우선 설명부터 확실히 해주셔야."

히로키 씨는 차분한 목소리로 그를 타일렀다.

"이건 이리에 씨가 만든 불상이 맞지요?"

"네. 제가 만들었습니다."

이리에 씨가 대답했다.

"그 두 개뿐만이 아닙니다. 만들고, 또 만들었습니다. 저택 정원을 가꾸며 벌목한 나무나 가지들을 활용해……."

"왜죠? 어떤 이유로 그런 행동을?"

"죄를……."

이리에 씨는 목구멍에서 쥐어짜듯 소리를 냈다.

"죄를 갚고 싶어서."

나는 히로키 씨와 얼굴을 마주 봤다.

"이리에 씨가 시게마쓰 다이고의 가족을 죽였다는 말인가요?"

히로키 씨가 선뜻 내뱉은 말에 나는 눈을 감고 이를 악물었다. 그러나 그건 말이 안 된다는 것을 곧 깨달았다. 이 불상이 시노하라 히사오의 집에 있었다면 이리에 씨가 사건 이전부터 불상을 조각했다는 뜻이 된다. 히로키 씨가 그런 걸 눈치채지

밤 의 소 리 를

못할 리 없었다.

"아뇨. 전 아닙니다."

히로키 씨가 벤치에 앉으라고 해도 이리에 씨는 바닥에 그대로 정좌한 채 말했다. 나는 가슴을 쓸어내렸다. 그러나 이리에 씨는 이후 더 무시무시한 말을 꺼냈다.

"제 친구가 제가 새긴 불상을 멋대로 가져가 물감을 채색한 후 사람들에게 나눠 주고 다녔습니다."

"그럼 그분이 형사님의 예측한 대로 사전 답사한 집에 몰래 들어가 절도를 저질렀다?"

"네. 그렇습니다."

"그럼 그가 시게마쓰 다이고의 가족도 죽였나요?"

"네."

나는 미동도 하지 못하고 이리에 씨를 응시했다. 이런 고백을 듣게 될 줄은 꿈에도 몰랐다. 숲 어딘가에서 찌르레기가 찌르찌르 하고 거슬리는 소리를 내며 울었다.

"그는 지금 어떻게 됐습니까?"

"제가……."

또다시 들리는 찌르레기 소리. 마치 뒷이야기를 듣지 말라고 경고하는 듯하다. 그러나만 내 귀는 이리에 씨의 말을 정확히 포착했다.

"제가 죽였습니다."

"죽였다······?"

히로키 씨는 조금 흥분한 목소리로 되물었다. 이리에 씨 쪽
이 오히려 냉정한 어조다. 이미 완전히 각오를 굳힌 이리에 씨
쪽이.

"제가 죽인 후 저택 마당의 마른 우물에 묻었습니다."

이다음부터는 그날 정자에서 들은 이리에 씨의 고백과 그를
조사한 나카야에게 들은 이야기를 종합해 내 나름대로 정리한
것이다.

이리에 씨의 불상을 나눠 주고 다니던 사람은 가사이 시게루
라는 남자였다.

이리에 씨와 가사이는 시코쿠 남서부, 에히메현과 고치현 경
계에 있는 깊은 산 속 마을에서 태어나 자랐다. 마을이라 해도
산주름 사이를 흐르는 강가 옆에 촌락이 흩어져 있는 듯한 곳이
었다. 대대로 임업과 농업으로 생계를 이어 갔지만 그것만으로
는 먹고살 수 없었다. 이리에 씨의 아버지는 강 하류 마을에 있
는 건설 회사에서 일하며 돈을 벌었다. 그들이 사는 촌락은 초,
중학교까지 걸어서 한 시간이 넘게 걸리는 산간벽지였다.

가사이는 어렸을 때 부모가 이혼해 조부모의 손에 맡겨졌다.
아버지는 아들을 맡기고 나서 소식이 끊겼다고 한다. 다른 사람
소유 산에서 산일을 하던 할아버지는 늘 술독에 빠져 살았고,

할머니도 몸이 약해 그들이 사는 집은 마을 안에서 가장 궁핍했다. 학비도 거의 내지 못했다.

"가사이는 자신이 아버지에게 버림받았다고 생각했죠. 실제로도 그게 사실이었고요. 전 그 현장을 봤습니다."

가사이는 옆집 노부부의 집에 종종 맡겨지기도 했다. 이리에 씨는 어린 시절부터 가사이와 친하게 지내던 친구였다. 초등학교에 들어가기 전 가사이의 아버지가 찾아와 앞으로도 가사이를 맡아서 키워 달라며 자기 부모에게 부탁했지만, 가사이의 할아버지는 그것을 거부했다. 집 앞마당에서 두 어른이 서로에게 아이를 떠넘기는 촌극이 펼쳐졌고 그 광경을 가사이와 이리에 씨는 말없이 지켜보고 있었다고 한다.

남자 혼자서는 아이를 키울 수 없다, 아이와 함께 있으면 일도 할 수 없다고 우기는 가사이의 아버지에게 가사이의 할아버지는 자신도 수입이 적어 손자를 거둘 여유가 없다고 받아쳤다. 시간이 갈수록 두 사람은 흥분해 거친 말로 서로를 비난했다.

"그래! 그러니까 결국은 돈을 내놓으라는 거잖아요! 그놈의 돈!"

격분하는 아버지를 가사이는 불쌍한 얼굴로 올려다보고 있었다. 아버지는 지금 자신이 가진 돈의 전부라며 웃옷 안주머니에서 불룩한 지갑을 꺼냈다. 아마 다른 곳으로 떠날 생각으로 마련한 현금이었을 것이다. 그는 지갑에서 꺼낸 지폐를 자신의 부모를 향해 던졌다. 할아버지는 우두커니 서 있었고 지폐 수십 장이 가사이와 이리에 씨의 머리 위에서 펄럭이다가 이내 바람을 타고 날아갔다. 그리고 써레질을 마친 논다랑이에 흩어졌다.

아버지는 그대로 차를 타고 떠났다. 할아버지는 천천히 고개를 돌려 손자를 봤다. 그리고 모내기 전 논다랑이에 흩어진 1만 엔 지폐를 주워 오라고 지시했다.

"앞으로 널 키우려면 필요한 돈이니 네가 직접 주워 와라."

계곡의 찬물이 들어찬 진흙탕에서 가사이는 더러워진 지폐를 주워 모았다. 보다 못한 이리에 씨도 옆에서 친구를 도왔다. 그 모습을 할아버지는 위에서 내려다봤다.

"그때 가사이는 울고 있었습니다. 울면서 지폐를 한 장 한 장 열심히 주워 모았습니다. 이 돈이 없으면 할아버지, 할머니에게도 버려질 거라 생각했겠죠. 냉기 때문에 작은 손이 새빨개져 있더군요."

그날 이후 가사이는 조부모 밑에서 자랐다. 아버지는 단 한 번도 아들을 만나러 오지 않았다. 결코 유복하다고 할 수 없는 이리에 씨 처지에서 봐도 가사이는 초라하기 그지없는 차림새로 학교에 다녔다. 그래도 두 사람은 마음이 잘 통하는 소꿉친구였다. 가사이는 간신히 고등학교까지 진학했고 학비와 생활비를 벌기 위해 줄곧 아르바이트를 했다.

이리에 씨도 중학생 때부터 집안 산림을 손질하느라 바빴다.

교육 환경이 좋다고 할 수 없지만 그들이 태어난 지방에서는 그 게 당연했다. 생활 자체가 성립하지 않아 마을을 떠나 산기슭에 있는 시정촌으로 옮겨 가는 가족도 많았다. 이리에 씨와 가사이의 집은 원래 마을에 붙어 살았지만 주민이 줄어 한계 촌락이 되어 가는 게 훤히 보였다. 소유자들이 떠나 버려진 산은 황폐해졌다.

그런 곳에서 태어나고 자란 이리에 씨와 가사이는 소박하고 우직한 청년들이었다. 이리에 씨는 공부를 잘해 대학 진학을 꿈꿨지만 경제적인 이유로 뜻을 이루지 못했다. 그래도 이리에 씨는 일해서 어느 정도 돈이 모이면 대학이나 전문대학에 입학해 학업을 계속하겠다는 소망은 품고 있었다. 그 사실을 소꿉친구이자 절친했던 가사이는 잘 알았다.

그뿐만 아니라 가사이는 이리에 씨가 성공한 인생을 살기를 누구보다 간절히 바랐다. 부모에게 버림받아 힘들게 살아 온 자신은 가망이 없다고 일찌감치 포기하고 있었다. 그런 만큼 형제처럼 자란 똑똑한 이리에 씨만큼은 찬란한 미래를 손에 넣기를 이상하리만치 열망했다.

이리에 씨는 우와지마시에 있는 수산 가공 업체에서 일하고 밤에는 몰래 공부를 계속했다. 가사이는 사는 곳과 가까운 회사에 취직했다. 이리에 씨의 아버지가 일하는 건설 회사였다. 그곳 마루와 건설은 인근 공공사업을 도맡아 하는 건실한 회사였기 때문에 직원이 많았고 가난한 산간 지역 출신 청년들을 다수 고용했다. 성실하고 끈기 있는 산 사람들은 힘든 작업 현장에서도 불평 없이 열심히 일했다.

사장인 구시모토 다케히사는 거칠고 우악한 남자였고 아랫사람들을 험하게 다뤘다. 산간부 촌락에서 고용한 세상 물정 어두운 청년들을 마음껏 부렸다. 그럼에도 사업 수완이 뛰어나 일이 끊이지는 않았다. 마루와 건설은 태어난 곳 근처에서 일하고 싶어 하는 이들에게 최선의 일자리였다. 그곳에서 일하며 짬짬이 집안 산림지도 관리할 수 있기 때문이다. 특히 이리에 씨의 아버지는 가지치기 작업 때 나무에서 추락한 후유증 때문에 힘쓰는 일을 하지 못했는데 간이 작업이라도 계속할 수 있는 상황을 고마워했다.

이리에 씨와 가사이가 스물두 살이 되었을 때 그전까지 성실히 일해 온 두 사람의 인생을 송두리째 뒤흔든 사건이 발생했다. 이리에 씨에게는 와카코라는 네 살 많은 예쁜 누나가 있었다. 그녀는 구시모토의 아내가 건설 회사 근처에 문을 연 선물 가게에서 일했다. 그 와카코가 구시모토에게 성폭행을 당한 것이다. 사실은 한동안 알려지지 않았다. 와카코가 부모에게도 털어놓지 않은 것이 첫 번째 이유였다. 선물 가게와 마루와 건설 직원 몇 명과 술자리를 마치고 집에 가는 길에 구시모토는 억지로 와카코를 호텔에 데려갔다. 자기 부모보다 나이 많은 남자에게 범해진 와카코는 충격으로 입을 다물었다.

그녀는 선물 가게에서 제공하는 원룸 아파트에 살았고 구시모토가 그곳에 종종 드나들게 됐다. 구시모토는 젊은 와카코에게 푹 빠져 와카코가 자신의 애인이 됐다고 믿었다. 구시모토의 아내가 호색한인 남편에게 정나미가 떨어져 별거 중이라는 사실도 와카코는 알지 못했다. 성격이 워낙 온순해 심한 짓을 당해도 큰소리 한번 내지 않는 와카코를 구시모토는 마음껏 농락했다.

순진무구했던 와카코에게 가혹한 상황이었고 그로부터 얼마 지나지 않아 와카코는 마침내 견디지 못하고 일을 쉬게 됐다. 그리고 그제야 동생에게만 그 사실을 몰래 털어놓았다. 구시모토에게 신세를 지고 있는 아버지 앞에서는 도저히 털어놓을 수 없었다고 했다. 이리에 씨는 큰 충격을 받았다. 아름다운 누나는 그에게도 자랑거리였다. 구시모토가 저지른 짓을 결코 용납할 수 없었다.

이리에 씨는 친구 가사이를 찾아가 상의했다. 가사이도 크게 화를 내며 이리에 씨를 편들어 주었다. 사실 그 역시 구시모토를 싫어하고 있었다. 산간부 출신 사람을 업신여기는 사장과 매사 솔직한 가사이는 그전에도 이미 여러 번 부딪힌 바 있었다. 이리에 씨는 자기가 직접 구시모토를 찾아가 앞으로 누나 앞에 얼씬도 하지 말라고 경고할 생각이라 했고, 가사이는 자신도 함께 가겠다고 했다. 심지어 가사이는 분개해 자기가 회사에서 쫓겨나도 상관없다고 했다.

두 사람은 어느 날 밤 구시모토가 사는 집을 찾았다. 혼자 살던 구시모토는 두 사람을 보자마자 낌새를 알아차린 듯했다. 이리에 씨는 집 안에 들어가 누나에게 손을 뻗친 구시모토의 추잡한 행위를 엄하게 꾸짖었다. 옆에서 가사이도 염치없고 비열한 성격을 고치라며 구시모토를 압박했다. 당신이 한 짓은 악랄한 성폭행이고 경찰에 신고하면 바로 체포될 거라고도 했다.

그러나 구시모토는 코웃음을 쳤다고 한다.

"이봐! 얼마를 원해?"

당황한 가사이에게 구시모토는 다시금 물었다.

"결국은 돈 아닌가?"

구시모토는 "너희 같은 산간부 출신 놈들은 돈이면 다 된다고 생각하지"라고 했다. 돈을 위해서라면 협박이든 뭐든 가리지 않는다. 산에서 온 인간들은 그런 습성을 타고났다. 그 밖에도 너희에 대해서는 자신이 잘 안다며 그는 큰소리를 쳤다. 그러고는 벌떡 일어나 뒤에 있는 금고에서 돈다발을 꺼냈다.

"자! 얼마를 원하냐? 돈이라면 얼마든 주마. 그게 너희 소원이지? 친구를 위해서라고? 웃기는 소리. 거지 같은 놈들이 위선 떨기는!"

그는 가사이를 향해 돈다발을 던졌고 돈은 가사이의 얼굴에

　　　　　　　　밤 의 소 리 를

정통으로 맞았다. 마룻바닥에 수많은 1만 엔 지폐가 흩뿌려졌을 때 가사이의 머릿속에서 뭔가가 폭발했다. 그는 구시모토에게 달려들었다. 사장의 멱살을 잡고 흔들며 두 번, 세 번 주먹을 날리는 동안에도 구시모토는 비열하게 웃고 있었다고 한다. 가사이가 손을 놓자 구시모토는 가사이의 작업복에 피 섞인 침을 퉤 뱉었다.

이리에 씨는 친구를 말리며 구시모토에게서 떼어 냈다. 구시모토는 히죽거리며 말했다.

"와카코를 진짜 여자로 만들어 준 이 몸에게 고마워하지는 못할망정 말이야. 개도 싫어하지 않았어. 지금도 내가 오기만을 기다리고 있다고. 이 몸이 자빠뜨리면 곧장 가랑이를 벌리고, 안아 주면 나한테 찰싹 달라붙어 교태를 부리……."

그의 말을 끝까지 들을 수는 없었다. 이리에 씨는 가사이를 놓아 주고 이번에는 자신이 구시모토에게 달려들었다. 탄탄한 체격이지만 키가 작은 구시모토에게 여러 번 주먹을 갈겼다. 처음에는 서서 버티던 구시모토도 결국 버티지 못하고 뒤로 쓰러졌다. 그리고 그때 열려 있던 금고문 모서리에 뒤통수를 부딪쳤다. 퍼억 하는 섬뜩한 소리가 들린 뒤에도 이성을 잃은 이리에 씨는 금고 앞에 쓰러진 구시모토를 계속 후려쳤다.

"이제 그만해. 그만!"

가사이가 허공에 치켜든 주먹을 붙잡고 나서야 정신을 차렸

다. 구시모토는 얼굴이 부어올라 피투성이가 된 채 숨이 끊어져
있었다. 자신이 저지른 짓의 심각성을 깨닫고 겁먹은 이리에 씨
에게 가사이는 이렇게 말했다.

"이건 다 내가 한 짓이야. 알겠어? 넌 지금 당장 우와지마로
돌아가."

가사이는 망연자실한 이리에 씨를 현관까지 질질 끌고 갔다.
겨우 말문이 열린 이리에 씨는 당연히 저항했다. 그러나 가사이
의 마음은 변하지 않았다.

"난 신경 쓰지 마. 어차피 네가 안 말렸으면 내가 죽였어. 넌
정정당당하게 대학에 가서 훌륭한 사람이 되는 것만을 목표로
하고 살아. 알겠어?"

이리에 씨가 한밤의 어둠 속으로 사라지고 나서 가사이는 경
찰에 자수했다. 그리고 이리에 씨에 대해서는 입도 뻥긋하지 않
고 모든 죄를 뒤집어쓴 채 형을 살았다. 이리에 씨는 내내 죄의
식에 시달렸지만 사실대로 털어놓을 수는 없었다. 그 후 누나가
결혼해 과거를 잊고 산다는 점도 영향을 미쳤다. 사실이 공개되
면 누나가 또다시 고통스러워질 거라 생각했다.

가사이는 강도 살인죄로 12년 간 복역 후 출소했다. 그는 만
나서 사죄하고 싶다는 이리에 씨를 거부하고 자취를 감췄다. 그
때 이리에 씨는 솔직히 안심했다고 한다. 그도 그 후 변변한 삶
을 살지 못했기 때문이다. 학업을 계속할 의욕을 잃고 대학 진

밤의 소리를

학의 꿈도 접은 채 고향을 떠나 여러 일을 전전했다. 나이 든 부모의 뒷바라지는 전부 누나에게 맡기고 본가에 발길을 끊었다.

그렇게 가사이를 잊고 살다가 사이타마현으로 흘러가 구라모토 저택의 정원사로 취직했다. 그곳에서의 일은 오래전 본가에서 임업을 했던 이리에 씨에게 식은 죽 먹기였다. 다른 사람과 접촉할 일이 거의 없고 이곳에서 식물들을 다루며 앞으로 평온하게 살 수 있다면 더 바랄 나위가 없다고 생각했다.

"그래도 과거에 사람의 목숨을 앗아 갔다는 죄책감은 제 가슴에서 사라지지 않았습니다."

이리에 씨는 그렇게 진술했다고 한다. 정원수를 손질하고 마른 나무를 벌목하며 생긴 나무토막들로 불상을 깎기 시작했다. 소소한 참회의 의미였다. 그리고 서툰 실력으로 조각한 불상은 어디에 줄 곳도 없이 그대로 쌓여 갔다.

그럴 때 가사이가 불쑥 모습을 드러냈다. 오랜 복역 생활을 마치고 전과자 낙인이 찍힌 가사이는 그전과 전혀 딴사람이 돼 있었다. 거칠고 피폐하며 비뚤어져 있었다. 감옥에서 나온 뒤에도 사회에서 소외돼 지금껏 변방을 겉도는 삶을 살아온 게 훤히 보였다.

"아주 좋은 곳에 숨어들었잖아. 부잣집 저택 정원사라니."

그의 말을 듣고 이리에 씨는 공포에 떨었다. 지금껏 신세를 진 구라모토 집안에 그가 혹여 좋지 않은 꿍꿍이라도 세우는 게 아닐까 걱정했다. 가사이의 말과 행동을 보면 아무래도 출소 이후에도 크고 작은 범죄를 반복해 온 기색이 느껴졌다. 가사이는 그 후 얼마간 이리에 씨의 거처에서 지냈다. 마음 같아서는 내쫓고 싶지만 그럴 수 없었다.

나무에 둘러싸인 이리에 씨의 거처에 다른 체류자가 있다는 건 구라모토 부부와 집사인 오하시에게 알려지지 않았다. 그 무렵 구라모토 저택이 등록 유형 문화재로 지정될 가능성이 생겨 가옥 조사에 들어가는 바람에 모두 그쪽에 정신이 팔려 있었다.

가사이는 술에 취하면 항상 자신이 이리에 씨의 죄를 대신 뒤집어쓰고 감옥에 들어간 일을 언급했다. 그때는 어려서 실수했고 그 일이 자신의 인생을 망쳤다고 했다. 그리고 그것을 이리에 씨를 고용한 구라모토 집안에 알리겠다며 이리에 씨를 협박했다.

이리에 씨는 대꾸하지 못하고 잠자코 그의 말을 들을 수밖에 없었다. 그의 말이 틀리지 않는다고 생각했다. 가사이는 이리에 씨가 속죄를 위해 만들고 있다는 불상을 보며 코웃음을 쳤다. 이제 와서 이런 짓을 한다고 죄가 사라지겠냐며 조롱해도 이리에 씨는 반박할 수 없었다. 그러다 가사이는 아크릴 물감으로 불상을 금색으로 칠해 어디론가 가져갔다. 그가 어떤 목적으로 불상을 가져가는지에 대해서는 이리에 씨도 어렴풋이 눈치채고 있었다. 그러나 예전 친구가 하는 행동을 묵묵히 지켜보기만 했다.

이리에 씨의 거처에 오기 전까지 어느 절에서 허드렛일을 하며 살았다고 한 가사이는 그곳에서 보고 들은 독경과 그럴싸한 설법을 들려줬다. 차림새도 승려처럼 하고 다녔다고 하니 믿는 사람도 있었을 것이다. 절에서 세전을 훔치다가 쫓겨난 가사이는 다른 사람을 속이고 도둑질하는 행위에서 어떤 죄책감도 느끼지 못했다.

그리고 얼마 지나지 않아 시노하라 히사오 일가족 살인 사건이 일어났다.

18

이리에 씨가 조각한 불상은 아직도 많이 남아서 벽장 속 골판지 상자를 가득 채우고 있었다. 이리에 씨는 어떤 심정으로 불상을 깎았을까. 불상을 깎는다고 해서 수십 년 전 저지른 끔찍한 죄가 사라지는 건 아니다. 자신이 목숨을 빼앗은 남자에게 계속 사죄했을까. 아니면 자신 때문에 인생이 송두리째 뒤틀린 친구에게 사죄했을까.

불상을 조각함으로써 이리에 씨는 안녕을 얻었을까. 이리에 씨에게 그런 질문까지 던질 수는 없었다. 겨울 햇살이 비치는 토방에 나온 상자 속 불상은 하나같이 자비로운 미소를 머금고 있었다.

그러나 이리에 씨가 계속해서 사죄한 친구는 불상을 번쩍이는 금빛으로 칠했다. 이리에 씨의 의도를 더럽혔다. 그것을 가지고 돌아다니며 집을 물색하고 며칠 후 도둑질하는 행위를 반복했다. 나카야가 말하길 상당히 숙련된 절도범의 수법이었다고 했다.

그래서 그런지 범행은 좀처럼 드러나지 않았다. 하루노부시에서만 다섯 건의 비슷한 절도 사건이 발생했고 개중에는 현금과 귀금속을 몽땅 털린 집도 있었다. 가사이는 사회의 비주류로 사는 동안에 베테랑 절도범이 되었다. 들키지 않게 은근슬쩍 집을 물색하며 예리한 촉으로 돈 될 만한 것들을 찾아낸 후 단서를 남기지 않고 물건을 훔치고 슬그머니 빠져나갔다. 시간도 얼마 걸리지 않았다.

1993년 8월 3일 심야까지는.

당사자가 죽어 버린 탓에 이리에 씨의 이야기만으로 시노하라 가에서 일어난 일을 상상할 수밖에 없다. 당시 가사이는 시내 몇 집을 무사히 털고 우쭐해 있었다. 그날 낮 가타오카마치 주변을 어슬렁거리던 가사이는 시노하라 히사오의 집 초인종을 눌렀다. 우묵땅에는 주택이 몇 채 없고 집들 사이 거리도 적당해서 도둑질을 하기에 안성맞춤이었다.

당시 집을 지키고 있던 사람은 다이고의 할머니 다에였다. 그녀는 현관 앞 토방에 서서 가사이의 이야기를 들어줬고 가사이가 내민 불상을 "멋진 불상이네요" 하고 받아 들었다. 알기 쉽게 각색한 설법 이야기도 흥미로워하며 귀를 기울였다. 가사이의 목적은 집 안 구조와 가족 구성원을 확인한 후 돈이 될 물건이 있는지 알아보는 것이었으니 그럴싸한 이야기를 던지며 넌지시 집 안을 살폈다.

오래된 집이라 탁 트여 있어서 안쪽까지 훤히 보였다. 사치스러운 인테리어 등은 없었다. 그러나 이런 집이야말로 절호의 범행 대상이라는 것을 가사이는 잘 알고 있었다. 방범 의식이 낮고 문단속이 허술하며 현금을 대충 책상 서랍이나 불단 같은 곳에 넣어 두는 집. 또 이렇게 낡고 큰 집들은 침실과 그런 물건을 두는 방이 떨어져 있어 도둑질을 할 때 잘 들키지도 않았다.

다에의 이야기를 들으니 2층에 아들 부부가 산다고 했다. 그건 곧 노부부가 평소 아래층에서 지낸다는 뜻이다. 가족 구성만큼은 절도에 적합하다고 하기 어려웠다.

그러던 중에 가쓰유키가 집에 돌아왔다. 그는 아내가 현관 앞에서 스님 행색을 한 남자와 대화하고 있어도 신경 쓰지 않았다. 전에도 이런 일이 종종 있어 외부인을 별로 경계하지 않는 집이구나 생각했다. 가쓰유키가 귀가한 걸 계기로 가사이도 몸을 일으켰다. 사람 좋아 보이는 다에는 덕분에 좋은 이야기를 들어서 고맙다는 것처럼 그를 기꺼이 배웅해 주었다.

가사이는 현관 미닫이문을 닫고 시노하라의 집을 떠났다. 이 집을 털어야 할지 말지를 고민하며 걷고 있을 때 우묵땅으로 향하는 경사로를 누군가 종종걸음으로 걷는 모습이 보였다. 젊은 남자였고 그가 가까이 다가올수록 아무래도 뭔가 이상하다고 느꼈다. 그는 뭔가에 쫓기듯 숨을 헐떡이며 걸었다. 가사이 옆을 지날 때는 헉헉 하는 거친 숨소리가 들렸다. 이상하리만치 창백한 얼굴을 보며 가사이는 발걸음을 멈췄다. 남자의 눈은 움푹 파였고 광대뼈가 튀어나와 있었다. 입고 있는 티셔츠는 헐렁하고 꾀죄죄했다.

남자는 시노하라 히사오의 집 앞에 가더니 현관 미닫이문을 쾅쾅 두드렸다.

"어이! 시노하라! 시노하라!"

곧장 가쓰유키가 나왔다.

"뭐야. 또 왔나?"

그는 지긋지긋하다는 듯이 말했다.

"이제는 적당히 좀 하지."

"당신들 때문에 아침부터 아무것도 못 먹었어!"

"그건 내 알 바 아니지. 어서 이사할 곳을 찾아서……."

"어떻게 그런 말을 하지? 난 환자라고!"

"그럼 병원에 가야지. 입원이라도 하는 게 어떤가?"

묘한 대화를 나누는 두 사람을 가사이는 멈춰 선 채로 지켜봤다. 방문객의 상태는 누가 봐도 이상했고 맞물리지 않는 대화가 이어졌다. 남자는 시간이 갈수록 더 초조해하며 이따금 말문이 막힐 때마다 그런 자신이 답답한지 머리 옆 부분을 스스로 퍽퍽 때리기도 했다. 가쓰유키가 그를 무시하고 집에 들어가려

하자 남자가 매달렸다. 하지만 곧 남자의 눈앞에서 현관 미닫이
문이 탁 닫혔다.

그러자 남자는 곧장 허리를 숙여 현관 앞 화단에서 주먹만
한 돌을 집어 들더니 가사이가 미처 말릴 새도 없이 미닫이문을
향해 돌을 던졌다. 격렬한 소리와 함께 유리가 깨졌다. 가쓰유
키가 다시 나왔다.

"아니, 이 자식이 지금 뭐 하는 거야!"

남자는 등을 홱 돌려 가사이가 서 있는 쪽으로 달려왔다. 꼭
어린아이가 못된 짓을 하고 도망치는 느낌이었다. 어안이 벙
벙해져 서 있는 가사이 옆을 남자는 그대로 지나쳤다. 가사이
가 고개를 돌렸을 때 가쓰유키와 눈이 마주쳤고, 그는 초연하게
고개를 절레절레 흔들었다. 이런 일이 처음이 아닌 듯했다. 조
금 전 가사이를 응대해 준 다에가 나와 현관 안쪽에 흩어진 유
리 조각을 쓸어 모으기 시작했다. 노부부는 체념한 얼굴로 담담
하게 유리를 치웠다. 그리고 둘이서 두어 마디를 주고받더니 집
안에서 골판지 상자와 박스 테이프를 가져왔다.

깨진 현관 미닫이문을 조금이나마 보수하려는 듯 보였다. 두
사람 다 작업에 집중하느라 가사이 쪽을 보지 않았고 가사이는
등을 돌려 발걸음을 뗐다. 마지막으로 돌아봤을 때 시노하라 히
사오의 집 현관문은 응급처치가 끝나 있었고 노부부도 보이지
않았다.

밤의 소리를

'저 상태로 오늘 밤을 보내려는 걸까?' 하고 가사이는 생각했다. 그렇다면 몰래 들어가기도 쉬울 것이다. 박스 테이프를 살짝 벗겨 골판지 틈새로 손을 넣으면 문 안쪽 자물쇠에 손이 닿는다. 오래된 집이라 손가락으로 푸는 걸쇠 자물쇠가 달려 있을 것이 분명하다. 게다가 지금 저 집은 뭔지 모를 갈등을 겪고 있다. 그렇게 다른 일에 정신이 팔려 있을 때 털어야 한다. 당장 오늘 밤 상황을 조금 살피러 와도 괜찮을 것이다. 그전에 유리 업자를 불러 현관문 수리를 마쳤다면 다른 집으로 가자. 가사이에게는 점찍어 둔 집이 몇 군데 더 있었다.

가사이가 한밤중에 거처를 몰래 나가 사라진다는 것을 이리에 씨는 알고 있었다. 아니, 뭘 하러 가는지도 대략은 눈치챘다. 그러나 그 일로 가사이와 상의하거나 그의 행동을 타박하지는 않았다.

"전 두려웠습니다. 가사이는 사람이 완전히 변해 있었으니까요. 저의 과거 죄상을 구라모토 씨 부부에게 알릴 수도 있으니 고개를 움츠린 채 가만히 상황을 지켜볼 수밖에 없었죠. 조만간 그가 떠날 날만을 기다리며 그가 저지를 사소한 범죄에는 눈을 감은 것입니다. 비겁하고 나약한 인간이었죠. 그런데 설마 그런 일이 일어날 줄은……"

8월 4일 새벽 거처에 돌아온 가사이를 보며 이리에 씨는 경악하고 전율했다.

"현관 앞에 선 그는 마치 귀신 같았습니다. 달빛 속에 또렷이 보였죠. 피를 뒤집어쓰고 눈이 형형하게 빛나는 모습이. 그는 이미 이 세상 사람이 아니었습니다."

뭔가 무시무시한 일이 일어났다는 것만은 본능적으로 깨달았다. 동시에 이리에 씨의 머릿속에 20년 전 본 살인 현장 광경이 플래시백처럼 되살아났다. 쓰러진 남자. 바닥에 흩어진 지폐. 코를 찌르는 피 냄새.

현관 앞에 주저앉아 버린 이리에 씨를 내려다보며 가사이는 우뚝 서서 섬뜩하게 미소 지었다. 얼굴에 튄 피가 번들번들하게 빛났다. 가사이는 딱히 흥분한 기색도 없이 그날 밤에 일어난 일을 이리에 씨에게 들려줬다.

시노하라 가의 현관문은 낮에 봤을 때처럼 골판지와 박스 테이프로 보수돼 있어 어렵지 않게 들어갈 수 있었다. 손전등을 켜고 거실과 방, 불단 등을 뒤졌지만 이렇다 할 성과가 없었다. 평소에는 돈 될 만한 물건만 금세 챙겨 나가고 없으면 없는 대로 포기하지만 그날만큼은 유독 오기가 생겼다. 기를 쓰며 훔칠 물건을 찾는 동안 가쓰유키가 인기척을 알아차렸다.

잠자리에서 일어난 가쓰유키는 집 안에 든 도둑을 발견하자마자 거실 불을 켜고 "노구치 도요키, 또 네놈이냐!" 하고 소리쳤다. 그러나 체격이 다르다는 것을 금세 깨달았다.

"응? 당신 누구야?"

살짝 당황한 목소리였다. 가사이는 집 문을 막아선 노인 옆을 지나 빠져나가려다가 덩치 큰 노인에게 팔을 붙들렸다. 두 사람은 그대로 몸싸움을 벌이며 바닥에 쓰러졌다. 비명이나 고함을 지르지는 않았지만 쿵쾅거리는 소음이 집 안에 울려 퍼졌다. 가사이는 초조했다. 이런 실수를 할 줄은 꿈에도 몰랐다.

체격이 좋다고는 해도 상대는 노인이다. 얼마 안 돼 가쓰유키는 지친 듯이 숨을 헐떡였다. 가사이는 가쓰유키를 내동댕이치고 일어나 주머니에서 접이식 칼을 꺼냈다. 늘 가지고 다니던 흉기지만 실제로 사용한 적은 없었고 그때도 그저 위협만 할 생각이었다. 비틀비틀 일어선 가쓰유키 뒤로 잠옷 차림의 다에가 나타나 "히익!" 하고 낮게 소리쳤다.

다에가 그때 가사이를 보며 낮에 찾아온 스님인 걸 알아차렸는지는 알 수 없다. 그러나 가사이는 상황이 더 곤란해졌다며 발을 동동 굴렀다. 가쓰유키는 아내를 지키려는 것처럼 가사이 앞을 가로막고 섰다. 그리고 거실장에 꽂혀 있던 봉투를 꺼내더니 그 안에서 1만 엔짜리 지폐 수십 장을 꺼냈다.

"그 영감탱이가 갑자기 나를 향해 돈을 집어 던졌어."

가사이가 말했다.

"던지면서 이런 말을 지껄이더군."

가사이는 진심으로 우스운 것처럼 웃음을 터뜨렸다.

"'이봐! 얼마를 원해? 결국은 돈 아닌가? 돈이라면 얼마든

줄 테니 가져가라! 결국은 그거잖나!'

"응, 영감은 정확히 그렇게 말했어. 그 말을 들은 순간 난 머릿속이 새하얘졌고."

이리에 씨는 "아아……" 하고 나직이 신음했다. 그 말을 들은 가사이가 어떤 심정이었을지 손에 잡히듯 알 수 있었다. 가사이는 구시모토를 상대했던 그날 밤을 떠올렸을 것이다. 그 남자에게 욕을 먹고 도발당하던 그날 밤. 가사이는 그때도 이성을 잃고 건설 회사 사장에게 달려들었다.

그 말은 그가 부모에게 버림받은 순간을 상기시키는 말이기도 했다. 어린 자신이 돈으로 넘겨지는 순간을. 가사이는 성인이 돼서도 바닥을 기어 다니며 돈다발을 주워 모은 어린 시절 그대로 여전히 차가운 진흙탕 속에 있었다.

그뿐만 아니라 그날의 굴욕을 계속 되새기는 삶을 살았다. 친구 대신 전과자로 살아온 남자는.

정신을 차렸을 때 가사이는 이미 칼로 노부부를 찌르고 있었다. 비명과 소란을 듣고 2층에서 아들 히사오가 내려왔다. 시노하라 히사오는 거실 입구 부근에 겹쳐진 채 쓰러진 부모를 발견하고 눈을 부릅떴다. 그리고 밝은 거실에서 칼을 한 손에 들고 우두커니 서 있는 남자를 봤다. 그의 얼굴에는 당황과 분노, 그리고 공포 직후 놀라워하는 표정이 역력하게 떠올랐다.

"너 이 자식……."

밤의 소리를

가사이는 히사오의 얼굴을 어디선가 본 기억이 있었다. 구라모토 집안 정원에서 만난 적이 있었던 것이다. 구라모토 저택이 등록 유형 문화재로 지정됨에 따라 현의 위탁으로 저택을 측량하러 온 사람이 시노하라 히사오였다. 측량사인 히사오는 또 다른 동료와 함께 토지를 측량했고 그때 정원사의 거처에서 나온 가사이와 두 번 정도 마주쳤다. 정원 손질을 하러 간 이리에 씨가 그 사실을 알 도리는 없었다.

땅을 측량하고 사진을 찍던 히사오는 가사이를 향해 "안녕하세요. 실례 좀 하겠습니다" 하고 다정하게 인사를 건넸다. 가사이를 구라모토 집안 고용인 중 한 명으로 착각한 것이다. 그리고 그때 인사에 화답은커녕 부루퉁한 얼굴로 사라지는 가사이를 미심쩍게 여겨 얼굴을 기억했다.

"이제는 어쩔 수 없다고 생각했어."

가사이는 히사오도 칼로 찔러 죽였다. 왜 그렇게까지 했는지는 자신도 잘 모르는 것 같았다고 이리에 씨는 증언했다. 그렇다. 그쯤에서 칼을 버리고 도망치는 게 나았을 것이다. 그런데도 칼을 그대로 쥐고 가사이는 계단을 올랐다. 스스로도 알 수 없는 어떤 힘이 가사이를 움직였다.

그는 2층 침실에 들어갔다. 그곳에는 이불만 깔려 있고 아무도 없었다. 어깨에 힘을 빼고 돌아서려던 찰나 가사이의 귀에 곰매미의 울음소리가 꽂혔다. 소리는 벽장 안에서 들렸다. 가사이는 발길을 돌려 벽장문을 힘껏 밀어젖혔고 그 안에는 여자가 있었다. 히사오의 아내 레이코였다. 겁에 질려 소리도 내지 못하는 레이코를 억지로 끌어내 그녀에게도 칼을 휘둘렀다. 그때 벽장 안에 혼자 숨어 있던 다이고는 결국 발견하지 못했다.

"그런 이유로……."

이리에 씨의 고백을 듣고 나는 무심코 중얼거렸다. 고작 그런 이유로 아무 상관도 없는 일가족을 죽이다니. 부조리에 화가 솟구쳐 몸이 부들부들 떨렸다.

그날 밤 가사이의 가슴에서 용솟음친 것은 자신을 깔보는 세상을 향한 분노였을까. 제대로 살지 못한 자신의 삶에 대한 안타까움이었을까. 아니면 어린 시절 친구가 과거와 결별하고 평온하게 사는 현실에 대한 질투였을까. 지금에 와서는 아무도 알 수 없다.

다른 사람에게는 '고작 그 정도'로밖에 생각되지 않는 일이 계기가 돼 이 무시무시한 사건이 발생했다면? 너무나도 참담한 일이다. 이 이야기를 들은 직후 내 머릿속을 채운 것은 다이고가 이 사실을 알면 어떤 기분이 들까 하는 걱정이었다. 세상 사람들이 아는 것처럼 미치광이 노구치 도요키의 소행으로 납득하는 편이 더 낫지 않을까.

그러나 노구치 다카에에게는 아들에게 쏠린 혐의가 풀리는 것이다. 아들을 잃은 그녀는 이런 날이 오기만을 손꼽아 기다렸다. 나는 히로키 씨의 얼굴을 봤고 그도 나를 돌아보는 것을 보며 떠올렸다. 진실은 지금 우리 눈앞에 있다. 인간의 의도 따위에 좌우되지 않는 진실의 힘에 경외감을 느꼈다. 나는 물어야 한다. 알아야 한다. 끝까지.

"그래서, 이리에 씨는 어떻게 하셨나요?"

이리에 씨가 고개를 번쩍 들었다. 일자로 굳게 다문 입술이 조금씩 떨린다. 그러나 이내 결심한 것처럼 그는 다시 입을 열었다.

"가사이를 죽였습니다."

"왜죠?"

"그를 구하기 위해."

순간 말문이 막혔다. 이리에 씨는 조용히 말을 이어 갔다.

"비겁하고 이기적인 변명이라는 건 알고 있습니다. 하지만 그때 전 진심으로 그렇게 생각했습니다. 가사이는 더 이상 예전의 가사이가 아니다. 지금 어두운 문간에 서 있는 남자는 심지어 인간이라 할 수도 없다. 그리고 가사이를 이렇게 만든 건 다름 아닌 바로 나다. 그렇다면 내 손으로 직접 매듭지을 수밖에 없다고 생각했습니다."

이해할 수 없었다. 이리에 씨와 가사이의 처절한 관계성까지는 이해한다 해도 이리에 씨의 선택이 옳다고는 도무지 생각되지 않았다.

이리에 씨는 토방에 내려가 그곳에 있던 통나무를 들어 가사이의 머리를 후려쳤다. 몇 번이고, 몇 번이고. 그때 가사이는 어째서인지 단 한 번도 저항하지 않았다고 한다. 이렇게까지 죄를 쌓아 올린 자신에게 절망했을까. 친구의 손에 그 허망한 삶의 종지부를 찍기를 바랐을까.

이리에 씨는 두 번째 살인을 저질렀다. 동이 트기 전 외바퀴 수레에 시신을 싣고 말라 버린 우물가로 가 깊은 구멍에 시신을 떨궜다. 가사이는 물 없는 바닥에 털썩 떨어졌다. 전에는 세상 둘도 없는 친구였다. 미래가 창창한 벗을 위해 죄를 뒤집어쓰고 묵묵히 형을 살아 준 사람이었다.

이리에 씨는 가사이의 고백을 들었을 때 떠올리지 않았을까. 지금 피투성이가 되어 문간에 서 있는 사람은 바로 자신일지 모른다고. 사소한 엇갈림 하나로 두 사람의 삶은 철저히 갈려 버렸지만, 어쩌면 입장은 바뀌었을 수도 있다. 늘 울분을 품고 살다가 우연히 알게 된 일가족을 죽여 버린 사람이 바로 나 자신이었을지도 모른다.

그래서, 이리에 씨는 자기 자신을 죽인 것이다.

내 상상력이 만들어 낸 이야기는 여기까지다.

"밤이 되면 그 마른 우물에서 소리가 들렸습니다. 들릴 리 없는 목소리가……."

나는 곁눈질로 히로키 씨를 봤다. 그는 미동도 없이 이리에 씨를 똑바로 보고 있었다.

"'자! 얼마를 원해? 돈이라면 얼마든 주마!' 제가 죽인 구시모토의 목소리. 그리고 똑같은 말이 어떤 날에는 구시모토의 목소리, 어떤 날에는 가사이의 아버지의 목소리가 되어 제가 있는 곳까지 들립니다."

그 목소리가 지금 바로 귓전에 울리는 것처럼 이리에 씨는 몸을 벌벌 떨었다.

"어린 가사이가 흐느끼는 소리도 들립니다. 흙탕물이 묻어 더러워진 돈을 들고 몸을 덜덜 떨던 그 녀석의 울음소리가…….그런 소리들이 우물에서 들립니다. 가사이를 떨어뜨린 그 우물에서요."

이리에 씨가 핏발 선 눈으로 봐서 나는 무심코 귀를 기울였다. 바람이 나뭇가지 끝을 사르르 흔들지만 우물은 침묵하고 있다.

"정원사로 일하며 틈틈이 우물에 돌과 흙, 기와 등을 던져 완전히 묻어 버렸습니다. 그런데도 밤이 깊어지면 어둠을 뚫고 목소리가 들리더군요. 술에 취한 가사이가 절 원망하던 목소리도 몇 번이고 반복해서 들립니다. 그런 식으로 그 녀석은 제게 마지막으로 말하는 겁니다……."

이리에 씨는 침을 꿀꺽 삼켰다.

"자수하면 편해질 거라 착각하지 마라. 살인자인 넌 죽을 때까지 여기서 내 목소리를 들으며 고통에 찬 삶을 살 것이다, 라고요."

이리에 씨는 "바로 그게 저에게 주어진 천벌입니다. 이곳에서 밤마다 마른 우물에서 전해지는 소리를 듣는 것이……" 하고 말을 이었다.

"그 소리가 저를 위축시킵니다. 밤의 밑바닥에서 들려오는 듯한 그 소리가……."

가사이가 오랜 세월 차가운 진흙탕 속에 갇혀 살았던 것처럼 이리에 씨는 어두운 밤에 사로잡혀 꼼짝 못 하며 살고 있다.

이리에 씨는 마지막으로 깊숙이 고개를 숙였다.

"고맙습니다. 두 분 덕분에 이제야 저도 그날 밤에서 벗어날 수 있을 것 같네요."

이리에 씨는 경찰에 자수했다. 이리에 씨가 저택을 나가는 모습을 끝까지 지켜보고 나서야 히로키 씨는 안채로 돌아갔다. 세쓰코 씨와 오하시에게 진실을 전하기 위해.

나는 그길로 '달나라'로 향했다. 다이고와 다카에에게 진실을 전하는 건 내 몫이다. 그것만은 알고 있었다. 그들은 말없이 내 이야기를 들었다. 그동안에도 항상 그렇듯 파리를 날리는 재활용품 가게에는 손님이 한 명도 들어오지 않았다.

가게에서 파는 책상 주변을 에워싸고 셋이 앉아 있었다. 입구는 활짝 열려 있고 책상 옆에 있는 둥근 난로가 미약한 열기를 발산했다. 다카에의 발밑에서는 요사쿠가 몸을 웅크리고 잠 들어 있다가 이따금 꼬리를 들어 먼지투성이 바닥을 툭툭 쳤다.

"그렇군."

나의 긴 이야기가 끝나자 다카에는 그 말만을 하고 사무실로 돌아갔다. 내 옆을 지나는 옆모습에서도 아무런 감정이 읽히지 않았다. 안도, 분노, 슬픔도 없이 그저 허무만이 있을 뿐이었다. 그리고 그것이야말로 그녀의 심정을 가장 잘 나타내는 것일지 도 모른다고 생각했다.

나와 다이고는 회전의자를 입구 미닫이문 옆에 가져가 나란 히 앉았다. 언덕길 아래에 머리만 큰 석조등이 보인다. 언덕길 집 마당에는 홍매화가 피어 있고 그 꽃잎 한 장이 우리 발밑으 로 날아왔다. 다이고는 잠시 꽃잎을 물끄러미 바라봤다. 진실은 다이고에게 어떤 의미일까. 나는 멍하니 그런 생각을 했다. 다 이고의 마음도 알 수 없었다.

다만 다쓰노 목공소 뒤 구릉지에서 대화할 때 다이고가 입에 담은 "그래서 뭐가 달라져?"라는 질문에는 답했다고 생각했다. 노구치 도요키가 시노하라 히사오의 집을 여러 번 찾아간 이유 가 저주파음 때문이었다는 것을 알려 줬을 때다.

다카에의 아들은 살인범이 아니었다. 그 사실이 밝혀졌다. 그렇다고 다이고의 가족이 살아 돌아오는 것은 아니지만, 그날 밤 실제로 무슨 일이 일어났는지는 밝혀졌다. 도요키는 죄를 뒤집어쓴 채 목숨을 끊은, 어떻게 보면 희생자였다. 그러니 다이고는 노구치 도요키와 그 어머니인 다카에를 더는 증오하지 않아도 된다. 그의 가족을 죽인 진범은 이미 오래전 살해돼 어두운 우물 바닥에 묻혀 있었다.

그 사실이 다이고에게 조금이나마 위로가 되기를 나는 기도했다. 곰매미와 함께 벽장에 들어간 자신을 계속 책망해 온 소년에게.

"그 사람 말인데……."

다이고는 조용히 중얼거렸다.

"그 사람은 사실 마음씨 착한 사람 아니었을까 줄곧 생각했었어."

다이고가 말하는 '그 사람'이 노구치 도요키를 가리킨다는 것을 깨달았다.

"물론 그가 우리 집에 들이닥치거나 할아버지와 아빠에게 덤빌 때는 나도 무서웠어. 그럴 때 옆에서 본 적이 있으니까."

"응."

"하지만 그때 그 사람 눈은 울고 있었어. 왠지 그런 느낌이었어."

그의 행동이 전부 저주파음의 영향 때문인 것을 알게 된 지금 다이고는 그가 이해된다고 했다. 도요키는 괴로워했다. 갑자기 혼란의 극에 달해 자신을 제어하지 못하는 건 몹시 고통스러운 일임이 분명하다. 힘들고 두려웠을 것이다. 다이고는 그렇게 덧붙였다.

패닉 상태에서 집주인의 집에 들이닥친 것도 실제로는 도움을 청하려는 것 아니었을까.

"난 말이지. 그 사람의 기분을 어떻게든 풀어 주고 싶었어. 그래서 어린 마음에 필사적으로 방법을 떠올리다가 우리 집에 있는 가장 소중한 물건을 줘야겠다고 생각한 거야."

다이고는 허리를 숙여 붉은 매화 꽃잎을 집어 들었다. 그 꽃잎을 손바닥 위에 올려놓고 피식 웃는다.

"그래서 할아버지가 소중히 간직하던 물건을 그에게 가져갔어."

나는 깜짝 놀라 다이고의 옆얼굴을 봤다.

"할아버지가 늘 애지중지하던 도코노마에 있던 쥐 모양 장식물. 그걸 몰래 들고 가서 그 사람 집을 찾았어. 그리고 문을 두드리자 얼굴을 내민 그를 향해 말했지. '이걸 드릴 테니 더 이상 저희 집에 찾아오지 말아 주세요'라고."

나카야는 말했다. 시노하라 히사오의 집 도코노마에 있던 장식물이 노구치 도요키의 집에서 발견된 것도 도요키의 범행을 의심할 원인 중 하나가 되었다고. 그것은 일곱 살 어린아이가 선물로 가져간 것이었다.

"그때 그 사람은 내 얼굴을 멀뚱히 보다가 갑자기 눈물을 흘리더라. 한 방울만 뚝. 그 순간 난 생각했어. 이 사람은 이렇게 이상해진 자기 자신 때문에 힘들어하고 있구나. 이렇게 눈물을 보이다니 원래는 착한 사람이 아닐까, 하고."

다이고는 꽃잎에 숨을 후 불어 넣었다. 작은 꽃잎이 바람을 타고 날아오른다. 꽃잎이 향하는 곳을 다이고는 눈으로 좇았다.

"그 사람이 범인으로 의심받는다는 건 나도 알았어. 그날 밤 무슨 일이 있었는지 다들 나한테도 꼬치꼬치 캐물었으니까. 나카야도 그중 한 명이고."

그러나 다이고는 아무 대답도 할 수 없었고 그날 밤에 의사의 스톱 사인이 떨어졌다. 정신적 충격이 큰 아이에게 이 이상의 조사는 가혹하다고. 그래서 그 쥐 장식물을 다이고가 가져간 사실은 수사진에 전해지지 않았고, 이모 부부 집으로 간 다이고는 괴로운 기억의 장소에서 멀어졌다.

"그리고 한참을 지나, 그러니까 노구치 도요키가 자살한 뒤에 장식물이 수사의 걸림돌이 됐다는 걸 알게 됐어. 하지만 난 입을 다물었지. 그날 내가 그에게 소중한 것을 선물했는데도 그는 결국 우리 가족을 죽인 게 아닐까 의심한 거야. 하지만……."

요사쿠가 몸을 일으켜 슬금슬금 다가왔다. 요사쿠는 다이고의 손바닥에 코끝을 문질렀고 다이고는 노견의 목덜미를 부드럽게 쓰다듬어 주었다.

"이따금 떠오르더라. 그때 그 사람이 내 앞에서 보인 눈물이.

그걸 떠올리면 도저히 그 사람이 범인으로 느껴지지 않았어. 하지만 그 말을 사장님 앞에서도 하고 싶었지만, 결국 하지 못했어. 노구치 도요키가 범인이 아니라면 난 대체 누구를 원망해야 하지?"

지금은 그 질문에 대한 답이 있다. 다이고가 원망해야 할 상대, 그리고 억울하게 죄를 뒤집어쓴 아들을 떠나보낸 다카에가 증오해야 할 상대는 바로 가사이 시게루라는 남자였다. 그의 성장 과정과 이리에 씨와의 관계도 나는 숨김없이 털어놓았다. 그것을 이 두 사람이 어떻게 받아들일지는 알 수 없지만 적어도 다이고와 다카에 사이를 가로막고 있던 단단한 응어리는 사라질 게 분명했다. 일가족 살인 사건에서 살아남은 아이와 그 범인으로 지목된 남자의 어머니 사이의 위태로운 관계성은 무너졌다.

우리는 말없이 각자의 생각에 잠겼다. 요사쿠는 다시 햇볕에서 몸을 뒹굴며 나른한 것처럼 꼬리만 움직이고 있다. 봄기운을 머금은 바람이 홍매화 꽃잎을 간간이 하늘에 날렸다.

다카에가 있는 사무실에서는 어떤 소리도 들리지 않았다.

12년 전 가타오카마치에서 일어난 일가족 살인 사건의 진범이 드러난 것으로 모자라 그 범인은 사건 직후 또 다른 인물에 의해 살해됐다는 것이 밝혀지자 하루노부시에 언론사 기자들이 들이닥쳤다. 조용한 마을은 보도 관련 차량과 사람들로 가득 찼다. 이리에 씨가 지역 명문가인 구라모토 집안에 고용돼 있었다는 사실도 주목받았다. 집사인 오하시는 오죽 놀랐을까.

세간에서 잊힌 참혹한 사건이 또다시 세상의 빛을 봤다. 후속 보도가 줄줄이 이어졌고 이리에 씨가 경찰 조사에서 털어놓은 사실들도 공개됐다. 이리에 씨가 과거 사람을 죽인 것과 가사이가 그 일을 자신의 범행으로 짊어지고 감옥에 간 사실도 보도됐다.

기사는 당연하게도 이리에 씨의 잔인하고 이기적인 행동을 강조했다. 어린 시절 친구에게 자기 죄를 덮어씌우고 뻔뻔하게 살아오다가 막상 그 친구가 눈앞에 나타나자 과거 죄가 들통 날까 봐 죽여 버렸다는 논조였다. 심지어 가사이가 일가족 살인 사건을 저지른 경위를 동정적으로 해석하는 전문가도 있었다. 소탈하고 사람 좋은 정원사가 순식간에 극악무도한 범죄자로 변모했다.

방송국과 주간지 기자들은 일가족 살인 사건의 생존자 소년과 범인의 오명을 뒤집어쓰고 자살한 남자의 유족에게서 이야기를 들으려 했다. 그리고 찾아다닌 끝에 지금 이 두 사람이 이해하기 어려운 고용 관계에 있다는 사실을 알게 됐다. 다카에와 다이고, 내가 '달나라'에 있을 때 기자 몇 명이 가게에 찾아왔다.

"이번에 전혀 다른 범인이 밝혀졌는데 그동안 아드님이 피의자 취급을 받은 것에 대해 한 말씀 부탁드립니다.”

피의자처럼 취급한 당사자들이 다카에를 향해 마이크를 들이밀었다.

“진범과 그를 죽인 이리에 씨에게 혹시 하고 싶은 말씀 있습니까?”

“그 사건에서 홀로 살아남은 소년을 직원으로 고용하고 있는 이유가 뭡니까?”

예상했지만 다카에는 불같이 화를 냈다. 무시무시한 기세로 기자들을 쫓아내고 우리를 시켜 가게 문을 닫게 했다. 끈질긴 기자의 팔이 미닫이문 틈새로 들어왔다.

“그 손 얼른 집어넣는 게 좋을걸! 뼈 부러져도 난 몰라!”

다카에의 고함을 들으며 그들은 당황하고 겁에 질렸다. 이럴 때 유족이 보여 줄 상심과 비탄의 모습을 다카에에게 기대하는 건 크나큰 오판이었다. 주저하는 우리의 엉덩이를 걷어찰 기세로 다카에는 무심하게도 미닫이문을 닫게 했다. 마이크를 든 기자의 팔이 문 사이에 끼자 바깥에서 고통에 찬 비명이 울렸다. 가게 안쪽에 툭 떨어진 마이크를 다카에는 천천히 집어 들더니 문틈으로 밖에 던져 버렸다.

“옜다! 분실물이다! 얼른 가지고 썩 가 버려! 앞으로 또 오면 그땐 정말 각오해야 할 거야!”

땅에 떨어진 마이크에서 완전히 고장 나는 소리가 났다.

듣 다

"아, 저거, 내가 챙겼어야 했나. 분명 비싸게 팔릴 텐데."

다이고가 아쉬운 것처럼 말했다. 미닫이문 너머에서는 질리지도 않게 시시한 질문을 던지는 소리가 들렸다. 다이고가 자기 방에 올라가 몰래 작은 창문으로 밖을 관찰했다. 기자들은 포기하기는커녕 점점 더 많이 모여들었다.

"이런 상태로는 오늘 학교도 못 가겠는걸."

다이고는 기쁜 것처럼 말하더니 내 핸드폰으로 학교에 전화를 걸어 사정을 설명했다. 아사미 선생이 걱정하는 것 같았지만 다이고는 "아, 괜찮아요. 별일 없어요" 하고 그야말로 가볍게 대답했다.

"언제쯤 갈려나."

내가 불안한 듯 중얼거리자 다카에는 "그냥 내버려 둬. 저러다 포기하겠지" 하고 무뚝뚝하게 대답했다. 요사쿠에게 사료와 물을 주고 노견이 밥을 먹는 모습을 지켜보고 있자 다이고의 배에서 꼬르륵 소리가 났다.

"장기전이 될 것 같아. 사장님. 뭐 먹을 거 없어요?"

사무실에 들어간 다카에는 작은 냉장고를 열어 안을 뒤적였다. 냉동 떡과 말린 다시마, 배추절임과 어린이용 치즈, 레토르트 카레 등 통일성 없는 음식들이 줄줄이 나왔다.

"우엑. 이거 유통기한 지났잖아요."

"지금 그런 걸 따질 때냐?"

"설마 이것도 다 매입한 물건이에요? 어차피 공짜로 받았죠?"

"아직 석 달밖에 안 지났어. 충분히 먹을 수 있다."

"어이, 류타. 너희 할머니한테 부탁해서 먹을 것 좀 가져다 달라고 하면 안 돼?"

다이고가 우는소리를 하는 동안 다카에는 낡은 전자레인지를 돌리며 이런저런 음식을 만들었고 그런 둘의 모습을 보며 나는 떠올렸다. 이 두 사람이 처음 알게 된 건 나카야가 추측한 것과 같은 이유 때문이었을 수 있다. 서로를 감시하고 속을 떠보며 자신들에게 결여된 무언가를 얻고자 했다. 자신을 채찍질하듯 증오를 마음에 새겨 넣었고 용서도 절대 할 수 없었을 것이다. 다이고는 노구치 도요키가 흘린 눈물을 그의 어머니에게 일부러 전하지 않았다. 복잡하고도 참담한 심정이 교차했다.

그러나 2년 가까이 서로 붙어 지내는 동안 조금씩 변화가 생긴 게 아닐까. 이렇게 툭툭 말을 주고받으면서 둘 사이에 단단히 굳어 있던 무언가가 스르르 녹아내렸을 수 있다. 이런 것들을 분석하고 추측할 권리가 내게 없다는 건 알고, 잘 표현할 수도 없지만 뭔가가 달라진 것은 확실하다. 내가 하루 고등학교에서 여러 경험을 쌓으며 조금씩 마음을 연 것처럼, 미움이든 뭐든 서로 부딪히면 화학 반응 같은 게 생겨나는 것이다.

"자, 다 됐다."

다카에는 전자레인지에 돌려 흐물흐물해진 떡 위에 카레를 뿌리고 치즈와 낫토, 콘플레이크를 곁들인 정체불명의 음식을 내놓았다. 조심조심 입에 가져갔지만 의외로 맛있었다.

"인간은 정말 궁지에 몰리면 뭐든 먹을 수 있구나."

"조용히 하고 먹어라."

"밖에 있는 저 녀석들도 배고플 텐데."

"흥. 저것도 저 녀석들 일이야. 익숙하겠지."

혀에 달라붙는 뜨거운 떡과 씨름하며 나는 다이고와 다카에의 대화를 들었다. 이 두 사람 사이에서는 12년 전 사건과 가족 이야기를 절대 꺼내지 않는 암묵의 규칙이 있지 않았을까. 능숙하게 그 화제를 피하며 서로 언쟁 아닌 언쟁을 주고받았다. 왜일까. 결정적인 말을 입에 담았다가는 무너질 것을 알고 있었기 때문이다. 이 기묘한 관계가.

남편과 아들을 잃은 다카에와 살인 사건의 생존자인 다이고는 고독했다. 누군가의 가까이에 있는 것이 중요했다. 씹어 삼키기 어려운 것을 씹어 삼키고 소화하기 어려운 감정들을 소화하며 그들은 서로의 옆에 있는 것을 선택했다. 아무것도 요구하지도, 기대하지도 않고 그저 곁에 있었다. 내가 요사쿠의 체온을 느낄 때처럼.

순간 어머니의 체온이 떠올랐다. 그저 곁에 있어 주는 것만으로도 좋았다. 그림책 같은 건 안 읽어 줘도 됐는데. 이제는 그런 말을 어머니에게 전할 방법은 없다.

"지금쯤 다들 급식 먹고 있겠네."

"응. 그런데 사장님이 만든 이 밥도 그럭저럭 먹을 만해."

"내일은 무슨 일이 있어도 저 녀석들을 쫓아내야겠다. 영업 방해도 정도가 있지."

다카에는 요사쿠에게 치즈를 휙 던져 줬다. 요사쿠는 냄새를 킁킁 맡고 천천히 치즈를 입에 넣었다.

그날 밤늦게까지 취재진은 가게 밖에서 진을 치고 있었다. 놀라운 집념이었다. 집에 전화해 다이고네에서 하룻밤 자고 가겠다고 하자 할머니는 기쁜 듯이 허락했다. 사무실 TV를 켜 보니 밤 뉴스에서 어느 방송국 기자가 찍은 '달나라' 앞 영상이 나왔다. 다카에가 큰소리로 고함을 치며 취재진들을 내쫓는 영상이었다. 그것을 보며 다이고와 나는 배를 움켜쥐고 웃었다. 다카에는 역시나 아무 반응을 보이지 않았다.

그 뒤에도 한참을 자지 않고 깨어 있었다. 봉지 과자를 뜯어 먹으며 다이고는 시끄럽게 떠들었다. 내가 이따금 대답했고, 다카에도 아주 가끔 말을 보탰다. 사건에 대한 이야기는 단 한 번도 나오지 않았다. 밖에서 기다리는 무리들이 상상하는 모습과는 거리가 멀겠지만 우리는 그 시간을 즐기고 있었다.

다카에는 창고 안에 진열된 매물 침대 위에서 잠들었다. 침대 밑에 몸을 반쯤 집어넣고 요사쿠가 숨을 쌔근거렸다. 나 역시 가게에서 파는 침낭을 들고 다이고의 방에 올라가 바닥에 대충 누웠다.

세 사람과 노견 한 마리가 한 지붕 아래에서 잠을 잤다. '달나라'라는 이름의 집 안에 모인, 하룻밤만의 가족이었다. 그날 밤 일은 지금도 가끔 생각난다. 그저 같이 밥을 먹고 두서없이 떠들었을 뿐인데도 뿌듯한 기분으로 잠들었던 그날 밤.

그리고 그렇게 가까워진 줄 알았지만, 그날을 기점으로 우리는 각자 다른 길을 걷게 되었다.

19

이리에 씨의 조사를 맡은 형사 중 한 명이 나카야였다. 이리에 씨는 순순히 조사에 응했다. 그의 자백대로 구라모토 저택의 매립된 우물에서 백골 시신이 나왔고 DNA 감정을 통해 가사이로 판명됐다. 가족의 DNA와 대조해야 해서 경찰은 급히 가사이의 아버지를 찾아 나섰고 얼마 안 돼 그를 만났다. 아들을 버린 아버지는 시신이 된 아들과 대면했다. 과거 가사이가 일하던 사찰 주지 스님에게 받은 가사이의 사진 속 모습은 경찰이 만든 몽타주와 흡사했다.

너덜너덜해진 가사이의 겉옷과 주머니 속 접이식 칼에서 오래된 혈액이 채취됐다. 혈액은 다이고의 가족 것으로 밝혀졌고 백골이 신고 있던 신발은 시노하라 히사오의 집 밖 흙에 남겨진 신발 자국과 일치했다. 이로써 이리에 씨의 진술이 모두 뒷받침됐다.

가사이가 다이고의 가족 네 명을 죽였다. 지극히 사소한 이유였지만 가사이에게는 거대했을지 모른다. 다른 사람은 이해하기 어려운 무언가가 그 안에 있던 스위치를 눌렀다.

이리에 씨가 가사이를 죽인 것도 같은 원리였을까. 그렇게 사건의 진범은 아무도 모르게 은밀히 처리되었다. 나카야가 '연기처럼 사라졌다'라고 한 금색 불상을 나눠 주고 다니던 가짜 승려는 이미 살해돼 우물에 묻혔으니 발견될 리 없었다.

이리에 씨가 기소된 후 나카야가 '달나라'에 불쑥 찾아왔다. 하루 고등학교가 봄방학에 접어들 무렵이었다. 조금 살이 빠진 것 같지만 늘 그렇듯 언짢아 보이는 얼굴의 무뚝뚝한 형사였다.

"저놈의 똥 씹은 표정은 변함이 없구면."

다카에가 거침없이 지적하자 나카야는 "쳇" 하고 대꾸했다.

우리가 기자 때문에 '달나라' 안에 갇혔을 때 다음 날 아침이 되어도 기자 여러 명이 가게 앞에 남아 있었다. 이래서는 집에도 갈 수 없어 결국 인내심의 한계에 달한 나는 나카야에게 도움을 청했다. 아마 이리에 씨 조사로 한창 바빴을 테지만 나카야는 곧장 와 주었다. 동료 제복 경찰들과 함께 순찰차를 타고 온 나카야는 카메라를 짊어지고 마이크를 잡은 이들을 해산시켰다. 쩌렁쩌렁한 나카야의 목소리가 창고 안에까지 울렸다.

그때의 일을 다카에는 고마워하지도 않는 걸까. 생각해 보면 '달나라'에 붙어 있다는 점에서 나카야도 기자들과 마찬가지였다. '달나라'라는 네온등이 살충등처럼 관계자들을 끌어당기는 그림을 나는 떠올렸다.

나카야는 이리에 씨의 진술과 뒷받침 수사 내용을 정리해 우리에게 들려주었다. 다카에와 나카야가 책상을 사이에 두고 마주 앉았고, 다이고와 나는 조금 떨어진 곳에 있는 찢어진 가죽 소파에 나란히 앉았다. 왜 굳이 이런 이야기를 하러 나카야가 가게까지 왔는지 잘 이해되지 않았다. 사건에 깊이 관련된 두 사람은 알 권리가 있다고 여겼을까. 나카야 나름의 배려일까.

가게 입구 문은 활짝 열려 있었다. 나카야는 입구를 등지고 있어서 가게 안에 있는 내 눈에는 역광 때문에 표정이 잘 보이지 않았다. 나카야 뒤에서 다카쿠라 신사가 있는 숲이 조용히 흔들리는 풍경이 보였다.

나카야는 담담하게 사실만을 전했다. 내가 히로키 씨와 정자에서 들은 이야기와 거의 일치했다. 이렇게 설명을 들으니 이해하기 쉬웠고 이리에 씨의 입을 통해 들었을 때처럼 처절함이나 슬픔 같은 감정은 느껴지지 않았다. 물론 나카야는 일부러 그런 태도를 취했을지도 모른다. 다카에와 다이고는 이미 그 모든 감정을 몸소 체험해 왔으니까.

우리에게는 뒷모습만 보여서 다카에의 표정은 상상할 수밖에 없었다. 가사이가 저지른 범죄를 떠안고 변명 한마디 하지 못한 채 죽어 간 아들을 떠올리고 있을까. 자기 손으로 구하지 못한 아들을. 다카에는 마른 몸을 꼿꼿이 세우고 이야기를 들었다.

—사람은 누구나 때가 되면 죽습니다. 이유를 떠올리며 괴로 워하는 건 살아남은 자들뿐이지요.

—사모님은 왜 그런 누명을 쓰고도 가만히 있었던 겁니까?

이따금 다카에의 입을 통해서 들을 수 있었던 다카에의 심정 이 담긴 말. 거기에 반응한 사람은 다이고뿐이었다. 나는 옆에 서 그저 흘려들었다. 어머니로서 피를 토하는 말이었을 텐데.

다카에의 등에서는 동요, 한탄, 슬픔 그 무엇도 느껴지지 않 았다. 그런 감정은 이미 오래전에 전부 소모해 버렸을까. 그녀 는 말없이 형사의 말에 귀를 기울였다. 설명하는 나카야의 심정 은 어땠을까. 그는 자신이 원하던 진실을 손에 넣었다. 그동안 그것을 찾아 '달나라'에 드나들었으니 나카야는 이로써 만족할 까. 그 역시 짐작할 수 없었다.

다만 이 세 사람을 옭아매고 있던 질곡이 조금씩 풀려 가는 것을 나는 느꼈다.

나카야가 이야기를 끝마치자 다카에는 일어섰다. 천천히 고 개를 돌려 "다이고" 하고 다이고를 부른다. 다이고는 꿈에서 막 깨어난 사람처럼 멍하니 사장을 돌아봤다.

"난 가게를 접을 거다."

그 말에 "네?" 하고 되물은 사람은 나뿐이었다. 다이고, 그리 고 나카야도 이미 예상한 것처럼 표정이 바뀌지 않았다. 다카에는 그 말만 남기고 사무실로 들어갔다.

"너희는 지난 한 해 동안 누구보다 많이 성장했다."

아사미 선생은 종업식 날 교단에 서서 말했다.

"우선 매일 학교에 나왔지. 물론 가끔 학교를 쉰 학생도 있었지만 학교는 일단 가야 하는 곳이라는 인식을 몸에 새겼어."

아사미 선생은 학생들의 얼굴을 한 명 한 명 둘러보며 말했다. 얼마 전 나카야가 '달나라' 앞에서 기자들을 위협해('여기 계속 있으면 감금죄로 체포하겠다'라고 분명히 밝혔다) 쫓아 보낸 후 아사미 선생도 걱정해서 가게로 달려왔다. 아사미 선생은 늘 학생들을 위해 출동하는 '불도저'였다.

"거기에 '달라졌다'라는 말은 맞지 않겠지. 원래 너희 안에 있던 게 겉으로 드러났을 뿐이니까. 억지로 바꾸려 하지 않아도 된다. 우선 있는 그대로의 자신을 발견하고 받아들이는 것부터 시작하는 거야. 하루노부 고등학교 야간부 과정은 그런 학생들과 끝까지 함께할 거다."

복장이 조금 얌전해진 요시타케 씨와 귀와 코에 피어싱을 한 오쓰키, 늘 반 아이들을 신경 쓰며 먼저 말을 걸어 준 히가키 씨까지 모두가 아사미 선생을 올려다봤다. 기타가와는 고개를 살짝 숙이고 있지만 귀는 선생님의 이야기에 집중하는 듯했다.

나는 다이고의 옆얼굴을 살며시 봤다. 이럴 때 꼭 중간에 나서 분위기를 띄우곤 하는 다이고가 가만히 입을 다물고 있다. 그렇다고 해서 비뚤어지거나 복잡한 심경이 얼굴에 드러난 것도 아니다. 그저 담담히 선생님을 보고 있고, 그런 모습이 오히려 나를 더 침착하지 못하게 했다. 다이고 안에서 그야말로 뭔가가 바뀌어 가는 느낌이었다.

우리는 이제 곧 2학년이 된다. 아사미 반에서는 최근 1년간 휴학하거나 중간에 학교를 그만둔 학생이 몇 명 있었다. 그들은 처음부터 반에 녹아들지 못한 이들이라 나도 별로 신경 쓰이지 않았다.

그러나 사라져 간 그들이 몸에 두르고 있던 서먹서먹한 기운이 어째서인지 지금의 다이고에게서 느껴졌다. 그 사실이 날 두렵게 했다. 다이고와 함께 지낸 시간은 고작 1년이다. 그런데도 내 안에서 다이고의 존재는 **무겁게** 자리 잡았다. 그를 잃는 게 두려웠다. 하루 고등학교에 다니기 전까지 내게는 친구가 없었다. 필요성을 느끼지 못했고, 외롭다고 생각하지도 않았다. 그전 학교생활에서 친구 같은 건 오히려 번거롭기까지 했다. 그러나 그건 나의 오만한 착각이었다.

나는 나도 모르는 사이에 나라는 존재를 또래 집단의 위쪽에 스스로 자리매김하고 있었다. 누군가의 모습 속에 나를 비추는 거울이 있다는 걸 깨닫지 못했다. 나는 말 그대로 내 분수를 몰랐다.

그것을 상기시켜 준 사람이 바로 다이고였다. 나를 두고 '친구가 한 명 있다'라고 말해 준 같은 반 친구. 태어나서 처음 남에게 휘두른 주먹을 맞아 준 나의 친한 친구.

1학년의 마지막 학급회의 시간이 끝나고 학교 건물 밖으로 나간 나와 다이고는 자전거 보관소에서 자전거를 꺼냈다. 다이고는 문 앞에서 평소처럼 손을 들었다.

"그럼 또 보자, 류타."

나는 다이고의 뒷모습을 응시하며 서 있었다. 뒤에서 학생들이 우르르 내 옆을 지나갔다. 유리코와 이치노세가 나란히 걸어왔다.

"류타."

유리코가 나에게 말을 걸었다.

"봄방학에는 뭐 할 거니?"

대답을 머뭇거렸다. 봄방학이든 여름방학이든 내가 갈 곳은 '달나라' 외에는 떠오르지 않았다. '달나라'는 3월 말 문을 닫기로 했다. 다카에는 가게 뒷정리에 시간이 걸리니 폐점 후에도 지금처럼 2층 방에 살아도 괜찮다고 다이고에게 말했다. 그녀는 원래 살던 와라비시로 돌아갈 계획이라 했다. 다이고는 앞으로 살 곳과 아르바이트 자리를 구해야 하지만 특별히 초조해하는 것 같지 않았다.

2년 정도 함께 일한 다카에와 다이고가 이제는 정말 헤어지는 셈이다. 그런 상황을 앞에 두고도 두 사람은 사무적이고 냉담했다. 지금까지의 모습을 생각하면 지극히 당연하지만, 왠지 맥이 풀리고 쓸쓸한 기분도 들었다. 그러나 둘 사이에는 그런 타인의 오지랖이나 관심이 개입할 여지가 없다. 너무나 가혹하고 처절한 관계성이 이면에 있었으니 비로소 지금의 무심함이 만들어진 것이다. 나는 그런 것도 스스로 잘 안다고 믿었다.

"내일 체육관에서 연습 시합이 있어."

이치노세가 말했다.

"시간 나면 보러 와."

하루 고등학교 전일제 농구부와 야간부 농구부가 연습 시합을 한다고 했다. 나는 깊이 고민하지 않고 가겠다고 했다.

"그럼 내일 봐."

유리코는 자신도 응원하러 가겠다며 손을 흔들고 사라졌다.

—그럼 내일 봐.

그것은 학교라는 곳에 다니는 학생들이 매일같이 하는 인사말이었다. 그러나 그 '내일'이 당연히 올 거라는 생각은 잘못되었다. 이 세상에 영원히 변치 않는 것이라고는 없다.

그리고 시간의 흐름은 그저 우두커니 서 있는 나에게도 변화를 요구했다.

이치노세가 이끄는 야간부 팀은 전일제 팀에 무참히 패배했다. 그래도 야간 과정 농구부원들은 즐거워 보였다. 모두 "한 번 더 해"라고 해서 몇 게임이나 더 했다. 얼마나 재미있게 졌는가를 두고 웃음을 터뜨리기도 했다. 친구들끼리 농구를 하는 상황 자체가 기쁜 듯했다. 시합이 끝난 뒤 나는 유리코, 이치노세와 함께 맥도널드에 들렀다.

"다이고는 결국 농구부에 들어오지 않았네."

유리코가 말하자 이치노세는 "소질은 있는데 말이야" 하고 아쉬워했다. 그러더니 "걔, 2학년에 올라갈 생각은 있는 걸까?"라고 물었다.

"응? 그게 무슨 뜻이야?"

내가 묻자 이치노세는 "그냥 왠지 궁금해서"라고만 했다.

새삼 '다이고는 이제 우리 곁에 없구나' 하고 생각했다. 가벼운 농담을 주고받고 이치노세와 자유투 연습을 하고 요사쿠를 산책시키며 다이고는 조금씩 우리에게서 멀어져 갔다. 어쩔 수 없는 일이다. 우리에게 '내일'은 확실히 바뀌어 가고 있었다.

봄방학이 되어도 나는 계속 '달나라'에 다니며 가게 뒷정리를 도왔다. 다카에는 3월 말을 기다리지 않고 '달나라'를 폐점했다. 엄청난 양의 잡동사니로 채워진 재활용품 가게 선반은 동업자가 쓸 만한 물건들을 거둬 간 후 그저 폐기에만 집중했다.

"어떻게 이런 물건들을 내다 팔았는지, 원."

색 바랜 기모노와 누런 양복, 깨진 찻잔, 뭔지 모를 기계, 서

랍이 중간에 걸려 열리지 않는 장롱 등을 분리해 창고 밖으로 꺼내며 다이고가 말했다. 자질구레한 물건은 폐기 비용을 아끼기 위해 다카에가 미니밴을 타고 처리장을 오가며 처분했다.

"다이고. 앞으로 어디서 살지는 정했어?"

나는 하루에 두 번 정도 같은 질문을 던졌다. 그때마다 다이고는 "흐음. 뭐 찾고 있기는 한데" 하고 얼버무렸고 그러면 나도 그 이상 캐묻지 않았다. 물으면 안 될 것 같았다. 이미 다이고 안에는 정해진 게 있고 그것을 내게 말할지 말지 망설이고 있다는 느낌이 들었다.

'달나라' 내부가 비어 갈수록 나는 그 말을 듣기가 더 두려워졌다. 그러나 한 가지 나도 결심한 것이 있었다. 다카에가 미니밴을 타고 돌아왔을 때 나는 그녀를 향해 입을 열었다.

"사장님."

해치백을 열고 다음 짐을 실으려는 다카에가 고개를 돌려 나를 봤다.

"요사쿠를 제가 맡아서 키우면 안 될까요?"

다카에는 내 말을 듣고도 별로 표정 변화가 없었다. 조용히 "그러든지"라고만 했다.

그래도 당분간은 요사쿠를 '달나라'에 두기로 했다. 최대한 오래 다이고와 함께 있어 주기를 바랐다. 휑한 창고 위 공간에서 다이고 혼자 잠들게 할 수는 없다. 우리 집으로 오라고 해도 그는 거절할 게 뻔했다. 다이고에게는 다이고의 인생이 있고, 나에게는 나의 인생이 있다. 각자가 각자의 삶의 방식을 고수할 수밖에 없다. 요사쿠가 잇달아 바뀌는 주인 곁에서도 의연하게 살아가는 것처럼.

그다음 날 대형 가구와 기계류를 폐기업자들이 가져가자 '달나라'는 정말 텅 비어 버렸다. 다카에는 '무엇이든 팝니다. 삽니다. 각종 고민 상담 및 의뢰 환영'이라는 간판을 떼어냈고 다이고와 나는 나란히 서서 그 모습을 지켜봤다. 바람이 잘 통하게 된 가게 입구에서 요사쿠가 기지개를 쭉 켰다.

4월 말이 되어도 아직 창고는 임대 상태지만 다카에는 살던 빌라 계약을 해지했다. 이후에는 와라비시 집에 있는 시간이 많아졌다.

4월에 들어서자마자 나는 구라모토 저택에 초대받았다. 다이고에게 함께 가자고 했지만 다이고는 거절했다.

"이제는 나도 정말 살 집을 구해야 해서."

다이고의 말을 듣고 가슴을 쓸어내렸다. 다이고의 짐이라고 해 봐야 뻔하지만 나는 이사할 때 도와주겠다고 했다. 다이고는 밝은 목소리로 "그럼 잘 부탁해. 쓰키한테도 말해 보려고"라고 했다.

구라모토 저택으로 향하며 이대로 하루 고등학교 야간부 과정에 계속 다녀야 할지 고민했다. 야간 학교에 다니는 게 사회 복귀를 위한 재활 훈련이라면 이제 그 목적은 달성한 것 같았다. 학교에 다니는 건 즐겁지만 공부에 관해서만큼은 더 배울 게 없었다. 그러나 다음 단계가 뭔지 알 수 없었다. 무엇보다 다이고를 비롯해 그곳에서 사귄 친구들과 헤어지고 싶지 않았다.

구라모토 저택은 조용했다. 이곳 정원사가 중대 사건을 일으킨 탓에 '달나라'에 모여든 것만큼이나 기자들이 많이 찾아왔을 게 뻔했다. 그런 영상을 뉴스인가 어디에서 봤다. 그러나 이 넓은 부지에서는 시끄러운 기자들의 목소리가 저택까지 닿지 않았을 것이고, 그들은 결국 바라는 고용주의 인터뷰 같은 건 얻지 못했다. 기자는 닫힌 저택 대문 앞에서 고용주에게 내밀지 못한 마이크를 들고 허무하게 실황 중계를 했다. 병든 고노스케 씨와 세쓰코 씨는 화면에 등장하지 않았고 그런 상황을 그 충실한 집사가 용납했을 리도 없다.

세쓰코 씨가 일련의 사건을 어떻게 받아들였는지는 궁금했지만 그녀는 저택에 없었다. 고노스케 씨가 입원하는 바람에 곁을 지키고 있다고 했다. 자택 요양을 할 수 없을 정도로 병세가 악화한 걸까. 나는 그녀 대신 히로키 씨에게 물었다.

"의사가 이제는 슬슬 마음의 준비를 하라더구나."

히로키 씨는 별로 슬퍼하는 기색 없이 담담히 말했다. 꽤 오래전 이미 시한부 선고를 받았다고 했다. 그때 통보받은 기한보다 고노스케 씨는 훨씬 오래 살았다. 현관에서 나를 맞아 준 오하시는 왠지 표정이 쓸쓸했다.

응접실 테이블에 있는 작은 화분에 진보라색 제비꽃 한 송이가 피어 있었다.

"마당에 피어 있었던 거야. 귀엽지?"

비앙카 씨가 옮겨 심었을까. 원래 그런 일을 하던 이리에 씨는 이제 없다.

히로키 씨는 응접실 유리문 앞으로 휠체어를 몰고 갔고 나도 그 옆에 섰다. 너그럽고 공명정대한 히로키 씨와 함께 있으면 자연스럽게 속에 든 모든 걸 털어놓고 싶어졌다.

이리에 씨 일에 히로키 씨도 깊이 관여했기 때문에 사건의 진상은 누구보다 잘 이해하고 있을 것이다. 내가 이야기하고 싶은 건 지난 한 해 동안 내가 겪은 일들이었다. 은둔형 외톨이였던 내가 하루 고등학교와 '달나라'에서 무엇을 경험하고 어떤 생각을 했는가. 이제는 사라지려 하는 재활용품 가게 겸 심부름센터의 다카에와 다이고에 대한 생각. 그런 이야기를 차분하게 들어줄 사람은 히로키 씨 말고는 없었다.

다이고의 가족이 살해된 사건의 뜻밖의 진상을 밝히는 계기를 제공한 곳은 다름 아닌 '달나라'였다. 다쓰노 씨가 그곳에 금색 불상을 가져온 게 발단이었다. 이후 고이즈미 나오코가 노조미, 히나코 자매가 그려진 유화를 팔러 왔고, 그 그림의 배경에 사건 현장이 담겨 있었다. 그것이 없었다면 노구치 도요키의 집과 방적 공장의 위치 관계를 파악할 수 없었다. 그림을 본 히로키 씨가 저주파음의 영향을 밝혀냈다. 그리고 그 히로키 씨를 알게 된 것도 세쓰코 씨가 '달나라'에 일을 의뢰했기 때문이다.

모든 게 '달나라'로 수렴했다. 그리고 그 안에는 사건과 깊숙이 관련된 두 사람이 있었다. 그런 사실에서 나는 새삼 신비로움을 느꼈다. 운명이라는 한 단어로 결론짓기에는 부족했고 그 안에는 인간의 이해를 뛰어넘는 어떤 힘이 작용한 것 같은 느낌이 들었다.

내 이야기를 다 들은 히로키 씨가 찬찬히 입을 열었다.

"그 모든 일은 그곳에 네가 있었기 때문에 일어났단다."

나는 무슨 뜻인지 이해하지 못하고 그저 히로키 씨의 옆얼굴을 빤히 쳐다봤다.

"불상이든 유화든 그저 하나의 사물일 뿐. 평평한 수면에 떠오른 물체에 지나지 않지. 아무것도 하지 않았다면 그건 그저 부유물로써 그곳에 존재했을 거야."

당황하는 나를 보며 히로키 씨는 온화하게 미소 지었다.

"전에 음향을 설명했을 때 물방울 이야기를 했지? 어떤 작은 운동이 공간을 타고 고막에 닿아 소리가 되는 과정을."

나는 작게 고개를 끄덕였다.

"물방울이 그 평평한 수면에 떨어지는 장면을 상상해 보렴.

파도가 인다. 사방으로 퍼진 파문이 부유물을 움직인다. 이윽고 그것들이 조금씩 모인다. 단순한 물체였던 것들이 한곳에 모여 어떤 의미를 지니게 된다. 그리고 그 의미를 풀어냄으로써 전체 상이 보인다."

히로키 씨는 잠시 말을 멈추고 정원을 돌아봤다. 잔디는 손질되지 않아 마음껏 뻗어 있다. 잔디 너머에 있는 나이 많은 벚나무는 활짝 피어서 바람이 불면 연분홍색 꽃잎을 하염없이 흩뿌렸다.

"그 불상을 이리에 씨가 조각했다는 걸 떠올린 사람은 너야. 히나코라는 아이와 대화하며 유화 배경에 대해 전해 들은 사람도 너고. 네가 없었다면 이 모든 게 이어지지 않았겠지."

히로키 씨는 휠체어를 한 바퀴 돌려 나를 똑바로 바라봤다.

"류타. 네가 바로 수면을 움직인 작은 물방울이었던 거야."

내가 나아가야 할 길이 보인 느낌이 들었다.

구라모토 저택에서 곧장 나는 '달나라'로 향했다. 다카쿠라 신사 앞을 지나 머리만 큰 석조등이 있는 곳에서 방향을 꺾었다. 언덕길을 오르며 재활용품 가게 입구가 닫힌 것을 깨달았다. 다이고는 어디 갔을까. 이제는 정말 새로 살 집 구하기에 팔을 걷어붙인 걸까.

요사쿠가 보였다. 주차장에 있는 개집 옆에서 반듯하게 앉아 나를 기다리고 있다. 왠지 가슴이 설레었다. 요사쿠가 개집 옆에 있다니. 언덕길을 뛰어올랐다. 미닫이문은 잠겨 있지 않았다. 아무것도 없는 창고에 자물쇠 따위는 불필요했다.

"다이고!"

나는 계단 아래에서 소리를 질렀다. 소리치기 전부터 대답은 없을 거라고 예상했던 것 같다. 계단을 천천히 올랐다. 방은 깔끔하게 정리돼 있었다. 얼마 없던 다이고의 물건이 모두 사라지고 없었다. 대신 바닥에 깔린 매트리스와 책상과 의자는 그대로 남아 있고 책상 위에 있는 하얀 종이가 눈에 들어왔다. 나는 종이를 집어 들었다. 굵은 매직으로 쓴 다이고의 글자를 읽었다.

—안녕, 류타.

그곳에는 오직 한 문장만 적혀 있었다.

"류타 정도는 한자로 제대로 써 달라고, 바보야."

이제는 곁에 없는 친구를 향해 나는 면박했다.

그전에 들어 알고 있던 다카에의 전화번호로 전화를 걸었다. 다이고가 사라졌다고 하자 노파는 잠시 침묵했다.

—그렇군.

예상 그대로의 말이 핸드폰 스피커를 통해 들렸다.

"어디론가 가 버렸어요."

나는 어린아이처럼 유치하게 말했다.

"걔는 괜찮아."

다카에는 짧게 대답했다.

"어디를 가든 잘 살 애다. 그러니 걱정하지 않아도 돼."

그래도 나는 혼란스러웠다. 아사미 선생에게 연락해 그와 하루 고등학교에서 만났다. 교무실 직원이 다이고에게 우편으로 중퇴 신청서가 도착했다고 했다. 아사미 선생은 다이고의 양부모인 도야마의 이모 부부에게 연락했다. 그들도 깜짝 놀랐고 다이고에게서는 어떤 이야기도 듣지 못했다고 했다. 반 친구들 중에도 다이고의 행방을 아는 사람은 없었다.

나카야에게도 연락했다. 그의 조언에 따라 도야마의 이모 부부가 경찰에 실종 신고를 했다. 그 이상 할 일은 없었다. 다이고는 사건에 휘말린 게 아니다. 자신의 의지로 자취를 감춘 것이 분명했다.

나는 요사쿠를 집에 데려갔다. 마트에서 목재를 사 와서 새 집을 만들어 주었다. 마당에 집을 뒀지만 요사쿠는 한동안 익숙지 않아 보였다.

"요사쿠. 사장님과 다이고는 이제 없어. 여기가 네 새 집이야."

나는 요사쿠에게 말을 걸었고 요사쿠는 내 손바닥을 핥았다. 노견은 힘없이 말하는 나를 위로하려는 듯 보였다. 할아버지가 운영하는 학원에 다니는 아이들이 요사쿠를 귀여워해 줬다. 그러면서 점차 요사쿠도 우리 집과 새 가족에 적응했다. 요사쿠보다 내가 더 그 두 사람이 사라진 현실에 적응하는 노력이 필요해 보였다.

상처는 깊었다. 다이고에게 반드시 털어놓고 싶은 게 있었는데, 그것을 말하기도 전에 그는 내 앞에서 사라져 버렸다. 따스한 봄 날씨 속에서 나는 집 안에 멍하니 있었다. 이제는 '달나라'에 갈 수도 없다. 다이고가 사라진 후 다카에는 예정을 앞당겨 창고를 임대인에게 반납했다.

재활용품 가게 주인의 그 강인함과 담백함이 부러웠다. 그녀가 살아온 지난 12년의 고뇌와 절망 덕에 비로소 몸에 밴 것이라는 건 알았다. 그러니 "걔는 괜찮다"라고 잘라 말할 수 있는 관계를 다이고와도 맺었을 것이다. 나는 아직 어리고 유치했다.

어느 추운 날 밤에 다이고가 '달나라' 간판의 조명을 켰을 때가 생각났다. 눈부시게 깜빡이는 간판 위에서 얼어붙은 밤하늘에 별이 빛났다. 그때부터 우리가 헤어지는 건 이미 정해져 있었다. 왠지 그런 느낌이 들었다. 봄볕 속에서 의기소침해 있는 나를 다이고가 멀리서 웃으며 지켜보고 있을 것 같았다.

"안녕, 다이고."

나는 소리 내어 말했다.

봄방학 동안 학원에 오는 초등학생들에게 공부를 가르치는 일을 시작했다. 집에 가만히 있기가 싫었다. 그 밖에는 요사쿠를 산책시키는 것 정도 외에 다른 할 일이 없었다. 앞으로 뭘 어떻게 해야 좋을지 결정하지 못한 채 나는 정처 없이 돌아다녔고, 요사쿠는 옆에서 끈기 있게 그런 내게 맞춰 주었다. 노견에게는 지나친 운동량이었을 테지만 넋이 나간 주인을 그냥 내버려 둘 수 없다는 것처럼 요사쿠는 느릿느릿 걸었다.

"야!"

그때 옆을 지나쳐 가는 여자아이가 멈춰 서서 외쳤다. 얼굴을 자세히 보니 히나코였다.

"넌 왜 그렇게 항상 멍하게 있니?"

날카롭게 따지는 말을 듣고 나는 하마터면 눈물을 흘릴 뻔했다.

"다이고가 사라졌어."

매달리는 듯한 심정으로 히나코에게 말했다. 왜 그랬을까. 이 오만불손한 소녀에게는 다른 사람의 마음을 꽉 움켜쥐고 여는 힘이 있었다.

우리는 애견도 들어갈 수 있는 카페 테라스에 마주 앉았다. 산책하다가 발견해서 딱 한 번 요사쿠와 함께 들어간 적이 있었다. 카페 옆 자유롭게 뛰노는 놀이터에서 기운을 주체하지 못하는 개들이 신나게 뛰어다녔지만 요사쿠는 관심을 보이지 않았다. 곰곰이 생각하면 요사쿠가 전력 질주하는 모습은 지금껏 한 번도 본 적이 없었다.

요사쿠는 내 발밑에 누워 꾸벅꾸벅 졸기 시작했다. 긴 산책 중간의 꿀맛 같은 휴식이었을까.

"나도 네리마에 있는 고등학교 야간부 과정에 다니기로 했어. 올해 4월부터."

히나코는 자리에 앉자마자 말했다.

"그건…… 다행이네."

반응이 영 시원찮은 나를 보며 히나코가 이맛살을 찌푸렸다.

"다이고라면 그때 네 친구 맞지? 사라졌다니 그게 무슨 말이야?"

"전에 내가 집 안에만 틀어박혀 살다가 야간 학교에 다니게 됐다고 했잖아. 다이고는 그때 처음 사귄 같은 반 친구인데……."

히나코를 우연히 만났을 때 유화에 그려진 배경에 대해 들었다. 그리고 그것이 다이고의 가족을 덮친 사건을 해결하는 실마리가 됐는데도 히나코에게 알려 주는 것을 지금껏 깜빡하고 있었다. 이후 잇달아 이런저런 일이 일어나 흐지부지 잊고 있었다.

그러나 그 전말을 설명하기 전에 히나코가 나와 다이고의 이야기를 먼저 들어주기를 바랐다. 이야기는 길어졌다. 테라스에서 차를 마시는 주인과 개들이 여러 번 바뀌었다. 해가 뉘엿뉘엿 기울자 놀이터에서 뛰놀던 시바견과 셰틀랜드시프도그, 보더콜리가 기분 좋게 지쳐서 집에 돌아갔다.

나는 커피, 히나코는 홍차를 두 번 더 주문했다. 내가 말하는 동안 히나코는 한 번도 입을 열지 않았다. 이 아이에게 이런 집

중력이 있을 줄 몰랐다. 히나코는 진지하게 내 말에 귀를 기울였다.

"어디 가 버린 걸까. 친구인 너한테 한마디 말도 없이."

히나코의 그 말을 듣고 나는 감격했다. 그렇다. 내가 그런 말을 바라고 있었다는 걸 처음 깨달았다. 다이고는 어디 갔을까. 왜 내게 한마디 말도 해 주지 않았을까. 지극히 단순한 일이다. 히나코의 말은 꾸밈없이 일직선으로 내 가슴에 꽂혔다. 나를 위로하려고 쓸데없는 해석을 덧붙이지도 않는다. 단적이고 퉁명스럽게 들리는 히나코의 말에 몸을 적시는 건 기분 좋은 일이었다. 지구 전체 물의 단 0.001퍼센트인 수증기가 비가 되어 부드럽게 땅을 적시는 것 같았다.

그러니 나는 다이고에게 하고 싶었던 말을 무심코 입에 담았다. 다이고가 곰매미 울음소리를 싫어한다고 털어놓았을 때 나도 고백할 뻔했던 그 이야기를.

"난 선로 건널목 차단기 소리를 무서워해."

축제 때 철도 마니아인 기타가와가 재생한 차단기 소리 때문에 과호흡 증후군 발작을 겪었던 걸 말했다. 원인은 잘 알고 있다. 세상을 뜬 어머니와의 추억이 내게 과민 반응을 불러온 것이다.

내 어머니는 아이를 사랑하지 못하는 사람이었다. 학대나 육아 방임 같은 것은 아니다. 그저 나라는 존재를 어떻게 다뤄야 할지 몰랐다. 정신적인 문제가 있었을 수 있고, 어쩌면 그전에 어떤 트라우마가 될 만한 일을 겪었을지도 모른다. 지금에 와서는 알 도리가 없다. 어머니가 세상을 떠 버린 지금은.

다만 확실한 건 어머니는 그런 자신 때문에 혼란스러워했다는 것이다. 아들의 존재를 도저히 사랑할 수 없다는 걸 알고 놀라며 괴로워했다. 사람들은 여자는 엄마가 되면 자연스럽게 모성이 샘솟아 아이에게 보답 없는 사랑을 쏟는다고 생각하기 마련이다. 내 어머니도 아마 그렇게 믿었을 것이다.

하지만, 아니었다. 어머니는 뭔가 돌출된 욕구를 가지고 있거나 이해하기 어려운 사람이 아니었다. 성격이 냉혹하지도 않은 평범한 전업주부였다. 집안일을 하고 남편을 뒷바라지하며 시부모님들과도 잘 지냈다. 흐트러진 모습을 보이는 걸 싫어하는 단정한 사람이었다. 어머니로서의 역할도 차질 없이 해냈다. 다만 아이에게 애정을 갖지 못했다. 아이를 키우며 아이를 받아들이지 못했다.

어린 나에게는 그런 어머니의 마음이 여실히 전해졌다. 내가 특별히 똑똑해서는 아니다. 아이들은 태어날 때부터 그런 능력을 갖추고 태어난다. 누가 나를 가장 사랑해 주는지, 누구에게 의지하면 되는지, 나를 대할 때 누가 가장 행복한 미소를 짓는지. 그런 것을 본능적으로 구분한다.

어머니는 나와 가장 가까운 곳에 있는 사람이었다. 그런 사람이 나를 사랑하지 못했고, 그래도 사랑하려 노력하고 있었다. 그런 감정들이 느껴지기에 슬펐다. 나는 엄마를 좋아했으니까. 확실히 인식했던 건 아니다. 단지 감각이다. 아이의 본능과 감각이 내게 슬픔을 안기고, 얌전하고 이해심 많은 아이처럼 행동하게 했다.

그렇다면 다른 어머니들처럼 아이를 진심으로 사랑하지 못하는 어머니는 어떻게 했을까.

어머니는 나에게 수많은 그림책을 사 주었다. 그리고 그것을 매일 읽어 줬다. 지금도 서재에 남아 있는 그림책들이 바로 그것이다. 아버지와 조부모는 내가 어머니를 추억할 어머니와의 **접점**으로 보고 그림책을 영원히 보관해 주었지만, 그것은 나에게 슬픈 추억이 담긴 물건에 불과했다. 그림책을 읽어 주는 어머니의 목소리, 내 옆에 다가온 어머니의 체온은 지금도 내 안에 남아 있다.

그림책을 읽어 주는 목소리는 억양이 없고 어색했다. 아이를 위해 그림책을 읽어 준다기보다 어머니라는 존재는 이렇다며 한결같이 자신을 타이르는 것 같았다. 내가 조금 더 체온을 느끼고 싶어서 다가서면 어머니는 몸을 살짝 비켰다. 그리고 무의식적으로 그런 행동을 한 자신을 혐오했다. 나에게는 그런 어머니의 마음속 움직임이 잘 느껴졌다.

─쏙독새는 실로 못생긴 새입니다. 얼굴은 군데군데 된장을 바

른 것처럼 얼룩덜룩하고, 부리는 크게 벌리면 귀까지 닿습니다.

어머니는 『쏙독새의 별』을 읽으며 아이를 사랑하지 못하는 자신을 그 이형의 새에게서 겹쳐 보지 않았을까.

아버지는 아마 어머니의 상태가 이상하다는 걸 알았을 것이다. 그러나 그리 심각하게 받아들이지 않았다. 첫 아이를 가진 어머니의 당혹감이나 육아에 대한 고민 정도로만 생각하지 않았을까. 은근히 신경 쓰기는 했겠지만 나처럼 직접 그것을 느끼며 마음 아파하지 않았다.

어머니는 점점 더 마음을 잃어 갔다. 나라는 존재가 어머니를 그렇게 만들었다. 하지만 어린 내가 할 수 있는 일이라고는 없었다. 어둡고 침울해진 어머니를 할머니는 걱정했다. 친정에 가서 잠시 쉬었다 오는 게 어떠냐고 말하는 걸 들은 기억이 있지만 어머니는 꿋꿋한 척하며 그것을 거절했다.

지금 생각하면 할머니는 동성으로서 어머니가 날 대하는 태도에 막연하게나마 불안감을 느꼈을지 모른다. 그러나 그것은 막연한 상태 그대로 남았고 조심성 많은 할머니는 더는 그 부분에 발을 들이지 않았다.

어느 날, 어머니는 읽고 있던 그림책을 탁 덮었다. 그리고 나를 봤다. 마치 지금껏 한 번도 본 적 없는 동물을 보는 듯한 눈빛이었다. 나는 몸을 부르르 떨었다. 집에는 아무도 없었던 기억이다. 어머니는 내 손을 끌고 밖에 나갔다. 빠르게 걷는 어머니를 따라가며 나는 겁을 먹었다.

"엄마. 어디 가? 응? 엄마."

어머니는 한마디도 하지 않고 그저 앞만 보며 걸었다. 그리고 선로 차단기 앞까지 갔다. 선로 옆에 서서 전철이 몇 대나 지나가는 모습을 바라봤다. 차단봉이 올라갔다 내려갔다 했다.

지나가는 사람들이 보면 탈것을 좋아하는 아들에게 열차를 보여 주는 어머니의 모습처럼 보였을 것이다. 그러나 나는 알고 있었다. 어머니는 그때 스스로 목숨을 끊으려 했다. 나와 함께.

땡땡땡땡.

차단기 경보음이 울려 퍼진다. 전철이 미끄러져 다가온다. 어머니의 손에 바짝 힘이 들어갔다. 이번에야말로 뛰어드는구나, 하고 나는 각오했다. 어째서인지 울거나 도망치려 하지는 않았다. 어머니와 함께 죽는 게 도리라는 생각마저 들었다.

시간이 얼마나 흘렀을까. 어머니는 어깨를 축 늘어뜨렸다. 그리고 다시 나를 데리고 집에 돌아갔다. 결국 선로에 뛰어들 결심이 서지 않았던 것이다.

그날 이후 나는 차단기 소리가 무서웠다.

어머니는 그 후 자궁암을 앓았다. 늘 곁에 있던 나는 어머니의 몸이 좋지 않다는 걸 느낄 수 있었다. 어머니 자신도 알았을 것이다. 하지만 어머니는 병원에 가지 않았다. 아버지와 시부모에게도 별말 없이 건강한 척을 계속했다. 아슬아슬한 순간까지 반듯한 어머니이자 참한 며느리를 연기했고 나도 거기에 맞췄다. 어머니가 죽고 싶어 한다는 건 선로 옆에 서 있던 그날 이후로 잘 알고 있었다. 어머니는 나와 함께 선로에 뛰어들 용기는 없었지만, 더 이상 살고 싶지는 않은 것이다. 나와 함께 있고 싶지 않은 것이다.

아마 그날의 경험이 나를 다른 사람의 기분을 미리 읽고 그에 맞춰 행동하는 아이로 만들었다. 아버지가 어머니의 몸 상태 변화를 눈치챘을 때는 이미 늦었다. 어머니는 그 누구의 도움도 받지 않고 자신을 세상에서 지워 버렸다. 그리고 그 공범이 바로 나다.

어머니에게 사랑받지 못한 것, 그런 어머니의 죽음을 뒤에서 뒷받침한 것. 여덟 살 아이에게는 가혹한 경험이었다. 나는 나 자신을 주체할 수 없었고 마치 애어른 같은 기묘한 아이가 되었다. 학교에서는 이상한 행동을 하며 친구들에게서 고립됐다. 어머니가 선택한 죽음의 세계에 매료돼 있었다.

그래서 중학교 2학년 때 학교 건물 3층에서 뛰어내렸다. 가족은 그런 나를 어떻게 대해야 할지 고민했을 것이다. 학교에 가도록 강요한 아버지는 이내 지쳐 포기했고 할아버지는 낙담했다. 내가 어떤 문제를 안고 있다는 건 알았겠지만 극단적인 행동을 하는 나를 자극하지 않으려고 살짝 거리를 뒀다. 그래 주는 편이 내게도 좋았다. 다만 할머니만은 나를 돌보며 안타까

위했다.

나는 점점 더 사회에서 괴리되어 갔다.

하루 고등학교에 다니기 시작하며 조금씩 변해 가는 나를 가족들도 받아 주었다. 그러나 사회 복귀를 위한 재활 훈련으로 학교에 다니면서도 내 밑바닥에는 어머니와의 갈등, 보상받지 못한 애정과 실망이 있었다. 오싹할 정도의 허무가 이따금씩 나를 덮쳤다. 그럴 때는 어머니가 그토록 희구하던 죽음을 떠올렸다. 죽음을 기피하고 두려워하는 동시에 매료되기도 했다.

그러니 손목을 긋는 유리코 곁에 있어 주고 싶었다. 그 사람 옆에서 그녀 안에 있는 자살 욕구를 관찰하고 싶었다. 삶과 죽음 사이를 불안정하게 오가는 바늘이 유리코 안에서 언뜻 보인 느낌이었다. 그것은 살기 힘든 세상에서 내 눈앞에 나타난 바로미터이자 거울이었다.

그러나 나와 같은 부류라고 믿었던 유리코는 사실 그렇지 않았다.

—피를 보면 왠지 안심이 되거든. '아직 살아 있네' 하고. 살아 있다는 걸 확인하기 위해 손목을 긋다니, 말도 안 되지.

그녀는 **살기 위해** 갈등하는 것이었다. 나와는 근본적으로 달랐다. 그리고 그녀는 이치노세에 의해 삶의 세계로 되돌아갔다.

"넌 역시 나약해."

히나코는 짧은 한마디로 정리했다.

"엄마한테 사랑받지 못했다고?"

날카로운 목소리를 듣고 테이블 밑에서 요사쿠가 고개를 들었다.

"그래서 뭐?"

요사쿠가 걱정하듯 나와 히나코를 번갈아 봤다.

"넌 그냥 과거에 집착하고 있을 뿐이야."

히나코는 홍차 잔을 치우고 몸을 앞으로 내밀었다.

"잘 들어. 그렇게 과거에 영원히 구애될 수 있는 것도 다 지금이 행복하기 때문이야."

히나코의 말이 내 정수리를 꿰뚫고 지나갔다. 마치 벼락을 맞는 듯한 충격이었다.

"죽은 사람은 말이지."

지금 눈앞에 있는 여자아이가 도저히 열아홉 살 소녀로 보이지 않았다.

"죽은 사람은 영원히 변하지 않아. 죽었을 때 그대로잖아. 살아서 움직이고 생각하며 다양한 것들에 부딪히고 상처받고 지쳐 쓰러지는 경험. 그런 건 오직 살아 있는 사람만 할 수 있어. 그러니 살아 있는 사람은 바뀔 수도 있는 거야."

히나코는 얼굴을 조금 더 내밀었다. 반대로 나는 움츠러들었다.

"넌 바뀌지 않았어. 살아 있기만 하면 바뀔 수 있는데. 넌 지금도 어머니를 잃은 여덟 살 어린아이 그대로야."

나보다 어린 히나코에게 나는 가차 없이 두들겨 맞았다. 그 녀는 알코올 중독자인 어머니를 돌보며 아르바이트를 해서 생 계를 책임져 온 영 케어러다. 학교에 가는 것보다 당장 내일 먹 을 한 끼를 걱정해야 했을 것이다. 히나코에게는 과거가 없다. 있는 것이라고는 오늘과 내일뿐. 그 이후까지는 생각할 수 없었 다. 그런 삶을 살아온 여자아이의 입에서 나오는 말은 그 어떤 말보다 무거웠다.

"불행 놀이도 작작 하라는 소리야. 그런 말을 하는 동안에는 넌 그 누구의 도움도 될 수 없어."

히나코는 몸을 벌떡 일으켰다. 하마터면 요사쿠의 꼬리를 밟 을 뻔했지만 눈치를 살피던 요사쿠가 아슬아슬하게 히나코의 발을 피했다.

"홍차, 세 잔이나 잘 마셨어."

히나코는 테라스를 내려가 성큼성큼 가게를 나갔다.

불쾌하지 않았다. 아니, 도리어 기분 좋았다. 저런 식으로 단 칼에 잘라 내는 건 나로서는 도저히 불가능했기 때문이다.

언젠가 다이고에게 들려주려고 한 이야기를 히나코 앞에서 하게 됐다. 참으로 신기한 인연이다. 나는 정말 여덟 살 그때에 멈춰 서 있었을까. 히나코는 그런 나를 일깨워 주었다.

나와 다이고는 모두 어두운 밤의 한구석에서 무릎을 감싸 안 고 웅크리고 있었다. 그리고 나는 선로 차단기 경보음에, 다이고는 곰매미 울음소리에 가만히 귀 기울이고 있었다. 그것은 끝없이 이어지는 밤의 소리였다. 영원히 계속되는 쏙독새의 소리였다. 밤의 소리는 우리를 꽁꽁 옭아매고 놓아 주지 않았다. 하지만 다이고는 그 고문과도 같은 소리를 끊어 버리고 앞으로 나아갔다. 이리에 씨가 그랬던 것처럼.

나도 더 이상 밤의 밑바닥에 머물러 있을 수는 없다.

히나코가 마지막으로 한 말을 머릿속에서 곱씹었다.

누군가의 도움이 된다? 지금껏 그런 건 생각해 본 적도 없었다. 나는 바뀔 수 있을까. 히로키 씨가 말한 것처럼 수면에 파문을 일으키는 물방울이 될 수 있을까.

20

가랑비가 여전히 내리고 있다.

나는 하루노부 고등학교 앞에 섰다. 야간 과정이 사라진 지 오래된 학교는 그래도 예전 모습이 짙게 남아 있다. 수업 중인 지 모든 교실에 불이 켜져 있다. 교문 옆에 가자 체육관에서 공이 바닥을 두드리는 소리가 전해졌다. 학생들이 떠드는 소리와 웃음소리도 들린다. 그 소리들을 듣고 있자니 내가 아직 이곳에 다니던 고등학생 같은 느낌이 들었다.

나는 하루 고등학교 야간부 과정 2학년에 올라가지 않았다. 그러니 이곳에 다닌 기간은 단 1년뿐이다. 그러나 이곳은 내 인생의 출발점이 되었다.

나는 학교를 그만두고 대학 입시를 봐서 대학에 진학했다. 그곳에서 물리학을 전공했다. 대학을 졸업한 뒤에는 히로키 씨의 권유로 그가 교편을 잡았었던 애리조나 대학원에 들어가 음향학을 공부했다. 그리고 일본에 돌아와 히로키 씨가 소장으로 근무하는 도쿠에이대학 음향학 연구소에서 소리의 반사와 전파, 차폐, 흡음의 메커니즘 등을 연구했다. 소음 대책과 관련한 기업과 연계해 고속도로 방음벽, 유리창과 새시 개발, 설계도 했다.

그때마다 나는 노구치 도요키를 괴롭히던 저주파음을 떠올렸다. 그리고 그런 민간 기업과의 인연을 통해 현재는 콘서트홀의 음향 설계를 하고 있다. 히로키 씨와는 지금도 자주 만난다. 히로키 씨는 비앙카 씨와 구니타치시에 있는 아파트에 단둘이 살고 있다.

하루 고등학교의 잿빛 건물 위에 조용히 봄비가 내리고 있었다. 아사미 반이 있던 학교 건물과 체육관, 운동장이 모두 촉촉하게 젖었다.

요사쿠는 내가 거둬 간 후 1년 4개월을 더 살았다. 쇠약해진 요사쿠는 집 안에 들여서 키웠다. 요사쿠는 할머니가 짜 준 둥근 털실 깔개 위에 온종일 누워 있었다. 나는 이따금 요사쿠 옆에 앉아 요사쿠의 체온을 느꼈다. 그림책을 읽어 주던 어머니 곁에서 체온을 느꼈던 것처럼. 단지 그것만으로 좋았다. 비록 아이를 사랑하지 못한다고 해도 어머니의 몸은 따스했다. 그것으로 만족해야 했다. 내가 지나치게 어머니의 마음을 읽고 서운한 표정을 지었으니 어머니는 더 괴로웠을 것이다. 지금은 그걸 알 수 있다.

요사쿠가 죽고 나서 아버지가 재혼했다. 나는 아버지의 선택을 순수하게 축복했다. 그전에 아버지와의 관계도 회복돼 있었다. 내가 과거와 결별하고 내 삶을 진지하게 마주하기 시작하면서 아버지도 비로소 안도했다. 아버지의 인생 또한 어머니를 잃은 시점에 멈춰 있었을지 모른다. 어리석었던 나는 거기까지 생각이 미치지 못했다.

나는 집을 나와 자취를 시작했다. 그러는 동안 할아버지, 할머니가 차례차례 세상을 떴다. 하루노부시에 있는 집을 처분한 뒤로는 나도 하루노부시에서 멀어졌다.

3년 전 아사미 선생이 정년퇴임했다. 거기에 맞춰 그동안 하루 고등학교 야간부 과정에서 아사미 선생의 가르침을 받은 학생들이 모여 축하회를 열었다. 축하회는 참석자들의 사정으로 도쿄의 호텔에서 열렸다. 1년밖에 다니지 않은 내게도 초대장이 왔다.

그곳에는 그리운 얼굴이 잔뜩 모여 있었다. 이치노세와 유리코는 결혼했다. 히가키 씨는 손자가 셋이나 생겼다. 기타가와는 JR 동일본에 취직했고, 오쓰키도 와 있었다. 아사미 선생은 내 얼굴을 보며 활짝 미소 지었다. 하루 고등학교를 다닌 한 해 동안 내가 나아가야 할 길을 찾고 그 목표를 이룬 걸 축복해 주었다. 아사미 선생은 조금 나이가 들고 몸도 불었지만 예전 그대로의 선생님이었다. 거침없이 학교 밖에 나가 수업에 빠진 학생들을 끌어 오는 에너지 넘치는 불도저였다.

나는 자리에 앉아 모든 이들의 얼굴을 둘러봤다. 그 안에 다이고의 얼굴은 없었다. 내게 연락을 준 간사도 말했다. 다이고는 여전히 행방이 묘연하다고. 아사미 선생의 인사와 참석자들의 축사가 끝나고 화기애애한 회식 자리가 시작됐다. 나는 같은 학년이던 오쓰키와 기타가와, 히가키 씨와 대화를 나눴다. 히가키 씨가 요시타케 씨의 근황을 모두에게 알려 줬다. 요시타케 씨는 아동 교육 전문대학을 나와 어린이집 교사가 되었다. 지금은 유흥가에서 24시간 운영하는 무인가 어린이집에 근무하고 있다고 했다.

"너희를 정말 보고 싶어 했어."

히가키 씨가 말했다.

"하지만 근무에 빠질 수 없어서 결국 못 왔어. 술집이나 유흥업소에서 일하는 여자들의 아이들을 맡아서 무척 바쁜가 봐."

요시타케 씨의 모습이 눈에 그려졌다. 그 밖에도 멀리 있거나 사정이 여의치 않아 못 온 학생이 많고, 그들은 하나같이 아쉬워했다고 간사가 말했다. 하루 고등학교 야간부 과정 학생들의 유대는 깊고 강했다. 우리는 모임에 오지 못한 사람들과의 추억 이야기를 꽃피웠다.

"아, 그러고 보니……."

오쓰키가 문득 떠오른 것처럼 무릎을 탁 쳤다.

"나, 다이고를 만났어. 작년에."

순간 잘못 들은 줄 알고 내 귀를 의심했다.

"어디서?"

내가 입을 열기도 전에 히가키 씨가 물었다.

"파리에서."

그 말을 듣고 모두 당황했다.

"파리?"

나는 간신히 목소리를 쥐어짜 냈다. 생각도 못 한 지명이었다.

오쓰키는 패션 관련 일을 하려고 그쪽 방면을 떠돌다가 섬유에 관심이 생겨 일본 전역의 직조나 염색 장인이 만든 제품을 디자이너에게 판매하는 회사를 차렸다고 했다. 그리고 섬유업체 모임의 연수로 파리에 갈 일이 생겼다.

"잠깐 시간이 나서 거리를 어슬렁거리다가 갑자기 다이고를 맞닥뜨렸지 뭐야."

"정말 다이고였어? 사람을 잘못 본 게 아니고? 어때? 잘 지내는 것 같았어? 뭐 하고 있대? 파리에서."

히가키 씨가 잇달아 질문을 퍼부었다.

오쓰키가 말하기를 다이고는 하나도 달라지지 않았다고 했다. 예전 그대로 밝고 쾌활한 모습으로 오쓰키를 만나자마자 뛸 듯이 반가워했다.

"그래서 신이 나서 함께 먹고 마셨어."

다이고는 파리와 마르세유를 오가며 신선한 생선을 프렌치 레스토랑이나 일식집에 공급하는 일을 한다고 했다. 그리고 지금은 오페라 가수 지망생을 만나 파리에서 함께 살고 있지만, 그녀가 빈에 있는 작은 오페라 하우스와 계약을 맺어 현재 하는 일을 관두고 그녀와 함께 빈에 갈 계획이라고 덧붙였다. 그쪽에서도 일거리는 있다고 했다.

우리는 모두 함께 안도의 한숨을 내쉬었다. 파리라니. 상상도 못 했다.

"여자 친구 사진도 보여 줬는데 파란 눈에 예쁜 분이더라. 그야말로 파리지엔 같은 분위기의."

그러더니 오쓰키는 "아" 하고 나를 봤다.

"류타, 네 근황도 물었어. 넌 지금 뭐 하며 사느냐고."

순간 심장이 크게 뛰었다.

"그래서 넌 지금 훌륭한 일을 하고 있다고, 음향 관련 일을 한다고 하니 기뻐하더라."

"그렇게까지 속 깊은 이야기를 나눴다면 아무래도 사람을 잘못 본 건 아닌 듯하네."

히가키 씨가 도중에 끼어들어 너스레를 부렸다.

"그래서, 연락처는 교환했니?"

그러자 오쓰키는 난처한 것처럼 우리를 둘러봤다.

"그게……."

다이고를 따라 바스티유 지역을 돌아다니며 술을 마셨다. 다이고가 현지인들이 가는 맛집이나 바를 잘 알고 있어서 이집 저집을 옮겨 다녔다고 했다.

"그러다 내가 만취해 버려서."

"뭐?"

히가키 씨는 나무라듯 목소리를 높였다.

"정신을 차려 보니 혼자 바 카운터에 엎드려 있더라. 다이고는 이미 옆에 없었고."

"말도 안 돼."

오쓰키는 호들갑스럽게 어깨를 축 늘어뜨렸다.

"술을 마시다가 깜빡 잠들어 버렸나 봐. 직원한테 물으니 계산은 일행이 하고 갔다고……."

"너무 많이 마셔서 꿈이라도 꾼 거 아니야?"

히가키 씨는 어이없다는 듯 팔짱을 꼈다.

"너도 모르게 파리의 밤에 취해 다이고가 나오는 꿈을 꿨을 가능성은 없어?"

그녀는 조금 전과 반대되는 말을 했다. 오쓰키는 황급히 부인했다.

"아냐. 그럴 리 없다니까. 그렇게 많은 대화를 나눴는데. 내용도 다 기억해. 게다가……."

오쓰키는 막 술에서 깨어난 사람처럼 얼굴을 쓱쓱 문질렀다. 하루 고등학교 시절에 했던 코 피어싱은 이제는 없다.

"다이고가 술집을 나가기 전 내 귀에 했던 말이 지금도 남아 있어. '안녕, 쓰키'라고."

"다이고가 확실해."

나는 망설임 없이 말했다. 옆에서 기타가와가 고개를 끄덕였다.

"그래. 다이고가 맞는 것 같네."

히가키 씨도 납득한 듯했다.

그때처럼 가볍고 쾌활하고 강인하게 다이고는 지금도 어딘 가에서 살고 있다. 그것만으로 충분했다.

"걔는 괜찮아. 어디를 가든 잘 살 애다. 그러니 걱정하지 않아도 돼"라고 했던 다카에의 말이 되살아났다. 그 고집 센 노파가 나보다 훨씬 다이고를 잘 알고 있었다.

나는 하루 고등학교 앞 빌딩 2층에 있는 찻집에 들어갔다. 고급스러운 잡화가 진열된 곳이다. 소파와 테이블도 심플하고 차분한 분위기였다. 우리가 학교에 다닐 때는 없던 가게다. 나는 하루 고등학교 건물이 잘 보이는 자리에 앉았다.

커피를 마시고 있을 때 수업종이 울렸다. 그리운 소리다. 소리는 그것을 듣는 사람에게 다양한 시간과 장면을 상기시킨다. 소리는 단순한 물리적 자극 요소가 아니다. 우리는 우리의 의사나 생각을 소리를 통해 상대에게 전한다. 그리고 말과 음악, 경보 등의 소리 신호로 의미를 읽는다.

딸랑 하고 문에 달린 카우벨이 울렸다. 세련된 찻집치고는 조금 고풍스러운 소리라고 생각했다.

"아빠!"

잽싸게 나를 발견한 딸이 엄마의 손을 뿌리치고 달려왔다.

"아유미."

다섯 살배기 딸이 내 옆에 앉으려고 소파에 기어올랐다.

"여기, 금방 찾았어?"

정면 소파에 앉은 아내에게 물었다.

"응. 괜찮았어. 하루노부시 지도는 대부분 머릿속에 있으니까. 그런데 하루노부 고등학교에 온 건 처음이네."

그녀는 아유미에게 "저기가 아빠가 다니던 학교래" 하고 알려 줬다.

"흐응."

아유미는 진지한 얼굴로 창밖을 지그시 바라봤다.

"'달나라'는 어땠어?"

아내는 설탕과 우유가 들지 않은 홍차를 주문하고 물었다. 아유미 몫으로는 오렌지주스를 시켰다.

"건물은 그대로 남아 있었어."

"그렇구나."

무뚝뚝한 내 대답에 그녀도 짧게 대답했다.

"저기, 히나코."

아내는 "응?" 하고 한쪽 눈썹 끝을 치켜올렸다.

"난 왜 이렇게 오랫동안 하루노부시를 찾지 않은 걸까."

그러자 아내는 조용히 웃음을 터뜨렸다.

"글쎄. 왜일까. 오려면 언제든 올 수 있었을 텐데."

"아마 두려웠겠지."

아내는 '뭐가?'라고 묻지 않았다. 설명이 부족한 내 말투에
아내는 이제 익숙해졌다. 아유미가 "뭐야? 아빠. 뭔데?" 하고
내 무릎에 매달렸다.

이렇게 조금 고집 센 딸의 성격은 아내를 닮았다. 처음 만난
열아홉 살의 히나코를. 이따금 이맛살을 찌푸리는 버릇도 꼭 빼
닮았다.

히나코는 네리마의 야간 고등학교를 졸업해 미나토구에 있는
레스토랑에 취직했다. 그곳에서 요리에 흥미를 느끼고 공부해
영양사 자격증을 땄다. 지금은 푸드 코디네이터로 일하고 있다.

죽은 어머니와의 갈등을 히나코에게 털어놓은 후 나는 그녀
앞에서는 솔직해질 수 있었다. 자신의 인생을 과감히 개척해 가
는 히나코의 모습은 때로는 내게 용기를 북돋아 주고 때로는 나
를 안심하게 했다. 그런 사람이 옆에 있다는 것의 의미를 떠올
렸다. 어느덧 히나코는 나에게 없어서는 안 될 존재가 되었다.

그전까지 나는 줄곧 다른 누군가를 사랑할 수 없다고 믿었다. 애정 같은 건 신뢰할 수 없다고 생각했다. 하지만 아버지와의 관계가 회복되고 조부모를 떠나보낸 후 그런 내 생각이 틀렸다는 것을 깨달았다. 가족은 그저 옆에 있는 존재다. 어머니는 나를 사랑하지 않았을 수 있지만 틀림없는 내 가족이었다.

오래전 유리코에게 당신은 죽음을 어렵게 생각한다는 말을 들었다. 나는 사랑이라는 것도 지나치게 어렵게 생각했다. 그저 함께 있고 싶다고 생각하면 그걸로 족했다. 간단한 일이었다.

히로키 씨의 음향학 연구소에서 근무한 지 3년 만에 우리는 결혼했다. 조촐한 피로연은 구라모토 저택에서 열렸다. 그날을 끝으로 등록 유형 문화재인 구라모토 저택은 구릉지를 포함해 전부 하루노부시에 기부됐고 지금은 '역사 산책의 언덕'이 되었다. 세쓰코 씨는 구니타치시에 있는 히로키 씨와 비앙카 씨의 아파트 인근 실버타운에 입주했다. 약간 치매 증세가 있어서 가끔 내가 찾아가면 "어머. '달나라'에서 온 아이구나" 하고 날 맞아 준다.

"나, 세리가오카 공원에 가 보고 싶어."

"그래. 가 보자."

장인이 어린 자매를 그린 유화는 지금 우리가 사는 아파트 벽에 장식돼 있다. 어린 히나코의 모습은 지금의 아유미와 판박이다.

그때 또다시 수업 종소리가 울렸다. 나와 히나코, 그리고 아유미는 동시에 하루 고등학교를 봤다.

비는 이미 그쳐 있었다.

참고 문헌

『씨앗들의 지혜, 가까운 식물에서 발견!』, 다다 다에고, NHK출판

『마취목은 양을 중독사하게 한다. 나무의 개성과 생존 전략』, 와타나베 가즈오, 쓰키지쇼칸

『도시 동물의 생태를 찾는, 동물로 본 대도시』, 가라사와 고이치 편저, 쇼카보

『젊은이들, 야간 정시제 고등학교로 보는 일본』, 세가와 마사히토, 바질리코

『우리들의 학교 포상 정시제, 거처에서 '배움'의 장으로』, 히라노 가즈히로 편저, 쇼도분카

『죽음의 산, 세상에서 가장 섬뜩한 조난 사고(디아트로프 고개 사건)의 진실』, 도니 아이커 지음, 야스하라 가즈이 옮김, 가와데쇼보신샤

『저주파음, 낮은 소리의 알려지지 않은 세계』, 쓰치히 데쓰야 편저, 아카마쓰 도모나리 외 공저, 코로나샤

『수수께끼 풀이 음향학』, 야마시타 미쓰야스, 마루젠

『물리학이 밝힌 세상의 법칙은 이토록 우아하다! 다시 배우고 싶은 사람을 위한 물리학 수업』, 가와무라 야스후미, 기쥬쓰효론샤

『쏙독새의 별』, 미야자와 겐지 저, 나카무라 미치오 그림, 가이세이샤

잔잔한 수면에 파도를 불러일으키는
작은 물방울들의 이야기

　세상에 절망해 자신만의 굴에 틀어박힌 은둔형 외톨이 소년
이 있습니다. 그리고 자신이 살아 있다는 걸 확인하기 위해 손
목을 긋는 리스트 커터 소녀가 있습니다. 그런 두 사람이 어느
날 우연히 공원에서 만납니다. 집을 잠시 벗어나 벤치에 앉아
책을 읽던 소년의 눈앞에서 느닷없이 소녀가 커터칼로 자신의
손목을 그은 것입니다. 순백의 원피스 위에 새빨간 꽃을 피운
소녀는 말없이 소년에게 피투성이 커터칼을 건네고, 어린 시절
겪은 어머니의 죽음 이후 삶과 죽음 사이를 끊임없이 방황하던
소년은 홀린 것처럼 칼을 받아듭니다. 다행히 지나가던 행인의
신고로 위태로운 상황은 면하지만 그날 이후 소년은 소녀를 자
신과 같은 부류라 굳게 믿게 되고, 그런 소녀가 '나를 받아 주는
세상 유일한 곳'이라고 한 야간 고등학교에 관심을 가지고 그
안에 조심스럽게 발을 들입니다.

세상의 다양한 아웃사이더들이 모이는 그 야간 고등학교 안에서 소년은 다른 친구도 만납니다. 그는 불과 열일곱의 나이에 가족 없이 홀로 재활용품점에서 숙식하며 아르바이트하는 친구입니다. 매사 가볍고 쾌활하며 리더십이 있어 반을 잘 이끌지만, 평소 자기 이야기는 일절 하지 않는 친구의 가슴속에서 소년은 뭔지 모를 깊은 균열을 느낍니다. 이후 소년은 친구가 일하는 재활용품점 겸 심부름센터에 자주 드나들며 어느덧 그곳의 무급 직원이자 예비 요원이 되어 가게에 접수되는 다양한 의뢰 해결을 돕습니다. 톱밥 속에서 무럭무럭 자라던 장수풍뎅이 애벌레의 몰살, 죽은 아들의 모습으로 둔갑해 나타난다는 너구리, 유화 속 그려진 어린 자매의 갈등 등 이런저런 수수께끼를 풀며 그동안 굳게 닫혀 있던 자신의 세상을 조금씩 넓히고 사회로 나가는 '재활 훈련'을 착실히 해 가는 소년의 일상은 또다시 어떤 계기로 인해 크게 흔들립니다. 그것은 바로 11년 전 마을에서 일어난 끔찍한 일가족 살인 사건의 비밀. 모든 이들을 쓸어 버릴 기세로 매섭게 몰아치는 잔인한 운명의 소용돌이 속에서 소년과 소녀, 친구는 어떤 결말을 맞이하게 될까요.

　　　　　　　　　잔 잔 한　수 면 에　파 도 를　불 러 일 으 키 는

사실 위에 소개한 줄거리는 이야기의 전반부에 불과합니다. 혹자는 책을 집어 들고 작품의 전반부를 읽으며 『밤의 소리를 듣다』를 평범하게 일상 속 미스터리를 그리는 잔잔한 연작 소설 정도로 생각할 수도 있을 것입니다. 그러다가 이야기가 중반부에 접어들면 생각지도 못하게 휘몰아치는 전개에 책을 잡고 있는 손에 자기도 모르게 힘이 들어갈 것이고, 충격적인 진실과 함께 등장인물들의 성장과 미래가 그려지는 작품 후반부와 결말을 접하면 무심코 책장을 덮고 탄식하거나 강렬한 여운에 사로잡히리라고 확신합니다. 그것이 바로 우사미 마코토류(流) 미스터리이며, 이 작품 『밤의 소리를 듣다』는 우사미 마코토류 미스터리의 또 하나의 정점이자 인생 경험이 풍부한 작가의 관록과 작가가 세상을 바라보는 날카롭지만 따스한 시선이 가득 담긴 청춘 성장 소설입니다. 『밤의 소리를 듣다』는 제가 번역한 작품 중에서도 손꼽힐 만큼 되도록 많은 분들이 끝까지 읽어서 이 독후감을 함께했으면 좋겠다는 바람이 유독 강하게 드는 작품입니다. 이 작품은 이야기의 전반부와 후반부 사이에 어떤 의미의 '임계점'을 지니고 있고, 폭발하는 그 지점을 지나고 나면 비로소 그전까지 차곡차곡 응축되었던 잔열의 의미를 알 수 있는 구조입니다. 언뜻 사소한 일들이 별 의미 없이 나열되는 것처럼 보이지만 결국에는 그 모든 것에 이유가 있고 무엇하나 허투루 쓰이지 않는다는 것을 몸소 보여 주는, 미스터리의 형식과 성장이라는 주제가 절묘하게 맞물리는 멋진 작품이기도 합니다.

"모든 일은 그곳에 네가 있었기 때문에 일어났단다."

작품에 등장하는 물리학자의 이 한마디는 작가가 이번 작품을 통해서 하고 싶은 말이 무엇인지 잘 나타냅니다. 늘 '인간을 향한 끝없는 관심'이 글을 쓰는 동력이라고 밝힌 바 있는 작가 우사미 마코토는 미스터리 소설이라는 거대한 틀 안에서 2016년 출세작 『어리석은 자의 독』에서는 시대의 거대한 조류에 어쩔 수 없이 휩쓸리는 인간 군상을, 2019년작 『전망탑의 라푼젤』에서는 사회의 어두운 그늘에 방치된 학대 아동들의 현실을 가슴이 아릴 만큼 생생하고 날카롭게 그려낸 바 있습니다. 그리고 2020년에 출간된 이 『밤의 소리를 듣다』는 과거 일본에 실제 있었던 고등학교 야간부 과정에 모이는 아웃사이더 학생들의 이야기를 다루며 누구나 한 번쯤은 겪고 겪었을 청춘의 방황

잔잔한 수면에 파도를 불러일으키는

과 성장통을 연륜 있는 작가이자 인생 선배로서 찬찬히 관조하며 따스하게 격려하는 작품입니다. 우사미 마코토의 소설을 읽다 보면 소설 속 작은 장치 하나부터 인간의 존재 의의까지 세상만사 '없어도 되는' 건 존재하지 않는다는 것을 새삼 느끼게 됩니다. 앞으로도 이 천부적인 이야기꾼 작가가 미스터리라는 외피 속에서 그려낼 진짜 '인간'의 이야기를 여러분과 함께 즐기고 싶습니다. 그리고 어려운 세상이지만 그 안에서도 우리는 누구나 잔잔한 수면에 파문을 일으킬 수 있는 작은 물방울이자, 어떤 일이 일어나기 위해 반드시 있어야 하는 미스터리 소설 속 복선이라는 것을 모두 잊지 않았으면 좋겠습니다.

2023년 봄
이연승

夜の声を聴く

밤의 소리를 듣다
夜 の 声 を 聴 く

1판 1쇄 인쇄 2023년 3월 15일
1판 1쇄 발행 2023년 3월 30일

지은이 우사미 마코토   **옮긴이** 이연승

편집인 민현주   **디자인** 알음알음   **제작** 송승욱   **마케터** 유인철   **발행인** 송호준
발행처 블루홀식스   **출판등록** 2016년 4월 5일 제 2016-000100호
주소 경기도 파주시 회동길 483-1   **전화** 031-955-9777   **팩스** 031-955-9779
이메일 blueholesix@naver.com

ISBN 979-11-89571-91-7 03830